3층의 탐정

폴리와 라이스

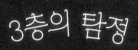

3층의 탐정
폴리와 라이스

오세민 장편소설

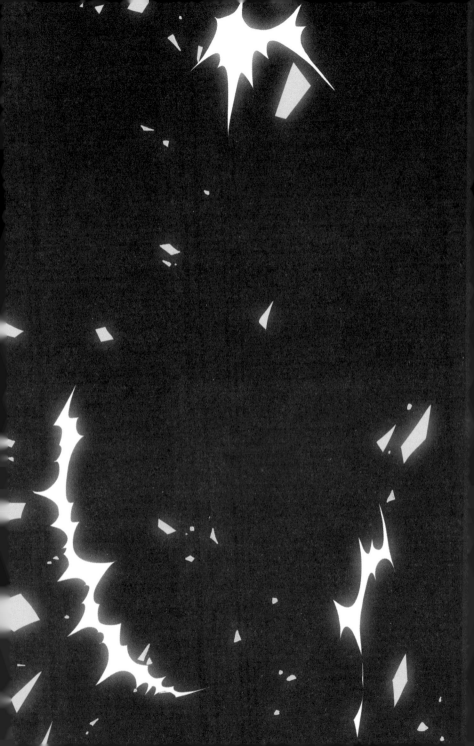

차례

프롤로그

별빛이 반짝였다.

잘못 봤다. 폭염이다. 우주에선 소리가 들리지 않는다. 멈출 줄 모르고 쏟아지는 폭격이 별빛으로 보였다. 지금은 2059년. 화성은 우주 전쟁의 한 축을 담당하는 중요한 전장이었다.

"아아악!"

오하라 상병이 엄폐물 뒤에서 머리를 붙들고 비명을 질렀다. 청린부대에 뽑힌 최정예 6인 중 하나였지만, 이 절망적인 전황 속에서 이성을 붙들 수 있는 여자는 아니었다.

패닉은 생존에 도움이 되지 않는다. 동료 아이작이 오하라의 헬멧에 주먹을 날렸다.

"정신 차려! 대위님이 곧 오실 거야! 그때까지만 버텨!"

오하라의 비명은 멈췄지만 상황은 아무것도 달라진 게 없었다.

"오시면 뭐? 부대장님이라고 별수 있어? 우린 끝났어!"

무라사키가 엄폐물 너머로 방아쇠를 당기면서 외쳤다.

"아니! 폴라리스 대위님이라면 방법을 찾아내실 거야! 대위님은 언제나 약속을 지키셔! 우릴 집으로 돌려보내주실 거야! 우린 집으로……"

"청린부대애!"

드디어! 헬멧의 무전기에서 그 목소리가 들렸다. 부대원들이 일제히 후방을 바라봤다. 푸른색 우주 군복을 입은 여자가 푸른 뱀이 그려진 부대 깃발을 들고 서 있었다. 노화 역전 시술을 받아 스무 살 정도밖에 되어 보이지 않는 얼굴이었지만, 그녀에게선 총알도 폭격도 두렵지 않다는 패기가 느껴졌다.

응전하던 부대원 여섯이 일제히 그녀 앞으로 모였다. 산티아고는 눈물까지 흘리고 있었다. 꽁 준위가 총알을 피하기 위해 엎드린 채 경례했다.

"기다렸습니다, 대위님! 지원은 옵니까?"

"아니. 오지 않는다. 그러니 우리도 버린 전장에 목숨을 걸지 않을 것이다. 전원 후퇴한다. 지금부터 우리 목표는 집으로 돌아가는 것이다!"

아가왈이 당황했다.

"괜찮으시겠습니까? 항명이 될 겁니다!"

"지휘 본부가 잿더미가 됐는데 지휘 체계가 무슨 상관이야? 책임은 내가 진다!"

책임은 내가 진다. 빈 소리가 아님을 부대원들은 잘 알았다. 최전선의 현장을 달리는 장교 중엔 드문 일이었지만, 리니아는 상당한 권력을 지닌 집안의 자제였다. 그녀는 그 특권을 부하들을 보호하는 데 쓸 줄 아는 자였다. 그러나 한편으론, 그런 무모한 점이 부하들로 하여금 리니아 폴라리스를 도리어 걱정하게 만들었다.

"그런 소리가 아니잖아요? 살아 돌아간들 대위님 경력에 둘도 없는 불명예가 될 거라구요!"

폴라리스가 아가왈을 바라봤다. 피 섞인 가족들도 그녀를 가식적인 골칫덩이 취급하는데, 이들은 전쟁터의 불바다 속에서 자신을 걱정해준다. 폴라리스가 그녀의 어깨에 손을 얹었다. 헬멧과 헬멧을 대고, 무전기 스피커가 아닌 유리의 진동을 통해 말했다.

"내 명예가 거하는 곳은 내가 정한다. 그곳은 복종이 아닌 너희들과 약속을 지키는 곳에 있다. 내 명예로 장사하던 놈들이 승리를 포기했다. 그 부스러기를 주워 먹을 이유가 없지. 이상이다."

거대 가문들이 조종하는 대기업과 강대국들이 일으킨 전쟁으로 우주가 더럽혀지는 시대에 명예를 입에 담는 자. 그것이 리니아 폴라리스. 청린부대는 모두가 그녀를 믿었다. 일제히 중량급 마스 로버 위에 올라탔다. 마스 로버는 평화가 사라진 화성에 시커먼 매연을 내뿜으며 전진했다.

생명을 빼앗는 지옥의 별빛이 멀어졌다. 그제야 부대원들은 안도의 한숨을 내쉴 수 있었다. 우주엔 아직 채굴할 자원이 넘쳐나니 전쟁은 앞으로도 한참 더 지속될 것이다. 그래도 그들은 오늘 하루를 살아남았다. 살아남아 집으로 돌아갈 수 있는 하루라면, 동료들과 함께 버텨낼 가치가……

콰광!

그 순간, 거대한 구축함 하나가 마스 로버 옆에 급착륙했다. 중력이 약한 화성에조차 모래 먼지를 일으킬 만한 위용이었다. 이내 문이 열리고 사람 그림자가 나타났다. 흰색 군복을 입은 거한이 일곱 사람들을 내려다보았다. 그자가 누군지 모르는 자는, 아마도 이 피 묻은 우주에서 한 명도 없으리라.

"후시 루 소령?"

폴라리스 대위가 말했다.

"뭐야, 이게? 지원은 없댔잖아? 어째서 당신이 직접?"

"유감이다, 청린부대. 정말 유감이야."

루 소령이 폭격지를 바라보며 중얼거렸다. 헬멧의 무전기를 통해 전송되는 소리일 텐데 그곳의 모두가 냉기를 느꼈다.

"병사는 군을 위한 훌륭한 부품이 되어야 하는 법. 그 이름도 유명한 청린부대가 마지막 순간까지 장렬하게 전선을 지켰다는 선전이 필요했어. 그런데 자네들이 이렇게 추한 모습을 보여버리다니. 요즘 세상에 정치의 고매함을 이해하는 사병은 없는 건가?"

"지랄 마라, 루! 어차피 내 결정이었다! 시비를 걸고 싶으면 나한테 덤벼! 날 군법회의에 넘기고 부하들은 손대지 마!"

"그래. 그런 방법도 있겠지. 하지만 말이야……"

삐빅.

루 소령이 군복의 건틀릿에 장착된 리모컨 버튼을 눌렀다. 그러자, 리니아를 제외한 청린부대원 여섯 명의 몸이 공중에 떠오르기 시작했다. 그들의 군복엔 하나같이 '중력 제어 시스템 정지'라는 경고 신호가 떠올랐다.

"전자레인지도 원격으로 켜는 시대에 '손대지 마'는 너무 구시대적인 표현이잖아?"

그 말과 동시에, 부대원들의 비명이 울려퍼졌다.

"안 돼!"

"균형을 못 잡겠어!"

"우주로 날아간다!"

"대위님, 살려주세요!"

"제기랄!"

폴라리스가 있는 힘껏 뛰어올랐다. 군복에 달린 추진기를 작동시켰다. 가장 가까이에 있던 산티아고에게 손을 뻗었다. 손끝과 손끝이 닿으려는 순간······

"아, 당연히 폴라리스 가문의 영애님은 살아야지. 가문 덕에 꿀 빠는 걸 감사할 줄 모르는 영애님이지만, 나도 목구멍이 포도청이니 어쩌겠나?"

삐빅. 루 소령이 다시 버튼을 눌렀다. 그러자 리니아의 수트가 천근처럼 무거워지며 화성의 붉은 흙바닥에 처박혀버렸다. 헬멧의 스피커도 꺼졌다. 바이저 너머로 끝없는 우주의 어둠 속으로 튕겨 날아가는 부하들이 보인다. 비명도, 애원도 들리지 않는다. 피부에 느껴지는 눈물과 분노는 리니아 본인의 것이다.

"후시이이이!"

소령은 무전을 꺼버렸다. 소령의 부하들이 나와 마스 로버와 리니아를 회수한다. 물에 젖은 인형처럼 끌려가 구축함 안으로 구출당한다. 입김에 뿌옇게 변해가는 헬멧 안에서, 리니아는 쉴 새 없이 소리쳤다.

"후시 루! 넌 내가 죽인다! 폴라리스 가문의 개자식들도, 이 전쟁을 일으킨 돼지들도 전부 다 죽여버릴 테다! 이건 시작일 뿐이다, 이 자식아! 알아? 네놈과 나의 전쟁은 이제 막 시작된 거야! 내 이름, 리니아 폴라리스에 걸고, 내 모든 것을 빼앗은 자들의 모든 것을 빼앗아주겠다!"

그렇게
50년이 흘렀다.

지구의 밤은 아름답다. 도시의 밤은 더욱 아름답다. 고층 빌딩에서 지평선을 가득 메운 불빛을 볼 수 있다면 말이다. 그러나 폴리의 탐정 사무실은 도시 변두리 작은 빌라의 2층에 있었다. 폴리가 창문 밖으로 볼 수 있는 것은 드론 운영비보다 싼 임금을 받으며 새벽 택배를 배달하러 다니는 트럭 운전수 정도였다.

왜 새벽 택배냐고? 밤이라고 하지 않았냐고?

지금 시간은 아침 여섯 시. 그러나 하늘은 어두컴컴하다. 그 이유는 결코 해가 늦게 뜨는 계절이라서가 아니다.

탕탕. 누가 사무실 문을 노크했다. 미리 온다는 연락은 받았다. 그러나 폴리는 쉽게 문을 열어주고 싶지 않았다. 푹, 한숨을 쉬고 난 뒤에야 마지못해 현관문을 열었다. 흰 군경찰 제복을 입은 거구의 남자가 서 있었다. 갈색 피부에 장발 머리. 90세가 넘었지만 30대 남짓으로 보이는 것은 거대 가문에 비위를 맞춘 오랜 노력의 성과.

그렇다. 후시 루 대령이다. 리니아가 폴리로 개명하기 전부터 언젠간 죽이고 말겠다며 다짐했던 그 남자였다.

"간만이군, 폴라리스. 사립탐정 놀이는 할 만한가?"

형식적인 인사를 하면서 눈으론 폴리의 차림새를 훑어봤다. 길거리 양아치처럼 보이고 싶은 듯한 찢어진 청바지에 가죽 재킷. 파랗게 염색한 단발엔 금발의 흔적이 전혀 남아 있지 않다. 그러나 유심히 보면 풀을 듬뿍 먹이고 쫙쫙 펴 주름마다 각이 서 있다. 옆머리를 민 것은 군 시절 버릇이겠지. 우주 전쟁은 반세기 전에 끝났다. 그러나 그녀의 전쟁은 아직 끝나지 않은 것이다.

리니아 폴라리스, 아니, 폴리가 말했다.

"그 이름으로 부르지 말라고 했을 텐데."

대답 대신 질문을 던진다. 어차피 둘의 대화는 화기애애했던 적이 없다.

"들어가도 되겠나?"

약속하고 온 사람을 내치진 않았다. 예의범절과 원리원칙은 그녀의 족쇄였다. 후시는 그걸 이용할 줄 알았다. 그의 덩치엔 심히 좁은 식탁에 앉아 바로 용건을 꺼냈다.

"말해봤자 씹을 건 알지만…… 너희 숙부에게서 연락이다. 6층에 결혼 상대가 있으니 지금이라도 올라와 용서를 빌면 새 삶을 약속해주겠다고 한다."

폴리가 티백 든 컵에 뜨거운 물을 부었다.

"너도 말하고도 시간 낭비였다 싶지?"

"이해할 수 없군."

후루룩. 후시가 싸구려 차를 마셨다. 봉지엔 실제 녹찻잎과 똑같은 맛의 복제 식품이라고 큼지막하게 적혀 있었다.

"실종된 부하들을 찾고 싶다면 더더욱 6층으로 올라가야지. 시체가 굴러다녀도 우주에 떠다닐 텐데, 천장에 가로막힌 3층에서 대체 누굴 찾겠다는 거야?"

3층. 천장. 6층.

캐슬러 신드롬. 전쟁 이전부터 인류가 버려온 천문학적인 양의 우주 쓰레기들이 2061년에 임계점을 넘어섰다. 서로 충돌하며 기하급수적으로 늘어난 데브리들이 지구 전역에 일제히 추락하며 지상의 도시들을 멸망시켜버렸다. 이른바 '퍼스트 스카이폴'이었다.

우주 전쟁을 지속하기는커녕 인류가 지구를 떠나는 것조차 불가능해졌다. 살아남은 인류는 총구를 내리고 세컨드 스카이폴을 대비하기 시작했다. 지구 각지에 거대한 궤도 엘리베이터가 세워지고, 데브리를 막는 자기장 필드가 설치되었다. 예견대로 데브리의 2차 대규모 추락이 시작되었고, 자기장 필드는 성공적으로 잔해들을 막아냈다.

아직도 데브리는 떨어지고 있다. 인류는 자기장 필드와 필드를 가득 메운 데브리 천장 아래로 모였다. 하늘이 없는 도시가 이제 인류가 살 수 있는 유일한 곳이 되었다. 얼마 가지 않아 부유층은 이를 견디지 못하고 궤도 엘리베이터 꼭대기로 올라갔다. 어느새부턴가 천장 아래의 도시를 3층이라고, 천장 위의 도시를 6층이라고 부르기 시작했다.

이곳은 랄 시티. 생존을 대가로 영원히 아침을 잃은 자들이 살아가는 곳.

뿌웅.

방귀 소리. 별안간 두 사람의 대화가 멈췄다. 폴리도 몸에 밴 품격을 잃지 않는 천생 군인이었지만, 후시만큼 천박함을 증오하진 않았다. 그가 이마를 문지르면서 한탄했다.

"빌어먹을. 라이스냐? 넌 어떻게 저런 여자랑 같이 사는 거야?"

"네가 붙여준 혹이잖아. 잊었어?"

"일할 때 쓰란 거지 같이 살란 뜻은……"

후시가 말을 맺을 틈도 없었다.

"아, 시끄러워, 폴리! 난 하루 열 시간 못 자면 미용에 안 좋다고! 화장품 값 내줄 것도⋯⋯"

검은 장발에 오드아이를 한 여자가 한 팔엔 다키마쿠라를 든 채 속옷 차림으로 튀어나왔다. 한껏 짜증을 내던 목소리는, 후시 루 대령을 보자마자 겁에 질려선 다시 방 안으로 들어가버렸다.

"히익, 대령님! 잘못했어요, 목숨만 살려주세요!"

후시가 뭐라고 말하려다, 드르륵, 하는 발코니 문 소리에 다시 말이 막힌다. 까무잡잡한 피부에 10대 초반으로 보이는 무표정한 남자아이가 거실로 들어온다.

"폴리. 발코니 청소 끝났어."

"수고했어, 킨타. 아침 밥을 부탁해."

"응. 장 보고 올게."

"아앗! 킨타! 나 맥주 사다줘!"

"난 미성년자라 주류는 못 사, 라이스."

"에이, 그러지 말구! 내가 민증 위조해줄 테니까!"

끄응. 후시가 수준 낮은 소란을 견디지 못하고 손으로 귀를 틀어막았다.

"아침부터 돌겠군. 날마다 이러고 사는 거야? 폴라리스 가문의 영애가 어떻게 이 난지도에서 버티고 있는 거야? 뭣 때문에 하늘 도시로 올라가지도 않고 이걸 참고 있는 건데? 나와 온 세상에 복수하겠다던 그 리니아 폴라리스는 어떻게 된 거야?"

"왜냐하면⋯⋯"

폴리가 후시의 질문에 대답하려는 순간, 쾅쾅쾅, 하고 현관문을 다급하게 두들기는 소리가 들렸다. 폴리가 나가봤다. 문밖엔 눈물로 두 눈이 통통 부어버린 어린 여자아이가 서 있었다.

아이가 겁에 질린 목소리로 애원했다.

"폴리 언니! 제발 도와줘! 어젯밤에 엄마가 사라졌어! 군경찰은 그냥 가출한 거라면서 내 말은 들은 척도 안 해! 아빤 공사장에서 다리를 다쳐서 꼼짝도 못해. 어제만 해도 놀러가기로 했던 엄마가 제 발로 사라졌을 리가 없어! 우린 해결사를 부를 돈도 없어. 믿을 건 너희뿐이야!"

그제야 소녀는 군경찰들의 우두머리가 식탁에 앉아 있는 걸 보고 목을 움츠렸다. 폴리는 아니었다. 오늘 기상 후 처음으로, 그녀는 온몸에 활력이 넘쳐 보였다.

"잘 왔어. 혹시나 납치라면 한시라도 빨리 움직이는 게 좋겠네. 라이스! 킨타! 가자!"

라이스가 싸구려 정장을 대충 구겨 입으며 나왔다.

"지금? 당장? 밥은?"

킨타는 장바구니를 다시 내려놨다.

"대령님은 어떻게 해? 손님만 두고 나가는 건 예의가 아니라고 생각해."

폴리는 신경 쓰지 않았다. 그녀를 따라 라이스와 킨타가 집을 나갔다. 세 사람이 넘는 문지방 위엔 '폴리와 라이스의 탐정 사무소: 실종자 수색 전문'이라고 새긴 현판이 걸려 있었다.

우두커니 홀로 남은 후시가 마지막으로 문밖을 향해 외쳤다.

"6층으로 올라가라, 리니아 폴라리스! 네가 있을 곳은 여기가 아니야!"

쾅. 문이 닫혔다.

폴리는 웃고 있었다.

"내 명예가 거하는 곳이 내가 있을 곳이야!"

이것은, 하늘 없는 도시에서 잊혀진 자들을 찾아다니는 어느 탐정들의
이야기다.

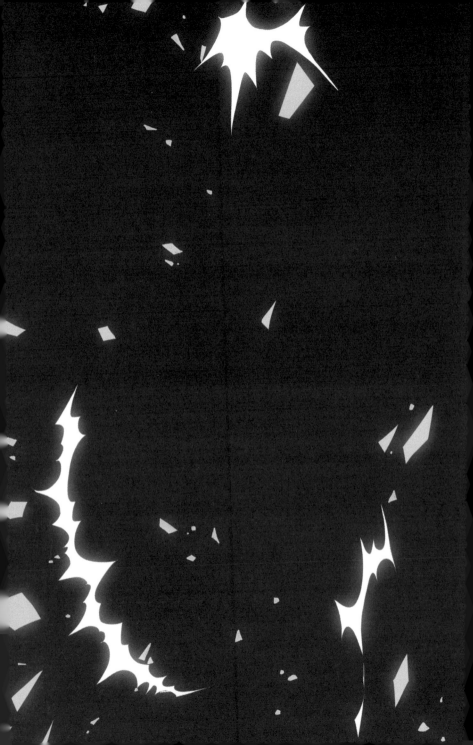

사건 파일 #1

새를 부수는 남자

1

떵동.

공원 벤치에 폴리, 라이스, 킨타가 나란히 앉아 있었다. 벨 소리를 들은 폴리가 공원의 시계를 올려다봤다.

"벌써 한 시야?"

4층의 쓰레기 더미에 막힌 하늘은 당연히 기상 현상이 없다. 태양의 움직임으로 시간을 알 수가 없으니 도시의 시계들은 정해진 시간마다 벨 소리를 울려 미약하게나마 세금 값을 하고 있었다.

"아니야. 내 눈에서 난 소리야."

온라인에 실시간 연결된 라이스의 한쪽 의안이 데굴데굴 움직였다.

"지난번 사건의 사례금이 들어왔어…… 미친, 이 푼돈을 누구 코에 붙여?"

폴리는 얼마나 들어왔는지 묻지도 않았다. 가로등 밑에서 꾸르륵거리는 비둘기들을 구경하며 느긋하게 말했다.

"돈이 없어서 우릴 찾아온 가족들이었는데 뭘 기대해? 굶어 죽을 거 같으면 비둘기라도 잡아먹지 뭐."

여유와 차분함은 라이스의 장기가 아니었다.

"웃기지 마! 굶어 죽으려고 머나먼 밈 시티에서 여기까지 왔는 줄 알아? 내 넘치는 재능을 두고 이게 무슨 거지 생활이야!"

"넘치는 재능은 무슨. 소매치기 협잡질 빼면 남는 것도 없는 주제에……"

라이스에게 핀잔 주는 도중인데 별안간 킨타가 자리에서 일어났다. 갑자기 터벅터벅 비둘기 무리 방향으로 다가갔다.

"뭐 해, 킨타?"

킨타가 대답했다.

"굶어 죽을 거 같으면 비둘기를 잡아야 한다고 해서. 우리 가계 사정이 위태로우니까 비둘기를 요리해볼게."

"아니, 내 말은 그게 아니라……"

킨타의 우직함엔 늘 부가 설명이 필요했다. 폴리가 뭐라 말을 꺼내려는데, 갑자기 공원 저편에서 나이 든 노숙자 하나가 성을 내며 달려왔다.

"이노옴! 비둘기에게 손대지 마라!"

다짜고짜 킨타의 머리에 손찌검을 하려는 노인. 그러나 이쪽엔 폴리가 있었다. 엄청난 속도로 킨타와 노숙자 사이로 달려들더니 억센 손으로 그자의 손을 막았다.

"건강해 보이시는군요, 벙크 씨."

목소리만은 차분했다.

"무슨 일인진 모르지만 진정하시죠. 어차피 킨타는 허수아비라 혼내도 의미 없습니다."

허수아비. 사실, 누구도 정확한 원인은 모른다. 다만 현재까지 연구에 따르면, 자기장 필터로 하늘이 막힌 상태에서 3층에 과포화된 전자파가 일부 태아들에게 어떤 영향을 끼쳤다고들 한다. 언젠가부터 비정상적으로 감정과 자아가 마비된 아이들이 태어났다. 심한 아이는 명령을 내리지 않으면 끼니를 챙겨 먹을 줄도 몰랐다. 그제야 벙크도 킨타에게 악의가 없었음을 깨달았다.

"흐, 흥분해서 미안하구먼. 요즘 비둘기가 줄어서 말이야. 어떤 고약한 녀석이 비둘기에게 화살을 쏘고 있더라고."

"화살이요?"

벙크가 천천히 고개를 끄덕였다. 그가 누더기나 다름없는 코트 안에서 뭔가를 꺼내 보였다. 화살에 맞아 정지한 비둘기였다. 화살이 박힌 자리엔 금속 외피와 전선이 드러나 있었다.

"화살······"

라이스가 침을 꿀꺽 삼켰다.

"랄 시티에선 등록되지 않은 원거리 무기는 소지만 해도 중죄 아냐?"

폴리의 표정도 진지해졌다.

"그도 그렇지만 랄 시티의 비둘기들은 도시의 사유재산인데. 군경찰엔 신고해보셨어요?"

"그치들은 그저 새로 만들어서 바꿔놓을 궁리뿐이야. 관상용 드론 이상의 가치는 없다, 이거지. 그래, 마침 잘됐군. 너희 사람 찾는 거 잘하지? 이거 부수는 자식 좀 찾아서 말려줘. 돈은 낼 테니까!"

허튼소리가 아니었는지 벙크가 땀에 전 안주머니에서 머니 칩을 꺼내 보였다. 의안으로 칩을 스캔한 라이스의 얼굴에 미소가 번졌다.

"와우, 뭐 노숙자가 이런 돈을 모았대요?"

"이 부근의 노숙자 동료들끼리 모은 거지. 비둘기를 위해 쓴다면 반대할 친구는 없을 거야."

폴리가 칩을 받아 들려는 라이스의 손을 막았다. 한 치의 흐트러짐도 없이 꼿꼿이 서서는 늙은 노숙자에게 물었다.

"이만한 가치가 있는 일입니까? 나름 목돈이잖아요. 어르신 말마따나, 세금으로 굴리는 관상용 드론일 뿐이잖습니까?"

후우. 벙크가 한숨을 쉬었다. 그가 4층 천장을 올려다봤다. 대낮부터 반짝이는 별빛은 필시 천장에 매달려 필터를 정비하는 자동 드론이겠지.

"이 도시는 춥고 어두워. 가족조차 없는 노숙자에겐 더욱 그렇지. 우리에겐 이 비둘기들이 반응해주는 걸 구경하는 게 유일한 낙이야. 공장에서 만들어진 드론이라고 해도, 어쩐지 우리 눈엔 제각각 차이와 개성이 보이거든. 도대체 어떤 인간이 이런 녀석들에게 원한을 품는지는 모르지만, 내가 가진 것으로 지킬 수 있는 게 남아 있다면 난 그것만으로도 만족해. 어때, 탐정. 의뢰를 받아주겠어?"

밤이 왔다. 어차피 쭉 어둡긴 했는데, 열 시가 넘었으니 대충 밤이라고 불러도 되겠지.

잠복이라고 해봐야 수풀 속에 숨어서 가로등 밑에 모인 비둘기들을 지켜보는 것뿐이었다. 위험할 수 있는 작업이라 킨타는 집에 대기시켰다. 철없는 걸로 치자면 킨타 못지않은 녀석이 있는 건 마음에 들지 않았지만.

라이스가 칼로리 바를 뽀작뽀작 씹으면서 투덜거렸다.

"그냥 집에서 CCTV 해킹하면 되는 거 아냐?"

폴리는 목소리를 낮췄다.

"공원 CCTV 건드리면 군경찰 방화벽이 작동해. 왜, 후시랑 면담하고 싶어?"

"히익! 아, 아니."

"그럼 조용히 있어. 잠복은 침묵이 생명이야. 범인이 소란 피우고 달아나면 의미 없잖아."

피. 라이스가 반항은 못하고 혀 차는 소리만 냈다. 잠복 수사라니. 밈 시티에서건 랄 시티에서건 라이스는 치안 기구와 연이 좋지 않았다. 지금은 멀끔한 정장을 입고 새 사람이라도 된 듯 행세했지만, 불과 수년 전만 해도 해킹과 도둑질로 연명하던 고아 꼬맹이였다. 그런 그녀가 경찰마냥 잠복이라니. 푼돈에 남을 도와주는 생활이라니.

"왔다."

가로등 저편에서 발소리가 들렸다. 동시에 숨을 죽였다. 벙거지를 눌러쓰고 긴 코트로 몸을 감싼 그림자가 석궁을 꺼내고 있었다. 라이스가 속삭였다.

"진짜 석궁이야! 미쳤다, 미쳤어! 이거 신고만 해도 포상금 받겠는데?"

폴리가 재빨리 풀숲에서 나왔다.

"멈춰라! 사설탐정이다! 공공시설 파괴 및 불법 무기 소지 확인! 저항하고 싶으면 반대는 안 해!"

놀란 사내가 몸을 돌린다. 의도인지 실수인지 화살이 발사되었다. 화살은 라이스를 향해 날아갔다. 콰직! 날아가는 화살을 향해 폴리가 주먹을 날린다. 폴리의 주먹에 맞자 화살이 허공에서 박살났다. 경이로운 동체 시력과 반사 속도. 그녀의 강화 육체에 들어간 기능은 노화 방지만이 아닌 것이다.

"이 정도 재래식 무기야 우습지. 라이스! 쉽게 넘어가기 싫은가보다! 무장해!"

"오케이, 싸장님!"

라이스가 전자총을 꺼내 든다. 저쪽도 눈치를 챈 것 같다. 멈칫하던 그림자가 코트 안에서 석궁이 아닌 다른 것을 꺼내 들었다. 강렬한 플래시가 터졌다.

"으앗, 눈!"

폴리의 망막이 바로 플래시에 노출되었다. 뒤에 있던 라이스는 무사했다. 그때를 놓치지 않고 라이스가 총구를 겨누었다. 총과 연동된 그녀의 의안이 재빠르게 확대되고 수축하며 과녁을 잡아냈다. 방아쇠에 힘이 들어갔다.

그때, 라이스의 증강현실 시야에 붉은 경고등이 떠올랐다.

〈UNTARGETABLE LEVEL〉

탈칵! 방아쇠가 걸린다.

"어?"

당황하는 라이스.

다시 한번, 플래시가 터졌다. 이번엔 피하지 못했다.

2

군경찰의 가장 중요한 임무는 도시의 치안이다. 왜냐고? 그래야 3층민들이 함부로 궤도 엘리베이터를 기어올라가 6층에 악취를 풍기지 않을 테니까. 그래서 군경찰 사령부는 궤도 엘리베이터에 건설되어 있었다. 그 위용만으로도 이 도시에서 시의회라는 게 얼마나 하찮은 존재인지 직관적으로 느껴질 정도였다.

폴리와 라이스는 사령부 복도 벤치에 앉아 있었다. 킨타가 두 사람에게 눈에 댈 젖은 수건을 가져다주었다. 마른 체형에 안경을 쓴 젊은 남성 군인이 걸어왔다. 킨타를 보자 한참 어린 그에게 공손하게 인사했다.

"고생이 많아요, 킨타. 이 바보들 돌보기 힘들죠?"

"아직은 할 만해, 콴."

익숙한 목소리가 들리자 폴리가 눈에 덮은 수건을 내렸다.

"후시 자식, 자넬 보냈어? 뒤치다꺼리도 보통 일이 아니겠군."

"하하, 공무에 귀천이 있겠습니까? 그리고, 이번 일은 전혀 가벼운 일이 아니더라구요. 두 분, 간만에 큰 거 하나 물어 오셨습니다."

콴 응우옌 중위가 폴리와 라이스 앞에 태블릿을 내밀었다. 화면엔 전날 밤에 공원에서 조우한 사내의 정면 사진이 띄워져 있었다.

"그레고리 양. 6층의 '하늘 도시' 출신이며 현재 랄 시티 3층 대법원 판사님입니다. 2주 전부터 실종 상태였는데 놀랍게도 여러분이 찾아내신 겁니다. 과연 실종자 수색 전문이네요!"

폴리가 고개를 끄덕였다.

"6층민! 그래서 라이스의 총이 멈춘 거군. 3층에서 인가된 모든 총은 6층민을 쏘지 못하도록 락이 걸려 있으니까!"

6층민 사건! 라이스도 우는소리나 할 때가 아님을 깨달았다. 생물 눈으론 태블릿을 보면서 의안으론 웹에서 양 판사의 기록을 검색했다.

"우와. 양 가문이면 6층에서도 알아주는 거대 가문이잖아요? 시의회에서도 상당한 영향력을 지닌 분이네요! 아니, 이런 사람을 2주나 못 찾고 있었어요?"

"놀리지 마세요, 라이스. 저희도 무척이나 절박했다니까요. 오죽했으면 7층으로 간 거 아니냐는 소리까지 나왔겠어요?"

"7층?"

우두커니 서 있던 킨타가 말했다.

"이해가 안 돼. 6층이 궤도 엘리베이터 옥상에 있잖아? 그 위엔 아무것도 없다고 알고 있어."

허수아비에게 잘못된 정보는 독이다. 라이스가 손을 저으며 오해를 수정해줬다.

"아니, 그냥 도시 괴담이야. 요즘 실종 사건이 워낙 많잖아? 그 사람들이 7층이라는 환상의 낙원으로 간 거 아니냐, 하는 농담이 유행이거든. 신경 쓰지 마."

농담 역시 잘못된 정보만큼이나 킨타에게 어려운 분야다. 갸우뚱하는 그를 두고 라이스가 콴에게로 고개를 돌렸다.

"어쨌든, 이건 사립탐정의 범주를 떠난 사건인 거죠? 범인이 누군지 알았으니 벙크 아저씨 의뢰도 해결된 거네! 그럼 저흰 가볼게요, 중위님!"

"그게…… 대령님의 특별 지시가 있습니다. 폴리 씨께서 만나주셨으면 하는 분이 계십니다."

루 대령의 특별 지시라. '너무 쉽게 풀리는 일'과 '마무리가 찝찝한 일' 사이에서 저주받은 사생아가 태어난다면 '루 대령의 특별 지시'와 비슷한 무언가가 나오겠지. 마음 같아선 무시해버리고 싶지만 랄 시티에서 살기 위해선 그와 무작정 척을 지는 건 현명한 행동이 아니었다. 어찌 되었든 폴리는 3층으로 내려온 덕분에 더 이상 지긋지긋한 가족들과 얽히지 않게 되었고, 후시가 그 완충재 역할을 하는 건 사실이니까. 그래도 언젠간 그 재수 없는 면상을 두들겨 팰 날이 오기를 고대하며, 폴리와 라이스는 잠자코 콴을 따라갔다.

그가 안내한 곳은 사령부의 취조실이었다. 본래대로라면 단방향 거울 너머에서 용의자를 감시하기 위한 폐쇄 공간일 터이지만, 오늘 여기에서 폴리를 기다리고 있는 건 귀빈이었다. 딱 봐도 엄청 비싸 보이는 옷을 입은 귀부인이었다. 십중팔구 용의자라서가 아니라 일반인하고 섞이지 않는 곳을 원해서 취조실을 내준 것이리라. 부인은 마침 취조실 책상 위에 핸드폰을 올려두었다. 라이스의 의안은 장치가 보이기만 하면 해킹이 가능하다. 폰을 스캔하고는 입을 벌렸다.

"양 부인? 판사님 마누라네요? 그 사람이 3층의 사립탐정에게 무슨 볼일이래요?"

"호랑이의 식성을 알고 싶으면 호랑이 굴에 들어가야겠지."

폴리가 바로 취조실 안으로 들어갔다. 늘 그렇듯이 깍듯한 몸짓으로 양 부인에게 인사했다.

"안녕하십니까? 저는 폴리와 라이스의 탐정 사무소의……"

그녀의 말이 끝나기도 전에 부인이 코를 틀어막고 고개를 돌렸다.

"어우, 3층 냄새! 기껏 사람 없는 취조실에서 만나겠다고 했는데 이게 뭐야? 저저 옷 입은 꼬라지 하고는! 당신이 정말로 루 대령이 추천한 사람이야?"

애당초 6층민이라곤 해도 남편 직업상 3층에 살았을 텐데 뭔 놈의 냄새 타령? 그제야 폴리는 후시의 의도를 파악했다. 간만에 날 엿먹이고 싶어서 일부러 알선해준 거군. 아무리 생활비가 궁하다지만 배고프다고 똥을 먹을 순 없지.

"죄송합니다. 제가 부담스러우신가보군요. 남편을 찾고 싶으신 듯한데, 다른 탐정을 원하신다면 소개해드리겠습니다. 루 대령에겐 제가 잘 얘기하겠습니다."

취조실 안엔 양 부인의 핸드폰과 핸드백이 있었다. 물컵까지 있는 줄은 몰랐다. 부인이 별안간 물컵을 들어올리더니, 폴리의 얼굴에 대고 던져버렸다.

"뭐어? 대령? 님 안 붙여, 님? 후시 루는 우주 전쟁의 영웅이야! 너희 3층 천민들을 지켜주시는 분에게 예의를 보여야지! 이런 근본 없는 종자들은 헌병대에 알려서 교육부터 다시 시키게 하겠어!"

이런 때야 말로 처세가 필요한 순간이다. 대충 머리 좀 숙여주면서 비위를 맞춰주면 적당히 지치는 시기가 올 것이다. 그런데 폴리에겐 그런 쪽으론 별로 재능이 없었다. 명예와 규율. 지난 반세기 동안 머리를 떠난 적이 없는 가치였다. 요는, 세 살 버릇 여든까지 못 버린다는 것이다.

"헌병대의 업무는 그쪽 방면이 아닙니다. 어차피 전 군 소속도 아니지요."

매우 예의 바르고 원리원칙에 입각한 반론이었다. 안 그래도 흥분한 양 부인을 시뻘겋게 만들기에 충분한 태도였다.

"지금 나랑 따지자는 거야? 더는 못 참아! 지금 당장 6층으로 돌아가서……"

덜컹! 라이스가 문을 열고 들어왔다. 폴리가 눈빛으로 말했다. 돌아가! 내가 충분히 해결할 수 있어! 라이스가 눈빛으로 말했다. 개가 똥을 끊지!

딱! 라이스가 폴리의 뒤통수를 때리면서 간드러진 목소리로 말했다.

"아이고, 죄송합니다, 여사님! 저희 사무실 직원이 실수했네요! 하여간 나서지 말라니까 자꾸 이런다니까요, 호호호!"

짝퉁 다이아몬드 반지를 박스째 팔아치우던 시절의 실력이 다시 나왔다. 저자세로 나오니 부인의 표정도 조금은 풀어졌다.

"직원 교육 똑바로 시켜! 근데 '폴리와 라이스의 탐정 사무소' 아니었어? 왜 사장 이름이 뒤에 있는 건데?"

"저도 6층 힐데가르드 가문 출신이거든요. 3층민들이 얼마나 6층민을 시기하는지 잘 아시잖아요? 어쩔 수 없이 현지인 직원을 전면에 내세운 거죠!"

같은 6층민! 심지어 양 부인도 아는 가문이었다. 바로 둘 사이에 화기

애애한 대화가 오가기 시작했다. 양 부인은 언제 성을 냈냐는 듯이 믿음직한 '라이스 힐데가르드'에게 실종된 남편의 수사를 맡겼다. 폴리는 그들의 대화가 이상할 정도로 모순점 없이 청산유수로 흘러가는 걸 수상하다는 눈빛으로 바라볼 뿐이었다.

집으로 돌아왔다. 킨타가 운전하는 내내 뒷좌석은 쥐 죽은 듯이 조용했다. 라이스는 오늘 큰 활약을 했다는 사실에 뿌듯함을 음미하는 중이었다. 한 가지 못마땅한 점이 있다면, 기껏 난감한 상황에서 구해줬는데도 고맙다는 말 한마디 없는 폴리였다. 하여간 잘하는 건 잔소리뿐이지. 킨타가 주차하고 차에서 내리자 단둘이 남았을 때 말을 꺼냈다.

"어땠어, 폴리? 감쪽같았지? 그 여자 핸드폰의 연락처를 스캔해서 6층민인 척했어. 한 치의 의심도 안 받고……"

"이런 너클헤드! 6층민 신원 도용이라니, 제정신이냐!"

갇힌 차 안에서 버럭 소리를 지르니 천장이 울렸다. 칭찬을 기대했는데 호통이 들려오자 라이스가 어깨를 움츠렸다. 폴리의 푸닥거리는 멈출 줄을 몰랐다.

"내가 사장이고 넌 피고용자야! 위험한 일은 내가 해! 아니면, 방금 그게 위험한 일인 줄도 몰랐던 거야? 그 여자가 힐데가르드 가문 쪽에 사실 조회라도 하면 어쩔 셈이야? 시키는 일만 하고 시키지 않은 일은 하지 마! 그게 그렇게 어려워?"

지렁이도 밟으면 꿈틀한다. 라이스가 목은 움츠린 채 칭얼거렸다.

"누가 원해서 너랑 일한대? 날 부하 취급하지 마! 여긴 군대가 아니고 지금은 전쟁 중이 아니야!"

군대? 전쟁? 내가 이 자식에게 내 옛날 얘기를 한 적이 있던가? 아니, 그럴 리가 없지!

"말 돌리지 마! 내가 하고자 하는 말은……"

"말 돌리지 마!"

"뭐? 내 말 따라 하지 마!"

"내 말 따라 하지 마!"

"네가 지금 나이가 몇인……"

탕탕!

세상 유치한 두 사람의 말다툼을 차 보닛 두들기는 소리가 막았다. 스포츠 머리의 젊은 남자가 차창 너머에서 차 안을 들여다보고 있었다. 원래는 둘이 나오면 말을 걸려고 했는데 안에서 싸우고 있으니 참지 못하고 개입한 모양이다.

폴리가 먼저 나갔다. 본능처럼 움직인 시선이 상대의 정보를 확인한다. 3층 옷을 입고 있지만 최근에 구매했다. 옷 주름으로 보아 안주머니에 무기. 경계하고 있지만 공격하러 온 건 아니다. 모든 단서를 취합해보면……

"양 판사와 관련된 사람인가? 6층에서 왔지만 3층의 위험성을 아는 자로군. 가족은 아니지?"

남자가 감탄했다.

"탐정 실력은 헛소문이 아닌 모양이군! 내 이름은 브라함. 양 판사님의 보디가드다."

차에서 따라 나온 라이스가 고개를 갸우뚱했다.

"보디가드? 그럼 왜 양 부인과 함께 있지 않았어? 하긴, 판사의 보디가

드니 부인까지 신경 쓸 필요는 없는 건가?"

"그런 것도 있지만…… 군경찰의 눈을 피해 나누고 싶은 이야기가 있었거든."

남자가 잠시 말을 멈추고 이리저리 주위를 살핀다. 폴리가 눈을 가늘게 떴다. 3층엔 군경찰의 감시가 사방에 존재한다는 걸 아는 자. 역시나 3층 출신의 6층민이다. 하늘 도시의 잡일은 로봇들의 몫이지만, 어딘가엔 허드렛일을 도맡아줄 인간이 필요하기 마련이다. 양 판사처럼 3층에 사는 6층민이 있는가 하면, 6층의 밑바닥에 끼어들어가는 데 성공한 3층민이 존재하는 것이다.

남자가 보는 눈이 없음을 확인하자 말을 이었다.

"판사님의 수색을 의뢰하고 싶다. 하지만 군경찰하곤 별개로 요청하고 싶어. 군경찰은 가출로 처리할 작정이지만 이건 틀림없는 납치야."

"납치?"

석궁으로 비둘기를 사냥하러 다니는 모습은 납치당한 사람 같지 않았다. 그러나 브라함의 주장은 완고했다.

"아는 자는 많지 않지만, 판사님은 최근에 3층의 드론 새에게 CCTV를 장착하는 법안을 진행시키는 중이셨어. 3층의 범죄율이 통제를 잃은 걸 늘 걱정하셨거든. 새들은 도시 전역을 무작위로 날아다니니까 그 점을 활용하려고 하신 거지. 전방위 감시를 통해 거짓 없는 도시로 다시 태어날 랄! 비로소 3층민들은 안전한 삶을 누릴 수 있게 될 거야."

"정말로? 마피아가 알았다면 가만히 있었을 리가……"

그제야 라이스가 맥락을 파악했다.

"아하!"

"그래. 틀림없이 법안 통과를 막기 위해 3층의 마피아가 판사님을 납치한 거야. 랄 시티의 군경찰이 마피아와 유착 관계라는 건 공공연한 비밀이잖아? 군경찰을 믿을 수 없다면 3층에서 판사님을 구할 수 있는 건 나뿐이야. 돈은 얼마든지 낼 테니 도와줘, 폴리와 라이스!"

'얼마든지 낸다'라는 말에 과장이 섞인 건 사실이다. 아무리 6층에 한쪽 발을 담그고 산다 해도 브라함의 계좌엔 한계가 있었으니. 그러나 그레고리 양을 위해 무슨 짓이든 하겠다는 그의 각오만은 사실이었다. 3층에서 태어났지만 하늘 없는 도시에 정착하지 못하고, 아등바등 6층으로 기어올라갔음에도 벌레 취급이나 받던 나날들. 그 생활에서 구해준 것이 양 판사였다. 지금이야말로 빚을 갚을 순간이었다. 그저 자신의 절박함이 이 두 아마추어들에게 닿기만을 바랄 뿐이었다.

그 심정을 아는지 모르는지 라이스는 얼굴에 웃음꽃이 피었다.

"우효! 잘하면 판사네 아줌마랑 이쪽에 사례금을 얹어 받을 수 있겠는데! 하자, 폴리!"

한 번 더 생각하는 건 폴리의 역할이었다.

"뭔가 이상하지 않아? 우리가 직접 판사를 봤잖아. 납치당한 것처럼 보이진 않았어. 그리고 법안 방해랑 지금 있는 비둘기 드론을 파괴하는 게 무슨 상관이야? 어딘가 의심스럽지 않아?"

"아이구, 우리 싸장님, 그놈의 편집증! 스캔들로 덮어버리게 법안 주도자가 추태를 부리는 모습을 보이라고 마피아에게 협박이라도 당했나보지! 아니면 누가 세뇌 칩이라도 박은 거 아냐? 예전에 갱스터들이 그거 실험하다가 노숙자 여럿 잡은 일이 있었잖아. 그래서 모자를 쓰고 있던 걸지도?"

폴리가 놀랐다는 듯이 눈을 크게 떴다.

"허…… 넌 아무 생각 없는 거 같다가 가끔 한 번씩 기똥찬 추리를 하더라."

굼벵이도 구르는 재주가 있고 라이스도 도움이 될 때가 있군. 생각해 보면 방금 전까지 얼굴 붉히고 싸우던 녀석이 대단한 회복력이다. 폴리는 칭찬에 인색한 편이었지만, 이 일은 라이스의 제안을 따를 수밖에 없었다. 무엇보다, 브라함의 가설이 사실이라면 이건 군경찰이 얽힌 스캔들이었다. 후시 루 자식의 약점 하나 잡아낼 수 있다면 긴 하루쯤이야 감수할 수 있지.

"뭐, 어느 쪽이든 6층민 출신에게 빚을 만들어서 나쁠 건 없겠지. 뒷자리에 타라, 브라함. 라이스! 킨타는 두고 갈 테니까 네가 운전해."

"좋았어! 목적지는 어디야? 신문사? 시의회? 아니면 판사의 자택에라도 숨어 들어갈 거야?"

"무슨 소리야? 네 입으로 갱스터 얘기 했잖아? 랄 시티에서 세뇌 칩을 다루고 판사에게 손댈 규모의 마피아는 하나뿐이잖아? 당연히 둠 오브 던 Doom of Dawn 클럽으로 가야지."

라이스가 사무소 방향으로 줄행랑쳤다.

"아이고, 피곤해라! 플래시 맞은 눈이 하~나도 안 보이네! 난 집에서 킨타랑 한숨 잘게!"

"브라함. 구겨 넣어."

브라함이 발버둥치는 라이스를 잡아다가 운전석에 구겨 넣었다. 이제 막 정오를 지났을 뿐인 도시의 어둠을 향해 자동차의 헤드라이트가 불을 밝혔다.

3

궤도 엘리베이터 중심으로 급조된 빌딩들. 좁은 천장 아래에 모여든 과포화된 인구. 그나마 자본을 가진 상류층은 6층으로 도망가버렸다. 그 과도기는 정치적, 경제적으로 혼란스럽기 그지없었다. 랄 시티 4층 아래 어둠 속에서도 조직 범죄가 기승을 부렸다. 특히 2070년대에 걸친 마피아 연합과 군경찰의 전쟁은 퍼스트 스카이폴보다 많은 사람을 죽였다는 농담이 나올 정도였다. 그래도 마피아 전쟁은 끝이 났고, 최후의 한 조직이 살아남아 랄 시티의 어둠을 손에 넣었다.

그것이 아노말리 패밀리. 둠 오브 던 클럽은 술집으로 위장한 아노말리 패밀리의 아지트 중 하나였다.

차를 클럽 밖 거리에 주차시켜놓고 입구를 감시했다. 클럽 입구를 동물 인형 탈을 쓴 정장 차림의 남자들이 장승처럼 지키고 있었다.

"저게 무슨 꼴이지? 랄 시티는 오늘이 핼러윈이라도 돼?"

갸우뚱하는 브라함에게 폴리가 설명해줬다.

"아노말리 패밀리의 보스가 외모에 콤플렉스가 있는지라…… 그래도 우습게 볼 건 아니야. 놈들의 인형 탈은 전부 부가 기능이 달린 바이저거든. 뭐, 덕분에 이쪽도 손을 쓸 수 있는 거지만."

손짓을 하는 폴리. 그걸 알아들었는지 라이스가 행동에 들어갔다. 삐빅, 그녀의 의안에서 신호음이 났다. 그러자 이내 인형 탈 보초들이 뭔가 연락을 수신하고는 자리를 비우는 것이었다.

브라함이 감탄했다.

"호오? 뭘 한 거야?"

라이스가 어깨를 으쓱였다.

"가짜 메시지를 보냈지. 30분은 족히 안전할 거야."

"장비도 장비지만 해킹 속도가 장난이 아니군! 6층에서도 너만 한 실력자는 못 봤어. 너, 정체가 뭐야?"

칭찬을 듣자마자 바로 입부터 열려는 라이스. 그 뻔한 반응을 폴리가 경직된 목소리로 막았다.

"잡담할 시간 없어, 너클헤드. 들어간다."

재빨리 차에서 나와 클럽의 지하 층계를 내려가는 세 사람. 보초가 무색하게 클럽은 '청소 중' 팻말이 걸린 채 손님 하나 없이 휑한 모습이었다. 몰래 무언가를 찾아야 하는 자들에겐 이만한 상황이 없었다.

"뭘 찾아야 해?"

"가장 좋은 건 장부지. 대용량 저장 장치든 종이 서류든 술집에 어울리지 않는다 싶은 게 있으면 뭐든 찾아."

다소 추상적인 지시지만 이 이상의 방도도 없다. 세 사람은 제각각 흩어져 클럽의 책상 밑, 액자 뒤를 조사하기 시작했다. 다행히 한참을 지나도 인적이 없었다. 큰 소리만 내지 않으면 빈손으로 돌아갈 일은 없지 않을까 싶다.

라이스도, 다른 의미에서, 빈손으로 돌아가고 싶지 않았다. 바 위에 있던 술병을 보자마자 의안이 자동으로 술병의 가격을 검색했다. 0의 자릿수가 멈추질 않는다. 참새가 방앗간을 지나치겠는가? 슬쩍 술병을 집어들어 허리춤에 챙겼다. 과연 그녀는 마피아에게 들키지 않고 고가의 술을 집까지 가져갈 수 있을 것인가?

오래 걸리지도 않았다. 술병을 들고 돌아서자마자 청소를 위해 세워져 있던 대걸레에 다리가 걸려 넘어졌다.

쨍그랑!

"이게 무슨 소리야!"

우르르! 금세 클럽 안에 인형 탈을 쓴 조직원들이 몰려들어왔다. 폴리가 라이스를 잡아먹을 듯이 노려봤다. 그녀는 넘어진 채로 당당하게 말했다.

"어차피 들킬 운명이 앞당겨졌을 뿐이라고 생각하면 마음이 편해지지 않을까?"

조직원들이 총을 들었다.

"감히 아노말리 패밀리의 면전에서 도둑질이라니! 다 죽여버려!"

"모두 내 뒤로 숨어라! 난 6층 시민권자라 3층의 총은……"

자신 있게 폴리와 라이스 앞으로 나서는 브라함. 폴리가 얼른 그의 뒷덜미를 잡고 소파 뒤로 당겼다. 타다다다! 패밀리 조직원들의 유탄이 소파를 벌집으로 만들었다. 소파 뒤에 엄폐한 채 브라함이 떨리는 목소리로 말했다.

“어떻게 된 거지? 방아쇠가 걸려야 하는데?”

“마피아가 등록된 총을 쏠 리가 있나! 당연히 재래식 총이지! 아오, 씨, 어떻게 내 주위엔 너클헤드밖에 없어!”

또 너클헤드란다. 보통 이럴 땐 ‘멍청이’라든가 ‘머저리’라는 표현을 쓰지 않나? 위기의 상황 속에서도 브라함은 미묘한 위화감을 느꼈다. 뭣보다, 저런 종류의 욕을 이전에 들어본 적이 있었다.

폴리는 금세 냉정을 되찾았다. 전황을 확인하고 계획을 수립했다.

“라이스! 어차피 걸린 거 갈 때까지 가보자. 내부 구조를 파악해!”

라이스는 의안에 보이는 증강현실을 조작하느라 두 팔을 허공에 허우적거리는 중이었다.

“이미 폐쇄 네트에 들어와 있어. 내부 감시 카메라 영상을 취합하면…… 지도 완성! 전송했어!”

띠링, 하고 폴리의 태블릿이 울렸다. 지도를 보며 다음 지시를 내렸다.

“방화벽을 못 뚫은 창고가 있군. 여기가 잭팟이겠어. 내가 엄호한다. 둘이 가서 뒤져!”

“뭐?”

브라함은 이 상황이 익숙하지 않았다.

“엄호? 무슨 수로? 피부가 방탄이라도 돼?”

흠! 엄폐를 위해 숨어 있는 데 썼던 소파를, 폴리가 한 손으로 번쩍 들어올렸다. 그러곤 총격을 가하는 조직원들에게 가볍게 던졌다.

으아아악! 쓰러지는 조직원. 그제야 자신들이 상대하고 있던 푸른 머리의 여자를 알아봤다.

“뭐야, 저 괴력? 평범한 강화 인간 레벨이 아니야!”

"당연하지! 그 여자다! '랄 시티의 푸른 뱀'이야!"

"닥터를…… 치엔 님을 불러! 우리로선 도저히……"

말을 다 끝내지도 못했다. 이미 그들을 향해 폴리가 돌진해오고 있었다.

폴리의 시선 끌기는 훌륭한 엄호가 되었다. 빈틈을 타 라이스와 브라함이 클럽 깊은 곳의 창고에 도착했다. 안에 들어오자마자 브라함이 수납장으로 문을 막았다. 벽에 기댄 라이스가 안도했다.

"삼시세끼 밥 벌어먹고 살기 더럽게 힘드네. 빨리 뒤지자. 우리가 서둘러야 폴리도 안전해질……"

철컥! 느닷없이 브라함의 총구가 라이스를 향했다.

"한가해졌으면 우리 진실게임이나 하지. 너희들, 정체가 뭐야?"

위기가 끝났는 줄 알았는데 이건 또 새로운 난관이다. 라이스에게도 총은 있었지만 이미 저쪽이 먼저 총구를 겨눈 상태. 좁은 창고에선 달리 도망갈 곳도 없었다.

"정체라니? 내가 뭔 짓 했어?"

브라함의 목소리는 겁을 먹은 것처럼 들릴 정도였다.

"뭔 짓이냐고? 마피아의 폐쇄 네트를 몇 초 만에 뚫었잖아! 이건 해킹을 잘한다 못한다 수준이 아니라고! 랄 시티의 위저드급 해커는 전부 등록되어 있을 텐데, 네 이름은 들어본 적도 없어. 게다가 술병을 깨뜨려 마피아를 불러들이는 타이밍…… 너희, 정말로 사립탐정 맞아? 이거 혹시 함정이야? 처음부터 양 판사님을 노리려고 날 끌어들인 덫인 거냐?"

이해 못할 건 아니다. 아파트 자물쇠부터 거리의 신호등까지 모든 것이 도시의 유비쿼터스 네트에 연결된 시대다. 위저드급 해커의 존재는 말 그대로 전자 세계의 마법사다. 어디서부터가 뱀의 주둥이인지 알 수 없다면 모든 것을 의심하는 수밖에.

라이스가 손을 올린 채 말했다.

"정말로 내가 위저드급 해커 같아?"

"이젠 의심할 여지가 없지! 심지어 위법 해커라면……"

"그런데 위저드급 해커 앞에 6층의 스마트 건을 들이밀어?"

응? 그제야 브라함은 방아쇠가 당겨지질 않는다는 걸 깨달았다. 빠악! 당황한 브라함을 라이스가 총의 손잡이로 후려쳤다. 바닥에 쓰러지는 브라함. 그의 총을 빼앗은 뒤에야 느긋하게 수납장 옆의 박스에 걸터앉았다.

"본명은 황 미리. 밈 시티 출신이야. 라이스는 루 대령이 만든 가짜 신분이고 말이야."

브라함이 얼얼한 머리를 만지면서 고개를 들었다.

"라, 랄 시티의 흰 고래가?"

라이스는 어쩐지 의안 부분이 뜨거워지는 걸 느꼈다.

"내가 밈 시티에서도 좀 많이 바닥 인생이었거든. 해킹에 재능이 있어서 그걸로 먹고살긴 했는데 여느 고아원 출신이 다 그렇듯이 개처럼 굴려지기만 하고 살았어. 그러다가 사고에 좀 얽혀서 밈 시티에 살 수 없게 되어버렸거든. 랄 시티로 도망 와서 근근이 먹고사는데, 금세 루 대령에게 들켜버리더라. 근데 그 인간은 날 체포하고 등록시키는 것보다 쓸 만한 용도가 있다는 걸 깨달은 모양이야."

"하……"

브라함이 그제야 상황이 이해가 갔는지 고개를 끄덕였다.

"일부러 새 신원을 주고 자기 감시하에 놓아서 지저분한 일을 할 때 써먹기로 한 거로군?"

"다행히 내 이마에 CCTV를 박진 않았지만, 자유롭게 살게 해주는 대가로 폴리 밑에서 일하라고 했어. 뭐, 자유는 아니지. 어차피 폴리도 루 대령의 감시를 벗어나면 안 되는 처지인 거 같으니까 말이야. 게다가 저 얼굴만 빤빤한 잔소리쟁이 꼰대 좀 봐. 저거랑 같이 사는 게 자유냐? 진짜 내가 기회만 닿으면 랄 시티 뜨고 만다……"

얘기가 끝나자 라이스가 브라함에게 총을 돌려줬다. 그녀가 던진 총을 받은 브라함은 불편한 헛기침을 하며 총을 집어넣었다. 모든 의심이 풀린 건 아니지만 한 가지는 확실해졌다. 이 녀석들에게 문제가 터지면 바로 루 대령이 알게 될 것이다. 양 판사를 구하기 위해서라도, 자신의 머리가 목이랑 붙어 있기 위해서라도 그건 좋은 선택이 아니었다.

한 가지만 더 확인하고 싶었다.

"폴리는 이걸 아나?"

"글쎄? 루 대령이 데려왔다는 거 이상은 모를걸? 폴리는 한 번도 내 과거를 물어본 적이 없어. 내 과거를 물으면 나도 자기 과거를 물어볼까봐 그러는 거 아닐까?"

"서로 정체도 모르는 자들끼리 목숨이 위험한 일을 하면서 동거라니, 어떻게 그럴 수……"

"잠깐, 잠깐. 저게 뭐지?"

흥분이 가라앉으니 그제야 눈치채지 못하던 것이 보이기 시작했다. 라이스의 의안이 발견한 것은 수납장 위에 있던 박스였다. 자동으로 박스의 일련번호를 스캔했는데, 박스를 열어보니 역시나 드론 비둘기가 나왔다.

"와우, 바로 찾았네! 역시 창고가 답이었군!"

브라함도 박스 안을 들여다봤다.

"근데 도색도 안 된 상태네. 이건 컨트롤 칩인가? 이거 프로토타입 같은데?"

"아노말리 패밀리가 프로토타입을 빼돌렸나보네. 가만, 법안을 막고 싶다면 판사만 납치하면 되는 거 아냐? 왜 법안에 쓰일 드론을……"

와장창!

문에 바리케이드까지 세웠는데 허무할 정도로 쉽게 부서졌다. 박살난 문을 뚫고 날아온 것은 폴리였다. 라이스가 기겁해선 창고 바닥에 쓰러진 폴리에게 외쳤다.

"폴리! 괜찮아? 어떻게 된 거야?"

폴리는 비틀거렸지만 제법 담담한 목소리였다.

"미안하다. 예상 못한 거물이 나와서 말이야."

뚜벅, 뚜벅.

지팡이를 짚고 창고 안으로 들어오는 그림자. 검은 정장에 긴 목도리. 페도라를 쓴 고령의 노인. 얼굴 전체엔 붕대를 감고 있어서 민낯은 알 수가 없다. 상관없다. 이 랄 시티에서 저 미이라 몰골을 모르는 자는 아무도 없으니까.

"닥터 말리그넌트!"

라이스의 얼굴이 새하얗게 질렸다.

"아노말리 패밀리의 보스!"

4

"저자가…… 랄 시티 뒷세계의 주인!"

브라함이 총을 겨누려다가, 이내 현명한 생각이 아님을 알고 다시 집어넣었다. 폴리가 바지를 털고 일어나며 말했다.

"자네가 일개 아지트에 머물고 있을 줄은 상상도 못했는데. 내가 날을 잘못 잡은 건가? 아니면 일부러 여기까지 찾아온 거야?"

붕대 사이로 비져나온 입에서 나온 목소리는 능글맞기 그지없었다.

"당연히 우리 친애하는 폴리 누님이 행차하셨다는 연락을 듣고 부리나케 찾아온 거지. 같이 늙어가는 처지에 얼굴 볼 일 몇 번 남았다고 인사를 아끼겠어?"

짝! 닥터가 박수를 쳤다. 그러자 그의 뒤에서 폴리를 날려버린 '자', 아니, '것'의 정체가 드러났다. 부푼 검은색 고무 풍선처럼 생긴 몸뚱이. 몸뚱이에서 솟아난 물컹거리는 팔다리. 몸뚱이 한가운데에 달린 카메라가 적을 포착한다.

"플레시 워커Flesh Walker. 주인의 지시에만 반응하는 신경세포 군체! 누님이라면 알아보겠지?

"전쟁 말기에 개발되다가 버려졌다고 들었는데. 쓰레기를 주워다가 별걸 다 만드는군."

"불경기가 원수지, 허허! 내친김에 공짜 베타 테스트도 부탁할게! 워커! 침입자는 다 죽여버려라!"

부르릉! 플레시 워커가 폴리에게 달려든다. 라이스가 해킹으로 멈춰보려고 하지만 기본 베이스가 생물 병기라 접속조차 되지 않는다.

"폴리! 멈출 수가 없어!"

"총 줘! 있는 거 전부!"

고민할 틈이 없었다. 라이스와 브라함 모두 자신들의 총을 폴리에게 던졌다. 폴리는 플레시 워커의 주먹을 피하면서 두 사람이 던진 총을 잡았다. 단숨에 워커 머리 위로 올라가더니, 고무 외피 깊숙이 총을 쑤셔 넣었다.

닥터가 외쳤다.

"우직하군! 신경군체는 통각도 골격도 없어! 총알은 안 먹혀!"

폴리가 외쳤다.

"하지만 고무에겐 먹히지! 아무리 강화 고무라도 한계는 있을 테니까!"

드르르륵! 있는 대로 집아당겨진 고무 외피 안에서 총알을 난사한다. 폴리를 떼어내려고 버둥거리는 워커의 움직임이 고무를 더욱더 탄성 한계까지 늘여뜨렸다. 이내 그 결과가 나타났다. 찌지직, 하는 소리와 함께 고무가……

"어리석긴! 고압의 신경군체를 가둔 고무가 터졌다간……"

뺑! 엄청난 압력과 함께 플래시 워커가 터져버렸다. 그와 동시에 안에 있던 녹색 슬라임 같은 신경군체가 터져 온 창고 안에 흩어졌다. 브라함과 라이스, 닥터까지 모두 그 슬라임을 뒤집어썼다.

그러나 가장 가까이에 있던 폴리는 지저분해지는 정도로 끝나지 않았다. 터져나온 압력에 날아간 폴리는 벽에 부딪혀 온몸이 박살나버렸다.

"으아아!"

브라함이 비명을 질렀다.

"폴리…… 폴리가!"

"괜찮아. 머리만 살아 있으면 돼."

라이스는 태연했다. 이전에도 여러 번 본 광경이었다.

뚜둑! 뚜두둑! 부러진 온몸의 뼈가 기괴한 소리를 내며 다시 맞춰진다. 맹견이 물어뜯은 인형처럼 널브러져 있던 폴리가 재조립이라도 되는 것처럼 서서히 일어나기 시작했다. 불과 몇 초 만에 그녀는 멀쩡해져서 다시 일어나 있었다. 그래도 회복 과정이 쉽지만은 않는지 푸후 심호흡을 했다.

"으으, 배고파. 재생 과정은 열량을 너무 잡아먹어……"

으아아악, 으아아악! 6층민이라고 떠들어대던 브라함도 이 정도 수준의 고급 강화 인간은 본 적이 없었는지 비명을 지르며 바닥을 기어다녔다. 폴리는 태연하게 닥터 앞에 나서면서 물었다.

"더 해볼 건가? 난 밥 먹으러 가고 싶은데."

닥터가 손수건으로 얼굴을 닦으면서 말했다.

"미안 미안, 이렇게까지 하고 싶진 않았지만 이쪽도 보스로서 체면이 있다고. 푸른 뱀에게 전신 골절을 입힌 정도가 아니라면 '침입자를 순순히 보내줬다'는 소릴 듣게 된단 말이야. 그나저나 강화 고무 문제는 해결을 해야겠군. 덕분에 좋은 테스트 결과를 얻었어. 이걸로 술값은 비긴 걸로 하지."

휴우. 브라함과 라이스가 동시에 안도의 한숨을 내쉰다. 긴장이 풀리자 슬라임의 악취가 느껴졌는지 동시에 인상을 찌푸린다. 그 와중에도 폴리는 본 목적을 잊지 않았다.

"한 가지만 더. 혹시 그레고리 양을 납치한 게 자네 패거리인가?"

"아니."

"그럼 됐어. 이만 가보지."

폴리가 수신호를 보냈다. 라이스와 브라함이 얼른 그녀를 따라갔다. 한데 클럽 문을 나가려는 순간 그녀의 등 뒤에 대고 닥터가 외쳤다.

"누님! 정말 나와 함께 일할 생각 없어? 이 도시에서 탐정을 하려면 내 정보는 필수야. 매번 이런 식으로 위험을 무릅쓰고 쥐새끼처럼 기어들어 올 셈이야? 어차피 피차 루 대령 눈치를 보는 사이잖아. 손해 볼 게 뭐 있어?"

폴리는 어떤 경우에도 주머니에 손을 꽂지 않았다. 군대에서든, 군대 밖에서든. 한 번 몸에 밴 습관은 도통 사라지질 않았다. 닥터의 질문에 대한 대답도 그와 같았다.

"난 이미 한 번 명예 없는 전장에 서봤어. 이미 한 번 이름을 버렸어. 두 번은 못해."

그렇게 말하곤 나가버렸다. 클럽 안엔 닥터와 조직원들만이 우두커니 남았다.

이내 닥터 뒤로 방독면과 소방관 모자를 쓴 거구의 남자가 다가왔다. 닥터의 심복인 치엔이었다. 그가 공손히 물었다.

"이대로 보내시겠습니까? 탐정에게 제안할 중요한 의뢰가 있었지 않습니까?"

닥터가 아쉽다는 미소를 지으며 말했다.

"다른 용건이 있는 듯하니 오늘은 보내주자고. 뭣보다, 난 좀 씻어야겠어. 다음 플레시 워커엔 향수라도 섞든가 해야지 원."

3층의 거리엔 네온사인이 꺼질 날이 없다. 풀 한 포기조차 인공 광원이 없으면 자랄 수 없고, 건물마다 빼곡한 광고와 선전이 태양의 자리를 대신했다. 라이스가 핸들을 돌리며 말했다.

"비둘기 드론의 프로토타입을 스캔하면서 동일 모델의 GPS 정보도 파악할 수 있었어. 멀지 않은 곳에 비둘기가 정지해 있어. 판사가 부수려는 비둘기를 먼저 손에 넣으면 짜잔! 오늘 저녁은 콩이 아닌 진짜 소로 만든 고기를 먹는 거야!"

끼익. 인적 없는 골목에서 차가 멈췄다. 라이스가 시동을 끄자 폴리가 일단 대기하라는 손짓을 했다.

"발로 뛰기 전에 일단 브리핑이다. 아노말리 패밀리는 이미 드론의 프로토타입과 컨트롤러까지 가지고 있었어. 녀석들에겐 드론 감시망이 합법화되어도 CCTV를 조작하거나 피해 갈 수단이 이미 있었던 거지. 브라함, 아무래도 네 추측은 틀린 거 같은데? 녀석들이 판사를 납치할 동기가 없어."

"흥, 마피아 따위가 부정했다고 그 말을 그대로 믿으려는 거야? 별로 대단한 탐정도 아니었군!"

이쯤 되면 오히려 브라함의 태도야말로 수상할 정도로 고집스러워 보였다. 폴리는 다르게 접근했다.

"그렇게 생각해? 이건 어때? 이미 감시형 비둘기의 시제품은 완성되었어. 마피아 손에 들어갔을 정도면 시범 테스트가 이미 진행됐거나 진행 중이라고 봐야지. 그런데 그 사실을 아는 양 판사가 드론을 사냥하고 다니고 있네? 어디 보자…… 어쩌면 양 판사 입장에서 뭔가 알려져서는 안 될 비밀이 시제품에 찍혀버린 게 아닐까? 그래서 법안이 통과되어 녹화 영상이 네트에 공개되기 전에 사라진 드론을 잡으러 다니는 거야. 외관으론 기존의 드론과 구분이 안 되니까 공원에서 닥치는 대로 쏴 부수는 중인 거고. 그리고 넌 어떤 비밀 때문에 양 판사의 진의를 숨기고 납치라고 주장해야 하는 입장인 거지. 아직도 내가 별로 대단하지 않은 탐정 같나?"

오오! 라이스가 폴리의 추론에 소리 없이 감탄했다. 브라함은 아니었다. 오히려 그의 태도는 더욱 방어적으로 변했다.

"점입가경이군. 이젠 의뢰인을 수상한 사람 취급해? 뭐 이런 탐정이 다 있어? 이래서 3층 놈들은 믿으면 안 된다니까! 근거도 없이 날 모함할 셈이라면 의뢰는 없던 걸로 하겠어!"

"근거?"

폴리가 피식 웃었다.

"라이스! 너 양 부인의 핸드폰을 스캔했지? 거기 있는 연락처 다 뒤졌고."

라이스가 입을 비죽 내밀었다.

"뭐야, 잘 나가다가 왜 또 그 소리야? 이제 와서 잔소리를 더 할 거라면……"

"남편의 보디가드면 당연히 연락처 정돈 있겠지. 어때? 연락처가 있었어? 아니, 연락처에 있었으면 처음 브라함을 만났을 때 네가 먼저 알아봤겠지!"

오오오! 이번엔 라이스가 소리를 내서 감탄했다. 브라함의 얼굴이 시뻘겋게 변했다.

"그래서 뭐? 탐정이 의뢰인의 비밀을 전부 알아야 할 이유라도 있어? 그러는 너희는? 너희야말로 지긋지긋한 거짓말쟁이들이잖아?"

먼저 라이스를 가리켰다.

"이 여잔 사기꾼이야! 아주 뼛속까지 사기꾼에 범죄자지! 정장 빼입으면 뭐 좀 달라 보일 거 같아? 넥타이 대충 묶다 만 것 좀 봐! 밈 시티든 어디든 보나마나 2층 출신이겠지. 넌 그거 알고 있었어?"

그다음엔 폴리에게 삿대질을 했다.

"아니, 네가 더하지! 이제 기억났어. 너클헤드? 그거 6층에서도 노땅 중의 노땅들이나 쓰는 옛날 속어잖아? 게다가 그 격투술! 우주 전쟁을 겪은 옛 군인들이 쓰는 마샬 서브루틴이야! 정말로 3층민 맞아? 최소 우주 전쟁 시절 장교급이라는 건데…… 왜 3층에서 탐정 노릇을 하고 있는 거지? 6층에서 무슨 짓을 저지르고 여기 숨어 지내는 거야?"

폴리와 라이스는 침묵했다. 거짓말쟁이. 더러운 전쟁에 가담하고 부하들을 버린 채 혼자 살아남은 과거는 새 이름으로 숨길 수 있었다. 사기와 도둑질로 먹고살던 과거는 멋들어진 정장으로 숨길 수 있었다. 가짜 이름과 가짜 복장을 자신의 정체인 양 내세우고 다니는 것이 거짓말쟁이라면, 그것은 두 사람이 숨길 수 없는 낙인이었다.

브라함의 추궁이 이어졌다.

"도대체 어떻게 그러고 살지? 도저히 신뢰할 수 없는 인간들끼리 어떻게 이런 위험을 감수하면서 사는 거야? 한 지붕 아래에서 사는 게 찝찝하지도 않아? 언제 등 뒤를 찌를지 걱정 안 돼? 루 대령의 협박 말고 너희가 같이 있어야 할 이유라도 있는 거야? 그 허수아비 꼬맹이는 또 무슨 거짓말로……"

"내 협박을 너무 과소평가하는군."

세 사람이 아닌 누군가의 목소리가 들려왔다. 차 밖에서 들려온 소리였다. 어느새 군경찰의 비행형 드론이 차창 밖에서 일행을 응시하고 있었다. 나름 인적 없는 장소라고 생각했는데, 후시 루의 감시는 그들의 예측을 넘고 있었다. 어쩌면 클럽의 소동을 눈치챈 걸지도.

억! 브라함과 라이스가 동시에 비명을 질렀다. 폴리는 미간을 구겼다. 언제까지고 들키지 않을 거라고 생각한 건 아니었지만 타이밍이 좋지 않았다.

드론의 스피커에서 나오는 목소리는 틀림없는 루 대령이었다.

"소란을 피우고 다니는군, 폴리. 양 판사를 찾는 건 좋지만 선을 지켜야 하지 않을까? 아니면, 나 몰래 들쑤시고 다녀야 할 이유라도 있는 건가?"

"으름장 놓을 처지가 아닐 텐데? 마피아가 도시 감시용으로 쓰일 드론의 컨트롤러를 빼돌렸다. 시의회나 미디어가 알아서 좋을 건 없지 않아?"

드론의 엔진 소리가 들린다. 어쩐지 그게 후시의 웃음소리처럼 들렸다.

"상관없다. 어차피 비둘기 드론으로 구축한 감시 체계는 군경찰이 통제할 거다. 컨트롤러가 왜 마피아 손에 들어갔냐고 묻는다면…… 덮어씌울 자는 얼마든지 있다고 대답할 수 있겠지."

드론이 고도를 낮춰 카메라를 브라함 방향으로 돌렸다. 카메라 위의 붉은 다이오드가 점멸했다.

"어쩌면 멋대로 3층을 들쑤시고 다니는 6층민이 용의자일지도 모르지. 심지어 총까지 소지하고 있군! 이야기를 나눠보고 싶은데. 검문에 협조해주겠나?"

제기랄!

쾅! 브라함이 황급히 차 문을 열고 달아나버렸다. 붙잡을 틈도 없었다. 라이스가 핸들을 주먹으로 쳤다.

"저 멍청이! 랄 시티에서 도대체 어디로 도망가겠다는 거야?"

"도망간 게 아니야."

폴리는 브라함의 동선을 예측했다. 후시는 폴리의 예측을 예측했다.

"다음에 할 일은…… 나보다 네가 더 잘 알겠군. 그렇지, 폴라리스 대위?"

후시의 드론은 그 한마디를 남기곤 날아가버렸다. 차 안엔 폴리와 라이스만 남았다.

"폴리. 왜 대령은 널 폴라리스 대위라고 불러?"

라이스가 뜬금없는 질문을 했다. 폴리는 뜬금없는 질문에 대답해줄 기분이 아니었다.

"집으로 돌아가, 라이스. 여기서부턴 내가 해결한다."

라이스의 표정이 일그러졌다.

"에에? 아니, 물론 귀찮고 위험하긴 했지만…… 우리끼리 잘 해결하고 있었잖아? 마저 도와줄게. 이 정도 일 하루 이틀도 아니고……"

여섯 명의 시체가 우주의 어둠 속으로 날아간다. 50년이 지났어도 망막에 눌어붙은 악몽은 떨어지지 않는다. 명예 없는 전쟁은 이미 겪어봤다. 또 이름을 버릴 일을 만들게 된다면 그땐 누구를 원망하겠는가? 라이스는 부하였다. 부하를 더는 위험한 전장에 밀어 넣을 수 없었다. 설령 부하 본인이 원한다 해도, 폴리 자신이 용납할 수 없었다.

안타깝게도, 폴리는 이런 속내를 부드럽고 온화한 어조로 표현하는 재주가 부족한 인간이었다.

"위험하면 안 되지. 넌 내 부하 직원일 뿐이야. 지금부턴 마피아 나부랭이 수준의 위험이 아닐 거야. 집엔 내가 알아서 갈 테니 차 끌고 돌아가. 이건 명령이야!"

차 안이 조용해졌다. 라이스는 늘 시끄러웠다. 불평할 때든 징징거릴 때든 화를 낼 때든. 지금은 한마디 없이 조용했다. 미묘한 각도 때문에 백미러에조차 시선이 비추지 않았다.

"우린 친구라고 생각했어."

"그런 적 없었고, 앞으로도 그럴 일 없을 거야."

폴리는 그렇게 말하곤 차에서 내려 브라함 뒤를 쫓아갔다. 시동 거는 소리는 들리지 않았다.

브라함이 도착한 곳은 버려진 건물들만 남아 어둑한 슬럼가였다. 무주택자는 랄 시티의 오래된 사회 문제 중 하나였지만 그들조차 이 쓸데없이 높은 건물에 둥지 틀 생각이 없었나 보다. 브라함이 빌딩에 붙은 거리

번호를 핸드폰 불빛으로 비춰보았다. 라이스가 둠 오브 던에서 알아낸 주소와 비교했다.

"여기가 맞군. 지금 어디 계신지는 몰라도, 결국엔 새가 있는 곳으로 오실 테니까……"

"올바른 추측이다. 그래서 나도 여기로 왔고."

으슥한 그늘에서 폴리가 모습을 드러냈다. 신병을 상대하는 장교라도 되는 것처럼 뒷짐을 지고 정자세로 서 있었다.

"버, 벌써?"

폴리는 브라함의 두려움 섞인 감탄을 한 귀로 흘렸다.

"나도 루 대령이라면 신물이 난다. 그런데도 놈에게 머리를 숙이는 덴 이유가 있는 거지. 원하는 걸 얻으려면 가진 걸 내주는 법도 알아야 하는 거다. 무슨 뜻인지 이해하겠지? 너나 나나 어른이잖아."

이야아아! 브라함이 총 대신 기계 너클을 꺼냈다. 너클을 낀 주먹에서 충격을 강화하는 엔진음이 울렸다. 픽! 그의 주먹은 폴리의 머리카락에 닿지도 못했다. 몸이 공중을 날아 바닥에 뒹굴었다. 뻔한 싸움이었다.

"판사가 뭘 들킨 건진 모르지만, 군경찰이 양 가문 사람의 목숨을 위협할 일은 없을 거다. 정치적 생명까진 모르겠지만 이쯤에서 포기하고……"

"닥쳐!"

브라함이 터진 입술에서 흐른 피를 닦았다.

"아무도 믿을 수 없어! 군경찰도, 사모님도, 양 가문도! 내 인생을 구해주신 분이다. 3층의 미래를 진심으로 걱정하는 유일한 6층민이셔! 판사님을 구할 수 있는 건 나뿐이야!"

총을 꺼낸다. 탕! 탕탕! 몇 발은 명중하고, 몇 발은 빗나간다. 맞든 말든 아무 의미 없다. 폴리의 상처는 금세 재생되었다. 이내 틱, 소리와 함께 잔탄이 바닥났다. 퍽, 브라함을 걷어찼다. 바닥에 널브러지면서 총도 떨어졌다.

"부탁이야. 제발 비켜줘."

브라함은 기어이 애원까지 시작했다.

"설명할 순 없지만 나에게도 사정이 있어. 네 인생에도 반드시 구해야만 하는 누군가가 있었을 거 아냐? 제발 한 번만 자비를 베풀어줘……"

자비? 자비는 전부 죽었다. 저 대기권 밖의 지옥에서.

우주 전쟁은 더 이상 국가들의 전쟁이 아니었다. 대기업과 거대 가문들의 전쟁은 제네바협정이나 인권 조례에 관심이 없었다. 민간인들이 갈려나가고 대량 학살 무기가 레이션처럼 뿌려졌다. 시체의 산 위에서 기름을 짜 먹는 가장 뚱뚱한 돼지를 고르라고 한다면 폴라리스 가문은 순위에서 빠질 수가 없었다. 온갖 장교들과 군수 회사 이사진이 리니아의 형제자매들 중에서 배출되었다. 리니아 말곤 아무도 기름에 섞인 선혈을 보지 못하는 듯했다. 리니아는 전장으로 나갔다. 뒤에서 기름을 짜 먹기보단 용맹하게 앞으로 나서는 것이 명예라고 배웠기 때문이다.

자비라.

어떤 여자가 애 시체를 붙들고 자비를 구걸하던 기억이……

퍽! 상념이 너무 길었다. 빈틈을 노리고 브라함이 돌을 집어던졌다. 하필 눈에 맞는 바람에 윽, 하고 쓰러졌다. 팔을 뻗어 브라함을 잡았지만 코트 끝자락만 간신히 닿았다. 브라함은 코트를 벗어던지곤 건물 안으로 달려가버렸다.

"미꾸라지 같은 자식! 그래봐야 건물 안……"

부스럭. 순간, 브라함의 코트에서 설명하기 힘든 위화감을 느꼈다. 정작 입고 다닌 본인은 몰랐던 것 같은데, 폴리는 코트 안감에 묘한 게 들어있음을 눈치챘다. 순식간에 코트를 뜯었다. 희한하게도, 코트 안감 안에 웬 위치추적기가 들어 있었다.

"이건 또 뭐야? 브라함 이 자식, 추적당하고 있었던 거야? 하지만 누구에게? 언제부터?"

콰드득!

위층이다. 5층쯤에서 무언가 부서지는 소리가 들렸다. 폭음은 아니다. 브라함이겠지? 무슨 일이 있는 거야? 적습에 대비해 조심스럽게 소리가 들린 방으로 향했다. 문은 열려 있었다. 발로 문을 열면서 방 내부를 살폈다.

헉. 전쟁을 포함해 산전수전 다 겪은 폴리조차 본 적이 없는 기이한 광경이 그녀를 당황시켰다. 비둘기. 방 전체를 가득 메운 드론 비둘기가 창틀, 벽의 선반, 가구 위에 빼곡하게 앉아 있었다. 폴리가 나타나자 비둘기들이 일제히 폴리를 바라봤다. 드론 비둘기의 눈은 붉게 점멸하며 영혼없이 그녀를 응시했다.

"드론 비둘기…… 여기가 경유지였구나! 양 판사가 찾는 것도 이중에 있겠군. 도대체 어느 게……"

혼잣말이 멈춘다. 부츠 밑에 끈적이는 느낌이 난다. 발밑을 내려다봤다. 새똥이다. 로봇은 똥을 싸지 않는다. 이중에 진짜 비둘기가 섞여 있나보다. 분위기에 어울리지 않게 피식 웃음이 나왔다. 진짜가 가짜들을 친구인 줄 알고 따라왔나보군. 그야말로 도시의 축소판이로다.

시각과 촉각, 그다음으로 후각이 따라왔다. 쿵쿵. 피 냄새. 안쪽에 방이 하나 더 있다. 거기서 흘러나오는 냄새였다.

안쪽 방을 열었다. 붉은 눈의 비둘기 떼보단 익숙하지만 충분히 혐오스러운 광경이 펼쳐졌다. 브라함이었다. 뭔가 엄청난 것에 충돌해 산산히 박살난 브라함의 시체가 방 전체에 흩어져 있었다.

핸드폰을 들어 시간을 확인했다. 불과 몇 초 만에 사람이 이 지경이 되다니. 어떤 무기지?

쿵쿵. 피 냄새 속에 매캐한 악취가 섞여 있다. 창문이 있다. 창이 없는 창틀 위에 검댕이 보였다. 손가락으로 눌어붙은 자국을 긁어봤다.

"비행 추진 연료군. 아직 열기가 남아 있어. 군용 장비? 아니면……"

쾅! 별안간 좁아터진 방 안으로 군경찰이 우르르 몰려들어왔다. 급습한 군경찰은 비둘기 떼를 헤치고 들어와 일제히 폴리에게 총을 겨누었다. 드론들 사이에 끼어 있던 살아 있는 진짜 비둘기가 놀라서 푸득거리는 통에 별안간 소란스러워졌다. 폴리가 완전히 포위당하자 마지막으로 뒷짐 진 후시가 거만하게 들어왔다. 그가 얼굴 가득 회심의 미소를 지으며 폴리를 내려다봤다.

"폴리, 아니지, 리니아 폴라리스. 6층민 살해 용의자로 체포한다."

건물 주위에 홀로그램 폴리스라인이 설치되었다. 군경찰이 구경꾼을 흩어내고 있고 사방엔 군경찰 드론이 날아다녔다. 폴리는 건물 밖의 반쯤 부서진 벤치에 수갑으로 묶여 있었다. 얌전히 앉아선 살기등등한 시선으로 루 대령을 노려봤다.

"간만에 본격적으로 치졸하게 구는군. 하긴 젊은 시절 버릇이 어디 가겠어?"

대령은 이 상황을 충분히 즐기고 있었다.

"그래도 한때 상관이었던 자에게 치졸하다니. 난 '우연히' 이 근처를 순찰하다 이상한 소리를 들은 것뿐이야."

"대령이 슬럼가에 몸소 순찰? 어느 너클헤드가 그런 해명을 납득할 거 같아?"

"그래? 그럼 이건 어떤가. 여기가 치정 살인의 현장이라고 하면 납득이 되겠어?"

군경찰들이 방에 가득하던 비둘기 드론들을 증거품 삼아 가지고 나오는 중이었다. 산 비둘기를 가둔 새장을 옮기는 병사들이 희귀 생물에 당황하는 모습도 보였다. 후시가 팔을 벌리며 말했다.

"간단한 추리 아닌가? 판사쯤 되는 인간이 실종까지 날조해가며 잠적한다면 이유가 뭐겠어? 양 부인이 브라함이란 고용인이랑 바람을 피운 거지! 3층에서 구해준 은혜도 모르고 마누라랑 눈이 맞은 고용인을 죽이기 위해 스스로 무기를 든 거야. 언제 칼 맞을지 몰랐던 브라함과, 외도 사실이 들통날까봐 겁먹은 양 부인은 제각각 판사를 찾기 위해 너흴 고용한 거고 말이야. 무엇보다 저 처참한 시체를 봐. 원한이라도 있지 않고서야 시신을 저렇게 훼손할 이유가 뭐가 있겠어? 물론, 난 이걸 양 판사의 복수가 아니라, 의뢰비 문제로 6층민 의뢰인이 3층의 탐정과 다투다 벌어진 과실치사로 발표하려고 해. 그렇게 되면 난 양 가문과 폴라리스 가문 양쪽에 큰 빚을 만들 수 있을 거 같단 말이지! 어때? 정치도 탐정 놀이와 일맥상통하는 면이 있지 않아?"

어? 꽤 괜찮은 추리다. 증거와 동기만으로 추론하자면 상당히 설득력 있는 해석이었다. 폴리와 라이스 앞에서 보인 브라함의 언행이 모두 연기였다고 치부할 수만 있다면 폴리조차 납득할 결말이었다.

아니야. 빈틈이 있어.

어차피 판사가 자길 죽이러 온다면 함정을 파고 기다리는 쪽이 낫지 않아? 브라함에게 위치추적기를 단 건 판사인가? 그럼 지금까지 뭐 하다가 이제야 죽인 거야? 프로토타입 비둘기가 찍은 건 아내의 외도 장면이었나? 그럼 멀쩡히 잡아야지 왜 부숴?

청린부대 몰살 사건 이후 폴리는 최전선을 나와 군 수사부에 들어갔다. 실종된 부하들을 찾기 위해 시작한 일은 점차 전쟁 중에 실종된 병사들을 수색하는 업무로 확장되었다. 가족들의 반대에 맞서며 잊혀진 사람들을 찾는 방법을 갈고닦았다. 탐정으로서의 삶은 그곳에서 시작되었다.

그때 배웠다. 빈틈을 메우는 건 이성으로 할 것. 그러나 빈틈을 찾는 건 직감으로 할 것. 사건이 풀리지 않았다면 아직 빈틈이 남은 것이다. 대체 뭐지? 내가 뭘 놓친 거야?

그때 후시가 물었다.

"그러고 보니 말이야…… 애당초 너흰 왜 이 사건에 얽힌 거지? 뜬금없이 공원의 비둘기는 왜 감시하고 있었던 거야?"

"숨길 만한 일은 아니고…… 공원의 노숙자들이 새를 부수는 자를 찾아달라고 했어. 그들에겐 드론 비둘기들이 소중한 존재였거든."

"핫! 한심하군! 할 짓 없는 노숙자 나부랭이들이 떠올릴 만한 발상이야. 하여간 감상주의자들만큼 나사 풀린 머저리들도 없다니까!"

감상주의자.

나사 풀린 머저리.

한 푼이 아쉬운 노숙자가 목돈을 낭비하게 하는 것.

3층에서 태어나 6층까지 기어올라간 자가 다시 3층으로 내려오게 하는 것.

평온 속에서 평생을 살아온 자가 살인마저 각오하게 하는 것.

어쩌면, 하늘에 과거를 놓고 온 뱀이 다시 날아오르기를 포기하고 지상에 남기를 선택하게 만든 바로 그것.

"맞았어. 사랑이야. 사랑은 사람을 미치게 하지."

폴리가 반쯤 멍한 표정으로 중얼거렸다.

"이 어두운 도시에서 사랑은 유일한 빛이야. 불나방이 빛을 향해 나는 건 살고 죽는 것보다 중요한 문제야. 그랬군. 처음부터 이 모든 건 사랑에 미친 머저리들의 정신 나간 서커스였던 거야."

"그래. 빨리 양 판사를 잡지 않으면 또 무슨 사고를 칠지……"

폴리가 루 대령의 말을 끊었다.

"틀렸어."

"뭐가?"

"외도는 브라함과 양 부인이 한 게 아니야. 화가 난 건 양 판사가 아니야."

아차! 화가 난 건 양 판사가 아니다! 복수는 끝나지 않았다. 사건은 아직 안 끝났어!

"루! 지금 양 부인 어디 있어?"

브리핑이다.

감시용 드론 프로토타입 버전의 시범 운영이 시작되었다. 양 판사가 가져갔었나? 책임자에게 회귀하는 기능이 있었을까? 단순히 우연이었을까? 그 내막까진 모른다. 어쨌든 샘플이 그레고리와 브라함의 외도를 찍고 날아가버렸다. 그레고리는 그걸 알았지만 브라함에겐 알리지 않았다.

아마 그때쯤 컨트롤러는 드론 관리를 담당하게 될 군경찰에게 있었겠지. 빌려달라고 하면 의심받을 게 뻔했을 거야. 부인도 양 판사 못지않은 거물 가문 출신이다. 직접 해결하는 수밖에 없었다. 3층을 무작위로 돌아다닐 드론을 찾기 위해 석궁을 들었다.

브라함의 도움을 구할 수도 있지 않았을까? 3층 출신인 브라함이라면 일이 더 쉬웠을 텐데. 브라함은 판사를 사랑했다. 아니, 숭배했나? 그를 위해 목숨을 걸 준비가 되어 있었다. 그레고리는 그걸 알았을까?

판사의 머릿속까지 알 도리는 없겠지.

판사는 브라함 몰래 그의 옷 안에 위치추적기를 달고 3층의 어둠 속으로 사라졌다.

모든 것은 사랑이다. 그러나 사랑은 물과 같아서 병의 모양에 따라 형태를 달리한다. 심지어 병에 무엇이 들어 있었느냐에 따라 성수도 흙탕물도 되는 것이다.

애거사 양의 물은, 지금 시뻘건 피 웅덩이가 되어 있었다.

3층의 어느 버려진 건물 안에서, 그녀는 브라함을 단방에 곤죽으로 만든 모빌 수트를 충전하고 있었다.

"더러운 새끼들, 더러운 새끼들, 더러운 새끼들!"

발전기 안에 연료를 넣으면서도 욕지거리가 멈추지 않는다. 하지만 성과는 있었다. 군경찰 사령부에 있던 중 루 대령이 폴리 일행을 미행 중임을 알게 되었다. 탐정의 위치를 알면 남편의 위치도 알 수 있다. 남편의 위치보다 헤픈 3층 버러지의 위치를 먼저 알게 된 건 순전히 행운이었다.

사랑으로 유지된 결혼 생활이었나? 그렇겐 말 못하겠다. 강제는 아니라고 해도 어느 정도 정략 결혼이었고, 아이 둘을 가진 뒤론 잠자리도 함께하지 않았으니까. 하지만 그녀는 그레고리와 여러 어려움을 함께했던 걸 기억했다.

아무리 대단한 가문에 아무리 엄청난 부자라고 해도 인생엔 고난이 함께하기 마련이다. 어떤 고난이든 혼자보단 누군가와 함께 겪는 게 낫다. 그런 점에서 그레고리는 꽤 괜찮은 남편이었다. 노화 역전 시술을 받지 않는다면 노후를 함께 보내는 것도 괜찮겠다 싶을 만큼.

게이였다. 동성애자였다. 바람쯤 피워도 상관없다고 생각했는데, 상대가 남자라는 걸 알자마자 모든 이성과 판단력이 마비되었다.

사랑이었나?

모르겠다.

거짓이었나?

당연하지. 전부 거짓말이었던 거야.

떵, 하고 배터리 완충 사인에 불이 들어왔다. 코드를 뽑고 발전기를 걸어챘다. 더는 충전할 필요 없다. 이번 작동으로 그레고리를 죽이고 모든 걸 끝낼 생각이니까. 출가한 자식들이 진실을 알기도 전에, 친지와 친구들이 알게 되기 전에, 이 거지 같은 하늘 없는 도시에 모든 걸 묻어버릴 테니까.

"거짓말쟁이들은!"

철커덕! 모빌 수트가 양 부인의 몸을 감싼다. 그녀는 순식간에 가냘픈

귀부인에서 강철 갑옷으로 둘러싸인 전쟁 무기가 된다.

"다 죽어야 해!"

"그건 곤란한데."

폴리다. 어느새 폐건물에 도착한 폴리가 문 앞에 서서 애거사 양을 가로막고 있었다.

"거짓말쟁이가 다 죽어버리면 이 도시는 텅텅 빌 거고 우리 사무소는 문을 닫아야 하거든."

5

탐정 사무실 근처의 편의점. 편의점 간판에서 데포르메로 미화된 개미가 웃고 있다. 편의점 식품은 전부 벌레 가공 식품이다. 최저가로 영양 만점의 식사를 즐기고 싶다면 이만한 게 없었다. 라이스는 편의점 안에 있었다. 갈색 면발의 라면과 쌀이 아닌 것으로 만든 주먹밥을 욱여넣으며 인상을 썼다.

오래지 않아서 편의점에 킨타가 들어왔다. 킨타가 라이스 옆자리에 앉으면서 물었다.

"왜 불렀어, 라이스?"

입에 밥이 든 채로 말했다.

"폴리는 오늘 안 들어올 거야. 우리끼리 밥 먹자. 주문해, 킨타!"

킨타가 말없이 라이스를 바라봤다. 눈동자의 흔들림, 얼굴 근육의 떨림, 한마디 한마디에 묻어나오는 말투.

"라이스. 폴리랑 싸웠어?"

라이스가 맥주 캔을 까면서 언성을 높였다.

"싸워? 누가? 일방적으로 명령한 거지! 그리고 난 명령받고 살지 않을 거야. 이번에야말로 적금을 깨서라도 독립해버리고 말겠어! 뭐? 위험한데 안 데리고 가? 어디서 혼자 잘난 척이야? 재수 없어, 정말!"

"음."

킨타가 고개를 끄덕였다.

"방금 한 말은 거짓말이라고 생각해."

"뭐가?"

"라이스는 독립할 생각이 없어. 추론한 이유는 세 가지야. 첫째는 맨날 쓸데없는 걸 사는 통에 그만큼 저축한 돈이 없고, 둘째는 혼자 가사를 감당해야 하는데 그럴 만큼 성실하지 못하니까. 셋째는……"

라이스가 킨타를 째려봤다. 킨타는 그러든가 말든가 말을 이었다.

"난 허수아비라 감정을 이해하지 못하지만, 그만큼 다른 사람들의 감정이 눈에 보여. 감정에 속은 사람들은 미묘한 표정의 변화, 목소리의 높낮이, 눈동자의 움직임을 간과해. 하지만 난 놓치지 않아. 그리고 내 판단에 따르면, 라이스는 폴리에게 화가 나긴 했지만 폴리를 미워하고 있진 않아. 라이스는 폴리를 떠나지 않을 거야. 우린 여전히 폴리와 라이스의 탐정 사무소야."

"너 진짜……"

라이스가 한바탕 짜증을 내려고 했지만 킨타는 그 말을 가로막았다.

"아니, 틀렸다. 라이스는 폴리에게 화가 난 게 아니야. 폴리를 걱정하는 거야. 폴리가 라이스만 두고 혼자 위험한 일을 감당하려고 하니까 걱정되는 거야. 그런데 스스로 그걸 도울 힘이 없다는 걸 아니까 자기 자신에게 화가 난……"

따악! 라이스가 냅다 킨타 머리에 꿀밤을 먹였다. 킨타가 표정 하나 변하지 않은 채 맞은 자리를 문질렀다.

"허수아비는 감정이 없지만 아픔은 느껴."

"알아, 멍청아."

라이스가 벌떡 일어났다.

"가자."

"어딜?"

"어디긴 어디야! 그렇게 사람을 긁어놓고 나선!"

한 방 더 때렸다.

"폴리를 도우러 가야지! 그 뇌근육까지 경직된 잔소리쟁이가 나 없이 이 도시에서 살아남을 수 있겠어?"

양 부인이 창밖을 바라봤다. 군경찰은 오지 않았다. 역시나 루 대령. 6층민과 직접 충돌할 일에 뛰어드는 위험을 감수할 생각이 없군. 이 탐정에게 떠넘겨놓을 셈이야. 이 여자만 처리하면 나갈 수 있단 소리다.

시선을 폴리 쪽으로 돌렸다.

"내 위치를 어떻게 알았지?"

폴리는 이미 마샬 서브루틴으로 배운 군사 격투 자세를 취하고 있었다.

"시체의 흔적과 연료의 냄새로 봤을 때 틀림없는 핸드메이드 소형 모빌 수트의 80년대형 제품이니까. 그 모델이 불완전 연소를 하는 건 배터리가 바닥났을 때뿐이야. 사건 현장에서 가까운 거리의 폐건물을 추려보면 후보는 많지 않아."

저 탐정, 무기에 대해 박식할 뿐 아니라 추적에 정통하다. 3층의 20~30대 중에서 현대전을 겪어본 세대가 있던가? 아니면……

이번엔 폴리 쪽에서 물었다.

"남편의 외도 사실은 언제 안 거지? 나를 만난 뒤인가? 아니면 군경찰을 찾기도 전?"

헬멧 너머에서 양 부인이 눈에 핏발을 세웠다.

"한 남자가 찾아왔다. 자신을 잠적 알선업자라고 하더군. 흔적을 남기지 않고 사라지고 싶은 사람들을 도와준다나? 자기 직업상 랄 시티에 무작위로 날아다니는 CCTV가 생기면 곤란하다면서 남편의 법안 통과를 방해해달라더군. 난 남편 일에 관심 없다고 했더니 웬 사내새끼랑 뒹구는 사진을 보여줬어. 계획의 대부분은 그때 세웠지."

잠적 알선업자? 폴리가 들어본 적 없는 자였다. 다른 도시에서 온 자인가?

"평생 같이 산 남편이 사실은 동성애자라는 게 밝혀져선 내 평판에도 좋을 게 없었지. 대놓고 움직일 순 없었어. 하지만 남편이 멋대로 석궁 들고 사라지자 선택지가 점점 줄어들더군. 군경찰은 안 거치고 싶었지만 남편이 실종되고도 신고를 안 한다면 그건 그것대로 의심받을 테니까. 지금 생각해보면 다 헛짓거리였네. 그냥 두 놈 다 눈에 뵈는 대로 찢어 죽여버릴걸. 이제 와서 내가 지킬 게 뭐가 있겠어?"

"잠적 알선업자도 그 계획에 관여하고 있나? 놈의 이름은?"

"그건 말이지……"

콰광! 모빌 수트의 손등에 달린 포신이 점화했다. 광자탄이 날아가 아슬아슬하게 피하는 폴리를 스치고 지나가 등 뒤의 콘크리트 벽을 박살내버렸다.

"네가 알기 전에 죽을 테니까 신경 쓰지 마!"

푸슉! 모빌 수트 등 뒤의 추진기가 작동했다. 양 부인이 날아가 폴리에게 주먹을 날렸다. 두 손으로 주먹을 막았다. 광자탄이 스치고 지나간 어깨의 상처가 아무는 중이었다.

"하하!"

폴리의 몸이 점점 뻥 뚫린 벽 너머 낭떠러지로 밀리고 있었다. 여기는 11층. 강화 인간에게도 감당하기 쉽지 않은 높이다.

"재생형 강화 인간이었군! 그렇다면 간단하지! 재생형의 완력은 절대 80년식 모빌 수트를 못 이겨!"

끼기긱! 방금 한 말이 무색하게도 폴리의 발이 앞으로 움직이기 시작했다. 전력으로 가동하고도 전진하지 못한 추진기가 덜걱거리는 소음을 내기 시작한다. 심지어 뿌드득, 하는 소리와 함께 폴리의 악력이 모빌 수트의 건틀릿 장갑을 일그러뜨렸다. 헬멧 안쪽 양 부인이 보는 증강현실 화면엔 붉은 경고가 가득했다.

"이, 이건 말도 안 돼! 신기술인가? 아니, 그렇다 해도 불가능해! 통각을 없애야만 하는 한계상 재생형 강화 인간은 절대로……"

쾌득! 폴리의 올려차기가 모빌 수트의 턱에 명중했다. 양 부인의 몸이 붕 날아가 맞은편에 처박혔다. 그러나 곧 죽어도 모빌 수트다. 모빌 수트가 충격을 흡수하면서 자동으로 반격 프로토콜을 작동시켰다.

펑! 발사된 광자포가 정확히 폴리에게 명중했다. 브라함을 산산조각 낸 포격이다. 폴리의 몸이 건물 밖으로 튕겨 나가 맞은편의 낮은 빌딩 외벽에 처박혔다. 직격으로 맞은 탓에 몸의 절반이 박살나 있었다.

양 부인이 뻥 뚫린 벽의 구멍으로 나왔다. 저 멀리 외벽에 처박힌 폴리를 망원 기능으로 내려다봤다. 역시나 재생되고 있다. 뭐, 그 정돈 예상했다. 하지만 절대로 아까 같은 완력을 다시 발휘할 순……

어?

줌이 확대한 폴리의 얼굴은, 식은땀을 줄줄 흘리며 이를 악물고 있었다.

"저런 미친년!"

모빌 수트 안에서 양 부인이 기함했다.

"설마…… 통각이 있는 거야? 통각을 남겨두고 재생형 강화 시술을 한 거야? 그래서 완력을 한계 이상까지 낼 수 있는 거야?"

재생이 끝나간다. 이걸로 확실해졌다. 양 부인의 모빌 수트가 밀린다. 이 틈을 놓치면 끝장이다! 모빌 수트의 모든 광자포를 일제히 꺼냈다. 수많은 포신들이 아직 재생이 완료되지 않아 움직이지 못하는 폴리를 조준했다.

"아무리 재생을 해도 중추신경계가 파괴되면 끝장이지! 죽어라, 탐정!"

그때였다.

푸드득! 사방에서 날아오르는 비둘기들. 건물과 건물 사이에 가득 찬 비둘기들이 광자포의 탄도를 가려버렸다. 드론 비둘기들이 시야를 어지럽히자 모빌 수트는 타깃을 잡지 못해 센서 과부하에 들어가버렸다.

이게 뭐야! 당황한 양 부인이 수동으로 포를 쏘지만 비둘기 숫자가 너무 많다. 우연인가? 그럴 리가 없지. 그제야 건물 아래 거리에서 그녀를 향해 의안을 조준하고 있는 라이스를 발견했다.

차 보닛에 올라선 라이스가 외쳤다.

"수백 대의 드론을 동시 조종! 나 쩔지, 킨타?"

운전석에 앉은 킨타가 말했다.

"다음 타깃은 우리가 될 거라고 생각해."

정답이다. 양 부인의 포신이 라이스 방향을 향한다. 드론 조종자만 쓰러뜨리면!

콰직! 날아든 주먹이 포신을 부숴버린다! 언제 다가왔는지 재생이 끝난 폴리가 모빌 수트의 코앞에 서 있었다. 비둘기에 한눈을 파느라 시간을 빼앗겼다. 양 부인이 응전하려고 하지만 이미 결판은 난 거나 진배없었다.

양 부인이 단말마처럼 외쳤다.

"어째서 이런 짓을 하지? 어떻게 그 고통을 참아내는 거야? 넌 도대체 정체가 뭐야!"

"고통?"

들어올리는 주먹엔 굳은살이 번뜩인다.

"나 때문에 하늘을 잃은 도시에서, 이름도 맹세도 버린 주제에 명예를 입에 담는 나 자신의 타성이 고통이다!"

콰광! 폴리의 주먹이 벼락처럼 떨어졌고, 정통으로 맞은 양 부인은 층과 층 사이를 뚫고 3층까지 추락했다. 모빌 수트가 다 흡수할 수 없는 충격이었다. 양 부인이 정신을 잃었다.

이틀 뒤.

우주 전쟁 이전엔 시신을 우주에 날려 보내는 게 유행이었다. 대기권 돌파에 필요한 비용이 획기적으로 저렴해지면서 지구의 많은 문제를 구름 위의 끝없는 어둠 속으로 날려버릴 수 있었다. 그러나 두 번에 걸친 스카이폴로 인해 이것이 지속 가능한 폐기물 처리법이 아니라는 게 증명되었다.

다시 인류는 시신을 불에 태운다. 땅에 묻는 건 무리다. 여전히 떨어지는 데브리 때문에 4층 그늘 밖으론 나갈 수도 없는데 죽은 자를 위해 지면을 낭비할 수 있겠는가.

폴리와 라이스, 킨타가 집단 안치소에 있는 브라함의 유골함 앞에 모여 있었다. 웬일로 후시 루와 콴 응우옌도 있었다. 소란스럽진 않았다. 어차피 그들 말곤 조문객도 없었으니.

"양 판사는 여전히 잠적 중이다. 하지만 수색은 그만뒀어. 이유가 규명된 마당에 찾아달란 사람도 없는데 다 큰 성인 꽁무니를 쫓아다닐 이유가 없으니까. 뭣보다, 양 가문은 더 이상 문제를 키우고 싶어하지 않더군."

폴리가 브라함의 유골을 응시하며 물었다.

"양 부인은 더 이상 남편을 안 찾겠다던가?"

콴이 대답했다.

"어제 구치소에서 목을 매단 채 발견되었습니다. 유서는 없었어요."

고식적인 결말이군. 벙크와 노숙자들에겐 보도관제가 된 부분을 빼고 설명해주었다. 양 부인과 브라함이 약속한 의뢰비 중 선금 분량은 확보되었다. 두 사람이 죽고, 폴리와 라이스의 탐정 사무소는 간만에 목돈을 벌었다. 명예를 계산하지 않는다면, 아주 최고의 결말이 아닐 수가 없었다.

폴리가 침묵을 지키자 후시가 질문했다.

"그러고 보니 묻고 싶은 게 있다. 양 부인을 추적할 때 그녀가 어떤 무기를 가지고 있는지 알고 있었잖아? 아무리 너라고 해도 맨손으로 덤비

기엔 벅찬 장비였어. 라이스가 타이밍 좋게 도와주지 않았다면 위험했을 거다. 무슨 생각이었던 거야?"

"아무 생각 없었어. 그냥 불쌍했던 것뿐이야. 그 여잔 '잊혀진 자'였거든. 사람으로 우글거리는 도시에서 부족함 없이 살고 있었지만, 남편도 가족도 친구들도 그녀에게 관심이 없었어. 실종 사건이 벌어지면 다들 가족들의 고통은 발견해도 사라진 당사자의 고통은 잘 보지 못해. 난 그걸 놓칠 수가 없었어. 그래서 그녀를 쫓아간 거야. 그다음은 생각해본 적도 없어."

후시는 그 대답이 별로 마음에 들지 않았다. 폴리와 유골함 사이에 서서 으름장을 놓았다.

"정도껏 하시지. 브라함의 의뢰를 받아들인 것도 내 뒤통수를 칠 기회를 노린 거겠지? 요즘 날 엿 먹일 방법을 다방면으로 찾아보는 거 같은데, 다른 건 다 용납해도 허락 없이 죽는 건 용납할 수 없다. 3층에서 네 시체라도 발견되었다간 폴라리스 가문에게 내 입장이 난처해지거든? 또 그런 짓을 저질렀다간 위협으로 넘어가지 않을 거라는 건 알고 있는 게……"

그때, 누구도 예상하지 못한 일이 벌어졌다. 무려 라이스가, 대령의 말을 끊고 나선 것이다.

"대령님! 저 이번에 활약 대단했죠? 양 부인 체포에 한몫했잖아요. 사건에 관련된 데이터 기록도 정리되는 대로 제출할 거구요. 이럴 땐 칭찬이 필요하지 않을까요?"

대령도, 폴리도, 콴도 놀랐다. 킨타도 허수아비만 아니었다면 놀랐을 것이다. 다들 너무 놀라서 뭐라고 해야 할지 갈피를 못 잡는 모양이었다.

대령이 간신히 한마디 꺼냈다.

"뭔가 할 말이 있는가보군."

라이스가 능글맞게 웃으며 대답했다.

"에이, 대단한 건 아니구요, 제가 폴리랑 살면서 느낀 게 있거든요. 군인 출신들은 다 그런지 모르겠지만, 사람을 다루는 데엔 잔소리나 명령보다 좋은 수단이 많은 법이거든요? 그중에서도 최악은 협박이에요! 저희에게 대령님은 꼭 필요한 존재예요. 대령님도 저희가 여러모로 유용하죠? 우리가 오래오래 서로 돕고 살려면 협박이나 명령보단 부탁이나 칭찬이 도움이 될 거라고 생각해요. 그러니 앞으론 폴리 협박하지 마세요. 어찌 되었건, 우린 친구잖아요, 그쵸?"

콴이 자기도 모르게 신음을 냈다. 폴리의 눈이 빠르게 움직이며 대령과 라이스를 번갈아 바라봤다. 대령은 현기증이 왔는지 이마에 손을 댔다. 그가 이내 머리를 쓸어 올리며 말했다.

"쥐에게 물린 고양이가 이런 기분이겠군. 목숨은 둘째 치고 정신 건강에 아주 안 좋구만. 콴, 짬 때리고 복귀하자."

"제가 국밥집 괜찮은 데 찾았습니다. 가시죠."

두 사람은 별 뒤끝 없이 얌전히 안치소를 나갔다. 완전히 시야에서 사라지자 라이스가 푸하아, 안도의 한숨을 내쉬었다.

"어땠어? 폴리? 나 용감했지?"

피식. 폴리가 웃었다. 그러곤 라이스의 등을 툭, 하고 쳤다.

그게 끝이었다. 라이스가 발을 쾅쾅 굴렀다.

"뭐야? 그게 다야? 이럴 땐 좀 칭찬 한 번이라도 해봐라, 이 꼴통아!"

"나중에. 아직 손님이 남아 있어서."

그렇게 말하곤, 안치소 안쪽의 어둠을 향해 외쳤다.

"군경찰은 갔다. 이제 나와도 괜찮을 거야."

폴리 일행이 오기 전부터 그곳에 있었던 걸까? 어딘가 익숙한 그림자가 복도 안쪽에서 걸어왔다. 위생적인 측면에서 변화가 있었지만 그는 틀림없이 며칠 전에 공원에서 본 그 그림자였다.

양 판사였다.

"눈치가 대단하군요. 과연 랄 시티의 푸른 뱀입니다. 아니…… 우주 전쟁의 진짜 영웅이라고 해야 할까요?"

예기치 않은 인물의 등장에 이번엔 라이스가 놀랐다. 폴리가 나직이 자리를 비켜달라고 부탁했다. 아무리 예의 모르는 라이스라고 해도 이 묵직한 분위기는 읽을 수 있었다. 킨타와 함께 조용히 안치소를 나왔다.

단둘이 남자 폴리가 입을 열었다.

"내 조사를 많이 했군."

"뭐, 고향 친구들에게 알음알음 전화 돌려본 게 전부죠. 안 좋은 소문도 많았지만, 한 번은 인사드릴 가치가 있는 분이라는 결론을 얻었습니다."

"그렇다면야, 거리낌 없이 질문해도 되겠군. 그 왜 뭣이냐…… 브라함 코트에 있던 위치추적기. 자네가 넣은 거 맞나?"

폴리는 대수롭지 않게 물었지만 그레고리 입장에선 처음부터 센 질문이 날아온 느낌이었다.

"3층의 범죄율은 이미 통제를 벗어났습니다. 전 비둘기를 활용한 감시를 통해, 조금은 자유를 잃더라도 그것을 개선하고자 했습니다. 외도 장면이 촬영당한 후, 제가 실종되면 브라함이 절 찾기 위해 단독으로 움직일 것을 알았습니다. 그래서 그에게 위치추적기를 달아서 미연의 사태를 예측하고자 했습니다. 한데…… 지금 생각해보면 저 스스로 자신을 속인 행동이었던 거 같습니다. 위치추적기를 단 것은 브라함을 위한 게 아니었습니다. 제 마음속 깊은 곳에선, 어쩌면 브라함이 아내와 내통하고 있을지도 모른다고, 브라함 역시 감시해야 한다는 생각이 도사리고 있던 것입니다."

감시는 우리 모두를 안전하게 만들어준다.

의심은 우리 모두를 안전하게 만들어준다.

안전을 구하는 것은 잘못이 아니다.

그러나 의심을 정당화하는 것은 자기 자신을 속이는 일이다.

그것이야말로 최악의 거짓말쟁이.

불가능한 일이 언젠간 가능할지도 모른다며 주구장창 미루면서 현재를 합리화하는 자들의 전유물.

"도시에서 살아가는 인간이, 어쩌면 인간이라는 존재가, 다른 누군가를 완전히 신뢰한다는 게 가능할까요? 한 치의 의심도 없이 100퍼센트 사랑한다는 게 가능한 일일까요? 가능하다면 그것은 바람직한 일일까요? 어떻게 생각하십니까, 탐정 폴리. 과연 가능할까요?"

하! 폴리는 조소로 답했다.

"신뢰? 번지수를 잘못 찾았군. 난 믿음하곤 가장 거리가 먼 사람이야. 내 가족들조차 나를 버렸지. 전쟁 무기와 용병 사업으로 떼돈을 벌면서 '우린 공익에 종사하기에 자격이 있다'고 정당화하더니 정작 우주 전쟁이 벌어지자 제일 안전한 자리에서 꿀을 빨아댔어. 내가 거기에 반기를 들고 최전선으로 나가자 변절자 취급을 하고, 나중엔 진짜 가족이나 다름없는 부하들을 우주로 내던져버렸지."

모빌 수트의 광자포는 폴리를 향해 잠금이 걸리지 않았다. 그녀는 더이상 6층민으로 등록되어 있지조차 않다. 그러니 명예에 집착할 이유도 없었다. 폴리가 집착하는 건 명예가 아니었다.

"위험한 결정이군요. 튀어나온 못은 매를 맞는 법이고, 힘 있는 자는 큰 망치를 갖는 법이죠."

"난 어렸고, 순진했어. 가족들이 날 통제하기 위해 어디까지 갈지 너무 우습게 봤어. 정신을 차려보니 부하들이 죄다 우주 한복판에 버려지더군. 녀석들을 집으로 보내주지 못하게 된 날이 온 거야. 바로 나 때문에 말이야. 그러니 난 약속을 지켜야 해. 다시 우주로 나가야 해. 어딘가 살아 있을지도 몰라. 죽었다고 해도 상관없어. 내 전쟁은 끝나지 않았어. 난 언젠간 저 천장과 대기권을 뚫고 부하들을 찾으러 갈 거야. 나는…… 그렇게 살아가고자 해."

그랬군. 이것이 이 여자의 타협이다. 데브리에 막혀 우주 진출이 불가능해진 시대. 가문의 간섭을 받지 않고 저 하늘 어딘가에 잊혀진 부하들을 찾으러 가기 위해선 6층이 아닌 3층에서 길을 찾아야 했을 것이다. 그러나 하늘로 향하는 여정을 낮은 곳에서 시작하는 것이 높은 곳에서 시작하는 것보다 수월할 리가 없다. 여전히 루 대령이라는 앞잡이가 가문을 대신해 그녀를 주시하고 있고, 반세기나 흐른 지금까지 그녀의 도전은 그다지 전진한 바가 없었다.

그레고리가 눈을 지그시 감았다.

"당신을 본받아야겠군요. 제 외도 때문에 두 사람이 죽었습니다. 양 가문은 영향력이 한풀 꺾일 것이고 비둘기에 CCTV를 장착하는 법안은 흐지부지되겠지요. 당신에 비할 바는 아니겠지만 저도 명예가 있어야 비로소 6층 귀족이라고 믿는 자입니다. 하지만 저에겐 당신과 같은 용기와 무력이 없죠. 앞으로도 3층에 숨어 살 생각이지만, 제가 싼 똥을 치우려면 그것만으론 부족하단 생각이 드는군요.”

그레고리가 겉옷 안에서 지갑을 꺼냈다. 지갑 안에서 작지만 튼튼해 보이는 카드키가 나왔다. 딱히 표면에 쓰인 글자가 없어 용도를 알아보기 힘들었다.

“뭐지? 6층민의 피격 보호카드인가?”

“듣자하니 사건 현장의 드론 비둘기들 사이에 진짜 살아 있는 새가 섞여 있었다더군요. 하늘이 없는 랄에서 새가 살아 있었다면 필시 누군가의 소유물이란 뜻이겠죠. 군경찰은 보나마나 폐기처분하거나 멋대로 팔아치우겠죠? 제 이야기는 배드 엔딩이 되었지만, 적어도 그 새와 주인만은 해피 엔딩을 봤으면 하고요. 전 나약한 인간이니, 얼마 남지 않은 재산 중 하나로 대가를 치르겠습니다. 본래 실종자 수색 전문 탐정이시죠? 새의 주인을 찾아주십시오. 그럼 우주왕복선을 하나 드리지요.”

폴리가 벌떡 일어났다.

“우주선? 진짜? 하지만 허가가……”

“휴양용 소형 왕복선입니다. 전투 기능이 전무한, 일종의 오락용 요트의 우주 버전인 셈입니다. 물론 이런 고물로 데브리가 우글거리는 우주를 누빌 수 있을지는 모르겠습니다만…… 궤도 엘리베이터의 경계를 사지 않고 우주로 나가볼 방법이 있다면 이것이 최선일 듯하군요.”

반세기 동안 땅을 기어다니며 찾아다닌 물건이 드디어 폴리 앞에 나타났다.

힘으로 빼앗을 수도 있었다. 이자는 공식적으로 실종된 인간이다. 그리고 여긴 시체를 처리하기에 최적의 장소다.

그러나 리니아 폴라리스는 그러하지 않을 것이다. 그 대신 그레고리 양에게 손을 내밀었다. 둘은 악수로 앞으로 시작될 장대한 탐정 수사의 서막을 알렸다.

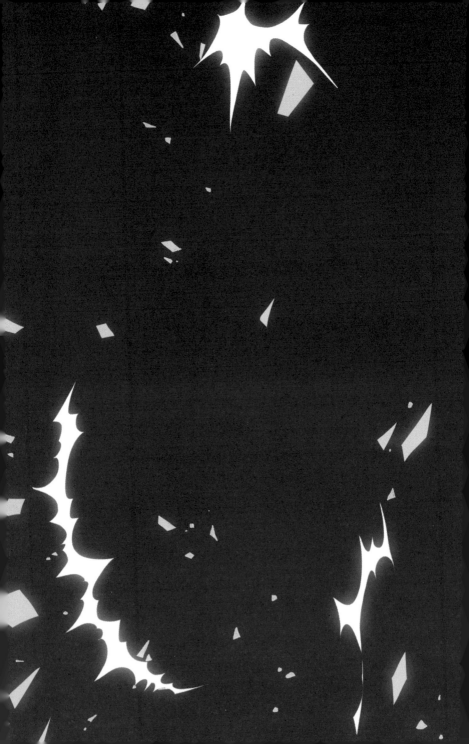

사건 파일 #2

22세기 도시 괴담

1

커피 콩이 창에 맞았다. 커피 콩은 혀를 내민 채 익살스럽게 죽어 있다. 이것이 '데드 빈 카페'의 간판 그림이다. 제법 영업 시간이 불규칙한 카페지만, 랄 시티에서 오랫동안 사랑받아온 명소다.

딸랑, 문에 달린 종이 울린다. 카페의 단골 셋이 들어왔다. 폴리, 라이스 그리고 킨타. 익숙한 얼굴들을 보자 데드 빈 카페의 두 주인이 반갑게 인사했다.

금발 머리를 리젠트로 세우고 온몸에 모조 장신구를 주렁주렁 단 남자, 루파스.

"폴리! 라이스! 어서 와!"

식물로 만든 히피룩 원피스를 입고 인조 화관을 쓴 여자, 힌디야.

"꺄아! 킨타도 왔네!"

평소 같으면 커피부터 주문했을 텐데, 폴리가 커다란 상자 하나를 바 위에 올려놨다.

"미안, 오늘은 급한 일이 있어서. 일단 창문 좀 닫아주겠어?"

폴리는 허튼소리를 하는 타입이 아니다. 루파스가 카페의 창문을 닫았다. 폴리는 다른 손님이 없는 걸 확인한 뒤에 상자를 열었다. 그러자 비둘기 한 마리가 상자에서 날아 튀어나왔다.

"맙소사!"

힌디야가 한눈에 알아봤다.

"새다! 드론도 로봇도 아닌 진짜 생물 새야!"

루파스도 기겁하긴 마찬가지였다.

"엄청 비싸겠는데! 저런 걸 어디서 구했어?"

라이스가 의자에 걸터앉으면서 칭얼거렸다.

"말도 마. 내가 말대꾸 좀 했다고 루 대령님이 삐졌나봐. 비둘기랑 관련된 사건을 해결한 적이 있었는데, 그때 용의자가 도시의 비둘기는 죄다 모아놓은 사람이었거든. 하필 그중에 드론이 아닌 진짜 비둘기가 있었어. 그거 주인을 우리더러 되찾아주래. 군경찰이 하기 귀찮은 일 떠넘긴 거지, 뭐."

폴리는 조용히 시선을 돌렸다. 거짓말이다. 라이스가 대령에게 꼬치꼬치 캐물을 일은 없을 테니 대령을 내세워 새 주인 찾기의 이유를 둘러댄 것이다. 이유를 설명하려면 우주선을 설명해야 하는데 그러려면 자연히 자신의 과거까지 들추어내야 했다. 싫었다. 그냥 싫었다.

폴리는 대신 이렇게 말했다.

"하늘이 없는 도시에 새가 있다면 당연히 주인이 있는 반려동물이잖아. 이것도 일종의 실종자 찾기야. 어차피 내 전문이지. 그래서 말인데, 반려동물 등록 칩 스캔 장비 가진 거 있어? 그걸 빌리러 온 거야."

왜 이들은 카페에 와서 그런 고도의 장비를 찾는가? 그것이 바로 데드 빈 카페가 오랫동안 랄 시티에서 사랑받은 이유다. 이 카페의 숨겨진 정체는 도시 안팎, 혹은 도시의 어둠 속에서 오가는 밀수품 거래처였기 때문이다.

루파스가 커피를 내리는 동안 힌디야가 부엌에서 작은 스캐너를 가져왔다. 라이스가 간신히 새를 잡자 힌디야가 스캐너를 긁어봤다. 첫 몇 번은 에러가 났다.

"왜 안 되지? 칩이 부러졌나?"

"무슨 소리! 내가 이 깃털 달린 골칫덩이를 얼마나 조심스럽게 다뤘는데!"

삐빅. 라이스의 변명을 알아듣기라도 했는지 마침내 스캐너가 칩을 인식했다. 이름은 딱 보기에도 가명으로 보이는 아이디 비슷한 것이었다. 다행히 주소만은 제대로 나왔다.

폴리가 새를 새장에 넣는 걸 도우며 말했다.

"가까운 주소군. 걸어서 갔다오지. 그동안 새랑 킨타를 부탁해도 될까?"

힌디야가 킨타를 끌어안으며 말했다.

"킨타와 함께라면 언제나 오케이지!"

"우리가 하루 이틀 사이야? 무사히 다녀와, 폴리와 라이스의 탐정 사무소!"

사고에 휘말리지 않고 무사히 다녀오라니. 이 두 사람이 제일 재능 없는 분야 중 하나다.

콴 중위가 폴리와 라이스로부터 신고 전화를 받은 건 불과 30분 뒤의 일이었다.

콴과 수사대가 허름한 저층 아파트 주차장에 도착했다. 환경미화 드론도 오지 않는지 쓰레기가 굴러다니고 벽엔 총알 구멍이 있는, 랄 시티 변두리의 흔한 아파트였다. 505호라고 했다. 올라가보니 폴리가 문밖에 있고 라이스는 복도 구석에서 훌쩍이고 있었다.

"라이스 때렸어요?"

폴리는 농담할 기분이 아니었다.

"시체다. 두 구. 악취가 심하니까 각오해."

시체? 천하의 푸른 뱀과 이 미친 도시의 군경찰이 고작 시체 따위에? 콴은 별생각 없이 505호의 문을 열었다. 그리고 이내 그녀의 말뜻을 이해했다.

불 꺼진 방에서 파랗게 빛나는 컴퓨터 화면.

새도 개도 못 사는 도시를 점령한 파리들이 우르르 몰려나온다.

컴퓨터에 연결된 헤드 기어는 기저귀를 찬 채 의자에 묶인 남자의 머리에 씌워져 있다. 그리고 그 남자 곁에서 몸을 동그랗게 말고 누운 형체는, 비쩍 말라 굶어 죽은 여자아이였다. 대관절 이게 무슨 상황이란 말인가.

현관엔 라이스의 것이 분명한 토사물이 쏟아져 있었다. 하마터면 콴도 한바탕 울릴 뻔했다. 그런데 신경 쓰이는 게 있었다. 콴은 현장을 훼손하지 않도록 조심스럽게 남자 쪽으로 다가갔다. 그가 아는 대로라면 이 기종의 헤드 기어는……

"살아 있다!"

콴이 수사대 부하들을 향해 외쳤다.

"남자 쪽은 살아 있습니다! 응급처치반을 불러요!"

일단은 라이스가 최초 목격자였다. 사령부로 불려 가서 취조를 받았다. 콴이 담당이라 불필요한 과정은 생략해주었다. 무엇보다 아직도 라이스가 시신을 본 충격으로 골골대는 중이었다.

"물로는 부족해…… 술 없어요, 중위님? 최대한 독한 걸로."

"몇 명 서랍 뒤져보면 나올 거 같긴 한데, 그냥 포기해요, 라이스."

"그래서, 상황은? 알려줄 만한 게 있나?"

폴리가 묻는다. 콴이 조용히 폴리를 바라봤다. 하마터면 상관에게 하듯이 바로 보고부터 할 뻔했다. 머리를 염색하고 동네 양아치 스타일로 자신을 숨겼지만 일거수일투족에서 군인 시절의 버릇이 묻어나오는 여자다. 콴은 폴리에 대해 잘 알지 못했다. 루 대령과 그녀 사이에 어떤 과거가 있다는 것, 그리고 그녀가 절대 단순한 3층민이 아니라는 것 정도가 그가 아는 배경지식이었다. 넉넉하진 않았지만, 어떻게 처세를 해야 좋을지 판단하는 데엔 충분한 양이었다. 타산이 끝나자 입을 열었다.

"브레인 프록시라고 들어보셨어요?"

"들어만 봤지. 인간의 중추신경계는 세상에서 제일 복잡한 컴퓨터. 그걸 기계랑 연결하면 전산 보안의 수준을 거의 해제 불가능 레벨로 올릴 수 있다는 아이디어가 있었어."

"산 사람의 뇌를 부품으로 쓰는 건 당연히 범죄입니다. 하지만 랄 시티엔 그 정도 범죄쯤이야 우습게 여기는, 금광을 발견한 무법자들이 수두룩하지요. 필시 납치를 당한 뒤 강제로 묶여선 긴 시간을 혹사당했을 겁니다. 범인이 건강 관리에 대한 전문 지식이 있는 사람인 듯하네요."

"그럼 여자애는? 외상은 없어 보이던데."

"모르겠습니다. 피해자도 여자애도 신원 조회가 안 되고 있어요. 아마 다른 도시에서 온 불법 이주자겠죠. 그리고 이상한 게 하나 더 있습니다. 두 분, 비둘기 주인 찾으러 그 집에 가신 거라고 하셨죠?"

"그래. 그 집이 새 주인의 주소지야."

"아마 새의 주인은 떠난 지 오래일 겁니다. 그 집, 안전가옥이었어요. 전산상에 존재하지 않는 유령 부동산 말입니다. 십중팔구 원래 집주인이 떠난 뒤에, 납치범이 브레인 프록시를 가둘 공간으로 쓰려고 무단 점거했던 거겠지요."

일이 이상하게 꼬여간다. 비둘기의 주인은 숨어 살던 사람이었다. 그가 안전가옥으로 쓰던 건물을 운 좋은 납치범이 발견해서 써먹고 있었다. 우연이었을까? 아니면……

"음? 아, 신원 조회 결과가 들어왔네요."

콴이 보고 있던 컴퓨터 화면을 클릭했다.

"유리 란지트. 32세. 공사판을 전전하는 일용직입니다. 왜 정보가 없었는지 알겠군요. 2층 출신이에요. 어? 헤드 기어도 이 사람 소유였네. 납치범 게 아닌 건가?"

라이스가 의안으로 몰래 콴의 컴퓨터를 스캔하며 말했다.

"일용직이면 직업상 산 건 아닐 거고, 게임용이었겠네요. 어차피 란지트란 사람이 가지고 있던 걸 납치범이 겸사겸사 쓴 거겠죠."

"게임?"

폴리가 아는 헤드 기어의 용도는 많지 않았다.

"응. 의식을 전자 공간에 연결하는 게임기로 많이 쓰여. 하드 게이머라면 비싸지만 포기할 수 없는 필수품이야."

폴리가 조용해졌다. 머리를 굴리는 중이다. 라이스에겐 안 좋은 소식이었다. 딱 보기에도 지저분해 보이는 이 사건에 관심을 가진 모양이니. 콴에겐 좋은 소식이었다. 이번 사건은 고생 안 하고 쉽게 해결할 수 있을 것 같다.

"폴리와 라이스의 탐정 사무소가 해결해주시겠어요? 정보만 공유해주신다면 의뢰비는 드리죠."

"새 주인 찾기와 연결되어 있을 수도 있다. 나를 찾아온 전장을 가리는 건 명예롭지 못한 행동이지."

라이스는 전혀 동의하지 않았다. 군경찰에서 지불하는 의뢰비는 늘 인색하고, 사건은 벌써부터 시체가 굴러다닌다. 라이스는 자신이야말로 자선사업의 수혜자가 되어야 한다고 여겨왔지, 푼돈을 위해 땀나게 뛰어다니는 명예 같은 건 야식으로도 안 먹을 것이었다.

그래도 목구멍이 포도청이라 별수 없었다. 폴리와 라이스의 탐정 사무소는, 라이스라는 인간이 법의 선 안쪽에서 생계를 벌 수 있는 몇 안 되는 수단 중 하나였으니.

505호로 돌아왔다. 다행히 처리반이 왔다 간 뒤라 어느 정도 정리가되었지만 악취만은 여전히 남아 있었다. 폴리스라인에 허가증을 찍고 들어갔다. 라이스가 빨래집게로 코를 막으면서 방금 사 온 기기들을 설치하기 시작했다. 핑크색 헤드 기어가 콘솔에 연결되었다.

"완성! 의식 접속형 가상현실 게임 헤드 기어!"

라이스의 조사에 따르면 유리의 마지막 기록은 역시나 가상현실 게임

속이었다. 일명 '가면 무도회'. 접속자가 줄어든 뒤 운영진도 서버만 돌리고 있는 버려진 게임이었는데, 옛 추억을 잊지 못한 올드 팬들이 여전히 돌아다니는 모양이다.

"핑크색……"

헤드 기어를 받아든 폴리의 표정이 좋지 않았다. 전장에서 적색 계통의 디자인은 화려한 자살 신청서나 다름없다. 처음 3층에 와서 머리를 염색할 때도 붉은색을 추천하던 걸 굳이 푸른색으로 바꿨다. 라이스가 소리 죽여 킬킬거렸다.

"왜? 마음에 안 들어? 마지막 남은 게 그거뿐이라서! 난 의안이 있으니 어차피 헤드 기어 같은 거 필요 없으니까!"

좋은 쪽으로 생각하기로 했다. 본래 신분을 덮을 수 있는 거라면 청바지든 가죽 재킷이든 캐릭터 그려진 헬멧이든 상관없지. 폴리가 헤드 기어를 뒤집어쓰며 말했다.

"넌 접속 중에도 의식을 유지할 수 있지? 긴장 늦추지 말고, 현실 쪽 감시를 부탁한다."

"맡겨만 주셔!"

준비가 끝났다. 바닥에 돗자리를 깔고 두 사람이 나란히 누웠다.

"목적지는 유리가 가입해 있던 클랜의 길드 근처. 접속한다!"

라이스의 신호와 함께 눈앞에 펼쳐지는 로그인 화면. 라이스가 만들어준 계정으로 접속한다. 그러자 몸이 붕 뜨는 기분이 들더니 어느새 음산한 숲에 서 있었다. 폴리가 자기 몸을 살펴봤다. 희한하게도 피부가 녹색이었다.

"이게 뭐야."

근육이 불끈불끈한 남자의 몸이었다.

"종족이…… 오크 광전사? 오크가 뭔데?"

"푸하하하!"

옆에서 날씬한 엘프 어쌔신 여성이 웃고 있었다.

"어울려! 완전 어울려! 너한텐 여기가 현실 아냐?"

꽁, 하고 폴리가 라이스를 쥐어박았다. 그런데 별안간 라이스가 아닌 폴리가 바닥에 철퍼덕 쓰러졌다. 폴리 머리 위 화면에 '반동 데미지 −9,999'라는 글자가 떠올랐다. 라이스가 더 크게 웃기 시작했다.

"하여간 요즘 것들은."

폴리가 바닥에 쓰러진 채 투덜거렸다.

2

머리가 뜨끈뜨끈해지는 태양. 얼굴에 느껴지는 바람. 콘크리트가 아닌 나무로 만들어진 건물들. 폴리는 전자오락의 가치는 이해하지 못했지만 사람들이 왜 헤드 기어까지 써서 접속하는지는 알 것 같았다. 이 게임을 만든 자는 틀림없이 스카이폴 이전의 세상을 아는 것이다. 폴리는 멍하니 여관 발코니에 앉아서 하늘에 뜬 구름을 올려다보았다.

정작 그런 그녀의 모습을 클랜원들은 수상쩍다는 시선으로 바라보았다. 은발의 힐러가 클랜원들이 모인 탁자에서 투덜거렸다.

"우리 클랜, 하드 유저만 받는 거 아니었어? 저 오크, 플레이 끔찍하게 못하면서 시간만 나면 멍 때리고 있네!"

방금 전에 드래곤 잡느라 다들 정신없는데 폴리 혼자 바위 프레임 사이에 끼어서 허우적대던 걸 기억했다. 얘기가 길어지면 라이스가 뚫은 크랙으로 기록을 조작한 사실을 들킬 것이다. 라이스가 먼저 폴리에게 다가가 말을 걸었다.

"폴리. 클랜 마스터가 접속했대. 가입시켜줘서 고맙다고 인사라도 하고 오자."

"뭐야, 네가 그런 예의범절을 다 아냐? 가끔이라도 좋으니까 현실에서도 그런 격조를 보여줄래?"

"시끄러워. 따라오기나 해."

두 사람이 여관 2층으로 향했다. 난롯가 옆의 원탁에서 광대 차림의 여자가 먼저 손을 흔들었다.

"안녕하세요, 신규 가입자 분들! 여깁니다!"

광대 머리 위에 클랜 마스터를 의미하는 엠블럼과 함께 happlayer767이라는 아이디가 떠 있었다.

"제가 클랜장 happy입니다. 퇴근 후에나 접속이 가능하다보니 이제야 뵙네요. 이미 사냥 한 번 뛰고 오신 거 같던데 할 만했나요?"

"전투에 대한 평가를 물으시는 거라면, 현실의 전투와 전혀 다르다고밖엔 할 수 없군요. 현실에선 자신과 멤버들이 죽을 가능성을 고려하면서 순간순간 임기응변을 짜야 하는데……"

다짜고짜 브리핑을 하려고 든다. 객관적인 평가는 사회를 발전시키는 원동력이지만, 탐정도 군인도 아닌, 이 게임이 좋아서 퇴근하자마자 붙어 있는 사람들 앞에서 단점을 늘어놓는 건 현명한 처세가 아니다. 라이스가 폴리의 이마를 딱 때리곤 대신 나섰다.

"이 친구가 렉이 걸려서 좀 버벅대긴 했는데 괜찮았어요."

happy가 끄덕였다.

"아, 아무래도 운영을 손 놓은 게임이라 그런 게 좀 있죠. 그래도 두 분다 '7층 시민 클랜'에 들어오실 정도 실력이니 큰 문제 없을 거예요."

7층 시민. 이 클랜의 이름이다. 폴리가 끼어들었다.

"저기, 이 클랜의 이름이 7층 시민인 이유가 있나요?"

클랜장은 의외라는 표정이었다.

"음? 그 도시 괴담 듣고 오신 분이 아니세요? 저희 클랜원 대부분은 그 거 때문에 온 사람들인데. 3층 어딘가에 7층이라는 낙원으로 가는 문이 있다는 소문. 저희 클랜도 그 괴담이랑 관련이 있거든요."

그녀가 손가락을 튕기자 세 사람의 스코어가 각자 머리 위에 떠올랐다. 여섯 자리로 이루어진 숫자. happy가 자기 스코어를 가리키며 말했다.

"제가 클랜장이 되기 전부터, '7층 시민'에서 666,666점을 넘기면 7층으로 가는 문이 열린다는 얘기가 나돌았어요. 솔직히 웃기는 루머기 는 하죠. 현질은 물론이거니와 대부분의 시간을 인게임에서 보내지 않는 한 불가능한 숫자거든요. 저도 이제야 겨우 50만 점대네요."

라이스가 폴리에게 비밀 채팅을 보냈다. 다른 유저에겐 들리지 않는 귓속말이었다.

"유리가 실종 직전에 갱신한 점수가 62만 점대였어. 현질하려고 빚도 꽤 끌어 쓴 모양이야."

게임 속에서 싸우는 법은 대충 흘려들었지만 남몰래 말하는 법은 제 대로 익힌 폴리였다.

"유리가 단순히 즐기기 위해서 7층 클랜에 들어왔을 가능성도 있을 까?"

"요즘 잘 나가는 게임이 얼마든지 있는데 굳이 헤드 기어까지 빚으로 구매해가면서? 참고로 유리의 부계정 캐릭터 이름은 D-666,666이야. 이 정도면 의도는 다분하다고 봐야지."

폴리의 지금 외형은 어디까지나 가상현실의 프레임이 만들어낸 영상일 뿐이다. 그러나 라이스는 폴리의 눈이 번뜩이고 있다고 느꼈다. 중요한 단서를 찾았거나 어떤 계획을 세운 것이다.

마지막으로 폴리가 한 가지 더 확인했다.

"그러고 보니, 혹시 butterfly라는 아이디를 쓰는 회원이 있었나요?"

폴리가 왜 저 질문을 하지? 유리의 '7층 시민' 클랜용 아이디는 Nat-papa1234다. 라이스는 자신의 사고 속도로 폴리를 따라잡는 걸 옛날 옛적에 포기했지만, 그래도 궁금한 건 궁금한 것이었다.

"흐음. 비슷한 아이디가 있어요. 6utterf1y00이라고. 하드 플레이어였는데 별로 소통은 없으셨던 걸로……"

그녀의 말이 멈췄다. 시선을 보니 다른 연락을 받은 모양이다.

"죄송합니다, 다른 클랜에서 공개 채팅이 들어왔네요. 나중에 다시 말씀 나누시죠. 즐겜하세요!"

이내 happy가 사라진다. 둘만 남자 남자 라이스가 폴리에게 물었다.

"butterfly라니, 그건 또 누구야?"

"반려동물 등록 칩에 있던 새 주인. '빠삐용'이라고 되어 있었어. 사람 이름일 수도 있겠지만, 그건 옹 시티 말로 나비라는 뜻이다. 클랜장 말에 의하면 그 녀석도 '7층 시민'에 있었을 가능성이 높다는 뜻이지. 새 주인의 안전가옥이 란지트 납치범의 작업장이 된 게 우연만은 아닌 거 같아서 찍어봤는데, 잭팟이네."

랄 시티 사람이 옹 시티 언어를 배울 일은 지극히 드물다. 반려동물을 키울 인프라가 있는 고소득 고학력 계층이 어쩌다 란지트 같은 2층 출신 홀아비와 연결되었을까? 키워드는 7층이다. 있는 자도, 없는 자도, 이 도시를 떠나 괴담 속의 낙원으로 가고 싶어한다.

이유는 모르겠는데 불현듯 양 부인을 선동한 알선업자가 떠올랐다. 직감 덕에 먹고사는 탐정이었지만, 지금은 눈앞에 보이는 일에 집중하기로 했다.

"와, 다른 도시 말도 알아? 역시 대학물 먹은 사람은 다르네! 어? 근데 너 대학 나오긴 했어?"

"쓸데없는 소리 관두고, 콴에게 연락해줘. 게임 안에서 현실 쪽에 통화하는 게 가능해?"

"당연하지. 폐쇄 회로로 하면 돼."

"너 오늘 과하게 유능한데? 소름 돋으니까 완급 조절 좀 하자."

특유의 조롱이 섞여 있긴 했지만 틀림없는 칭찬이었다. 라이스의 어깨에 힘이 들어갔다. 라이스가 제일 큰 실수를 저지르는 건 자만할 때라는 게 문제긴 하지만.

폴리가 얼마간 콴과 대화를 나누었다. 통화를 마치자 다시 라이스에게 말했다.

"역시나. '7층 시민' 중에서 실종된 사람이 제법 있다네. 완전히 사실 무근의 괴담은 아닌 모양이군."

라이스가 침을 꿀꺽 삼켰다. '봉고차에 짐을 싣는 노인을 돕다가 납치당했다'라든가 '어두운 터널 안에 들어가선 못 나온 사람들이 있다'라는 루머야 흔하지만 '게임이 납치 도구로 쓰였다'라는 건 새로운 자극이었다.

"그, 그럼 우리도 타깃이 되는 거 아냐? 빨리 로그아웃하는 게 좋지 않을까?"

라이스의 아바타가 부르르 몸을 떨며 진저리를 쳤다. 폴리는 자신의 점수를 확인했다.

"380,012점이라…… 라이스, 내 점수를 666,666에 가깝게 조작할 수 있지?"

"그거야 일도 아니지. 어차피 지금 점수도 내가 만들어 넣은 거니까. 근데, 왜?"

"함정을 파자. 콴에게 허락을 받았으니까, 폴리스라인을 꺼두고 네가 멀리서 505호를 지켜보고 있어. 납치범이 날 잡으러 오면 네가 날 깨우고 양동하는 거야. 본래 자기 아지트였던 곳이니까 군경찰이 다녀간 것만 숨긴다면 쉽게 방심하겠지."

점점 얘기가 무서워졌다. 라이스의 아바타가 시선을 내리고 말을 더듬었다.

"그, 그래도 괜찮은 거야? 폴리가 강한 건 알지만 상대는 사람도 죽이는 납치범이고…… 물론 여차하면 신고는 할 거지만……"

"왜? 망 보는 게 무서워서 그래? 정 찝찝하면 대충해도 돼. 경보 센서만 달아주고 가도 충분해. 랄 시티 3층에서 날 대적할 상대는 없다는 거, 네가 더 잘 알잖아?"

아차. 그제야 라이스는 폴리가 자신을 생각해준 거라는 사실을 깨달았다. 불과 며칠 전에, 자신을 위험한 일에 끌어들이지 않겠다며 떼어놓는 폴리에게 성질을 냈던 걸 기억했다. 폴리는 일부러 위험한 일임에도 라이스에게 역할을 마련해주려고 한 것이다. 그런데 정작 코앞에 위기가 다가오니 먼저 꼬리를 내려버렸다. 최악인 것은, 스스로 이 사실을 알면서도 뱉은 말을 되삼킬 용기가 없다는 것이었다.

일단 둘 다 로그아웃했다. 폴리가 헤드 기어를 벗고 머리를 매만지는 동안 라이스가 기어들어가는 목소리로 말했다.

"난…… 데드 빈 카페에 다녀올게. 루파스와 힌디야라면 성능 좋은 센서를 가지고 있을 테니까."

"좋은 생각이군. 난 여기 있을게."

라이스는 고개를 한 번 까딱이더니 풀 죽은 모습으로 505호를 나갔다. 어딘가 평소 같지 않은 모습이었지만 폴리는 크게 신경 쓰지 않았다. 다른 사람 눈엔 보이지도 않는 증강현실을 보면서 히히덕대다가 화내다가 하면서 변덕을 부리는 건 라이스의 흔한 버릇이었다. 쓸데없는 데 관심 갖기보단 혼자 할 수 있는 일을 먼저 해결해두고자 했다. 납치범을 끌어들이려면 폴리스라인을 꺼야겠지. 홀로그램 장치에 허가증을 대고 패널을 열려고 했다. 그런데 익숙한 기계가 아니라서 그런지 조작이 엉켜버렸다. 역시 기계 다루는 건 라이스를 기다릴 걸 그랬나?

기어이 실수했다. 왱왱왱! 폴리스라인이 울어대기 시작했다. 놀라서 엉겁결에 홀로그램 장치를 주먹으로 박살내버렸다. 이런! 의뢰비 반쪽 나겠네!

한데 소동은 거기서 멈추지 않았다. 아파트 아래층에서 메리야스에 반바지만 입은 채 장총을 든 중년 남성이 뛰쳐 올라오더니 폴리에게 총구를 들이대는 것이었다.

"505호! 남들 자는 시간엔 조용히 좀 하라고 했지! 거 아파트 혼자 사나……"

남자가 말을 끝맺기도 전에 순식간에 거리를 좁힌 폴리가 그의 팔을 꺾어 올렸다. 장총이 바닥에 부딪히며 가볍게 텅, 하는 소리가 울렸다.

"뭐야, 플라스틱 장난감이잖아."

폴리의 손에 결박된 남자가 비명을 올렸다.

"아악, 아파, 아파! 이것 좀 놔봐! 여기 경찰 없어?"

폴리가 남자의 팔을 꺾어 잡은 채로 얼굴을 바짝 들이밀었다.

"넌 누구냐."

허리까지 뒤틀린 남자가 또 한 번 비명을 질렀다.

"아! 아프다고요! 저 405호 사는 사람이에요! 아래층, 아래층이요!"

3

루파스가 뒤집개를 들고는 접시에 담은 볶음밥을 솜씨 좋게 다듬었다. 몇 번 모서리를 둥글리고 뾰족하게 모양을 내더니 이내 커다란 하트 모양을 완성하고는 뿌듯한 미소를 지었다.

"자, 킨타, '세상을 구원하는 사랑의 볶음밥'이야! 신메뉴니까 기탄 없는 의견 바람!"

루파스가 기대에 찬 눈빛으로 킨타를 바라봤다. 바에 앉은 킨타는 무표정한 얼굴로 볶음밥을 한 숟갈 씹었다.

"이건 '별이 빛나는 밤에 볶음밥'하고 똑같아. 그건 별 모양이었지만. 간이 싱겁고 당근이 덜 익은 것도 똑같아."

경악한 루파스가 리젠트 머리를 마구 흔들었다.

"아아! 너무 냉혹한 평가야! 힌디야! 심장이 멎을 거 같아!"

힌디야가 설거지를 하다 말고 비눗물을 튀기며 외쳤다.

"안 돼! 루파스가 죽으면 나도 죽어버릴 테야!"

"사랑해, 힌디야!"

"내가 더 사랑해, 루파스!"

딸랑. 카페 문을 열고 라이스가 들어왔다. 평소의 라이스라곤 상상할 수 없는 풀 죽은 모습이었다.

"아이리시 커피 하나. 술하고 커피는 8대 2로."

주문하곤 킨타 옆자리에 가서 푹 늘어져버렸다. 힌디야가 커피를 타주며 물었다.

"무슨 일 있어, 라이스?"

"그러니까 주문할 게 있는데……"

센서 얘기를 꺼내야 하는데, 바로 용건이 딴 데로 샜다.

"힌디야. 나, 쓸모없는 인간일까?"

"라이스가 쓸모없었으면 루 대령이 위법을 감수하면서까지 목줄을 채워두진 않았겠지?"

힌디야가 타준 커피 냄새 나는 술을 입에 대려다가 멈췄다.

"아니, 폴리에게 말이야. 물론 돈도 안 되는 일에 끌고 다니거나 위험한 일에 뛰어들거나 명령질 하는 건 짜증나지만…… 일이 틀어질 때마다 폴리가 다 처리하고 나는 뒤에서 구경만 하게 되는 건 싫단 말이야."

루파스가 라이스 앞에도 볶음밥을 놔줬다.

"이야, 이게 라이스 입에서 나온 소리가 맞아? 인생을 날로 먹기 위해 태어난 불로소득의 화신 같던 존재가 어쩌다 이렇게 되었어?"

내가 그랬나? 잘 기억나지 않는다. 폴리와 일한 지 3년째다. 그전의 삶은 어쨌더라?

"어쨌든, 폴리는 완력으로든 지력으로든 우리랑은 다른 수준의 초인이야. 어차피 평범한 인간이 도울 수 있는 한계가 있어. 필요할 땐 옆에 있다가 아니다 싶을 땐 빠져주면 되는 거 아닐까?"

힌디야의 분석적인 조언이었다. 다른 수준의 초인. 맞는 말이다. 라이스는 더더욱 기분이 나빠졌다. 나랑 폴리가 같은 수준일 수는 없겠지. 과거에든 미래에든 현재에든…… 친구일 수가 없는 거야.

띠띠띠띠. 그때, 의안에서 소리가 났다. 전화가 왔다. 연결시켰다.

"여보세요?"

"군경찰입니다. 입원한 피해자가 깨어나서 연락드렸습니다."

"중위님이 아니네요. 사건 관련된 거면 폴리에게 연락하세요. 전 쓸모없는 비정규직이랍니다."

"폴리 씨는 전화를 안 받으셔서요. 동업자인 라이스 씨 맞으시죠? 사무실도 '폴리와 라이스의 탐정 사무소'라고 들었습니다만."

아아, 폴리가 혼자 접속했구나. 이런 바보. 도와주지 않으면 헤드 기어 쓴 채로 전화하는 법도 모르나보네. 역시나 내가 없으면……

내가 없으면 안 된다고!

라이스가 벌떡 일어났다. 술커피를 단숨에 쭉 들이켜더니, 갑자기 기운이 넘쳐나는 모습으로 외쳤다.

"맞아요! 우리는 폴리와 라이스의 탐정 사무소죠! 저도 취조쯤은 할 수 있다구요! 지금 갑니다!"

이번엔 기운이 필요 이상으로 넘쳐나는 라이스가 카페를 뛰쳐나갔다. 등 뒤에 대고 루파스와 힌디야가 휘파람을 불며 응원했다.

405호의 집으로 왔다. 405호는 바닥에 주저앉아 자기 어깨를 주물렀다. 수염도 덥수룩하고 고생깨나 한 얼굴이었지만 악의는 없어 보인다. 장난감 총이라고는 해도 위협부터 한 게 미안했는지 캔맥주를 건네며 사과했다.

"거, 미안하구만. 그놈의 축음기 소리 때문에 505호랑 몇 번을 다투다 보니 신경이 날카로워졌어."

축음기? 사건 현장에 축음기는 없었는데. 뭐, 흔한 층간 소음 갈등이었겠지.

"층간 소음이라…… 이해는 하지만 이런 꼴로 쳐들어오는 건 너무하지 않습니까? 이 험한 동네에서 강도라고 오해받으면 진짜 총에 맞습니다."

"밤새 시끄럽게 군 적이 한두 번이어야 말이지. 내일도 새벽같이 출근해야 하는데, 오늘 소음은 유독 거슬리더라구."

가만. 이전에도 다툰 적이 있다는 뜻인가?

"위층 집주인을 아십니까?"

"알지. 란지트잖아? 아는 사이 아니야?"

아차. 전제가 틀렸군. 새 주인이 살다가 떠난 안전가옥에 무단으로 눌러앉은 건 납치범이 아니라 2층에서 밑천 없이 올라온 유리였던 거야. 납치범은 인게임에서 발견한 유리를 납치했고, 유리의 집을 고스란히 브레인 프록시 현장으로 쓴 거지. 유리에게 같이 사는 가족이 없었으니 간단히……

"그러고 보니 나타샤도 없던데. 둘 다 어디 갔어? 설마 말도 안 하고 이사 가버린 건 아니겠지?"

나타샤?

Natpapa1234! 그 뜻이구나!

죽은 여자애!

폴리의 눈이 커지자 뭔가 이변이 생겼다는 걸 눈치챈 405호가 맥주를 내려놨다.

"뭐야, 란지트 부녀에게 무슨 일이 있는 거야?"

숨기는 건 무의미하겠다 싶었다. 폴리가 탐정 명함을 꺼내면서 말했다.

"저는 사설탐정 폴리라고 합니다. 군경찰의 의뢰라 자세한 정보까지 드릴 순 없습니다만, 오늘 505호에서 인사불성 상태의 유리와 아사한 나타샤가 발견되었습니다. 둘이 가족인 것도 지금 알았군요. 알려주실 만한 다른 정보가 있을까요?"

이번엔 405호의 눈이 커다래졌다. 그는 망연자실한 표정으로 마룻바닥을 내려다보며 말했다.

"어떻게 그런 일이…… 맞아. 나타샤는 유리의 딸이야. 맙소사, 이렇게 끔찍할 데가. 언젠간 그렇게 될 줄은 알았지만……"

"네? 나타샤의 죽음을 예상했다구요?"

"나타샤는 허수아비였거든. 그것도 꽤 중증이었어. 잔인한 얘기지만, 허수아비가 제 명에 죽는 건 드문 일이잖아. 안 그래?"

아! 그렇게 된 거군! 킨타는 허수아비 중에서도 상당한 고기능에 속한다. 질문하지 않아도 먼저 말할 줄 알고, 애매한 지시를 나름 해석하기도 한다. 그러다보니 폴리가 간과한 것인데, 대부분의 허수아비는 절벽에서 뛰어내리라고 하면 그대로 따르는 수준인 경우가 많다. 나타샤에게 식사 지시를 내려줄 유리가 브레인 프록시가 되어버렸다. 납치범은 나타샤의 운명에 관심이 없었다. 비참한 허수아비는 명령을 기다리며 자기 아버지

앞에서 서서히 말라 죽어간 것이다.

에휴. 405호는 맥주에 한탄을 섞어 들이켰다.

"이 아파트엔 가난한 사람들이 많아. 하지만 2층민 출신인 유리에겐 그마저도 사치였지. 2층이 어떤 곳인지 알지? 3층에서 파산한 실패한 인생, 전과자나 무법자가 득시글거리는 곳이야. 그런 유리에게 무슨 돈이 있었겠어? 그저 이 위엔 딸을 치료할 방법이 있을 거라는 믿음만 가지고 올라왔었어. 뭐, 그래봐야 가장 큰 행운이라곤 505호를 무단 점거한 게 다였겠지만."

"응? 정식으로 이사 온 게 아니란 걸 아셨습니까? 어째서 신고를 안 하셨죠?"

"뭐 하러 귀찮은 일을 만들어. 피차 자식 키우는 입장에 야박하게 굴 거 없지."

"자식?"

폴리는 곁눈으로 집 안을 둘러봤다. 구석에 빨랫감만 수북하게 쌓였을 뿐 횅하기 그지없는 집 안. 가족이 함께 사는 흔적이라곤 없었다. 405호가 눈치 빠르게 먼저 입을 열었다.

"아들은 다른 도시로 유학 갔어. 얼마 전에 마누라도 따라갔고. 랄 시티가 애들 키우기 좋은 동네는 아니잖아? 나야 생활비나 부쳐주는 신세지."

405호의 가짜 총은 아들이 좋아하던 장난감이 아니었을까. 옛날에 비슷한 이야기를 들은 적이 있었다. 순간적으로 아는 얼굴이 겹쳐 보인다. 청린부대 시절의 기억이 되살아났다.

무라사키 녀석, 버는 돈은 족족 고향에 보낸다고 했어. 위태로운 전장에 나가면서도 자기 안전보단 가족들의 거주지가 습격당하지 않을까부터 걱정했다. 화면에서만 보던 행복한 가족이라는 걸 녀석에게서 처음 봤었다. 좋은 녀석이었어. 열심히 사는 녀석이었어.

피로 얼룩진 우주에서 운명을 한탄하기보단 가족들의 안위부터 챙기려는 젊은 군인. 장성한 아들이 더 나은 미래를 찾아 싫증난 장난감과 낡은 도시를 떠났는데도 자기 자리를 지키는 이름 모를 아저씨. 예나 지금이나 사람들은 비슷하게 살아간다. 하늘 위에서든 이 아래에서든, 사랑하는 이의 행복을 위해 눈앞의 행복을 포기하며 살아가는 것이 인생이다. 과거에 얽매여 같은 가치관을 읊조리는 걸 인생이랍시고 살고 있는 어느 탐정을 제외하곤 모두가 그렇게 살아갈 것이다.

란지트도 그러했을 것이다.

본업으로 돌아와야 했다.

"정황으로 보아 란지트는 가상현실 게임에 접속 중 납치된 것으로 보입니다. 혹시 그와 관련해 들은 바가 없으십니까? 가장 마지막에 만나신 게 언제죠?"

405호는 캔을 다 비우고도 새 맥주를 따는 것도 잊었다. 마치 이 이상 맥주를 마실 자격이 없기라도 한 것처럼.

"미안. 층간 소음 때문에 한 번씩 시비가 벌어진 것뿐이지, 나도 지금까지 한 얘기 이상 아는 게 없어. 도시의 이웃이라는 게 그렇잖아? 호의든 악의든 서로의 울타리를 넘는 건 모두에게 해가 되는 일이야. 내가 부녀에게 조금만 더 신경 썼더라면 이 지경은 되지 않았을지도 모르지만…… 이제 다 늦어버린 일이야. 어쩌면 나도 조만간 그렇게 될지도 모르지. 묘비명은 '나 살기 바빠서 어쩔수 없었다' 정도면 딱 맞겠군."

클클클. 그가 고개를 숙인 채 자조적인 웃음을 흘렸다. 뭔가 위로의 말 정돈 전할 수 있었을 것이다. 그러나 폴리는 침묵했다. 단순히 누군가를 위로하는 게 익숙하지 않았기 때문만은 아니었다. 그것은 자신이 스카이 폴의 원흉 중 하나라는 자각, 태양 없는 도시를 만든 자들과 피를 나누었 다는 책임감에서 오는, 의무에 가까운 침묵이었다.

어차피 라이스도 안 오고 해서 그냥 데드 빈 카페로 갔다. 손님은 킨타 뿐이었다. 루파스는 비둘기에게 먹이를 주려고 시도하고 있고, 힌디야는 소일거리로 기계 장치를 고치는 중이었다.

"어서 와, 폴리! 수고했어. 늘 먹던 대로 블랙?"

"수고야 그쪽이 했지. 킨타를 돌봐줘서 고맙다."

1초 쉬고.

"음? 라이스는? 카페에 오지 않나?"

킨타가 대답했다.

"라이스는 군경찰의 전화를 받고 나갔어. 피해자가 병원에서 깨어났 대."

폴리는 킨타의 대답에서 위화감을 느꼈다.

"군경찰이라니…… 콴 말고? 사건에 관한 연락을 중위가 다른 사람을 거쳤다고? 그 친구 성격에…… 근데 왜 라이스에게 연락을 했대?"

옆에서 통화를 들었던 힌디야가 말했다.

"폴리가 안 받아서 라이스를 찾았다는데?"

"무슨 소리야? 나에겐 연락이 온 게……"

이런. 또 틀렸다. 이번에도 전제에서 틀어졌다.

애시당초 그 집은 납치범이 아닌 유리의 집이었어. 왜 피해자의 집을 작업장으로 썼을까? 자기 작업장이 따로 없는 거야. 희생자들을 개별 관리해서 위험성을 최소화한 거지. 그렇다면 브레인 프록시들에 대한 모니터링이 따로 준비되어 있지 않았을까? 만약 자신의 수법이 들통난 걸 알았다면 제일 먼저 무엇을 했을까?

"함정을 준비한 건 나뿐이 아니었군. 너클헤드가 위험해!"

4

랄 시티 변두리의 공공병원.

그 어딘가의 창고 안.

라이스는 어두운 창고 안에서 의자에 묶인 채로 멍하니 눈을 뜨고 있었다. 하지만 그 눈으론 아무것도 볼 수 없었다. 머리에 헤드 기어가 씌워져 있었기 때문이다. 납치범은 헤드 기어와 컴퓨터를 연결한 와이어를 다시 확인했다.

"흠흠흠, 흠흠, 흠흠흠, 자, 됐다. 우회 유령 서버, 커넥트 완료!"

납치범이 자기 팔뚝에 이식시킨 터치 패드를 작동시켰다. 컴퓨터 화면에 '브레인 프록시 가동'이라는 녹색 문구가 떠올랐다. 납치범은 의식도 없을 라이스의 정강이를 걷어차면서 낄낄거렸다.

"굉장하지? 내 꽁무니를 추적한 네년도 굉장하지만, 이 몸은 더더욱 굉장하단 말이야! 이젠 6층에서 군대가 내려온대도 내 접속 기록을 추적할 수 없어. 캬~ 이런 금광이 또 있겠나! 그런데 이 훌륭한 걸 훼방놓으려고 해? 삼류 탐정 나부랭이 주제에!"

납치범은 분이 풀리지 않는 듯 라이스를 몇 번 더 걷어찼다. 그러는 동안 팔뚝의 터치 패드가 깜박거리는 걸 눈치채지 못했다.

사실, 라이스 의안의 위력을 눈치챌 만큼의 실력자도 아니었다.

팟. 별안간 정전이 왔다. 그것도 병원 전체에.

"어? 정전? 병원에? 보통 병원은 비상 전원이 있지 않나?"

당황한 납치범이 허우적거렸다. 떨그렁. 헤드 기어가 벗겨지는 소리가 어둠 속에서 들렸다. 말도 안 돼! 의식이 넘어간 상태라 자의론 깨어날 수가 없을 텐데! 그 상태에서 병원 시스템에 침입까지 했다고! 이 정도 수준의 해커가 등록이 안 되어 있을 리가……

"이야아아!"

라이스가 납치범에게 달려들었다. 어둠 속에서 몸싸움이 벌어졌다.

차창 밖으로 불빛이 일직선을 그리며 빠르게 스쳐갔다. 기계처럼 정확한 킨타는 급정거 한 번 없이 차선을 바꾸며 오직 한 방향을 향해 질주했다. 폴리의 머리도 자동차 바퀴처럼 빠르게 회전하고 있었다.

브리핑이다.

브레인 프록시를 유지하려면 아무도 찾아주지 않는 무연고자를 확보해야 한다. 납치범은 어느 날 하드 게이머 중에서 선별하는 게 효율적이라는 걸 깨달았다. 60만이 넘는 점수를 쌓으려면 시간과 재산을 모조리 쏟아부어야 한다. 루머를 퍼뜨리곤 미끼를 기다렸다.

작전은 성공적이었다. 딸을 치료하려고 3층까지 올라왔지만, 6층에조차 허수아비 치료법은 존재하지 않는다는 걸 알곤 절망에 빠진 자도 희생자 대열에 올랐다. 자기 집 안에서 헤드 기어를 낀 채 붙잡혔다. 희망에 홀려 2층에서 기어올라온 자에겐 너무나 흔하고 평범한 최후였다.

"폴리."

운전석의 킨타가 말했다.

"응? 왜?"

"병원을 봐."

킨타가 공공병원을 가리킨다. 병원 전체에 정전이다. 잭팟이군. 정말 대단한 허수아비다. 자기가 먼저 이변을 눈치채고 보고할 줄 알다니. 나타샤가 킨타 기능의 절반만 되었어도 이 지경이 되진 않았겠지. 아니, 그랬다면 애당초 납치범 손에……

끼익. 차가 멈췄다. 주차장 앞에 줄이 있었다. 폴리가 병원을 올려다봤다. 전부 불이 꺼졌는데 상층의 창문 하나에서만 불빛이 번쩍인다. 정말이지 혼자 두면 조용할 날이 없는 너클헤드야.

"먼저 올라간다! 따라오지 말고 신고부터 해!"

엘리베이터도 멈췄다. 계단은 필요 없었다. 병원 외벽의 창틀을 붙잡고 뱀처럼 기어올라갔다. 날아오는 화살을 부수는 완력과 스피드가 있다면 간단한 일이다. 거리의 사람들이 폴리를 올려다보며 기겁을 했다. 병원을 거치고 지나가는 모노레일의 승객들도 창문에 얼굴을 대고 구경했다.

폴리는 빠르다. 상층 창고 창문이 가까워져 온다. 그러나 정작 폴리에겐 그 시간이 천년처럼 느껴진다.

천년? 아니지. 50년이다.

어둠 속에서 반짝이는 빛. 감정 없는 우주에서 반짝이는 별빛 사이로 떠다니는 시체들.

우주 전쟁은 범죄 그 자체였다. 범죄가 있다면 심판이 뒤따라야 한다. 쓰레기처럼 버려진 부하들의 복수를 기대하며 군 수사부 활동 내내 전범재판을 위한 증거 자료를 모아왔다.

그런데 스카이폴이 벌어졌다. 전범재판이고 뭐고 인류의 존속을 위태롭게 하는 대위기가 찾아왔다. 쓰나미나 폭동은 상식적인 공포지만 빈집털이에겐 호재다. 명예와 규율은 생존의 정당성 앞에서 입에 담을 수도 없게 되었다. 리니아의 모든 노력이 물거품으로 돌아갔다. 자신을 둘러싼 모든 것을 견딜 수가 없었다. 3층으로 내려왔고, 라이스라는 혹이 붙었다. 나 하나 인생도 감당하기 힘든데 시시각각 문제에 휘말리는 룸메이트가 생겼다.

친구, 부하, 목줄.

가족, 과거, 명예.

브레인 프록시가 될 필요도 없다. 우리는 언제나 위층과 아래층 사이에 끼어 자기 자리에 묶인 노예다. 405호. 무라사키. 란지트. 무엇의 노예가 될지 선택이나 할 수 있다면 축복이지.

쨍그랑! 창문을 깨고 들어갔다. 납치범의 총구가 바닥에 쓰러진 라이스의 머리를 겨누고 있었다. 각 잴 틈이 없다! 폴리는 깨진 유리 조각을 있는 힘껏 던졌다.

스걱! 총을 든 납치범의 팔이 잘려나간다. 절단부에서 스파크가 튄다. 의수구나! 납치범이 떨어지는 총을 반대 손으로 잡아 폴리를 겨눈다. 저쪽도 꽤 하는군!

빠악! 의외의 방향에서 공격이 날아왔다. 라이스였다. 라이스가 손에 잡힌 헤드 기어를 납치범 머리에 집어던졌다. 끄악! 나자빠지는 납치범.

라이스가 납치범이 떨어뜨린 총을 주웠다. 이번엔 납치범이 쓰러지고 라이스가 그의 머리에 총을 겨누었다.

눈물이 그렁그렁 맺힌 얼굴. 붉게 떠오른 낯빛. 씩씩대는 입에서 나오는 건 분노인지 공포인지 알 수 없다. 그러나 폴리는 직감했다. 라이스는 저자를 죽일 것이다.

손을 뻗었다. 탕! 자기 손으로 라이스가 든 총의 총구를 막았다. 총알은 폴리의 손에 박혔다. 납치범은 겁에 질려 얼어 있었다. 폴리와 라이스의 시선이 마주쳤다.

폴리가 말했다.

"라이스. 난 너에 대해 별로 아는 게 없어. 하지만, 비록 직감뿐이지만, 자신 있게 말할 수 있어. 넌 살인자는 아니야. 그런 네가 나 때문에 살인자가 되진 마. 나랑 엮이는 바람에 살인자가 되어버리진 마. 내가 좀 더 노력할 테니까."

폴리의 손은 그새 재생되고 있었다. 라이스가 납치범을 내려다봤다. 납치범은 자신의 목숨이 폴리에게 달렸음을 알았다.

"네가 무슨 상관이야? 넌 내 가족도 친구도 아니잖아. 우린 그냥 루 대령이 붙여놔서 어쩔 수 없이 같이 다니는 것뿐이야. 어차피 난 너에게 맨날 짐만 되잖아? 나도 잔소리와 간섭이 지긋지긋해! 내 행동이 맘에 안들면 그냥 다른 사람으로 바꿔달라고 해!"

"일단 한 번 부하 직원이라면……"

"그러니까 난 네 부하가 아니라고!"

두리뭉실 끼어드는 납치범.

"저기, 어차피 둘이 한편이 아니라면 난 그냥……"

픽! 폴리가 납치범의 얼굴을 걷어찼다. 단방에 KO. 폴리가 총을 빼앗아 분해했다.

"사건 종료다. 하고 싶은 얘기는 많겠지만 지금은 해야 할 일부터 하자. 병원 창고를 썼다면 병원 내부에 동조자가 있었을지도 모르겠군. 신고는 했으니 군경찰이 오면……"

그때, 요란한 사이렌이 귀청을 찢더니 병원 전체에 경고 방송이 울렸다.

"긴급 공지입니다. 병실을 탈출한 환자가 병원 9층 모노레일을 점거했습니다. 지금부터 병원 내 모든 사람의 정거장 출입을 금지합니다."

왜 납치범이 하필 함정을 여기로 팠을까? 지금 이 시간에 공공병원에 누가 있겠는가?

"라이스! 병원 CCTV 확인할 수 있어?"

바로 의안이 폐쇄 회로를 스캔했다. 라이스는 역시나, 라는 표정이었다.

"유리야! 맙소사, 총까지 가지고 있어. 병원 보안요원 걸 훔쳤나?"

사건 종료는 얼어죽을. 폴리가 바로 창고 밖으로 달렸다. 그런 그녀 등 뒤에 대고 라이스가 소리쳤다.

"폴리!"

"왜? 바빠!"

"다 내 잘못이야!"

자주 듣기 힘든 라이스의 고해성사다.

"아마 중환자실의 유리가 깨어난 것도, 보안을 뚫고 총을 훔친 것도 내가 병원을 정전시켜서 그럴 거야! 전부 내가 멍청하고 무능해서 그런 거야. 난 어차피 도둑질이나 할 줄 아는 2층 출신의 못 배워먹은……"

"미안해, 라이스. 내가 미안해."

이건 예상 못했다. 폴리가 창고 문지방 위에 선 채 말했다. 창고는 어두운데 복도는 밝아서 라이스 위치에선 폴리의 표정을 알기 힘들었다. '미안해'가 무엇을 향한 사죄인지 역시 알 수 없었다.

폴리는 그 말을 끝으로 달려가버렸다. 창고 안엔 다시 라이스 혼자 남았다.

폴리가 정거장에 도착했을 땐 이미 유리가 점거한 모노레일이 떠나가는 중이었다. 아비규환에 빠진 승객들이 창문에 얼굴을 대고 비명을 지르는 게 보였다. 모노레일은 랄 시티 지상 수십 미터 위를 달린다. 아무도 탈출 못한다. 군경찰을 기다리면 늦어!

그때, 정거장으로 올라오는 계단에서 부아아앙 오토바이 소리가 들려왔다. 끼이익! 계단을 오른 오토바이는 정거장에 도착하자 급정지한다. 앉으면 땅에 발도 닿지 않는 오토바이를 운전해서 건물을 올라온 것은 킨타였다. 폴리를 보자마자 뒷좌석을 가리키며 말했다.

"지금 타이밍에 폴리에게 이게 필요할 거라고 생각했어."

"솔직히 말해봐. 너 허수아비 아니지?"

"감정과 자아가 없는 인간이 스스로 감정과 자아가 없음을 판단할 수 있을까?"

피식 웃었다. 킨타 허리를 잡고 뒷좌석에 타자 오토바이는 바로 모노레일의 선로 위로 뛰어들었다. 좁은 선로 위에서 전속력으로 달리며 앞서간 모노레일을 쫓아갔다.

5

그렇게 오래된 일은 아니다. 하지만 열아홉 살의 황 미리 눈에도 랄 시티의 야경은 아름다웠던 걸 기억한다. 24시간 어두우니 '야경'이라고 부르는 건 맞지 않을지도 모르지만, 3층의 고층 빌딩에서 내려다보는 경치는 스카이폴 이전의 밤하늘을 떠올리게 하기에 충분했다. 미리가 죽기 전에 육안으로는 볼 일 없을 거라고 생각하던 것이었다.

"굉장해……"

빌딩 최상층의 레스토랑에서, 미리는 창가에 얼굴을 들이대고 야경을 내려다봤다. 테이블 맞은 편엔 후시가 앉아 있었다. 군복이 아닌 사복 차림이었다.

후시가 묵직한 목소리로 말했다.

"자중해라. 내 밑에서 얌전히 일하면 앞으로 얼마든지 볼 수 있는 광경이다."

흑. 랄 시티의 전자 보안을 우습게 본 게 잘못이었다. 밈 시티에서 쓰던 사기 수법을 똑같이 쓰다가 그대로 군경찰의 방화벽에 걸리고 말았다. 그렇게 후시 루를 만났다. 처음엔 마피아가 아니라 다행이라고 생각했지만 막상 상대해보니 마피아보다 더한 인간이었다.

"전 앞으로 만날 탐정의 부하라고 하지 않았어요? 대령님이랑 그 사람 중 누가 제 상관이에요?"

"그건 네 판단에 맡기지. 그 최첨단 의안을 달아준 사람이 누군지 생각하면 답을 내는 건 어렵지 않을 거다."

그야 위대하고 자비로우신 랄 시티의 흰 고래, 후시 루 대령님이시지요. 미리가 소리 죽여서 한숨을 내쉬었다. 아무래도 그 탐정도 이 사람의 감시 안에 갇혀 있나보네. 둘은 무슨 사이일까?

"늦네요, 탐정님. 여기까지 왔는데 이름이라도 알려주면 안 돼요?"

정말 말이 많은 녀석이군. 후시는 오늘따라 지각하는 녀석을 원망했다.

"폴리…… 폴리다. 성은 없고 그냥 폴리야."

"폴리!"

별안간 황 미리가 벌떡 일어났다. 네트는 물론이거니와 밈 시티 2층에서도 듣던 이름이었다.

"진짜 폴리요? 제가 그 사람이랑 일해요? 랄 시티의 홍길동? 가난한 사람도, 아무도 찾아주지 않는 사람도 구해준다는 파란 머리의 로빈 후드? 궤도 엘리베이터 건설 때부터 살아서 지금까지 늙지도 않았다는 전설도 있어요! 제가 그런 영웅이랑 어울리긴 해요? 전 그냥 사기꾼 꼬맹이일 뿐인데요!"

"영웅은 무슨……"

짜증이 올라온 후시가 한마디 하려고 했다. 그런데, 타이밍 좋게 나타난 폴리가 둘 사이에 끼어들었다.

"늦어서 미안하다, 후시. 이쪽이 소개해준다던 해커인가? 이름이?"

후시는 침묵했다. 자기 소개쯤은 알아서 하라는 무언의 메시지이리라. 미리는 반사적으로 자기 이름을 대려고 했다.

그런데 말문이 막혔다. 전설 속의 영웅이 눈앞에 있었다. 그녀는 나를 조력자로 삼기 위해 왔다. 그런데 거기서 근본 없는 협잡꾼의 이름을 대고 싶지 않았다. 어차피 미리에게 이름을 붙여준 사람들도 딱히 미리에게 애착이 있었던 것 같지 않으니, 미리라고 다를 이유가 없었다.

"내 이름은 라이스야."

거짓말의 이름을 말하는 거짓말.

"라이스라고 불러."

그로부터 3년이 지났다.

돈도 안 되고 위험하기만 한 폴리의 영웅담을 가장 가까운 곳에서 보아왔다.

그래서 어떻게 됐지? 그녀의 영웅담에서, 내 역할은 무엇이었어?

납치범을 창고 선반장에 묶었다. 팔이 하나뿐이라 포박하기 쉬웠다. 그러는 동안 납치범이 깨어났다. 패배를 납득했는지 바로 저자세로 나왔다.

"이, 이봐! 라이스라고 했지? 잠깐만 기다려봐. 다시 생각해보지 않겠어?"

"뭘?"

"내 실력 봤지? 너만큼은 아니어도 나 역시 상당한 실력자야. 우리 둘이 협력하지 않겠어?"

또 저 소리다. 내 밑에서 일해라. 쟤 밑에서 일해라. 네 재능이면 더 많이 별 수 있다. 네 실력이면 더 높이 올라갈 수 있다.

"그 실력을 가지고 고작 삼류 탐정? 안 봐도 뻔하지. 원하지도 않는데 그 일에 묶여 있는 거지? 그러지 말고 나와 함께 달아나자고. 우리가 힘을 합치면 얼마든지 군경찰의 추적을 끊고 이 도시의 정상에 오를 수 있어! 7층만이 아니야. 이 도시엔 온갖 괴담이 나돌아. 얼빠진 머저리들은 그 괴담을 믿으며 현실을 잊으려고 하지! 그치들의 주머니를 터는 건 어린애 사탕 뺏기보다 쉬워. 사람은 각자 수준에 맞는 삶을 살아야 하는 법이야!"

내 수준이라.

"맞는 말이야."

라이스가 끄덕였다.

"지금 내가 먼저 폴리를 밀어낸다면, 난 정말로 폴리와 같은 수준이 될 수 없는 인간이 되겠지. 영원히 녀석의 전설에 스쳐 지나가는 엑스트라로 남을 거야."

"뭔 소리야?"

납치범의 질문을 무시했다. 놈의 컴퓨터가 굴러다닌다. 그걸 집어들었다.

"폴리에게 직접 물어보고 와야겠어. 꼼짝 말고 기다려라."

그렇게 말하곤 창고를 나가버렸다.

"꼼짝 말라니, 사람을 이렇게 묶어놓곤…… 야! 어디가! 내 장비는 두고 가! 그게 얼마짜린데!"

승객들은 겁에 질려 자리에 숨어 있다. 유리는 모노레일 맨 앞의 조종실에 있었다. 그의 발치엔 총에 맞은 기장이 피를 흘리며 쓰러져 있었다. 조종타를 잡은 유리는 만화영화 주제가를 흥얼거렸다.

쨍그랑! 창문을 깨고 폴리가 들어왔다. 유리는 돌아보지도 않았다. 폴리가 등 뒤에서 외쳤다.

"멈춰, 란지트! 지금 뭐 하는 거야!"

유리가 대답했다.

"음? 아, 나타샤가 이 만화영화를 틀어주면 얼굴 근육이 한 번씩 움직이더라고. 너도 본 적 있어? 랄 시티 애들은 많이들 보는 거 같던데."

"그 소리가 아니라……"

탕! 유리가 냅다 폴리에게 방아쇠를 당겼다. 그리 어렵지 않게 피했다. 문제는 기장이었다. 급소는 아닌 것 같지만 출혈이 심하다. 인질로 삼게 되면 더 골치 아파지는데……

다행히 유리는 기장 쪽에 관심이 없는 것 같았다.

"재미있는 건 뭔지 알아? 난 나타샤에게 감정과 자아를 찾아주려고 3층에 온 거였거든? 근데 나타샤는 병신처럼 묶여 있는 나를 지켜보며 천천히 굶어 죽었어. 나타샤는 마지막 순간에 무슨 생각을 했을까? 허수아비 머릿속은 부모도 모르겠단 말이지. 다만 지금은 그 아이에게 감정과 자아가 없었기를 바라. 단 한 올의 감정도 자아도 없었다면 차라리 나았을 거라고 생각해."

끊임없이 말을 걸자. 시선을 나에게 집중시켜야 해.

"이 모노레일에도 수많은 부모와 아이들이 있다. 그들에게도 같은 고통을 주어야겠는가? 그들은 아무 잘못도 없어!"

"잘못?"

유리가 총을 들지 않은 손으로 창밖을 가리켰다. 어쩐지 방금 505호가 지나쳐 간 것 같은 기분이 들었다.

"이 도시에 잘못 없는 자가 어디 있어? 이 미친 도시에 죄 없는 인간이 어디 있냐고! 이 거지 같은 똥통에 있는 모든 이들이 가해자고 동시에 피해자야! 이 더럽혀진 도시에 필요한 건 스카이폴뿐이다! 새로운 스카이폴만이 이 모든 걸 정화할 수 있어!"

키키키킥! 모노레일이 속도를 늦추지 않고 정거장을 지나쳐버린다. 출입구 위에 달린 노선도를 바라봤다. 종착역은 군경찰 사령부!

"궤도 엘리베이터에 박아버릴 셈이야? 의미 없어! 엘리베이터 직경이 몇 킬로미터인 줄은 알아?"

"글쎄? 나야 모르지. 네가 가서 알아보도록 해."

유리가 조종실의 문을 열었다. 탕! 총으로 조종타를 쏴서 부숴버렸다. 그러고는 자긴 밖으로 뛰어내렸다. 풍덩! 고층 빌딩 옥상의 수영장에 떨어졌다.

"망할 놈, 동선을 꿰고 있었군!"

적어도 위협은 사라졌다. 얼른 달려가 조종타를 만져봤다. 폴리는 이걸 다루는 법을 모른다. 안다고 해도……

다 죽어가는 기장이 간신히 말했다.

"느, 늦었소…… 이미 안전 속도를 넘어버렸어요. 이제 와서 브레이크를 밟아봐야……"

"군대에서 제일 중요한 상식이 뭔지 알아?"

폴리가 조종타 아래에 있는 정비함을 열었다. 큼지막한 노루발을 꺼내 들었다.

"노동력을 갈아 넣으면 모든 문제가 해결된다는 거야!"

폴리가 모노레일 지붕 위에 올라갔다. 그러곤 모노레일과 선로를 연결하는 연결부에 노루발을 꽂아 넣었다. 키키키킥! 무시무시한 소리와 불꽃이 터져나온다. 갑작스러운 감속으로 모노레일 안의 승객들이 우르르 앞으로 넘어졌다. 많은 이들이 다쳤지만 폴리에 비할 바는 아니었다. 폴리의 얼굴은 사방에 튄 스파크가 닿아 불타고 재생되기를 반복했다.

"좋아…… 느려진다…… 효과가……"

"커브다!"

모노레일 안의 누군가가 외쳤다. 급커브 구간이 다가온다. 궤도 엘리베이터에 처박히는 게 문제가 아니다. 거기까지 가기도 전에 모노레일은……

우지직! 모노레일이 기어이 탈선해버린다. 뿌드득! 마지막 희망이던 노루발까지 부러졌다. 조종실을 비롯한 선두 차량들이 급커브를 못 이기고 팅겨나갔다. 폴리의 발버둥이 아주 무의미하진 않았나? 모노레일은 탈선의 충격으로 선로가 뒤틀리면서 속도가 멎었다.

그런데 멈추진 않았다. 끼이이익! 탈선한 앞 차량들의 무게 때문에 뒤 차량들까지 끌려가 선로 아래로 미끄러지기 시작했다. 모노레일은, 당연히 지상 수십 미터 위에 있었다.

"꺄아악! 끌려간다!"

"살려줘!"

발밑에서 들려오는 비명. 폴리는 이번엔 모노레일 지붕을 가로질러 맨 뒤 차량으로 달렸다. 이젠 노루발도 없다. 하지만 손도 있고 발도 있다. 그렇다면 할 수 있는 게 있어!

흠! 한 손으론 선로를 붙잡고, 한 손으론 열차 최후미 차량을 붙잡았다. 그러곤 자신의 완력으로 미끄러지는 모노레일을 붙잡고 버텼다. 아무리 강화 인간이라도 감당할 수 없는 무게다. 그러나 그녀는 버텨야 했다.

"이야아아아!"

함성을 지르며 모든 힘을 양손과 양팔에 집중한다. 등 근육, 가슴 근육, 모든 정신과 에너지를 이 한 몸에 쏟아붓는다. 몸이 찢어지는 것 같다. 운 좋게 머리만 남고 찢어지면 살 수 있지 않을까? 살아서 뭐? 이렇게 하루하루 살고 살아서 그 끝엔 뭐가 있지?

하늘을 올려다본다. 악문 이에서 피가 흐른다. 막힌 하늘이 폴리를 내려다본다. 리니아 폴라리스는 아무도 듣지 않는 도시의 어둠 속에서 드높은 천장을 향해 소리쳤다.

"보라! 너흰 나를 버렸지만 나는 추락하지 않는다! 너희는 나를 잊었지만 나는 이렇게 버티고 있다! 이것이 명예가 거하는 방식이다! 이거야말로 나의……"

"똥폼 좀 그만 잡아, 이년아!"

라이스의 목소리가 여름밤 귓가의 모기 소리처럼 들려온다. 어디지? 별안간 눈앞에 군경찰 드론이 다가온다. 라이스가 해킹한 드론이 폴리 코앞에서 앵앵거렸다.

"너…… 군경찰 드론을…… 후시에게 들키면……"

"복창해!"

드론의 카메라가 눈을 부라렸다.

"라이스 님! 전 역시 당신이 없으면 안 됩니다! 목숨 좀 구해주세요!"

"지금…… 농담할……"

"농담 아니야! 나 우습게 보지 마! 난 네 파트너야! 네 부하도, 반려동물도, 지켜줘야 할 뭐시깽이도 아니라고! 그러니까 나 없어도 살 수 있을 것처럼 지껄이지 마! 어차피 현재에서 삼시세끼 밥 먹고 사는 주제에 과거에 얽매인 망령이라도 되는 양 똥폼 잡지 말라고!"

푸웃. 폴리가 웃음을 터뜨렸다. 그렇네. 나 스스로 나를 망령으로 만들고 있었군.

"내가 너를 따라다니는 건 대령이 협박해서도 아니고 갈 곳이 없어서도 아니야. 맘먹으면 난 언제든 떠날 수 있어. 하지만 그러지 않는 건, 너랑 다니면 뭔가 옳은 일을 한다는 기분이 들기 때문이야. 더 이상 밈 시티의 소매치기가 아니라는 기분이 들기 때문이라고! 그러니까 또 한 번 날다리 한쪽 없는 고양이 취급했다간 국물도 없을 줄 알아!"

내가 나 자신이 아니라는 기분.

폴리에게도 라이스에게도 같은 것이 필요했던 것이다.

"알았어. 도와줘, 라이스."

부우웅! 폴리의 애원(?)이 떨어지자마자 사방에서 군경찰 드론들이 일제히 날아왔다. 거의 도시 전체의 드론을 몽땅 모은 듯한 물량이었다. 드론들이 일제히 모노레일에 들러붙어선 출력을 최대한 올려 모노레일을 끌어올리기 시작했다.

서서히 선로 위로 올라오는 모노레일 앞 차량들. 거기에 맞춰 선로 위를 달려온 킨타가 폴리를 끌어올려줬다. 모노레일 지붕 위에 올라와 널브러진 뒤에야 폴리는 안도의 한숨을 내쉴 수 있었다.

와아아아! 모노레일 안에서 환호성이 터져나왔다. 늦었긴 했지만 선로 아래 거리로 군경찰과 구조대도 모여들었다.

사이렌 불빛과 응원하는 소리로 가득 찬 랄 시티의 거리는 한층 아름다운 야경이 되었다.

조금 떨어진 곳에서, 골목길 사이를 달리는 그림자가 있었다. 유리였다. 어차피 급조한 계획이었다. 쉽게 풀릴 거라는 기대는 하지 않았다. 쓰레기통에서 주운 옷으로 갈아입고는 도시의 어둠 속으로 사라질 셈이었다.

"걱정 마라, 나타샤. 이건 시작일 뿐이란다. 널 죽게 내버려둔 이 미친 도시에 심판을 내려주마. 내가 직접 저들을 추락한 하늘에 파묻고 네 무덤에……"

"너하곤 성격이 맞을 거 같은 기분이 드는군."

유리 란지트가 달리는 골목길, 그 끝에 누군가가 서 있었다. 골목의 모든 그림자가 그에게서 나온 것이 아닌가 싶을 정도로 거대한 남자가.

후시 루 대령이었다. 장교 제복을 완전히 갖춰 입고 주머니엔 손을 꽂은 채 말했다.

"나도 직접 나서는 걸 선호하는 편이거든."

6

"대령님, 도시 유비쿼터스 컴퓨터에서 경보를 보냈습니다."

보고하러 들어온 콴이 경례를 붙였다. 후시가 태블릿으로 콴이 보낸 보고를 체크했다.

"신원 불명의 해커가 치안 드론 시스템을 장악했습니다. 방화벽을 파괴하지 않은 걸 보면 테러리스트는 아닌 것 같습니다."

"어디 보자, IP가…… 아무래도 라이스인가보군."

라이스 실력이면 이렇게 대놓고 들쑤셨을 리가 없다. 뭔가 엄청 급한 상황이 온 것이다. 도시 전역의 사건 사고가 등록되는 알림 탭을 열었다. 마침 모노레일 탈취 사건이 진행 중이다. 어쩐지 피식 웃음이 나왔다.

자리에서 일어나 옷걸이에 걸어둔 제복 재킷을 걸쳤다.

"아무래도 망할 놈의 사립탐정 콤비가 모노레일 사건에 얽혀 있는 모양이다. 불구경은 현장에서 해야 제맛이겠지."

콴이 당황하며 대령을 만류했다.

"혼자 나가시겠다는 말씀입니까? 아직 위험도 평가도 안 됐습니다! 조금만 기다려주시면 정예대를 차출할 테니 함께……"

"중위. 왜 고래는 사냥을 안 하는 줄 아나?"

중위가 잠시 고민하더니 대답했다.

"고래가 사냥을 안 해요?"

후시도 뭔가 꺼림직하게 대답했다.

"음? 안 하지 않을까? 플랑크톤이나 미생물을 먹으니까."

"그럼 입 벌리고 있는 게 사냥 아닙니까?"

"그런가? 제길. 완전 잘못 알고 있었군."

"그래서 하시려던 말씀이 뭔데요?"

대령이 머리를 긁적였다. 그대로 집무실을 나가면서 말했다.

"상관없어. 별로 중요하지 않아. 바로 지금, 내가 직접, 행동한다는 걸 빼곤 아무것도."

"군경찰이야? 장교냐? 무기도 없이 혼자서 뭐 하자는 거지?"

유리는 총을 들어 똑바로 겨눴다. 쓰레기통에서 꺼낸 옷에선 악취가 났다. 후시는 지그시 총을 응시했다.

"어느 보안 회사 총을 훔쳤는지는 모르겠지만, 하필 군경찰에서 추적 가능한 인가 제품이군. 요는, 손에 들린 모든 게 내 편은 아니라는 거야. 삶의 중요한 교훈이니……"

탕! 방아쇠를 당겼다. 총알은 정확히 후시의 가슴팍으로 날아갔다. 팅! 납탄이 가슴에 튕기면서 바닥에 떨어졌다. 눌린 군복에서 연기가 피어올랐다.

"사람이 말하는데 총질이라니. 하여간 요즘 것들은."

"강화 인간이냐! 그렇다면……"

총의 설정을 실탄에서 에너지탄으로 바꿨다. 그러는 동안 후시는 유리를 향해 성큼성큼 걸어갔다.

탕, 탕, 탕! 무형의 에너지탄이지만 소리만은 실탄 못지않다. 그런데 날아가는 총알들은 후시의 옷을, 얼굴을 맞히면서도 아무런 피해를 끼치지 못했다.

"이게 뭐야! 대체 무슨 강화이길래……"

텁! 후시의 거대한 손이 유리의 어깨를 붙잡았다. 뚜두둑! 악력만으로 어깨뼈를 부러뜨려버렸다. 아아악! 유리가 총을 떨어뜨렸다.

"난 재생형 강화 시술을 이해 못하겠어. 어딜 봐도 경화형 강화 인간이 낫잖아? 안 다치면 되는데 왜 통각이니 뭐니 고생을 해?"

후시의 반대쪽 손이 주먹을 쥔다. 유리가 후시에게 붙잡힌 채 버둥대면서 외쳤다.

"난 이 사회의 피해자야! 너도 군경찰이지? 재판을 받게 해줘!"

또 이 소리다. 평생 이 소리를 들으며 살아왔다.

후시의 찢어지게 가난한 부모는 멋대로 후시를 낳아놓고 원치 않은 아이라며 푸념을 했다.

후시에게 돈을 뺏던 양아치들은 후시가 부하들을 만들어 그들의 아지트를 박살내자 악의는 없었다고 변명했다.

군에 들어가 처음 폴라리스 가문을 소개받은 날, 잘난 위정자들은 누구 때문에 자기들이 핵무기를 쓸 수밖에 없는지 식사 내내 떠들어댔다.

있는 놈, 없는 놈. 도시에 사는 자, 도시 밖에 사는 자. 다들 똑같다. 난 피해자야. 나에겐 책임이 없어. 난 불쌍한 존재니까 내가 하는 행동은 정당해.

"아, 기억났다. 고래는 사냥을 하지 않아. 지가 뱃속에 있는지 바닷속에 있는지도 모르는 벌레를 죽이는 건 사냥이라고 할 수 없거든."

쾅! 유성처럼 떨어진 후시의 주먹에선 자동차가 충돌하는 듯한 소리가 났다. 유리는 그대로 바닥에 널브러졌다. 그 광경을 본 자가 있었는지, 골목 저편에서 누가 말을 걸었다.

"적당히 하지. 시체랑 취조할 셈이야?"

폴리였다. 폴리, 라이스, 킨타가 콴과 함께 따라와 있었다. 재생이 끝났음에도 폴리는 수척해진 모습이었다. 모노레일, 해결하느라 고생 좀 했나보군.

"피해자면 무슨 짓이든 해도 된다고 생각하는 자를 만나면 피가 끓어올라서."

"넌 궁극의 피해자 제조기잖아. 그래서야 혈압 관리가 되겠어?"

폴리의 빈정거림을 한 귀로 흘렸다.

"최근 들어 너희 시끄럽군. 이번 일엔 어쩌다 휘말린 거야?"

순간적으로 폴리 머릿속에 비상경보가 울렸다. 새나 우주선 얘기는 나오지 않는 쪽이 좋을 거 같다. 라이스가 실수하기 전에 먼저 나섰다.

"뭐, 실종자 수색 탐정의 흔한 일상이지. 나중에 보고서는 제대로 올릴 테니까 천천히 읽어보시고…… 아니면, 여기서 내 브리핑을 듣고 싶어?"

흰 고래는 구더기가 득시글거리는 개똥이라도 본 표정을 지었다.

"중위. 현장 정리 언제 시작이냐? 어차피 나온 거 의미 있는 일을 하다가야지."

"병원 쪽에서 잔당이 발견된 듯합니다. 바로 가시겠습니까?"

킬킬킬. 자조적인 웃음소리가 대화의 템포를 끊는다.

"역시나 썩어빠진 3층 놈들. 다 한패일 줄 알았다니까."

유리다. 일어날 기운도 없는지 쓰러진 채 말하고 있다. 따라온 군경찰들이 그를 붙잡았다. 붙잡혀 끌려 나가는 그에게 폴리가 나지막이 말했다.

"넌 잊혀지지 않았어. 405호가 나타샤를 기억하더군. 자식 잃은 남자에게 절망하지 말라곤 못하겠다. 하지만, 너희들의 고통은 기억될 거야. 이 3층에서 말이야."

유리가 조용해졌다. 방금까지 솟구치던 광기와 분노가 수그러졌는지 고개를 숙였다. 이내, 유언이라도 되는 것처럼 말했다.

"상관없어. 곧 서드 스카이폴이 온다. 궤도 엘리베이터는 무너지고 지상 위에 있던 자들은 몰락할 것이다. 왕좌는 가장 낮은 곳에 있던 자들의 차지가 될 것이고, 피바다가 된 대지에 태양이 비출 것이다. 그러니 늦기 전에 이 저주받은 도시를 떠나라. 이 도시가 먼저 너희의 영혼을 죽이기 전에……"

그 말을 마지막으로 유리는 죄수 호송차에 집어넣어졌다.

"서드 스카이폴…… 그 도시 괴담이 여기까지 퍼졌어?"

라이스는 아는데 폴리는 모르는 단어라니.

"그게 뭔데?"

휴우. 라이스가 3층의 바닥을 뚫고 2층까지 닿을 기세로 한숨을 쉬었다.

"해가 뜨지 않는 도시에서 영혼이 죽은 자들이 만든 또 하나의 도시 괴담이지."

20대의 얼굴을 한 할매랑 너무 오래 살다보니 말투가 옮아버렸는지 어울리지 않는 소리까지 지껄이는 것이었다.

비슷한 시간.

라이스가 나간 창고 안은 쥐 죽은 듯 조용했다. 군경찰이 오기까진 시간이 있을 것이다. 납치범은 여전히 포박되어 있었지만 그리 걱정하지 않았다. 이 병원을 함정으로 삼은 건 처음부터 이유가 있었기 때문이다.

역시나 상황이 조용해지자 창고 문이 열리고 늙은 남자 의사 하나가 들어왔다. 납치된 브레인 프록시들의 건강 관리를 할 수 있는 전문 지식인. 그가 포박을 풀어주면서 말했다.

"뭐야? 대체 일이 얼마나 꼬인 거야? 정전에 모노레일 납치에…… 벌써 군경찰들이 들이닥치고 있어!"

고용주는 납치범 쪽이었다.

"당황하지 마라, 멍청한 자식. 빌어먹을 탐정 년들만 아니었어도 이 지경은 안 됐어! 집 주소는 알고 있으니 조만간 복수하러 갈 테다! 넌 내가 군경찰을 피해 병원을 나갈 탈출로를 확보해놔."

"제기랄…… 이렇게 위험해질 줄은 몰랐다구. 이번 일이 끝나면 난 빠지겠어!"

"흥, 도박 빚도 다 못 갚은 주제에 큰소리는. 불평할 시간 있으면 움직여, 이 굼벵이야!"

의사가 마지못해 창고를 다시 나갔다. 납치범은 풀려나고도 분을 못 이겼는지 애먼 상자를 힘껏 걷어찼다.

청승맞은 음악 소리가 들려온 건 그때였다.

방송이 아니다. 틀림없이 창고 안에서 나는 소리다. 납치범이 소리 난 방향을 돌아봤다. 창고 한쪽 구석에 병원하고도 시대하고도 어울리지 않는 고풍스러운 축음기 한 대가 있었다.

"축음기?"

이상하다? 라이스와 여기 왔을 때부터 저런 건 보지 못했다. 어디서 나타났지? 왜 익숙하지? 내가 저런 걸 어디서 봤더라?

아, 그 잠적 알선업자 사무실에서 봤다!

허공을 향해 외쳤다.

"알선업자! 여기 있는 거냐? CCTV로 보고 있나? 이게 무슨 장난질이야? 너 때문에 이렇게 된 건 알아? 네가 그 안전가옥은 문제 없을 거랬잖아! 왜 내가 저 탐정들이랑 얽혀서 이런 꼴을……"

분노에 차서 터져나오던 불평. 그런데 점점 그의 목소리가 잦아들기 시작했다. 어쩐지 축음기에서 나오는 음악 소리를 한순간도 놓칠 수가 없었다. 그 구슬픈 음악 소리에 정신이 팔려 무슨 말을 하고 있었는지, 지금이 얼마나 긴박한 상황이었는지 전부 잊어버렸다. 빙글빙글 돌아가는 레코드판에서 흘러나오는 노래는, 사람을 부품으로 삼아 팔아먹고 사는 악질조차 눈물을 글썽이게 만들 만큼 슬픈……

잠시 후, 군경찰들이 창고 안으로 들이닥쳤다. 그들 사이엔 이미 체포되어버린 의사가 함께 있었다.

"여, 여기야! 여기에 공범이 있어! 이제 됐지? 공범을 불었으니 감형을……"

어? 문을 열자마자 군경찰과 의사 모두 당황했다. 그곳에 있던 건 납치범의 반격도, 도망가버린 빈자리도 아니었다. 그들이 목격한 것은, 창고 천장에 목을 매달고 자살한 납치범의 시신이었다.

군경찰 하나가 이내 웃음을 터뜨렸다.

"하핫! 인생 끝장난 거 감 잡고 깨끗하게 해결해주셨군. 오늘 보고서는 금세 쓰겠는데?"

의사는 달랐다. 공범에게 정은 없었지만 이건 아무리 생각해도 찝찝했다.

"자살할 녀석 같지는 않는데……"

"그걸 네가 어떻게 알아? 바로 호송차로 가자, 이 자식아!"

군경찰은 의사만 잡은 채 도로 창고를 나갔다. 악은 패배했고 도시에 평화가 돌아왔으니 무엇이 더 걱정이겠는가?

다만, 납치범의 목이 매달린 로프가, 일주일 전에 구치소에서 자결한 양 부인의 목을 묶은 로프와 같은 매듭이었다는 것은 누구도 눈치채지 못했다.

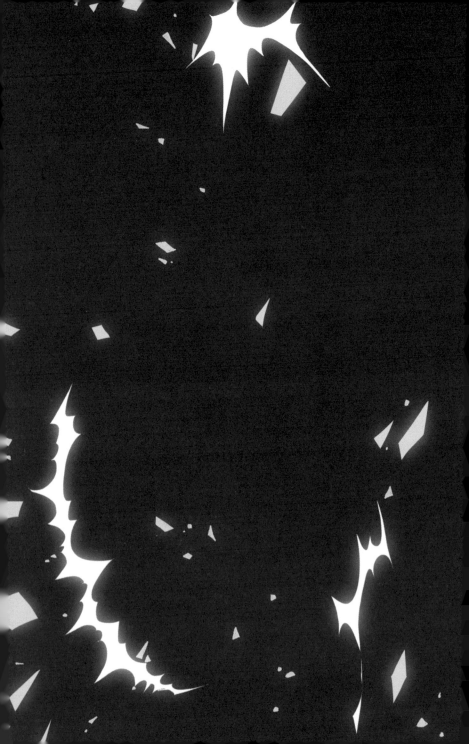

사건파일 #3

발밑의 왕

1

3층이 본래 궤도 엘리베이터 주위에 마련된 주거 공간이다. 그 뒤 6층의 하늘 도시가 만들어졌고. 4층은 데브리로 가득 찬 자기장 필터를 의미한다. 자연히 4층과 6층 사이의 광활한 대기권을 5층이라고 부르는데, 이 공간은 무기 반입이 금지되어 있다는 의미에서 DMA DeMilitarized Air라고 불린다.

골프공은 무기가 아니다. 하늘 도시 변두리 골프장에서 후시가 친 골프공이 DMA를 향해 떨어졌다. 뒤에 있던 6층 귀족들이 박수를 쳤다.

"놀라운 솜씨요, 루 대령!"

"캬, 역시 강화 시술만 믿고 단련하지 않는 자들과는 차원이 다르군요!"

대령의 직함에 가려져 있는 것은 랄 시티의 실권자. 6층 귀족들에게도 루 대령은 우습게 볼 수 없는 존재였다. 대령이 다음 사람에게 자리를 내주면서 땀을 닦았다. 때마침, 태블릿의 신호가 울렸다. 발신자는 폴리. 내키지 않는다는 듯이 짧게 한숨을 쉬며 받았다.

"웬일로 네놈이 먼저 연락이냐."

가는 말이 찝찝하니 오는 말도 찝찝하다.

"네놈이 먼저 조사해달라고 했잖아. 서드 스카이폴."

6층 귀족들에게 들려주고 싶은 내용은 아니었다. 후시가 골프장 뒤의 조용한 곳으로 왔다.

"오래 걸리냐?"

"별로…… 알고 보니 진짜 신경 쓸 것도 없는 내용이었어. 궤도 엘리베이터를 좌지우지할 수 있는 마스터키가 있어서, 그것만 있으면 엘리베이터를 자폭시켜서 3층과 6층을 일망타진할 수 있다는 내용이야. 지금도 그것을 손에 넣으려는 자가 있고, 그게 작동되어 2층 위의 모든 인간들이 죽게 되는 걸 서드 스카이폴이라고 부른대. 밈 시티에서도 2층에서나 유명하지 3층에선 인기 없는 괴담인가봐."

푸핫. 늘 진중한 후시였지만 이건 웃을 수밖에 없었다.

"어느 단세포가 그런 소문을 퍼뜨리고, 또 믿어? 궤도 엘리베이터에 얼마나 고도의 기술력이 들어갔는데 버튼 하나로 자폭을 시켜? 그거 건설하느라 들어간 자본이 얼만데 돈이 남아 돈다고 마스터키를 만들어? 아니, 애당초 그 규모의 건조물이 무너지면 2층도 무사할 리가 없잖아!"

폴리도 같은 의견이었지만 상대가 상대라 맞받아치고 봤다.

"비웃지 마. 그만큼 2층 사람들이 절망하고 있다는 의미이기도 하니까. 그러니 너희가 시민들을 제대로 관리해서 이딴 괴담 좀 생기지 않게 하라고."

"그러지. 2층민들이 세금을 낸다면 말이야."

마침 경기 중이던 자들이 후시를 불렀다. 폴리의 전화는 대충 끊고 가 버렸다.

뚜뚜뚜…… 끊어진 신호음을 들으며 폴리가 욕지거리를 내뱉었다.

"망할 자식."

"폴리, 이쁜 말 써야지!"

라이스가 그걸 놓치지 않고 잔소리였다. 두 사람은 킨타가 운전하는 차 뒷좌석에 있었다. 최근에 의뢰비가 착착 잘 들어온 덕에 넉넉하게 장을 보고 돌아오는 중이었다.

"고생한 걸 생각해보면 횡재라고 할 정돈 아니지만……"

폴리가 짐칸을 돌아보며 말했다.

"간만에 킨타 옷을 장만해놓으니 속이 다 시원하군."

"괜찮을까? 성장기라면 금세 작아질 텐데."

"성장기…… 킨타가 벌써 그럴 나이가 되었나? 아, 그러고 보니 킨타가 몇 살이지? 킨타! 너 혹시 몇 살인지 알아?"

킨타는 라이스가 폴리를 만나기 전부터 사무소에 있었다. 폴리가 모르면 아무도 모르는 셈이겠지. 킨타는 잠시 조용히 있더니, 전혀 다른 얘기를 꺼냈다.

"미행이 있어. 우리 앞에."

미행? 앞에 있는 걸 미행이라고 할 수 있나? 폴리와 라이스가 앞좌석 너머로 고개를 내밀었다. 이건 미행하곤 또 다른 무언가였다. 일행의 자동차가 들어갈 만한 크기의 거대한 컨테이너를 실은 화물차가 컨테이너 문을 활짝 연 채 바로 앞에서 속도를 늦추며 다가오고 있었다. 폴리 일행을 자동차째로 집어삼킬 셈인지, 트레일러 문 앞엔 올라오라고 경사대까지 마련되어 있었다.

"저건 또 뭐래? 차도 한복판에서 납치?"

폴리는 침착했다.

"진정해. 나쁜 의도가 있었다면 다른 방법이 얼마든지 있었을 거야. 이건 초대다. 이만큼 준비해 왔다면 어울려주는 게 예의겠지. 킨타, 들어가자."

킨타가 엑셀을 밟았다. 경사대를 따라 올라가 컨테이너 안으로 들어갔다. 차가 들어오자 컨테이너 문이 닫히고 주위가 깜깜해졌다. 철저하게 방음된 컨테이너였는지 시동을 끄니 기묘할 정도로 조용해졌다.

팟. 불빛이 들어왔다. 눈앞에 고풍스러운 바로크 양식의 응접실이 나타났다. 필시 LED 벽면에 비추는 영상일 것이다. 그러나 차 앞에 자리 잡은 테이블, 조신하게 앉아 있는 흰 원피스의 젊은 여자와 보디가드들은 진짜였다.

세 사람이 차에서 내렸다. 테이블 앞엔 딱 사람 수에 맞춰서 의자가 준비되어 있었다.

"저는……"

여자가 먼저 말을 하려고 했다. 폴리가 말을 잘라버렸다.

"이만한 장비와 자본을 가지고 있지만, 이동하는 컨테이너 안에서만 접선이 가능할 정도로 감시당하는 사람. 테이블 밑의 양산과 뒤에 있는 얼굴 가린 보디가드들. 정보를 종합해봤을 때…… 닥터 말리그넌트의 따님인 아네모네 프리먼이겠군요."

"하아? 이게 어디 아가씨의 말을 끊고……"

여자의 뒤에 서 있던 보디가드들 중 르네상스 가면을 쓰고 연미복을 입은 쪽이 으름장을 놨다. 아네모네가 손을 들어올리자 그제야 기세를 숙이고 뒤로 물러났다.

"과연 명탐정이군요. 맞습니다. 아버지의 눈을 피하다보니 이런 장소를 마련할 수밖에 없었습니다. 이해해주셔서 감사합니다."

히익! 닥터 말리그넌트라는 이름이 나오자마자 라이스는 기겁했다. 그럼에도 호기심은 어쩔 수 없었는지 조심스럽게 물었다.

"그, 그런데…… 아노말리 패밀리면 얼굴 가려야 하는 거 아니에요? 아네모네 님은 맨얼굴이시네요?"

마피아와 군경찰의 잔혹하고 긴 전쟁은 허무하게 끝났다. 마피아 연합의 2인자가 동지들을 팔아먹으면서 군경찰의 압승으로 막을 내렸기 때문이다. 2인자는 패밀리의 새로운 우두머리가 되어 권세를 누렸지만, 실로 천벌이라고 말할 만한 운명이 닥쳐왔다.

갑자기 퍼진 구강암이 그의 얼굴을 완전히 무너뜨려버렸다. 6층의 신기술을 밀수해 암 자체는 치료했지만 이미 망가진 얼굴을 되살릴 순 없었다. 그는 얼굴에 붕대를 감았고, 언제부터인가 '닥터 말리그넌트'라고 불리게 되었다. 모든 패밀리의 수하들에게 가면을 씌운 건 그때부터였다. 랄 시티에선 모르는 자가 없는 공공연한 사실이다.

"저는 예외입니다. 오로지 저만이 예외지요. 안타깝게도 로즈와 마리조차 아버지의 괴이한 강박을 피해 갈 수 없었지만요."

바이커 헬멧에 점프 수트를 입은 여성. 로즈가 고개를 까딱였다. 르네상스 가면에 연미복을 입은 여성. 마리가 마술사 모자를 벗으며 인사했다.

폴리도 최소한의 예의는 갖췄다.

"아시겠지만, 이쪽은 폴리와 라이스, 그리고 킨타쿤테입니다. 십중팔구 닥터 몰래 사람 찾기 의뢰를 하러 오신 듯싶군요. 미리 말씀드리자면, 저흰 이미 살아 있는 새의 주인을 찾는 의뢰를 진행 중이라 큰 건은 겸하기 어려운 상황입니다."

"바로 그 일과 관련된 부탁입니다."

아네모네가 마리에게 신호했다. 그러자 마리는 마술사 특유의 손짓을 하더니 아무것도 없는 허공에서 사진 한 장을 만들어냈다. 아네모네가 그 사진을 폴리 앞에 내밀었다. 사진 안엔 나비 가면을 쓴 젊은 남성이 서 있었다.

"에이드리언 프리먼. 제 오빠이며 프리먼 집안의 장남입니다. 의심할 여지 없이 그 새의 주인은 에이드리언입니다. 제가 수사를 몰래 도와드릴 테니, 오빠를 찾는 즉시 저에게 먼저 알려달라는 부탁을 드리고자 합니다. 사례는 물론 필요 이상으로 치르도록 하겠습니다."

이럴 수가. 양 판사는 이걸 알고 있었나? 아니, 알았을 리가 없지. 아주 재수 없게 걸렸군.

아니, 우연이 아닌가? 생각해보면 처음부터 새의 주인은 3층에서 반려동물을 키울 만한 자본이 있는 자라는 전제가 있었다. 그럼에도 안전가옥에서 숨어 지내야 할 사정이 있는 사람. 이런 너클헤드. 탐정 간판 내려야겠군!

찌푸린 미간을 펴지 못한 채 말했다.

"닥터 몰래 말씀이시죠? 위험 비용이 만만치 않을 겁니다만?"

아네모네가 혼난 아이처럼 어깨를 축 늘어뜨렸다. 생각해보면 처음 만났을 때부터 어딘가 풀 죽고 우울한 인상이었다. 시선은 줄곧 탁자 밑의 양산을 향해 있었다. 해가 뜨지도 않는 3층에서 가면 대신 쓰고 다녀야 하는 족쇄. 그야말로 아버지의 과보호의 상징이었다.

"아버지가 오빠의 소재를 알게 되면 어떻게든 잡아다가 당신 곁에 두려고 하실 거예요. 전 양산 아래가 안심되긴 하지만, 오빠에겐 오빠의 삶을 주고 싶어요. 이것만은 아버지의 뜻을 거역한다 해도 감수해야만 하는 일이에요."

라이스가 의안을 데굴데굴 굴리며 말했다.

"폴리. 내가 많은 돈보다 좋아하는 게 더 많은 돈이긴 한데, 손가락이 없으면 돈을 못 세거든?"

그건 그렇지. 하지만 가족 문제다. 닥터도 심하게 나오진 못할 거야. 어차피 양 판사의 조건은 새의 주인을 찾는 거지 데려오라는 게 아니었다. 우주선을 얻는 데 방해가 될 건 없어.

아니, 그보단 직감이 말한다. 나는 이미 거대한 톱니바퀴 위에 올라와 있다. 우주선. 에이드리언. 7층이란 이름의 도시 괴담. 이것은 우주로 돌아가는 길을 막고 있는 천장에 생긴 균열이다. 이 도시에 균열이 생기고 있는 것이다. 이 기회를 잡아야 해. 지난 반세기 동안 사실상 포기하고 있었던 일을 다시 시작할 유일한 길이야. 근거? 그건 이성이 찾아내야지. 직감이 하는 일은 여기까지야.

"돕고는 싶은데 저희도 사실상 단서가 막힌 상태라서요."

동의나 다름없는 대답이다. 끄응. 라이스가 신음을 냈다. 아네모네의 표정은 밝아졌다. 여전히 어둡고 울적한 얼굴이었지만 쥐어짜낸 듯한 미소가 번졌다.

"오빠는 줄곧 7층을 동경했어요. 7층의 도시 괴담을 믿고 그곳을 찾아 내려고 다방면으로 연구했죠. 전 그 괴담이 사실이라고 별로 믿진 않지만, 오빠는 그곳으로 가는 길 어딘가에 있을 거라고 생각해요. 그리고 이랄 시티에서 남은 곳이라곤 5층뿐이에요."

"5층이요? 거긴 DMA인 거 알고 계시죠? 애당초 사람이 살 수 있게 만들어진 곳이 아니잖아요? 출입도 철저하게 감시되고 있구요."

라이스가 정곡을 지적한다. 그러나 아네모네에겐 믿는 구석이 있었다.

"오빠에겐 자본이 있었어요. 사람이 살 수 없는 곳에 사람이 살 만한 환경을 만들 만한 돈이 있죠. 부족한 건 조력자뿐이었습니다. 그리고 마침 오빠의 근무지였던 2층에, 5층으로 사람을 밀항시켜줄 만한 자가 있었죠."

아네모네가 마리에게 다시 손짓했다. 마리는 이번엔 모자를 벗더니 모자 안에서 편지 한 통을 꺼냈다. 아네모네가 그 편지를 폴리에게 내밀었다. 소개장이었다.

"마스터 윤. 우리들 발밑에서 군림하시는 왕입니다. 그분을 통하면 돌파구를 찾을 수 있을 겁니다."

2

루파스가 폴리와 라이스를 초등학교와 전자 도박장 사이의 골목으로 데려왔다. 골목의 맨홀 뚜껑을 여니 녹슨 사다리가 드러났다. 하수도 치곤 이상할 정도로 냄새도 없고 깊은 구멍이었다. 라이스가 골목 밖에서 뛰어다니는 아이들을 보면서 말했다.

"예상 못할 장소랄까······ 2층 입구가 사람들 득시글거리는 동네에 있을 줄이야."

루파스가 준비해 온 손전등을 넘겨주면서 말했다.

"그러고 보니 라이스는 밈 시티 출신이랬지? 랄 시티는 거기보다 2층으로 가는 샛길이 많은 편이야."

데드 빈 카페는 정작 커피 맛보단 밀수 전문가 루파스와 공학 전문가 힌디야의 비밀 직업으로 유명했다. 특히 루파스는 도시 밖은 물론이거니와 도시 안에서도 온갖 숨겨진 루트에 정통했다. 그런 그에게조차 5층에 가는 건 무리였지만, 2층 관광을 돕는 것쯤은 어렵지 않았다.

"굳이 같이 가줄 필요는 없는데."

폴리가 미안하다는 듯이 뒤통수를 긁적였지만 힌디야의 목소리는 밝았다.

"데드 빈 카페는 애프터 서비스가 확실한 게 장점이라구! 폴리가 우릴 도와준 게 몇 번인데 이 정도쯤이야. 뭐, 킨타를 혼자 두고 가는 건 찝찝하지만."

킨타는 집에 두고 왔다. 반나절 정도는 혼자서 지낼 수 있을 것이다. 적어도 2층에 데려가는 것보단 훨씬 안전할 것이다. 폴리와 라이스의 일이 꼬이지만 않는다면 말이다.

바랄 걸 바라야지.

네 사람이 사다리를 내려갔다. 불빛 한 줄기 없는 시멘트 길을 따라가다 내려가다를 반복했다. 시간 감각조차 없어졌을 때쯤, 커다란 철문이 나왔다. 철문을 여니 엄청난 악취와 함께 바람이 몰려나왔다. 네 사람 눈앞에 동화 속 마법의 세계 같은 광경이 펼쳐졌다.

쓰레기로 수면이 가득 차서 본래 형태가 보이지 않는 강.

공기 조절 장치 구석구석에 따개비처럼 따닥따닥 붙어 있는 판잣집들.

낮았다가 높았다가 불규칙한 천장을 통해 곳곳에서 떨어지는 물방울.

그곳엔 또 하나의 도시가 있었다. 발밑의 도시, 2층. 당연히 이것은 사람이 살라고 만들어진 공간이 아니다. 본래 하늘이 차단되어 기상 현상이 사라진 3층에서 사람이 살 수 있도록 만들어진 공조 장치 공간이었다. 그러나 3층에서조차 적응하지 못한 자들에겐 이것이야말로 새로운 삶의 터전이었다. 3층에서 잊혀진 자들이 모여들었고, 그들의 2세들 역시 앞 세대와 마찬가지로 3층에서 떨어진 쓰레기를 젖줄 삼아 숨겨진 도시를 완성해왔다.

라이스가 심드렁하게 말했다.

"대충 밈 시티 2층이랑 비슷하네. 추억 돋는구만."

팽! 힌디야가 코를 풀었다.

"어우, 이 냄새는 적응이 안 되네. 구경은 나중에 하고 햇빛광장부터 가자!"

"햇빛광장?"

햇빛이라니? 광장이라니? 둘 중 2층에 있을 수 있는 게 있어?

정말로 광장이 있었다. 심지어 동상까지 세워진 멀끔한 광장이었다. 3층을 지탱하는 거대한 기둥들 중 하나가 쓰레기 강 바로 옆에 자리 잡고 있었는데, 평소엔 노점들이 장사를 하는지 곳곳에 포장된 리어카가 세워져 있었다.

그러나 지금은 노점이 닫은 상태였다. 그도 그럴 것이, 일렬로 늘어선 군경찰의 장갑 드론 너머로 시위대가 모여 있었기 때문이다.

"군경찰은 물러나라! 2층민은 벌레가 아니다!"

"햇빛광장은 2층민이 만든 것이다!"

"우리에게도 생존권이 있다!"

시위대는 동상을 둘러싼 채 몸으로 지키고 있었다. 드론들 너머에선 불려는 왔지만 작업을 진행하지 못하는 공사장 인부들이 한숨을 내쉬고 있었다. 드론들 선두에 있는 군경찰이 확성기를 들고 소리쳤다.

"비켜라, 2층민들! 동상 철거는 이미 시의회에서 결정된 일이다!"

시위대는 미동도 없었다.

"동상은 곧 2층민의 영혼이다! 시에서 세운 동상도 아닌데 시의회에게 무슨 권리가 있다는 거야?"

"놀고 있네! 애당초 2층 자체가 공공시설이라고, 이 무단 거주자들아! 세금이나 내면서 지껄여!"

아웅다웅 언쟁이 멈추질 않는다. 라이스는 그 광경이 무척이나 신선했다.

"2층민이 평화 시위? 랄 시티 2층민은 죄다 거세라도 당했어? 화염병 정돈 나와줘야지!"

폴리 역시 적응하지 못하는 건 마찬가지였다. 그러나 그녀는 시위대보단 동상에 집중했다. 동상은 나비 가면을 쓰고 있지 않았지만, 단번에 그 얼굴을 알아봤다.

"저 동상…… 에이드리언 프리먼이야?"

대답을 듣지 못했다.

"누가 도와주시오!"

웬 노인이 비명을 질렀다. 무고한 자의 비애는 오지랖 넓은 탐정의 관심을 끌었다. 마침 그림자 하나가 노인에게서 빼앗은 가방을 들고 골목으로 달려가는 게 보였다. 다짜고짜 그 뒤를 따라가려고 했다.

라이스가 말렸다.

"뭐 해? 2층에선 남 일에 관여하는 거 아냐! 어차피 여긴 군경찰 관할이 아니라 잡아봐야 넘길 구치소도 없어!"

"치안 기구는 유명무실하고 남 일에 무관심해야 하는 동네라. 3층이랑 다른 게 뭔데?"

실수는 라이스가 먼저 했다. 타협할 줄 모르는 인간하곤 가까이하지 않는 게 상책인 법.

세 사람을 남겨두고 혼자 골목길로 달려들어간 폴리는 길도 모르는 주제에 발소리를 따라 이리저리 코너를 돌았다. 이내 막다른 길이 나왔다. 그리고, 꽤 뻔한 클리셰지만, 각목과 칼로 무장한 양아치들이 그녀를 기다리고 있었다.

　고양이 가죽으로 만든 모자를 쓴 청년이 말했다.

　"역시 3층 통로 근처에 있으면 먹잇감이 제 발로 기어들어오는군. 가진 물 다 내놔!"

　이런. 노인도 한패였군. 가만. 물?

　"물?"

　"그래, 물! 3층민이면 물이 얼마든지 있을 거 아니야!"

　그렇다고 누가 생수통을 상시 들고 다니나? 아니, 깨끗하진 않아도 강이 존재하는데 왜 식수가 그렇게 간절한 거지? 폴리가 2층민의 삶을 모르는 만큼 강도들도 3층민의 일상을 오해하고 있는 상태였다. 물어볼 게 많았다. 그런데 폴리가 뭐라 말하기도 전에, 뒤로 몰래 다가온 덩치 큰 여자가 각목으로 폴리의 머리를 후려쳤다.

　빡! 기절시킨 다음에 털어 갈 생각이었을 것이다. 그런데 폴리는 미동도 없었다. 조용히 뒤를 돌아보더니, 틱, 하고 여자의 이마에 딱밤을 때렸다. 그러자 폴리보다 거대한 여자가 억 소리와 함께 눈을 까뒤집으며 그 자리에 스스르 쓰러져버렸다.

　으아악! 고양이 모자 패거리가 비명을 질렀다.

　"잘못 걸렸다! 강화 인간이야!"

　"맞았다. 너흰 잘못 걸렸어. 타인의 호의를 이용해 사리사욕을 채우려는 자들에겐 호된 교훈을……"

"스토옵!"

라이스가 도착했다. 그녀가 폴리와 약탈자들 사이에 서서 외쳤다. 먼저 폴리를 보고 잔소리.

"작작 좀 해, 이 융통성 없는 인간아! 용건 시작하기도 전에 소동에 휘말릴 셈이야? 몇 대 쥐어박으면 그만둘까봐? 이거 말곤 생계 수단도 없는 녀석들이야!"

이번엔 약탈자들에게 소리친다.

"인마들아! 각목? 칼? 희생자 나오면 일 커지는 거 몰라? 상대가 호구인지 아닌지 구분도 못하면서 어디 연장질이야? 니들 부모에게 이르기 전에 꺼져!"

법은 우스워도 부모는 무서웠는지 고양이 모자 패거리는 여자를 부축해선 골목 어딘가로 사라졌다. 그제야 루파스와 힌디야도 뒤늦게 쫓아왔다. 폴리는 이 결말이 못마땅했는지 팔짱을 끼고 불만을 토로했다.

"눈앞의 범죄를 방치한 거나 다름없군. 다음에 누군가 희생자가 나온다면 우리 탓이다, 너클헤드."

라이스도 지지 않았다.

"아이고, 뭐가 어떻게 굴러가는지나 알고 고집을 부리세요! 사람은 햇빛이 없으면 필수 영양소를 합성할 수 없어! 3층에선 수돗물에 영양분을 섞어서 공급하지만 2층에선 그마저도 얻을 수 없단 말이야. 어느 도시에서건 2층민에게 3층의 물은 귀한 자원이야! 명예와 정의를 들먹인다고 현실이 바뀌진 않아!"

폴리가 미간을 찌푸렸다. 라이스의 호통이 불쾌했기 때문이 아니다. 예전에 비슷한 말을 들은 기억이 퍼뜩 떠올랐기 때문이었다.

누구더라? 맞다, 아이작 녀석.

심리 평가 결과는 늘 '상상력이 풍부하다'와 '지나치게 게으르다' 둘 중 하나였다. 항상 허공을 바라보며 멍 때리고 있는데 한 번씩 핵심적인 얘길 꺼내는 재주가 있었다. 군인에 어울리는 면모라곤 한 톨도 없는 녀석이었다. 이유도 없이 마음에 안 들었지만 홀대하지 않으려고 노력했다. 청린부대에서 퇴출시킬 생각 따윈 추호도 없었다. 그냥…… 흔히 말하는 '아픈 손가락' 같달까.

하루는 밥 먹다 말고 뜬금없이 말하는 것이었다.

"대위님, 혹시 군의 개혁에 관심 있으세요?"

"개혁?"

"아니, 한 번씩 상부랑 맞짱 뜨고 오시는 거 보면 뭔가 계획이 있으신가 해서요. 그런 게 아니라면 점점 난처해지지 않겠어요? 대위님이든 저희든."

명예와 정의를 들먹일 거면 현실이라도 바꿔야지. 현실을 바꿀 것도 아니라면 명예와 정의에 얽매여 있으면 안 되지. 녀석은 알고 있었던 거야. 이러다간 언젠가 끝이 좋지 않을 거라는 걸.

리니아는 철이 없었다.

"장교의 일이다. 사병이 왈가왈부하지 마."

퉁명스럽게 대답했다. 그러나 아이작은 오히려 느긋한 미소를 지었다.

"뭐, 잘될 거예요. 대위님이라면 어떻게든 해내실 사람이니까."

틀렸어, 아이작. 네 예상이 맞았어.

최악인 건, 한 번 틀려서 모든 걸 말아먹고도 난 지금도 여전히……

"허허, 분위기가 못내 삭막해졌군요. 제가 좀 더 일찍 왔었어야 했나봅니다."

　별안간 나이 지긋한 남성의 목소리가 끼어들었다. 일행의 시선이 소리가 난 방향으로 돌아갔다. 골목 한쪽에 다듬은 수염의 노인이 군데군데 수선한 집사 턱시도를 입고 서 있었다. 루파스가 알아보고 인사했다.

　"쏠레용 님! 마중 오셨군요! 인사해, 폴리. 마스터 윤의 심복이신 쏠레용 님이셔."

　"반갑습니다, 폴리와 라이스의 탐정 사무소. 마스터의 재정 및 잡무를 담당하고 있는 쏠레용이라고 합니다."

　약탈자들에게 끌려다니느라 길이 엇갈렸구나. 폴리도 이쯤에선 접어야 함을 인정했다. 그녀 역시 공손하게 인사했다.

　"사무소의 폴리입니다. 이쪽은 라이스. 잘 부탁드립니다."

　"따라오시지요. 안전한 장소에서 마저 말씀 나누십시다."

　쏠레용은 '고름 구덩이'라는 간판이 달린 거대한 원형 건물로 일행을 안내했다. 일종의 경기장처럼 생겼는데 견고한 석재 콜로세움이라기보단 버려진 공사 장비를 모아서 만든 위태로운 모습이었다. 정문을 넘어 지하로 내려가니 투박하긴 해도 깨끗한 응접실이 나타났다. 안내 역인 루파스와 힌디야는 밖에서 기다리고 폴리와 라이스만이 응접실의 망가진 소파에 앉았다. 곧 쏠레용이 주전자에 든 차를 가져와 두 사람 앞에 놓인 컵에 따라주었다.

　"데드 빈 카페에서 밀수해다 준 차입니다. 입에 맞으실 겁니다."

　"마스터도 카페의 단골인가보죠?"

　"물론이지요. '절대로 살인 무기는 취급하지 않는다'는 방침 때문에 갑갑한 건 있지만, 밀수업자 중엔 루파스와 힌디야만큼 신뢰가 가는 자가 없더군요."

라이스는 김이 모락모락 나는 찻잔을 보면서 망설였다.

"적어도 쓰레기 강에서 퍼온 물은 아닌 거 같네요. 랄 시티 2층의 식수는 마스터가 관리하시나요?"

"아, 그 과정이 또 파란만장했지요."

쏠레옹은 그리운 추억이라도 된다는 듯이 말했다.

"랄 시티 2층에 처음 사람들이 정착했을 땐 공조 장치에서 훔치는 물의 양이 그리 많지 않았습니다. 하지만 인구가 점점 늘어나니 군경찰도 좌시할 수 없는 양이 되어버렸거든요. 90년대 말이었나? 기어이 2층의 3층 자원 탈취를 전면 차단하겠다는 선언이 있었죠. 상상이 가시겠지만 2층민에겐 사형선고나 다름없답니다. 그야말로 내전 직전 분위기였지요."

나름 랄 시티에 정통하다고 생각한 폴리였다. 이런 숨겨진 역사가 발밑에 있었을 줄이야.

"때마침, 당시 2층엔 아노말리 패밀리의 지부장이 파견된 상태였습니다. 닥터 말리그넌트가 후계자 교육의 일환으로 에이드리언 님에게 2층의 영역 관리를 맡기셨거든요. 2층에 전란이 감돌자 에이드리언 님은 직접 마스터를 찾아와 연대를 제안하셨습니다. 그것도 평화 시위를요! 허허, 지금 생각해봐도 미친 발상이군요."

미친 발상이었지만 성공했다. 에이드리언이 가장 앞에 나서서 시위대를 이끌었다. 총질 한판 시원하게 갈기고 퇴근하려던 군경찰들은 차마 닥터 말리그넌트의 외아들에게 방아쇠를 당길 배짱이 없었다. 지지부진

한 기세 싸움 끝에 군경찰이 항복을 선언했다. 3층은 2층민들의 식수 확보를 묵인해주는 대신 마스터 윤의 고름 구덩이가 책임지고 식수 배급량을 조절하기로 했다.

"그날, 무언가가 증명되었습니다. 낱알처럼 2층의 그늘 아래 흩어져 숨어 있던 자들이, 구심점이 있다면 그들도 무언가 이룰 수 있다는 걸 알게 되었습니다. 시위가 이루어지던 공터는 점차 광장이 되었습니다. 광장이 생겨나자 2층은 그저 '사는 곳'이 아닌 진정한 의미의 '도시'로 거듭났습니다. 양말도 겹쳐 신는 2층민들이 돈을 모으더니, 저 동상을 세웠습니다. 저것은 땅속의 빛. 햇살처럼 뻗어나가며 이곳에 질서와 교류를 가져다주는 태양입니다. 그래서 우리는 저곳을 햇빛광장이라고 부릅니다."

기적. 달리 뭐라고 부르겠는가? 햇빛광장과 에이드리언 동상은 기적 그 자체나 다름없다. 그런 걸 철거하겠다니, 무사히 넘어갈 리가 없지. 후시 녀석, 고생 좀 하겠구만. 아, 그 새끼 피똥 쌀 걸 생각하니까 기분이 좋네.

아니지. 빛이 있으면 어둠이 있는 법. 태양이 지면 밤이 오는 법.

차를 후루룩 마시면서 말했다.

"그렇다면 더더욱 에이드리언의 실종은 대사건이었겠군요. 아네모네 님의 말대로라면 에이드리언이 실종된 건 대략 3년 전. 그렇다면 그 뒤론 어떻게 되고 있죠? 식수는 생존 문제라 2층민들을 쥐고 흔들 수단으로 쓰기엔 지나치게 민감할 테죠. 에이드리언이 신뢰로 돈과 권력을 대신했다면, 마스터 윤은 무엇으로 이 질서를 유지하고 있는 겁니까?"

"오오오오오오락娛樂이지!"

쾅! 응접실 문이 거칠게 열렸다. 그와 동시에 투박하고 조용하던 응접실에 오색 빛깔 조명과 경박한 록 음악 소리가 울려퍼졌다. 그 음악 소리에 맞춰, 후시가 봤으면 학을 뗐을 만한 여자가 들어왔다.

실내에서도 쓰고 있는 X 모양 렌즈의 선글라스. 가죽 나팔바지에 괴상할 정도로 통굽이 높은 구두. 상체는 옷으로 피부를 가린 면적보다 기하학적 문신으로 덮은 면적이 더 많을 정도다. 등허리까지 닿는 곱슬머리는 일부만 위로 말아선 비녀로 고정했는데, 잘 보니 비녀가 아니라 주머니칼이다. 무엇보다 신경 쓰이는 건 표정이었다. 입이 찢어질 기세로 웃고 있는 얼굴.

"제가! 고름 구덩이의 마스터 윤입니다!"

3

쏠레용은 알아서 자리를 피했다. 윤은 폴리와 라이스 맞은편에 와서 앉았다.

"아네아네에게 얘기는 들었어. 윤이라고 불러! 폴리와 라이스지? 라이스와 폴린가?"

아네아네? 아네모네의 애칭이겠지. 작명 센스하고는.

"제가……"

"술 마셔, 술! 내가 욕조에다 만들어봤는데 평가 좀 해봐!"

어디서 가져왔는지 쾅, 하고 맥주잔을 내려놓더니 향이 강한 맥주를 따라준다. 라이스는 바로 마셔버리는데 폴리는 손을 내저었다.

"죄송합니다. 업무 중엔 마시지 않는 주의라서요."

사실은 전쟁 후론 마셔본 적이 없다.

"낄깔깔깔! 재미를 모르는 친구네! 라이스 양! 이 장승이랑 어떻게 살아요?"

"어휴, 말하면 입만 아프죠."

하하하하! 둘이 좋다고 웃어댄다. 폴리는 모노레일 붙잡을 때도 이렇게 피곤하진 않았던 것 같았다.

"재미라…… 2층을 휘어잡기엔 좀 위태로운 개념 같습니다만."

"무슨 소리!"

윤이 부담스러울 정도로 폴리에게 얼굴을 가까이 댔다.

"사람들을 끌어들이는 데 재미만 한 게 없어. 사람들에게 나눠주기에 재미만큼 넉넉한 게 없지! 제정신으로 버틸 수 없는 세상이야. 술에 취하든 피에 취하든 사람들에겐 재미가 필요하다구! 적어도 에이드리처럼 도시 괴담에 취하는 것보단 건전하잖아? 낄깔깔깔!"

에이드리? 그자도 애칭으로 불러? 이유는 모르겠는데 유난히 소름 끼쳤다.

"7층…… 정말로 에이드리언이 7층으로 갔다고 생각하십니까?"

윤이 소파에 등을 기댔다.

"정확히는 5층이지. 이젠 달리 후보도 없어. 3층은 닥터가 이미 뒤질 대로 뒤졌고, 2층은 내가 뒤졌어. 6층은 말도 안 되는 소리니 논외잖아? 남은 건 5층 아니면 도시 밖인데, 도시 밖이야 괴담의 전혀 반대가 되어 버리니까."

"자기장 필터를 새로 세울 게 아니라면 아직도 데브리가 떨어지는 와중에 도시 밖에 거주지를 만드는 건 무리죠. 차라리 5층이 현실적이네요. 6층을 보호하는 데브리 요격 시스템 근처라든가."

"바로 그거야! 뭣보다, 2층의 공조 장치 파이프를 활용하면 군경찰 몰래 5층으로 올라갈 수 있는 루트가 여럿 있거든. 에이드리가 그걸 찾아낸 게 아닌가 싶어."

"그럼 저희를……"

"그러니까 값은 어떻게 치르겠어?"

윽. 라이스가 실컷 마시던 맥주를 내려놓고는 당황한 표정을 지었다.

"저희가 내야 하나요? 아네모네 님이 시키신 일이고……"

"낄깔깔! 농담이야, 농담! 나도 2층 다스리려면 에이드리가 있는 쪽이 낫다고! 다만, 도와줬으면 하는 일이 있는 건 사실이야. 뭐, 복잡한 일은 아니고 짱 센 강화 인간 하나가 나서줘야 하는 일이라."

윤이 폴리 쪽을 바라봤다. 폴리는 뻔한 추론이라는 듯이 담담하게 말했다.

"십중팔구 이 위에 있는 경기장은 2층의 오락 수단으로 쓰이는 아레나. 그걸 운영하시는 분이 강화 인간의 도움이 필요하다면 다른 건 재볼 필요도 없겠죠. 경기 좀 뛰어달란 말씀이시죠? 시위니 뭐니 최근 분위기도 별로였을 테니."

윤이 탁자를 탕탕 두들기며 분통을 터뜨렸다.

"아니, 군경찰은 왜 뜬금없이 동상 철거래? 3층 사정이야 우리 알 바야? 세 끼 먹을 거 두 끼 먹고 살면 되지! 안 그래도 챔피언이 너무 이겨서 요즘 지루해하는데, 얼마 안 되는 관중까지 시위대로 빠져버리지 않느냐고!"

3층이 6층을 미워하는 만큼 2층도 3층에 대한 이미지가 좋지 않군. 최초의 승강기가 발명된 이후 도시는 면적 성장보다 높이 성장이 효율적이라는 걸 깨달았다. 그렇게 층간 소음이 시작되었다. 좁은 면적 안에 몰려든 메뚜기들이 이고 가야 할 원죄가.

"어쨌든, 한 경기만 뛰어줘. 이겨도 되고 져도 상관없는데 너무 빨리 끝내지만 말아줘. 오케이?"

라이스를 바라봤다. 저 아무 생각 없는 멍청한 얼굴을 보노라면 인생 망해봐야 별거 있겠어, 라는 생각이 든다. 100년 가까이 머릿속에 쌓여온 과거와 계산들이 무의미하게 느껴진다. 맥주를 마신다. 단번에 잔을 비우곤 탕, 탁자에 내려놓았다.

"까짓것 해보죠, 뭐."

쏠레용을 따라 응접실로 내려올 때와는 전혀 다른 분위기가 고름 구덩이를 가득 메웠다. 우글우글 모인 사람들. 손마다 들려 있는 맥주와 싸구려 과자들. 쉬지 않고 들려오는 관중의 함성. 루파스, 힌디야와 라이스도 거기에 끼어 있었다. 경기가 시작되기 전에 맥주를 사려고 매점 앞에 줄 서 있었다. 매점 옆엔 훔친 게 분명한 텔레비전이 세워져 있었는데 거기서 예전 경기를 틀어주었다.

"경기 방식은 간단해. 예선에선 선수 전원이 경기장 안에서 난전을 벌이고, 거기서 살아남은 열여섯 명이 본선에서 토너먼트를 벌이는 거야."

루파스가 쓴 단어가 신경 쓰였다.

"살아남은?"

"2층 아레나잖아? 무기도 자유, 살인도 자유야."

"뭐야! 폴리, 완전 위험하잖아! 우리 무기도 안 가져왔다구!"

"폴리가 위험해? 하!"

힌디야가 웃었다.

"폴리는 마샬 서브루틴의 달인이야. 폴리가 누굴 죽이지 않을까를 걱정하지 그래?"

인맥 쪽은 루파스가 전문이지만 기술 쪽은 힌디야가 전문이다. 데드빈 카페의 주인들은 평화주의자라고 하지만 무기 쪽에도 정통했다. 라이스가 무슨 뜻인지 모르겠다는 표정을 하자 힌디야가 설명해주었다.

"우주 전쟁 때, 가장 효율적인 육탄전 기술을 병사들에게 빠르게 훈련시킬 필요가 있었어. 마침 뇌에 직접 데이터를 전송하는 방식으로 교육을 대체하는 기술이 연구되고 있었는데, 그 첫 타자로 군사 격투 무술이 적용된 거지. 그게 마샬 서브루틴이야. 폴리는 그중에서도 달인이고. 폴리가 강한 건 시술 때문만은 아니다, 이거야."

우주 전쟁의 기술. 3층에서도 보기 힘든 강화 인간. 무엇보다 평소 행동거지 하나하나에서 드러나는 군인 같은 행동 양식. 폴리가 없는 지금만 물어볼 수 있는 게 있었다.

"저기…… 자기가 직접 얘기해준 적은 없지만, 역시 폴리는 우주 전쟁때 사람인 거겠지? 그것도 참전 군인 말이야."

루파스와 힌디야도 잘 아는 내용은 아니었다. 그러나 짐작조차 못했다고 한다면 거짓말이겠지.

"그렇겠지? 한 번씩 루 대령님이 '대위'라고 부르는 걸 들은 적이 있어. 오랜 사이란 뜻이겠지?"

"내가 태어나기도 전에 폴리가 찍힌 CCTV 본 적 있어. 하나도 안 늙었더라구. 아마 상류층 출신 아닐까? 왜 3층에 사는지는 모르겠지만 말이야."

공공연한 사실이다. 늙지도 죽지도 않고 가난한 자들을 도와주는 3층의 탐정 영웅. 난 그녀의 파트너. 근데 그래서? 폴리에 대해, 길거리에 돌아다니는 사람들보다 아는 게 없다. 그거면 된 건가? 서로의 과거에 대해 알아야 할 의무는 없는 건가? 어차피 우리들의 만남엔 놀라운 인연이나 강렬한 이벤트 같은 건 없었고, 그저 서로가 필요해서 모인 룸메이트일 뿐이다. 도시의 흔한 인연은 다 그런 거겠지? 나 역시 폴리의 긴 인생에 스쳐 지나가는 하나의 인연일 뿐이겠지?

그렇다면 더더욱 옆에 있을 때 한 푼이라도 더 벌어놔야 하지 않을까?

"아차, 돈 안 걸었다! 요는 폴리가 이길 거라는 거잖아? 그럼 돈 걸어야지, 돈!"

"와, 천하의 라이스가 도박을 깜박했어? 바쁜 날은 바쁜 날이었나보네!"

쓸데없는 옛날 생각에서 벗어나 눈앞의 이득을 좇으니 정신은 맑아지고 시야는 명료해진다. 라이스는 아레나의 도박사 창구로 향했다. 창구 앞에서 머니 칩을 꺼내는데, 별안간 누군가가 대놓고 손에 들린 머니 칩을 빼앗아 뛰기 시작했다.

야! 방심했다. 남의 소매치기는 많이 해봤는데 당해보니 기분이 아주 더럽다.

"거기 서, 이 자식아!"

다짜고짜 뒤쫓는 라이스. 소매치기는 고름 구덩이를 나가 구불구불한 길을 달렸다. 3층이었으면 거리의 CCTV를 해킹해 동선을 파악했겠지만 유비쿼터스 자체가 존재하지 않는 2층에선 불가능한 일이었다. 그러다보니 자연스럽게 막다른 길에 도착했다. 자연스럽게, 그곳엔 고양이 모자 일당이 기다리고 있었다.

"이런 젠장."

위기감보다 먼저 드는 생각.

"폴리에게 잔소리해놓고 폴리와 같은 수법에 당하다니."

거대한 여자가 고양이 모자에게 말했다.

"내 말이 맞지, 봉? 파란 머리는 경기 중이라 못 올 거야!"

고양이 모자가 거대한 여자에게 말했다.

"진짜네, 송. 심지어 일행도 두고 왔나봐!"

쫄진 않았다. 주머니엔 총이 있었다. 그래도 이 겉늙은 10대들에게 방아쇠를 당길 일은 만들고 싶지 않았다. 어찌 되었건, 라이스가 황 미리라고 불리던 시절의 모습과 크게 다를 바가 없었으니.

"이런 싹퉁머리 없는 애새끼들. 한 푼이라도 더 벌어야 할 시간에 복수야? 이러니 너흰 아마추어를 못 벗어나는 거야."

봉이라 불린 고양이 모자가 피식 웃었다.

"복수? 오해가 있었네. 그럼 애초에 파란 머리를 끌어들였겠지. 우리 목적은 너야. 정확히는 그 의안 말이야."

송이라 불린 거대한 여자가 거들었다.

"잘 생각해보니 태생적인 오드아이가 아니라 임플란트인 거 같더라구? 그거 빼다가 팔면 2층 생활을 청산할 수 있을 거 같단 말이지!"

생각보다 예리한 녀석들이었군. 이번엔 쉽게 넘어갈 수 없겠다. 라이스가 위기에 빠졌을 때 대신 해결해줄 폴리는 없다. 2층에서 스스로 자기 앞가림을 해야 하던 시절. 과거로 돌아간 기분이다. 그리고 그것은 전혀 좋은 느낌이 아니었다. 철없던 시절, 재미 삼아 개미를 밟아 죽이던 시절을 떠올리는 그런 느낌.

개미 생각을 해서 그런가? 정말로 작은 벌레들이 주위에 날아다니고 있었다. 쓰레기장이나 다름없는 2층에 벌레가 꼬이는 건 이상할 게 없었지만, 라이스의 의안이 벌레들을 자동적으로 기계장치라고 인식하고 있었다. 벌레들이 불량배의 목덜미를 스치고 지나가자, 봉과 송의 패거리는 뭐에 맞은 것처럼 그 자리에 풀썩 쓰러지기 시작했다.

마지막 불량배가 쓰러지자 골목 너머에서 묵직한 그림자가 나타났다. 머리에 두건을 쓰고 턱수염을 기른 뚱뚱한 남자였다. 벌레들은 그 남자의 허리에 있는 주머니로 들어갔다.

"잘못 본 게 아니었군. 오랜만이다, 날치기꾼 황 미리."

"가, 가토?"

라이스의 얼굴엔 반가움과 두려움이 뒤섞인 미묘한 표정이 떠올랐다.

"밈 시티 보안관이 랄 시티 2층엔 무슨 일이야?"

"난 더 이상 보안관이 아니야. 일단…… 자리를 옮겨서 얘기를 나누지."

4

마스터 윤은 경기를 길게 끌어달라고 했다. 처음엔 폴리도 맞춰줄 생각이었다. 그런데 예선이 끝나고도 챔피언을 만나기까지 토너먼트식 본선이 남았다는 말을 듣곤 생각이 달라졌다. 얼마나 시간을 끌라는 구체적인 주문이 없었다. 세부 사항을 나름대로 해석하기로 했다.

콰광! 기관총을 난사하던 헬기가 고름 구덩이 경기장 한복판에 추락했다. 박살난 헬기에서 폴리가 걸어나왔다. 관객들이 조용했다. 방금 눈앞에 벌어진 광경을 보고도 못 믿고 있었다.

경기 해설자의 벙찐 목소리가 스피커에서 흘러나왔다.

"어…… 역대급 최단 시간에, 사망자 없이 예선이 끝났군요. 근데…… 열여섯 명이 남아야 하는데 한 명 빼곤 전부 부상이라…… 이러면 토너먼트가…… 어쨌든 예선 종료입니다, 네."

와아아아! 흥분한 관객들이 일제히 환호성을 내질렀다. 다리가 부러진 선수들과 으스러진 전차 사이에서 폴리가 몸풀기 운동을 했다. 의뢰의 목적이 흥행 유도였다면 완벽한 성공이었다.

관중석엔 루파스와 힌디야도 있었다. 힌디야가 루파스에게 말했다.

"루파스. 우리 지난번에 푸른 뱀이랑 흰 고래랑 싸우면 누가 이길지 내기했던 거 기억나?"

"나지."

"나 판돈 바꾸면 안 될까?"

"사랑해, 힌디야."

"아, 말 돌리지 말고."

관중의 환호 틈새로 해설자가 말했다.

"예선 후보들 중에서 토너먼트 출전 희망자가 없군요. 그렇다면 휴식 후 유일한 본선 진출자와 챔피언의 대결을……"

흠! 폴리가 바닥에 떨어져 있던 창을 집어던졌다. 깡! 창은 해설자 부스를 둘러싼 방탄유리에 꽂혔다. 놀란 해설자가 폴리를 내려다봤다. 폴리가 휴식 없이 바로 시작하라는 사인을 보냈다. 해설자가 사람을 내려보내 상황을 파악했다. 그리고 이내 다시 마이크를 켰다.

"고름 구덩이 개장 이래 초유의 사태입니다만, 본선 진출자가 바로 챔피언전을 희망하는군요. 챔피언도 받아들이겠다고 합니다. 관객들이 피로하지 않다면 경기를 시작해도 될는지……"

"시작해라!"

"뜸 들이지 마!"

"말이라고 하냐, 멍청한 새끼!"

이미 관객들은 다음 경기를 보고 싶어서 게거품을 무는 중이었다. 진행 요원들이 서둘러 만신창이가 된 선수들을 경기장에서 끌어냈다. 정리가 끝나자마자 경기장에서 가장 큰 문에서 흰 연기가 솟아올랐다. 응접실에서 들었던 것과 비슷한 팡파르 소리. 그러곤 폴리와 비슷한 체구의 남자 하나가 천천히 걸어나왔다.

"탄!"

"탄!"

"탄!"

"탄!"

관객들이 외친다. 해설자가 연이어 소개한다.

"고름 구덩이의 영웅! 백전불패의 영원한 챔피언! 탄 바티스타!"

경기장 정면 문이 열리고 걸어나오는 그림자. 닭볏처럼 올린 머리에 복서 팬츠를 입은 남자다. 목에는 절취선 문신이, 가슴팍엔 '광고 금지'를 의미하는 문신이 새겨져 있다. 양손에 낀 권투 글러브는 기계 너클도 아닌 그냥 글러브였다. 온몸에서 자신감이 넘쳐흐른다. 그럼에도 불구하고 방심하는 기색이 없었다. 이놈은 '진짜'다.

어차피 둘의 대화는 관객석에 들리지 않는다. 폴리가 팔짱을 낀 채 말했다.

"마스터에게 얘기는 들었지? 시간을 끄는 게 중요하다. 원하면 화려하게 져줄 테니……"

탄이 말을 끊었다.

"청린부대의 리니아 폴라리스. 오늘이 네 심판의 날이다. 걱정 마라. 네 시체가 6층을 구경할 일은 없을 것이다!"

밈 시티 2층은 랄 시티의 2층보다 천장이 낮은 편이었다. 3층으로 가는 샛길도 적어서 평소에도 갑갑한 느낌이 있었다. 그러나 가장 곤란한 점은, 광기에 휩싸인 무장 테러 집단이 2층 전역에 폭동을 일으켰을 때 도망갈 곳이 많지 않다는 점이었다.

미리를 선두로 2층의 아이들이 비좁은 골목을 내달렸다. 부모도 없고 갈 곳도 없이 2층에 모여 살아가던 아이들을 폭동으로부터 구해줄 자는 아무도 없었다. 총소리와 비명이 낮은 천장에 메아리쳐 어디가 위험하고 어디가 안전한지 분간할 수도 없다. 이 상황에서 그들이 믿을 수 있는 건 미리의 핸드폰 지도뿐이었다.

미리 바로 뒤에 있던 남자아이가 외쳤다.

"굉장해! 정말로 2층의 지름길을 모두 알고 있잖아? 그 지도 어디서 났어?"

누더기를 입고 핸드폰은 훔친 것이지만 미리의 두 눈은 반짝였다.

"밈 시티 보안국 전산을 해킹했어. 걸리면 '애들 장난' 취급으로 끝날 일이 아니지만 사람부터 살고 봐야지!"

"핸드폰만 가지고? 그게 가능해?"

미리보다 키가 크지만 비쩍 마른 여자애가 감탄했다.

"역시 미리는 대단해. 틀림없이 우리 중에 제일 오래 살아남을 거야!"

생존왕 황 미리. 바퀴벌레 황 미리. 고아들의 우두머리라고 하면 과장이겠지만, 속이고 훔치고 해킹하는 재능으로 치자면 동년배들이 따라올 수 없는 실력을 가진 소녀였다. 정상적인 세상에선 거짓말쟁이가 신뢰받지 못하는 법이지만, 그들이 사는 곳은 밑바닥의 밑바닥이었다. 이곳은, 황 미리가 아마도 세상에서 유일하게, 그리고 아마도 인생 전체에서 유일하게……

신뢰받는 곳이었다.

골목 끝에서 그 신뢰가 깨졌다.

"뭐야? 웬 애새끼들이?"

하얀 구름 무늬가 박힌 하늘색 두건을 뒤집어쓴 괴한들이 거리에 가득했다. 그들 앞엔 2층 민간인들이 무릎 꿇린 채 공개 처형을 당하는 중이었다. 그들의 시선에 미리와 아이들이 들어왔다.

이런 젠장! 당황한 아이들이 다시 골목으로 들어가려고 했다. 폭도 쪽이 빨랐다. 누군가가 망설임 없이 수류탄을 꺼내 골목 안으로 던졌다. 펑! 사방으로 파편이 흩어지고 비명이 이어졌다. 공포와 고통에 휩싸인 아이들이 거리에 나뒹굴었다. 미리 역시 한쪽 눈에서 피를 흘리고 있었다. 하나만 남은 눈으로 자신을 믿고 따라왔다가 유명을 달리하고 있는 아이들을 바라봤다.

오래 보진 못했다. 폭도 하나가 미리의 얼굴을 붙잡았다. 그녀의 이마에 권총을 들이대며 물었다.

"네 조국과 민족과 이념을 말해봐라."

"나는……"

딱, 딱!

"어이, 라이스! 정신 차려! 대체 무슨 잡생각에 그리 빠져 있는 거야?"

가토가 얼굴 앞에서 손가락을 튕기자 그제야 라이스는 옛 트라우마에서 빠져나올 수 있었다. 그들이 있는 곳은 불타는 거리가 아니라 버려진 판잣집 지붕 위였다. 오순도순 이야기를 나눌 카페 같은 게 있을 리가 없는 거리다. 가토는 대신 캔맥주를 권했다.

"이제 성인이지? 한 모금 마시고 속 차려라. 하여간 넋 놓고 사는 건 미리일 때나 라이스일 때나 다를 게 없구만."

현실로 돌아온 라이스는 피식 웃으며 맥주를 받았다.

"빌어먹을. 내가 당신에게 술 받아먹을 날이 올 줄이야."

캔은 찬 기운이 가신 지 오래다. 하지만 틀림없는 밈 시티의 맥주였다. 마스터 윤이 만든 수제 맥주하곤 확연히 다르다. 고향의 맛을 설명하라고 한다면 정확히 이것이었다.

"캬! 이 맛이지! 역시 도시마다 미묘한 물맛의 차이라는 게 있다니까? 그러고 보니 보안관이 이런 거 개인적으로 반입해도 돼? 수출입 검사 은근히 빡세잖아."

"합법적으로 들어온 물건이니까. 그리고 보안관 아니라니까. 정확히 말하자면 밈 시티도 보안관 제도가 사라지고 이제 군경찰이 치안을 관리하고 있어. 난 수사관 직함으로 온 거고."

"군경찰 제도?"

놀라면서도 의안으로는 네트를 검색했다. 사실이다. 고향 소식에 이렇게 어두웠다니.

"왜?"

"왜긴. 밈 시티 치안이 더 이상 보안관 제도론 유지가 안 될 지경이 되었으니까 그렇지. 누구보다 네가 더 잘 알잖아?"

네가 더 잘 알잖아? 통각이 있을 리가 없는 의안이 아파온다. 가슴속에 묻어둔 과거가 떠오르면서 맥주의 홉 냄새와 함께 잊었던 감각들이 되살아났다.

스카이폴로부터 살아남기 위해 인류는 힘을 합쳐 궤도 엘리베이터를 건설했다. 궤도 엘리베이터가 지탱하는 4층의 자기장 필터 아래가 인간이 살 수 있는 유일한 공간이었다. 당연히 기존 국경 개념의 국가 제도는 유지될 수가 없었다. 인류는 도시국가 체제로 퇴보했다. 어차피 그게 가능할 정도로 인류의 수가 줄어든 상태였다.

그러나 모든 이들이 거기에 동의한 건 아니었다. 생존은 생존, 전통은 전통이라고 고집한 자들이 있었다. 이유야 다양했다. 국가, 민족, 종교, 이념. 도시국가 체제에 적응하지 못하고 강요된 변화에 분노한 자들이 세력을 이루기 시작했다. 건립 초기부터 군경찰이 짓밟고 마피아가 선점한 랄 시티에선 드물었지만, '국가주의자'라는 극단주의자들이 여러 도시에서 활동하기 시작했다.

"네 친구들을 죽이고 널 애꾸로 만든 국가주의자들…… 네가 랄 시티로 떠난 뒤, 놈들의 횡포는 잦아들긴커녕 점점 심해졌어. 결국 궤도 엘리베이터가 위태로울 지경이 왔고, 밈 시티 의회가 특단의 조치를 내렸어. 뭐, 결과는 괜찮았어. 피바람이 불긴 했지만 장비는 확실히 좋아지더만."

가토가 벌레 주머니를 보여줬다. 간신히 눈에 보일 크기의 초소형 드론. 의안이 접속을 못하는 건 네트 연결 기능 자체가 없다는 뜻이겠지.

"해킹 위험은 없겠군. 하지만 편리성을 많이 포기했겠는데."

"그러고 보니 랄 시티는 소형 드론보단 임플란트나 강화 시술이 유행이지? 밈 시티는 이쪽이 대세야. 배터리 단가가 싼 게 원인일지도."

대단한 물건이지만 총보다 강력하진 않을 것이다. 위력과 편리성을 포기하고도 이런 무기를 택한 건 정밀 타격을 최우선 과제로 삼았다는 뜻이겠지. 이러니저러니 해도 밈 시티는 아직 위기감이 약하구나.

"넌 어떻게 지내? 랄 시티는 지낼 만해?"

라이스가 피식 웃었다.

"뚱뚱하고 참견 심한 보안관이 사사건건 시비 걸 때보단 훨씬 살 만하지."

고아원을 나왔을 때부터 갈 곳 없는 또래들과 함께 길거리를 전전하며 보냈다. 라이스의 활동 구역과 가토의 순찰 구역이 겹치다보니 수도 없이 쫓기고 철창 신세를 지곤 했다. 그땐 원수같이 느껴졌지만 이젠 좋은 추억이었다. 무엇보다, 국가주의자들의 폭동 때 그녀를 구해준 것이 가토였다. 한쪽 눈을 잃고 죽을 뻔한 라이스를 탈출시켜준 게 그의 타격팀이었다. 다른 아이들도 구해줄 수 있었다면 좋았겠지만, 배부른 불평이야말로 살아남은 자가 죽은 자에게 할 수 있는 최대의 폭력이라고 라이스는 생각했다.

"랄 시티 온 지 대충 4~5년쯤 됐나? 이 동네 사정 좀 알아? 현지인 정보가 좀 필요한데."

별안간 라이스가 고자세가 되었다.

"헷! 나, 이래 뵈도 요즘 탐정으로 일해. 나름 3층의 유명인사라고? 모르는 게 있으면 뭐든 물어봐!"

"네가 탐정? 야, 정말로 서드 스카이폴이 오긴 오나보구만."

가토가 농담 섞어 피식 웃었다.

"탐정이라면 더 잘됐네. 혹시 '모자이크'라는 브로커 들어본 적 있어?"

"모자이크? 본명이야?"

"아닐 거야, 아마. 우리 쪽도 최근에 확인한 사실인데, 꽤 많은 실종 사건에 그자가 연계되어 있더라고. 자칭 '잠적 알선업자'라나? 알고 보니 밈 시티만이 아니라 여러 도시에서 놈의 흔적이 발견된지라 공조 수사를 요청 중이야. 랄 시티에 온 것도 그 때문이고."

잠적 알선업자라. 잠적하고 싶은 사람의 신원을 지우고 숨는 걸 도와준다는 뜻이겠지. 살짝 오싹한 기분이 들었다. 폴리는 실종자 수색 전문 탐정이다. 잊혀진 자를 찾아주는 자와 잊혀지고 싶은 자를 숨겨주는 자라. 천적이란 이런 데 쓰는 단어일까?

"들어본 적 없어. 랄 시티 네트는 내가 모르는 게 없는데 그런 단어조차 탐지된 적이 없고."

"으음, 네 해킹 실력이라면 의심할 여지가 없지."

말은 그렇게 했지만, 가토의 속내는 달랐다. 돈만 받으면 '없는 사람'으로 만들어주는 게 전문인 브로커다. 그런 자의 이름이 여기저기서 들려오고 있는데 오로지 랄 시티에선 흔적조차 없다. 그렇다면 가능성은 둘 중 하나였다. 그에게 랄 시티는 필요 없는 곳이든가, 아니면 랄 시티야말로 그가 절대 드러나선 안 될 곳이든가. 가토는 후자일 가능성이 더 높다는 직감이 들었다.

고름 구덩이 쪽에서 환호성이 터져나온 건 그때였다. 그제야 라이스는 시간을 너무 끌었다는 걸 깨달았다.

"아차, 이럴 때가 아니지! 고름 구덩이에 일행이 있어. 가봐야 할 거 같아!"

폴리의 경기를 너무 많이 놓치지 않았으면 좋겠는데. 어차피 가토의 연락처는 받은 상태였다. 서둘러 옥상을 내려가려는데, 가토가 그녀를 불러 세웠다.

"저기, 라이스…… 이 얘긴 할까 말까 고민했는데, 넌 들을 권리가 있을 거 같다."

할까 말까 고민한 이야기. 그만큼 들어선 안 되고 동시에 들을 수밖에 없는 이야기가 또 있을까?

"뭔데? 나 바빠."

맘에도 없는 소리를 했다.

"이건 어디까지나 음모론이고, 사실 치안 기구 소속 직원이 하면 안 될 말이지만……"

가토는 주위에 듣는 귀가 없는지 다시 확인하고 말을 이었다.

"밈 시티의 국가주의자 폭동, 사실은 폭동이 아니었다는 얘기가 있어."

"무슨 소리야? 내 눈이 제 발로 눈구멍에서 빠져나가기라도 했다는 거야?"

"국가주의자들이 과격한 놈들이지만, 밈 시티 역시 폐쇄된 걸로 치면 다른 도시들보다 못한 곳은 아니었어. 그런데 놈들이 어떻게 보안국을 들이박을 만한 양의 무기를 손에 넣을 수 있었을까?"

한 번도 그렇게 생각해본 적이 없었다. 폭동 당시 라이스는 열다섯 살 남짓이었다. 학살과 폭력으로부터 고개를 돌리느라 어디가 하늘이고 어디가 땅인지 구분할 수도 없었다.

"보안관 제도가 해체된 뒤에, 권고 사직당한 선배들이 제기한 의혹이 있었어. 애당초 국가주의자들에게 무기를 공급한 자가 존재했고, 보안국의 해체는 그 사실을 파헤치지 못하도록 기존 근무자들을 물갈이하는 과정에 불과하다는 거야. 100퍼센트 믿을 순 없지만 나도 국가주의자들의 무장은 뭔가 수상했다고 생각해."

라이스가 짧게 물었다.

"누가?"

"모르지. 애당초 우주 전쟁 이후론 첨단 병기 개발 자체가 사양 사업이 되었으니까. 하지만 반대로 말하자면 남아도는 우주 전쟁 시절 무기를 처분해야만 하는 자가 존재한단 소리야. 그리고 내가 듣기로 우주 전쟁 때 가장 거대한 군수 사업 허브였으면서, 여전히 6층에서 권세를 휘두르는 가문이 있다면……"

음모론일 뿐이다. 진지하게 들을 가치도 없는.

"폴라리스 가문 말곤 없다고 알고 있어."

5

탄 바티스타가 처음 지급받은 군복을 훑어봤다. 우주 전투 전용 군복은 처음이었다. 각종 생명 유지 장치도 생소했지만, 가장 생소한 건 군복 전체에 새겨진 광고들이었다.

"제가 군인입니까, 걸어다니는 광고판입니까?"

이미 헬멧까지 쓴 사수가 말했다.

"당연한 거 아냐? 우린 더 이상 국가가 아닌 기업의 소속이야. 속옷에 안 새겨놓은 걸 다행으로 알아."

탄은 사수를 형님이라고 불렀다.

"형님은 이거 괜찮아요? 뭐랄까, 자존심 상하잖아요!"

"전혀? 비효율적이고 허례허식 심한 국군 소속일 때보다 훨씬 나은데? 실적이 좋으면 대가도 제대로 지급된다고. 넌 훈장 쇳조각이 나아, 노화 역전 시술이 나아?"

부정할 수가 없다. 지긋지긋한 상관들의 부정부패. 자가당착에 빠진 시스템 때문에 개죽음당하던 동료들. 기술 발전의 속도를 따라잡지 못하는 관료제가 인기를 잃은 건 오래전의 일이었다. 탄 같은 천재 복서에겐 더더욱 그러했다.

"형님, 우리 전쟁 끝나고 불로불사가 되면 같이 세계일주나 다닐래요?"

사수가 헬멧 안에서 피식 웃었다.

"미쳤냐? 내가 너랑 왜 가? 난 여자들이랑 다닐 거거든?"

콰득! 탄의 복싱 스타일 펀치가 폴리의 얼굴을 정통으로 때린다. 괴상한 소리를 내며 뒤로 꺾이는 폴리의 머리. 그러나 다음 공격을 날릴 틈도 없이 재생되어 되돌아온다.

빠각! 폴리의 팔꿈치가 탄의 흉부를 찍어버린다. 갈비뼈가 심장을 관통해 등 뒤로 뚫고 나온다. 사방으로 뿌려지던 피가 살점과 뒤섞이며 반동과 함께 제자리로 돌아온다.

"같은 재생형이군…… 아니, 내가 받은 것보단 수준이 좀 낮구만."

폴리 말대로다. 소모되는 칼로리의 차이가 큰 모양인지 탄은 벌써 지친 모습이었다. 하지만 그에 대한 대비도 되어 있었다. 바지 주머니에서 칼로리 바 한 조각을 꺼내 씹어 먹으며 말했다.

"별수 있어? 나 따위 사병이 무슨 수로 폴라리스 가문과 같은 수준의 시술을 받겠나? 노력과 악다구니로 때우는 수밖에!"

폴리로 이름을 바꾼 지 오랜 세월이 지났다. 대놓고 폴라리스 운운하니 아드레날린이 솟구치는 걸 느꼈다.

"내 출신에 대해 관심이 많으셨나본데."

"응? 그러면 안 되나? 3층에 내려와 산다고 너와 네 가문은 더 이상 무관하다고 말하고 싶은 건가? 그 대단한 강화 시술은 누구 덕에 한 거지? 네가 쓰는 마샬 서브루틴은 그저 너 스스로 노력해서만 얻은 건가?"

폴리의 말문이 막혔다. 흔히 있는 일이 아니다.

"뭐야, 대답이 없어? 질문이 어려웠나? 그럼 이 질문은 어때? 나와 내 사수가 민간병원에서 치료받고 있을 때, 병원 위로 생화학 폭탄을 날린 건 청린부대가 아니었나? 그 많은 피를 묻히고도 스카이폴 덕에 전범재판을 피해 간 건 너 역시 마찬가지 아니었어?"

오하라가 바닥에 주저앉아 울고 있었다.

저는 못해요, 대위님. 더는 못하겠어요. 저 병원에 제 조카뻘 되는 애들이 우글거려요. 안 돼요. 안 돼요. 안 돼요. 집에 갈래요, 대위님.

일어나라, 상병. 이것은 군령이다. 군령은 절대적이다. 싸워도 함께 싸울 것이고 멈춰도 함께 멈출 것이다. 전우들까지 군법회의에 넘어가도 상관없단 말이냐.

대위님은 두렵지 않아요? 군법이니 처벌이니를 이야기하는 게 아니에요. 이런 일은 그냥 넘어갈 수 없어요. 그렇게 되지 않아요. 언젠간 반드시 어떤 형태로든, 응보가 돌아올 거예요. 대위님은 감당할 수 있겠어요?

긴 세월을 넘어 응보가 돌아왔다. 오른손 스트레이트 펀치가 되어 돌아왔다.

픽! 허리 회전이 들어간 주먹이 폴리의 배에 꽂혔다. 폴리의 몸이 날아가 경기장의 벽에 처박혔다. 관중이 환호했다.

루파스가 말했다.

"뭐지? 탄이 강한 건 사실이지만, 폴리 오늘 좀 못 싸우는데?"

힌디야가 화관에서 꽃 하나를 내려 눈에 맞췄다. 이제 보니 화관의 정체는 꽃 모양 렌즈가 달린 고글이다. 고글의 망원렌즈로 폴리를 보며 분석했다.

"이유는 모르지만 집중을 못하네. 위험하겠는걸. 탄의 진짜 전술은 아직 나오지도 않았어."

탕! 총소리가 났다. 고름 구덩이에서 총은 불법이 아니다. 그러나 폴리에겐 총이 없었다. 폴리가 날린 건 손가락으로 튕긴 돌맹이였다. 돌맹이가 날아가 탄의 팔에 맞으면서 난 소리가 총소리처럼 들렸다. 탄에겐 통각이 없었는지 팔이 재생되는 동안에도 표정 변화가 없었다.

"접근전이 안 되니 원거리 공격을 하시겠다? 과연 풍부한 살인 경험에서 나온 전략이군. 하지만 이쪽도 역전의 용사란 말이지!"

탄이 주머니에서 무언가를 꺼냈다. 칼로리 바가 아니다. 주사기였다. 주사기를 자기 목덜미에 찔러 정체불명의 약물을 주사했다.

"봐라! 재생형 강화 인간의 진가는, 치사량 수준의 도핑 약물을 리바운드 없이 쓸 수 있다는 점에 있다!"

뚜두둑! 탄의 핏줄이 드러나고 근육에 힘이 들어간다. 해설자가 외친다.

"이게 얼마 만에 보는 건가요, 도핑 탄! 눈을 크게 뜨십시오! 지금부터 속도는……"

훅, 훅, 훅.

소리도 별로 안 들렸다. 그냥 엄청 빨라진 탄이 폴리의 돌맹이를 피하며 접근해 그녀에게 주먹을 날려댔다. 재생할 틈도 없이 날아드는 주먹에 폴리는 금세 너덜너덜해졌다. 일부러 중추신경계를 피해서 때리는 게 분명했다.

"소문에 따르면 통각도 여전하다지? 어떠냐! 이것이 너희 가문이 만든 전쟁에서 너희 가문을 위해 싸우다 죽어간 병사들의 원한……"

"폴리이!"

관중의 목소리 사이로 날카로운 고음이 들린다. 라이스였다. 어느새 경기장에 돌아온 라이스가 루파스와 힌디야 사이에서 고래고래 소리치고 있었다

"지기만 해봐! 돌아가자마자 동네방네 소문 다 내버릴 테니까!"

피식 웃었다. 저 멍청한 얼굴을 봐라. 눈앞에 있는 것 말곤 아무것도 중요하지 않다는 듯한 단세포의 얼굴. 규범, 과거, 응보, 후회, 그 모든 것으로부터 해방되어 천장 없는 하늘을 날아다니는 비둘기와 같은 얼굴.

우주선을 타고 하늘 위로 날아가려면 저런 얼굴을 해야지.

이전 경기에서 남아 있던 전차의 불발탄을 주웠다. 다리에 모든 완력을 쏟아 경기장 공중으로 뛰어올랐다. 그러곤 불발탄을 바닥에 집어던졌다. 탄을 맞추진 못했지만, 그 자리에 뿌연 모래 먼지가 피어올랐다.

콜록, 콜록! 먼지 구름에 갇힌 탄이 주위를 둘러봤다.

"이건 또 무슨 헛짓거리야? 하여간 비열한 수라면……"

텁! 폴리가 손으로 탄의 얼굴을 붙잡았다. 약발로 도망 다니는 건 끝이다. 폴리가 탄의 얼굴을 움켜친 손아귀에 힘을 쥐며 말했다.

"내 이름을 말해봐라."

"감히 편하게만 살아본 폴라리스 따위가……"

픽! 발로 탄의 허벅지를 짓밟아버렸다. 다리가 으스러지고 기동력이

상실된다. 완력으로 폴리를 떨치려고 하지만 순수한 완력으론 통각을 가진 쪽을 이길 수가 없다.

"재생형 강화 인간의 진짜 진가는, 통각이 없으니까 부담 없이 팰 수 있다는 데 있지."

우직! 이번엔 한쪽 팔을 뜯어버렸다. 그러곤, 재생되기 시작한 팔과 허벅지의 절단부를 서로 겹쳐버렸다.

"그, 그만둬!"

고통이 없어도 공포는 있다. 이제 끝장났다는 예감도 마찬가지다.

"두 재생부가 서로 뒤섞여버리면 어떻게 될지 모른다고!"

"왜 몰라? 전쟁터에서 그 정도도 못 봤어?"

끄아아아! 빠르게 자라나는 팔의 세포와 다리의 세포가 서로 뒤엉키기 시작하면서 재생을 중단할 시기를 헷갈려버린다. 탄의 몸은 순식간에 거대한 살점으로 뒤덮여 부풀어오르기 시작했다. 그 재생력도 칼로리가 바닥나자 중단되었는지, 큼지막한 살덩이 속에서 탄의 머리가 간신히 밖으로 비죽 나온 채 헐떡이고 있었다.

결판은 났다. 관중도 해설자도 조용했다. 폴리가 뒷짐을 진 채 말했다.

"항복해라, 병사. 뭐, 내가 기권해도 상관없지만."

탄이 분통을 터뜨렸다.

"분하다…… 마스터에게 맡겨달라고 호언장담을 했는데!"

중요한 얘기가 나왔다. 폴리의 눈빛이 결투 도중보다 날카로워졌다.

"역시나 마스터 윤과 짜고 친 거였군. 뭐 하는 짓이지? 단순히 경기 뛰어달라는 게 아니었던 거지?"

킬킬킬. 폐가 눌리는지 제대로 숨도 못 쉬면서 새어나오는 소리로 웃었다.

"재생형 강화 인간의 진짜 진짜 진가는, 자폭을 전술로 써먹을 수 있다는 것이다!"

삐빅! 탄의 배 속에서 난 소리였다. 피할 틈도 없이 굉음과 함께 경기장 전체가 거대한 폭발에 휩싸였다. 경악한 관중은 고름 구덩이 밖으로 달아났다. 폭염에 직격을 맞은 폴리 역시 정신을 잃었다.

폴리가 천천히 눈을 깜박였다. 정신이 돌아왔다. 무의식적으로 몸을 움직여본다. 안 되겠다. 어딘가에 묶여 있다. 직감이 말한다. 고름 구덩이의 깊은 지하 어딘가다. 이성도 동의하는 것 같다.

드르륵, 탁. 힐리스 신발을 신고 들어오는 소리가 들린다. 고개를 돌려본다. 마스터 윤이다. 그녀가 방 안을 빙글빙글 도는 동안 양쪽 벽엔 쏠레용와 탄이 얌전히 폴리를 감시하고 있었다.

"깼네. 기분은 어때, 탐정?"

"이번 세기 들어 최고군."

농담을 좋아하는 것 같으니 맞춰주기로 했다.

"목적이 뭐냐? 아네모네도 한패인가?"

"하! 아네아네? 녀석은 아버지의 허락이 없으면 양산도 놓지 못하는 꼭두각시야. 내 용건은 그보다 훨씬 고차원적이지!"

폴리 머릿속의 톱니바퀴가 돌아간다. 추론 완료.

브리핑이다.

"살려뒀다는 건 나에게 뭔가 요구할 게 있다는 뜻이지. 아무래도 이 도시의 절반은 에이드리언을 원하는 거 같군. 에이드리언을 찾으면 닥터보다, 아네모네보다 먼저 너에게 알리라는 거겠지. 기절한 동안 내 몸속에 폭탄 같은 걸 심었겠고."

선글라스를 낀 상태에서도 윤의 표정이 굳어진 걸 알 수 있었다.

"어이, 쏠레용. 이 녀석 너보다 똘똘한 거 같은데?"

쏠레용이 공손히 웃었다.

"허허, 어찌 이 늙은이와 3층 제일의 탐정을 견주겠습니까?"

마스터 윤이 덜컹, 하고 폴리가 묶인 수술용 침대 위에 올라왔다. 침대 가장자리에 쭈그리고 앉아선 폴리를 내려다보며 말했다.

"도청기가 탑재된 초소형 폭탄이야. 허튼짓을 하면 펑펑펑! 불꽃놀이가 펼쳐지겠지! 기대해도 좋아. 네 주위에 있는 사람들도 휘말릴 만큼 멋진 구경거리가 될 테니까!"

탄의 몸속에 있던 것과 같은 폭탄인가? 경기장 전체를 덮는 위력이었다. 강화 인간은 안전할지 몰라도 주위에 라이스나 킨타가 있을 때라면 최악의 상황이 벌어질 것이다. 어차피 재생 능력이 있으니 인적 없는 곳에서 터뜨려버려? 하지만 폭탄이 하나가 아니라면? 제기랄, 방도가 없군.

"원하는 게 뭐냐."

"뭐야, 벌써 추리 끝? 마지막까지 맞춰보지 그래, 탐정님? 네가 땅속의 왕이면 뭘 원할 거 같아? 그야 머리 위의 천장이 없어지길 바라겠지! 머리 위를 덮은 게 없어지면 더 이상 땅속이 아닌 거고, 그럼 땅속이 아닌 세상의 왕이 되는 거잖아?"

윤이 선글라스를 벗었다. 천장의 전등이 역광이 되어서 얼굴이 제대로 보이지 않는데, 어쩐지 안광만은 느껴졌다. 의안도, 렌즈도 아닌 눈에선 뭐라 표현하기 힘든 광기가 불타오르고 있었다.

"에이드리언이 실종될 때 내 물건도 같이 가져갔다. 그걸 찾아줘야겠어. 궤도 엘리베이터의 마스터키. 이 도시의 진정한 왕을 만들어줄 열쇠가 녀석에게 있다. 마스터키를 가져와라. 그럼 폭탄을 해체해주지."

그런 물건이 실재할 리가 없다. 빤히 알고 있는데, 차마 그렇게 말할 수가 없었다. 저 정신 나간 눈빛 앞에서 혀를 잘못 놀렸다간 80년 인생에서도 본 적 없는 미친 꼴을 보게 될 것 같은 기분이 들었다.

마중은 없었다. 직접 고름 구덩이를 나왔다. 대충 분위기를 보아하니 경기는 무승부로 처리했나보다. 마뜩잖은 결판이었지만 평소 따분한 생활에 지쳐 있던 2층민들은 간만에 좋은 구경을 했는지 만족한 모습이었다.

루파스와 힌디야, 라이스도 거기에 있었다. 셋이 폴리를 발견하자 헐레벌떡 달려왔다.

힌디야가 안도했다.

"폴리 무사했구나!"

루파스는 여전히 놀란 표정이었다.

"경기 한번 무시무시했네! 고름 구덩이에서 치료해서 보내준다던데. 괜찮았던 거야?"

좋게 생각하자. 어차피 에이드리언을 찾아야 한다. 마스터 윤의 지원이 있다면 2층 쪽의 정보도 확보할 수 있겠지. 마스터키가 있든 없든 에이드리언만 데려다주면 딱히 군말은 없을 것이다. 내가 걸어다니는 폭탄 주머니가 된 걸 빼면 달리 악화된 건 없다.

"헤헤! 오래 살다보니 천하의 폴리가 지는 것도 보네! 탄이란 녀석 폭탄이니까, 사실상 네가 진 거나 마찬가지지?"

속사정도 모르고 라이스가 킬킬거리며 폴리를 놀렸다. 이럴 때일수록 평소처럼 행동하는 게 중요하겠지.

"뭐야, 돈 안 걸었어? 네가 웬일로 내기 도박을 마다했냐? 천하의 라이스도 철이 들긴 드는가보구나."

할 수 없었겠지. 옛 지인에게 들어선 안 되는 이야기를 듣느라 돈을 걸 틈이 없었거든. 아니지. 어차피 의혹일 뿐이다. 이럴 때일수록 평소처럼 행동하는 게 중요해.

"뭐든지 처음은 있는 법이지."

"그래. 뭐든지 처음은 있는 법이야."

평소처럼 보이겠답시고 폴리와 라이스가 꺼낸 말이었다. 참으로 무미건조한 대화였다. 루파스와 힌디야조차 뭔가 이상하다는 걸 느낄 정도로. 하지만 대놓고 물어보지는 못할 만큼 어색하고 찝찝한 대화였다.

사건 파일 #4

착한 아이는 울지 않는다

1

라이스가 쓰레기를 버리려고 현관을 나갔다. 그런데 문을 열자마자 엄청 난 양의 상자들이 나타났다. 운송장을 보고는 팔굽혀펴기 중인 폴리에게 말했다.

"폴리! 뭔가 엄청난 게 도착했는데?"

상자들을 보자 폴리가 바로 파악했다.

"윤이 보내준 자료들이군. 에이드리언이 2층에서 일할 때 가지고 있 던 장부들이야. 예상은 했지만 전자 서류만 있는 게 아닌가보네."

"뭐어? 종이 서류라고? 스캔 작업까지 해야 한단 말이야?"

폴리는 군말 없이 상자를 가지고 들어오면서 외쳤다.

"킨타! 커피가 필요하다! 엄청 많이! 물 올려!"

폴리와 라이스의 탐정 사무소가 이상할 정도로 소동에 자주 휘말리긴 하지만, 본래 탐정 업무의 대부분은 이쪽이다. 실종자 혹은 주위 사람들 의 금전 흐름에 대한 자료를 보면서 평소와 달라진 행동 양상이 없는지,

조작된 흔적이 있는지 보는 것이 수소문보다 훨씬 정확하고 중요하다. 당연히 이 과정은 재미도 보람도 없는 숫자 씨름 그 자체다. 라이스가 통계 프로그램을 돌리고, 폴리가 오류나 빈틈을 찾고, 킨타가 열 먹은 컴퓨터의 냉각기를 교체하고. 재수가 없을 땐 일주일씩 이 짓거리만 할 때도 있다.

삐이익!

갑자기 들려온 고음. 화들짝 놀란 폴리가 서류를 보다 말고 뒤를 돌아봤다. 순간적으로 몸속에 들어 있는 폭탄의 신호음인 줄 알았다. 착각이었다. 킨타가 올린 물주전자가 끓는 소리였다. 다행히 라이스는 방에 있어서 과민반응을 들키지 않았다. 오히려 폴리의 이변을 눈치챈 건 허수아비 킨타였다.

"폴리, 요즘 슬럼프야?"

"뭐?"

"2층에 다녀온 뒤로 표정이나 반응에 미묘한 변화가 생겼어. 폴리를 처음 봤을 때랑 비슷한 표정이야."

처음 봤을 때? 라이스를 만나기도 전이니 이제 5, 6년쯤 지난 일일 터이다. 저 작은 머릿속엔 그런 과거가 사진처럼 기록되어 있는 건가?

걱정시키고 싶지 않은 마음도 있고 해서 모른 척했다.

"별일 아냐. 5년밖에 안 됐는데 또 슬럼프라니, 그럴 순 없지."

그땐 콴 응우옌이 중위가 아니라 소위였다. 루 대령의 측근이 된 지 얼마 안 된 시기였다. 당시 루 대령은 집무실에 어항을 두었다. 콴이 그 금붕어 관리 담당이었다.

.

"어, 이런. 금붕어가 죽었네요."

출근하자마자 어항을 확인한 콴이 당황한 목소리로 말했다. 새벽부터 자리에서 일을 보던 후시가 심드렁한 목소리로 말했다.

"금붕어? 있는 줄도 몰랐군."

오히려 콴이 나무라듯이 말했다.

"몰랐다뇨! 로봇이 아닌 살아 있는 금붕어였다구요! 중장님이 주신 귀한 선물이 벌써 죽어버려서…… 한 마리뿐이라 먹을 것도 충분하고 스트레스 받을 일도 없었는데 왜 죽었을까요?"

대령은 눈은 태블릿 화면의 서류를 보고 있었다.

"아, 한 마리였어? 그러니 죽지."

"지루해서요?"

"적이 없으니까. 사람이든 동물이든 적이 있어야 살 수 있어. 천적이든 라이벌이든 역경이 없으면 생물은 죽어버리고 말지. 선물이랍시고 금붕어를 한 마리만 주다니, 누구였는진 몰라도 좀스러운 인간이구만."

띠링. 그때 콴의 핸드폰에 신호가 울렸다. 사건 출동 알람이었다.

"아이고, 출근하자마자 쉴 틈이 없네요. 금붕어는 다녀와서 치워도 될까요, 대령님?"

"내 방이니까 내가 치우지. 일부터 해라."

일에 집중하고 있는지 목소리가 어딘가 건성이었다. 콴은 사건 구역이 폴리의 사무실 근처라는 얘기는 굳이 꺼내지 않았다.

오토바이를 타고 갔다. 사건 현장은 주택가 아파트 단지 안. 군경찰들이 이미 도착해 폴리스라인을 세우고 현장을 통제하는 중이었다. 바로 근처에 있던 하사에게 물었다.

"맞춰볼까요? 폴리의 탐정 사무소가 얽혔나요?"

하사는 젊은 여자였는데 급하게 나왔는지 화장도 못 한 상태였다.

"척이면 척이네요, 소위님. 옥상에서 인질극이 진행 중이라고 합니다. 범인 주위에 비행 드론이 선회 중입니다. 허락만 떨어지면 저격할 수 있습니다."

"전 직접 보고 판단하는 걸 선호하는 쪽이라서요. 올라갔다 오죠."

"승강기는 멈췄고 계단엔 함정이 있을 수도 있습니다. 헬기를 부를까요?"

"헬기는 느려요."

텅! 하사는 다음에 벌어진 일을 보지 못했다. 콴이 도약하는 소리, 그리고 한 차례 바람이 불었다. 어느새 아파트의 수직 외벽을 밟고 달려 올라간 콴은 수십 층에 달하는 옥상에 도달해 있었다.

보고 그대로의 상황이었다. 중년의 여성이 비인가 재래식 총을 옥상 가장자리에 선 남자에게 겨누고 있고, 폴리가 먼 거리에서 여성을 설득하고 있었다.

"저자는 범인이 아니야! 이대로 죽여봐야 납치된 아이는 돌아오지 않아!"

여성은 범인뿐 아니라 폴리에게도 무척이나 화가 난 상태였다.

"네가 추리해줬잖아? 저 자식이 우리 애가 잡혀가는 걸 모른 척했었다며? 그렇다면 똑같이 대가를 치러야지!"

대충의 상황은 알겠다. 아이를 납치당한 부모가 실종자 수색 전문 탐정에게 의뢰를 했고, 진범은 못 찾았지만 당시 사건을 방치한 목격자는 알아낸 거군. 콴이 핸드폰을 꺼내 여성의 얼굴을 스캔했다. 군경찰 데이터베이스에서 안면 인식 결과가 나왔다. 그가 자기도 모르게 말을 뱉었다.

"음? 실종 신고는 30년 전인데? 이거 30년 전에 실종된 아이 때문에 벌어진 일입니까?"

아차. 소위나 되어서 이런 실수를 하다니. 인질극 도중에 범인을 흥분시켜버렸다. 여성의 시선이 콴 쪽으로 돌아왔다. 핏발이 선 눈엔 30년간 쌓인 증오와 분노가 담겨 있었다.

"군경찰! 너 이 무능한 새끼들! 너희들만 일을 똑바로 했어도……"

소위, 지금이다! 폴리가 외쳤다. 말실수는 했어도 그의 순발력은 살아 있었다. 순식간에 도약해 범인을 붙잡으려고 했다. 여성의 손가락이 방아쇠를 당기기도 전에 거리를 좁혔다. 그런데……

빠악! 폴리와 부딪쳤다. 황당하게도 폴리가 신호를 했으면서 폴리도 콴과 똑같이 범인 쪽으로 내달린 것이다. 그 바람에 두 사람이 넘어져버렸다. 여성은 때를 놓치지 않고 옥상 가장자리의 남자에게 총을 쐈다.

탕! 다행히 총은 빗나갔다. 그러나 남자가 놀라서 발이 미끄러지고 말았다. 옥상에서 떨어지는 남자. 안돼! 폴리가 외마디 비명을 질렀다. 콴은 더 이상 시간을 낭비하지 않았다. 얼른 범인에게 달려들어 총을 빼앗고 수갑을 채웠다. 폴리가 뒤늦게 허겁지겁 옥상 가장자리로 달려갔다. 하마터면 폴리도 떨어질 뻔했지만, 이내 추락하던 남자를 붙잡은 드론이 날아오르는 걸 볼 수 있었다.

과정이 엉망이었지만, 결론적으론 잘 해결되었다. 체포된 범인이 이송되고 드론에 구조된 인질은 병원으로 보내졌다. 군경찰들이 상황을 수습하는 동안 폴리는 아파트 단지 놀이터에 있는 그네에 앉아 있었다. 그녀에게 돌아온 콴의 손엔 캔커피가 들려 있었다.

하나를 폴리에게 주면서 말했다.

"점심시간도 안 됐는데 힘든 하루네요."

폴리가 커피를 받으면서 침울한 목소리로 말했다.

"면목이 없네, 소위. 내가 대체 무슨 생각이었지? 당연히 자네에게 가까운 범인을 맡기고 내가 인질 쪽으로 갔어야 하는 건데……"

랄 시티 군경찰 중에서 폴리를 모르는 자는 없다. 늙지도 죽지도 않으며 사람들을 돕는 사립탐정. 그 무시무시한 후시 루를 성가시게 할 수 있는 외로운 푸른 뱀. 그러나 그런 그녀의 약한 모습을 본 자는 많지 않았다. 콴조차 폴리의 이런 지친 모습은 처음이었다.

"요즘 안 풀리는 일이라도 있나요?"

"안 풀리는 일뿐이지. 최근 의뢰들을 연달아 실패하고 있어. 나이를 먹으니 머리가 예전처럼 안 굴러가는 모양이야. 그 피해는 고스란히 의뢰인들이 입고 있고 말이야."

이유는 모르겠지만 어항 속에 죽어 있던 금붕어가 떠올랐다. 푸른 뱀이 은퇴 선언이라도 한다면 그건 대령님에게 호재일까, 손실일까?

"하하, 단순한 슬럼프겠죠. 잠시 일을 쉬면서 취미 생활이라도 해보는 게 어때요?"

"취미라."

그 단어를 입에 올리는 것조차 너무 오래된 일이었다.

"자넨 취미가 뭔가?"

"오토바이요. 폴리 씨는요?"

떠오르지도 않았다. 때마침 비가 내리기 시작했다. 그러고 보니 예보에서 오늘이 정기 습도 조정일이라고 공지했던 게 떠올랐다. 취조는 나중에 하기로 하고 폴리는 사무소로 향했다.

차를 끌고 오지 않아서 걸어갔다. 사무실을 차린 뒤 차를 장만하긴 했는데 폴리는 직접 운전하는 걸 별로 좋아하지 않았다. 젊은 시절에 주로 타던 게 우주선이나 자동운전 차량이라 그런 것 같다. 아니면 인생에서 가장 끔찍했던 기억이 마스 로버의 운전석이었기 때문일까? 어쨌든 그녀의 차는 사무실 주차장에서 녹슬어가고 있었다.

까무잡잡한 피부의 아홉 살짜리 소년이 비를 맞으며 서 있는 것을 본 것이 주차장쯤에서였다. 소년의 목엔 이렇게 쓰인 팻말이 걸려 있었다.

'저는 버려진 허수아비입니다. 데려다 키워주세요.'

"취미 생활이라……"

우산도 쓰지 않은 채 꼬마 못지않게 흠뻑 젖은 폴리가 그 아이를 내려다보며 중얼거렸다.

2

당연히 애 키우는 취미 생활을 할 생각은 없었다. 하지만 의뢰인 부담이 없는 가족 찾기라면, 실종자 수색 전문 탐정에게 나쁘지 않은 슬럼프 극복 훈련이 될지도 몰랐다.

사무소로 데려오는 건 어렵지 않았다. 따라오라고 하니 아무 고민도 없이 쫄래쫄래 따라왔다. 허수아비를 직접 보는 게 처음은 아니지만 이렇게 가까이에서 명령에 복종하는 걸 본 적은 없었다. 시험 삼아 샤워하고 머리를 말리고 오라고 했다. 처음 온 집일 텐데도 정확하게 지시한 바를 수행했다. 살짝 이 꼬마가 마음에 들었다.

어려운 건 그다음부터였다. 옷을 다시 입은 아이를 앞에 세워두고 뒷짐을 진 채 섰다.

"어…… 음……"

폴리가 아는 사람 다루는 법은 딱 두 가지였다. 명예와 규율.

"이름은?"

"난 나에 대한 모든 정보를 발설하지 말라고 지시받았어."

"누가 버렸는지는 몰라도 주도면밀하군. 이전의 지시를 무시하라고 내가 지시하면 어떻게 되지?"

대답이 없다. 우주 전쟁 이전에, 지나치게 감정적이고 충동적인 아이들의 이야기를 들은 적이 있었다. 허수아비는 정확히 그 대척점에 있는 증상인가보다. 성능 나쁜 AI와 대화하는 기분이었다. AI만큼 유능하지도 않다면 허수아비의 장점은 무엇이 남을까?

"오늘은 늦었다. 네 가족 찾기는 내일 하도록 하지. 그러고 보니 줄곧 굶었겠군. 혹시 알레르기가 있거나 못 먹는 음식이 있나?"

"아니."

"다행이군. 어디 보자……"

폴리가 냉장고를 열었다. 냉장고 안에 차곡차곡 진열된 직육면체 군용 보존식이 가득 나타났다. 수납하기 쉽고, 영양적으로 완벽하며, 오랫동안 썩지 않지만 맛이나 인간성은 기대할 수 없는 보존식. 냉장고 문을 연 채 소년을 바라봤다. 묘할 정도로 냉장고 안을 유심히 바라보고 있다는 느낌이 들었다.

"왜, 뭔가 이상해?"

대답이 없다. 허수아비의 의견을 묻는 건 불가능한 일일까? 한번 질문을 바꿔보기로 했다.

"만약 내가 눈치채지 못한 정보 중에 네가 알려줄 수 있는 조언이 있다면 이래저래 생각한다, 라고 말하는 방법이 있다. 가능하겠나?"

순간적으로 소년의 눈빛이 반짝였다. 그 아이가 말했다.

"정신건강에 유해한 냉장고라고 생각해."

묘한 뿌듯함. 동시에 몰려오는 배신감.

"시끄러워. 먹기나 해, 꼬마야."

하나 꺼내서 포장지를 벗겨주니 우적우적 잘 먹어댔다. 밤새 꼬마를 뭐라고 불러야 할지 고민하면서 잠든 덕에, 아침의 인질극을 떠올리며 밤을 뜬눈으로 지새우는 건 피할 수 있었다.

비는 목표 습도에 도달하자 멈췄다. 비가 내린 다음 날은 맑은 하늘과 햇빛이 비추던 시절을 기억했지만, 이젠 다 옛날 일일 뿐이다. 소년을 데리고 군경찰 사령부로 갔다. 콴이 직접 CCTV를 보여주었다.

"폴리 씨 사무소 근처 CCTV 영상입니다. 하지만 언제부터 확인해야 할지 범위가 너무 넓네요. 뭔가 단서가 있을까요?"

폴리가 세탁기를 돌리던 상황을 기억했다.

"입고 있던 옷은 비를 맞아 젖었지만 안감과 속옷까진 물기가 번지지 않은 상태였어. 인공 강우 작동 시간 중간에 버려졌다는 뜻이지. 기록된 시간을 기준으로 범위를 좁히면 될 거야."

"과연 명탐정입니다!"

해당 시간으로 CCTV를 돌린다. 비 내리는 거리. 행인은 많지 않다. 멈추는 차량이나 홀로 걸어오는 허수아비의 모습은 더더욱 보이지 않는다. 지루한 영상의 연속이다. 콴이 눈은 화면에 고정한 채 물었다.

"그런데 아이의 보호자를 찾으면 어쩌시려구요? 버린 사람에게 돌려줘봐야 같은 일이 반복되지 않을까요?"

"보호자 당사자는 아니더라도 친인척을 알아내면 누군가는 맡아줄 사람이 나오겠지. 그냥 자네 조언대로 취미 생활이나 해보려는 거야. 나도 깊이 들어갈 생각은 없네."

"가급적 숨기고 접근하시는 게 좋겠네요. 상대는 유기죄로 신고당할까봐 방어적으로 나올 가능성이 있으니까요."

"그건 그렇지."

딱 그 시점에서 폴리가 이변을 포착했다.

"잠깐. 잠깐 뒤로 가보게."

"뭔가 보였나요?"

되감기. 폴리는 화면 구석에 여행용 캐리어를 끌고 지나가는 여자의 뒷모습을 가리킨다.

"저 캐리어. 이 녀석이 딱 들어갈 만한 크기 같군."

소위가 우두커니 서 있는 아이를 바라보며 화들짝 놀랐다.

"네에? 이런 애를 캐리어에 넣어 옮긴다구요? 누가 그런 생각을 해요?"

"허수아비에게 망각 지시까지 내리면서 몰래 버려야 하는 자라면 그렇게 생각하겠지."

"아니, 그러니까 누가 그렇게까지 하냐구요. 어차피 랄 시티의 모든 시민들은 등록되어 있어서 아이가 사라지면 알게 되어 있어요. 갓난아이라면 모를까 저렇게까지 몰래 버려봐야……"

"고아원. 그것도 시립이 아닌 사설 고아원 출신이라는 뜻이지."

대화에 끼어든 것은 후시였다. 어느새 뒤로 다가와서 한 손에 커피를 든 채 CCTV 작업을 구경하고 있었다. 웬일로 인기척조차 못 느낀 폴리가 놀란 눈으로 돌아봤다. 이내 그녀의 눈빛은 성가심과 불편함으로 변했다.

대령이 빈정거리듯이 말했다.

"웃기는 취미가 생겼군. 입양이라도 할 셈이냐? 하긴 이제 그놈의 부하 찾기 그만두고 새 인생 찾을 때도 되었지."

대꾸하지 않았다. 오늘은 그럴 기력도 없었다. 어차피 다음 목적지는 나왔다. 폴리는 고아원 주소를 핸드폰으로 검색하며 사령부를 나와버렸다. 소년은 미리 따라다니라는 지시를 받았는지 쫄래쫄래 폴리 뒤를 쫓아갔다.

그런 그녀의 뒤를 바라보며 후시가 후루룩 커피를 마셨다.

"푸른 뱀이 병든 닭이 됐네? 무슨 일 있었나?"

"슬럼프라더군요. 최근 탐정 일이 잘 안 풀렸나봅니다."

후시가 미간을 찌푸렸다.

"슬럼프? 전쟁 내내 팔팔 날아다니다가 나중엔 부하들 찾겠다고 상관이고 여론이고 멱살 잡고 다니던 저 꼴통이 이제 와서 슬럼프? 팔자가 늘어졌구만!"

폴리와 대령님의 옛날 이야기인가보구나. 콴이 태어나기도 전, 이 도시가 세워지기도 전의 이야기. 오늘은 좀 더 물어보기로 했다.

"저기, 대령님과 폴리는 어떤 관계인 겁니까? 폴리가 수사한다면 선을 넘지 않는 한도에서 도우라는 지시는 받았습니다만…… 언제까지고 그래도 되는 겁니까?"

후시는 별로 당황한 기색도 없었다.

"필요한 만큼은 다 얘기해준 거 같네만? 6층의 내 친구들이 딴짓하는지 잘 봐달라고 해서 감시하는 중이야. 한 번씩 선 넘는 짓을 해서 짜증나 죽겠는데, 그렇다고 대놓고 쏴 죽일 순 없으니 내 명줄만 불쌍하지, 뭐."

추상적인 대답이다. 하수인으로선 그보다 구체적인 방침이 필요했다.

"그럼…… 폴리 씨가 없는 쪽이 대령님에게 이득인 겁니까? 만약 폴리 씨가 위험한 상황에 빠지면 죽게 두는 쪽이 대령님 짐을 덜게 되는 건가요? 아니면 무슨 일이 있어도 보호하는 쪽으로?"

후시가 커피 컵을 기울였다. 후루룩, 마시려고 했는데 커피가 바닥나 있었다. 빈 잔 바닥을 보더니 뭐가 떠올랐는지 그가 말했다.

"그러고 보니 집무실 어항의 물고기가 죽었던데. 자네가 치운다고 하지 않았나?"

우주 전쟁은 엄청난 숫자의 고아를 만들었다. 대개 전쟁이 끝나고 나면 고아원이 만실이 되기 마련이다. 그러나 랄 시티엔 고아원이 터무니없이 적었다. 랄 시티의 시민들 전원이 전쟁 피해자 혹은 그 2세일 텐데, 징징거리는 고아들에게만 귀한 세금이 들어가는 걸 선호하지 않았다. 덕분에 폴리가 사설 고아원을 찾는 건 어렵지 않았다. 동양식 기와가 올라간 절에 붙은 고아원이 도시 변두리에 있었다. 폴리의 사무소와 완전히 반대편이다. 번거롭지만 차를 운전해서 가야……

아차. 꼬마.

하도 조용하니까 자꾸 존재를 까먹어버린다. 식탁에 우두커니 앉아서 벽을 응시하는 아이를 바라봤다. 그러고 보니 아침 먹고 이를 닦으란 지시를 내렸던가? 짧지 않은 삶을 살아왔지만 동물을 키워본 적은 없었다.

아, 짐승 같은 것들은 키워봤다.

꿍은 전과자였다. 산티아고는 분노조절장애가 있었다. 단둘이 막사에 있으면 싸우기 일쑤였다. 전투가 벌어지면 가장 많은 적을 쓰러뜨렸지만, 전투만 없으면 가장 자주 주먹질을 해댔다. 둘이 서로 닮은 꼴인 건 정작 그 둘만 몰랐다.

최악은 수성 원정 직후였다. 루 소령이 작전 실패의 책임을 리니아에게 뒤집어씌웠다. 정작 리니아는 잠자코 있는데 꽁과 산티아고가 웬일로 의기투합을 하더니 소령에게 대들었다. 훈장 쪼가리 하나 내놓으면 끝날 일이 헌병대가 뜨는 대사건으로 불거졌다. 심지어 상황이 그 지경이 되었는데도 두 머저리들은 자기들의 잘못을 인정하지 않는 것이었다.

"대장을 위한 일이었습니다. 저희 깨지는 건 참아도 대장 깨지는 건 못 봅니다."

꽁이 한 말이었나? 산티아고였나?

"알 게 뭐야! 너희 때문에 내가 피똥 싸고 있는데!"

"걱정 마십쇼. 곧 전부 해결될 겁니다. 저희에게 천재적인 아이디어가 있거든요."

"뭐? 또 무슨 짓을 한 건데?"

"후시 루에게 명예 결투를 신청했습니다. 아무리 상부라도 암묵적인 전통을 무시할 순 없겠죠. 그 자식이 2대 1 대결을 받아들였습니다. 어때요? 대장도 이런 수는 상상도 못했죠?"

아아, 짐승 같은 것들이었다. 사람 말귀를 못 알아먹는 걸로 치자면 군견 똥꼬에 붙은 빈대만도 못한 등신 자식들.

그러니 그때만큼 힘들겠는가.

그러니 그때만큼 그리워지겠는가.

훈련, 아니지, 교육을 시도해봤다.

"이봐. 이번엔 널 데려가기 어려울 거 같은데 그동안 집에 혼자 있을 수 있나?"

"응."

대답이 너무 쉽다. 질문을 구체적으로 바꾸었다.

"내 말은, 끼니때가 되면 알아서 밥을 꺼내 먹고 건강을 유지할 만큼 물을 마시고 위생을 유지할 수 있느냐는 말이야."

"응."

아오, 찝찝해. 폴리가 뭔가 더 지시를 내려야 하는지 이마를 누르며 고민에 빠졌다. 희한하게도 먼저 말을 꺼낸 건 꼬마 쪽이었다.

"나를 데려가는 쪽이 손해보다 이득이 크다면 폴리의 고민이 덜어질 거라고 생각해."

제법 명쾌하고 객관적인 판단이다. 폴리가 자기도 모르게 그 조언에 반응했다.

"그건 그렇지. 음. 네가 차 안에만 있다면 큰 문제는 안 생길까? 아니, 하긴 차랑 함께 납치라도 당하면 큰일인데. 그래, 너 혹시 차 운전을……"

그쯤에서 고개를 절레절레 흔들었다.

"아니지. 내가 무슨 정신 나간 소릴. 위험할 수 있으니까 혼자 다녀올게. 핸드폰 쓸 줄 알아? 연락처 남겨두고 갈 테니 무슨 일 있으면 나한테 연락해라!"

대답이 없었다. '무슨 일'의 기준이 명확하지 않았으니까. 하지만 폴리의 생각은 거기까지 닿지 못했다. 재킷을 챙겨서 현관을 나갔다.

이내 다시 들어왔다. 방에서 낡은 텔레비전을 가지고 나와선 옛날 영화를 틀어주었다.

"심심하면 영화 보고 있어. 메모리에 저장된 건 아무거나 봐도 돼!"

'아무거나' 역시 '무슨 일'만큼이나 허수아비를 혼란스럽게 하는 추상적인 표현이다. 하지만 폴리는 꼬마가 텔레비전 화면을 응시하는 것만 확인하곤 다시 사무실 밖으로 나가버렸다.

현판도 없는 절 앞에 도착했다. 네트상의 자료 화면으로 봤을 땐 눈치를 못 챘는데, 직접 보니 그냥 평범한 상가 건물 위에 기와를 얹어 구색을 맞춘 시설이었다. 심지어 재정이 넉넉한 편은 아니었는지 나무 무늬 페인트가 여기저기 벗겨진 상태였다. 문을 열고 들어가니 머리를 깔끔하게 민 젊은 비구니가 맞아주었다.

"어서 오세요! 손님은 정말 오래간만이네요. 저는 이 절의 주지인 아이샤라고 합니다. 입양하러 오신 건 아닌 거 같고…… 헌 옷 기부인가요?"

아무래도 폴리의 찢어진 청바지를 보면서 한 소리 같다. 나름 깍듯하게 인사했다.

"사립탐정 폴리라고 합니다. 그냥 몇 가지 여쭙고 싶어서 왔습니다. 한데, 제가 입양할 생각이 없는 건 어떻게 아셨죠?"

"그냥 감이죠. 고아원을 오래 운영하다보면 이젠 사람들 표정만 봐도 고아들을 어떻게 생각하는지 알 수 있거든요."

아이샤는 폴리를 응접실로 안내해주었다. 외관에 비해 내부는 의외로 깨끗한 편이었다. 다만 아이들을 관리할 인력이 부족했는지 할 일 없는 고아들이 곳곳에서 빈둥거리는 모습이 보였다. 응접실에서 묽은 차를 받은 폴리가 제일 먼저 물었다.

"종교 시설은 오랜만에 보는데…… 종교인은 국가주의 사상가로 오인받기 쉽지 않아요? 시에서 허락해주던가요?"

"고아원 운영을 병행하고 있어서 간신히 유지하고 있는 거죠. 대신 세금은 꼬박꼬박 내니까요."

"고아원 운영도 스님이 하십니까?"

"아뇨, 서류상으론 제가 고아원장으로 나와 있지만 전 신도들 쪽을 맡고 있고 아이들은 부원장인 로버트에게 일임했습니다. 오늘은 주말이라 집에 있을 거예요."

상사로부터 운영권을 넘겨받은 실무자라. 폴리는 머릿속으로 용의자들을 정리하면서 핸드폰으로 찍어온 CCTV 화면을 보여주었다.

"이 캐리어를 끄는 여성이 로버트일 가능성이 있을까요?"

"네? 로버트는 남잔데요? 뭐 하러 로버트가 여장을 하고…… 아니다, 그러고 보니 익숙한 캐리어네요. 로버트가 지난번 휴가 때 이런 걸 가지고 있었던 거 같은데."

문득 이야기하다 말고 그제야 사태의 심각성을 자각했는지 아이샤가 마른침을 삼켰다.

"그러고 보니 사립탐정이라고 하셨죠? 이걸 물어보시는 이유쯤은 알아도 될까요?"

공권력의 도움을 받지 않으면 취조에 쓸 만한 도구는 호의, 돈, 협박만이 남는다. 폴리는 돈이 많은 편이 아니었고, 협박보단 호의가 많은 정보를 얻는 데 도움된다는 사실을 알았다. 문제는 그렇다고 타인의 호의를 사는 데 능숙한 편이 아니라는 것이다. 군대에서 지낸 것의 몇 배나 되는 시간을 랄 시티에서 보냈지만 어쩐지 그녀의 대인관계 능력은 그 시절 버릇에서 벗어나지 못하고 있었다. 게다가, 이 당시엔 폴리 대신 언어 순화를 담당해줄 라이스가 없었다.

"별로 심각한 범죄에 연루된 건 아닙니다. 불편하면 대답하지 않으셔도 됩니다."

아이샤는 분위기를 무겁게 만들고 싶진 않았는지 뭐라 말을 이으려고 했다. 그런데 별안간 응접실 문이 열리고 아이들이 우르르 밀려들어왔다. 십중팔구 문에 기대 두 사람의 대화를 엿듣다가 무게를 못 이기고 문이 열려버린 것일 터이다.

딱 허수아비 꼬마와 비슷한 나이로 보이는 애들이었다. 혼이 날 생각에 아이들이 쭈뼛거리자 비구니가 말했다.

"이분은 입양을 위해 오신 게 아니란다. 기대하게 만들었다면 미안하구나. 주말이니 외출이라도 하고 오렴."

한없이 온화한 목소리였다. 아이들은 소동 하나 지나갔다고 생각했는지 히히덕거리면서 복도로 사라졌다. 짧은 순간이었지만 폴리가 지나치기 힘든 걸 발견했다. 복도에서 마주쳤을 땐 그러려니 했는데 방금 모여 있는 아이들을 보고 눈치챘다.

"제가 잘못 본 건가요? 애들 귀 끝이 잘려 있는 거 같은데요?"

"황당하죠? 제가 취임하기 전부터 전해 내려오던 전통이더군요. 누가 시키지도 않았는데 자기들끼리 고아원 출신이라는 흔적을 남기자면서 귀 끝을 잘라요. 말린다고 들을 것도 아니고 어른 되어서 독립하면 저 정도 치료할 시술은 얼마든지 있으니까…… 한편으로 생각해보면 저렇게라도 소속감을 갖고 싶다는데 어쩌겠어요?"

대수롭지 않다는 설명이었다. 내용 자체는 크게 문제될 게 없었다. 폴리가 포착한 것은 다른 쪽이었다. 뭐라고 표현해야 할까? 아이들에게 말하는 목소리와 아이들에 대해 이야기하는 표정에서 감정이 느껴지질 않았다.

"고아원을 운영하시는 분 치곤 아이들을 별로 안 좋아하시는 거 같네요."

그다지 놀란 눈치도 아니었다.

"호오. 탐정은 탐정이군요. 어째서 그렇게 보였을까요?"

"뭐랄까…… 아이들 이야기를 할 땐……"

순간적으로 허수아비라고 말할 뻔했다. 비유를 바꿨다.

"고객을 응대하는 자동응답기 목소리 같았거든요."

직선적인 지적에 아이샤가 살짝 미소 지었다. 시선은 애들이 열어놓고 간 문을 향해 있었지만 눈동자는 복도의 어둠만큼 칙칙했다.

"나이가 많은 편은 아니지만 저도 나름 겪은 일들이 있었습니다. 유산을 여러 번 했어요. 절망도 해보고 무리한 시도도 해봤지만, 결국 미련을 버리는 게 해결책이라는 답에 도달했습니다. 마음의 문을 닫는 수행을 거치고 나니 더 이상 지쳐 쓰러지는 일은 사라지더군요. 그게 저를 22세기의 절간에 눌러앉게 한 계기겠죠."

아이샤의 시선이 폴리에게로 돌아왔다. 폴리가 가진 탐정의 눈이 아이샤를 꿰뚫어 봤듯, 아이샤가 가진 수행자의 눈 또한 폴리의 무언가를 꿰뚫어 본 모양이다.

"당신은 무엇에 지쳤나요? 한때는 포기할 수 없는 무언가가 있었는데, 이젠 감정 없는 자동응답기가 부러울 지경이 되었나요? 의지도 근육처럼 한계가 오면 지치기 마련입니다. 이 하늘 없는 도시에서 당신을 쉬게 해줄 당신만의 종교는 무엇인가요?"

폴리의 종교라.

명예와 규율.

과거와 맹세.

그러나 그렇게 대답하진 않았다. 그것은 단순히 속내를 드러내고 싶지 않았기 때문만은 아니었다.

억지로 파고들려고 온 게 아니었다. 대화는 짧게 마무리되었고, 아이샤는 원만하게 로버트의 집 주소를 알려주었다. 고아원을 나가면서 마지막으로 물었다.

"혹시나 이 고아원, 허수아비도 있습니까?"

아이샤가 용의자일 경우를 고려해 허수아비 꼬마에 대한 정보는 최대한 숨기려고 했다. 하지만 고아원을 돌아다니는 동안 감정과 자아 없이 우두커니 서 있는 아이는 한 명도 보지 못했다.

예상대로의 대답이 돌아왔다.

"여긴 사설 고아원이라서요. 감당 못할 선천적 장애가 있는 아이들은 받지 못합니다. 허수아비는 손이 보통 가는 게 아니거든요. 뭣보다 일정 나이가 되면 독립해서 내보내야 하는데 허수아비는 자립이 불가능하니까요."

"허수아비가 키우기 힘들어요? 시키는 대로 하니까 사고 치는 애들보단 훨씬 낫지 않나요? 울지도 않고 떼쓰지도 않으니 이런 착한 아이가 또 있겠습니까?"

하, 하하하하! 비구니는 갑자기 큰 소리로 웃음을 터뜨리기 시작했다.

그것은 우주가 폴리에게 보내는 일종의 경고였다. 하지만 슬럼프에 빠진 탐정은 촉이 빠진 화살처럼 그 신호를 무시해 지나쳐버렸다.

3

다행히 부원장의 집은 고아원에서 멀지 않은 곳에 있었다. 차를 두고 걸어왔다. 고아원이 있는 동네 치곤 큰 단독주택이었다. 탐정이 아니더라도 로버트에게 개인적인 수입원이 있을 거라는 건 눈치챌 수 있었다.

초인종을 눌렀다. 정원사 차림의 남성이 문을 열었다.

"주인님은 안 계십니다. 약속하고 오신 게 아니라면 돌아가주시겠습니까?"

아차. 그러고 보니 이건 범인을 찾기 위한 급습이 아니었지. 미리 연락도 하지 않고 온 폴리 쪽의 실수였다. 아무래도 오늘 밤에도 허수아비 꼬마에게 침대를 빌려줘야 할 판이군.

"사립탐정 폴리라고 합니다. 고아랑 관련된 사건이 있어 여쭙고 싶은 게 있어 왔습니다. 오늘 중에 돌아오실까요? 근처에서 기다릴 테니 귀가하시는 대로 뵙고 싶은데요."

고용인은 잠시 고민하는가 싶더니, 생각이 바뀌었는지 문을 활짝 열었다.

"아, 로버트 님이 고아원을 운영하신다는 걸 알고 오셨군요. 고아 관련된 일이라면 그냥 넘기지 않는 분이시죠. 들어와서 기다리세요. 손님방은 늘 마련되어 있습니다."

집에 돌아갈 때 꼬마가 갈아입을 속옷을 살 필요는 없겠군. 안도하면서 손님방으로 들어갔다. 고아원 응접실하곤 차원이 다른 안락한 방이었다. 남자 고용인과 비슷한 연령대의 여성이 커피를 가져다주었다. 냄새만 맡아도 사령부의 커피가 흙탕물로 느껴지게 만드는 원두였다.

이쯤 되면 슬럼프가 아니라 중환자실에 누워 있다 해도 알 수 있었다. 로버트란 작자에겐 수상한 구멍이 있는 것이다. 묘한 호기심이 피어올랐다. 어차피 기다려야 한다면 고용인과 수다를 떠는 것도 좋은 방법이겠지.

고용인을 부르려고 손님방 문고리를 잡았다. 그런데 문고리가 돌아가질 않았다. 달그락, 하고 환풍구가 열리더니 매캐한 연기가 쏟아져 들어왔다.

콜록, 콜록!

"최루탄? 아니, 연탄이군! 저렴하기도 하지!"

콰득! 완력으로 문을 부수고 나갔다. 환풍 덕트를 따라가니 부엌에서 연기를 선풍기로 밀어 넣고 있는 두 고용인이 보였다. 커피를 가져온 여자와 문을 열어준 남자다. 둘은 폴리를 보자마자 식칼과 부지깽이를 들고 덤벼왔다. 전력을 다할 가치도 없었다. 주먹 한 대씩 날리니 윽, 하고 쓰러져버렸다. 둘도 저항은 무의미하다고 생각했는지 이제 와서 목숨을 구걸했다.

"살려줘! 죽이려던 건 아니었어!"

당연히 죽이려던 거였겠지. 폴리가 쓰러진 남자의 가슴팍을 밟았다. 질문에 대답할 사람은 하나면 족하니까. 여자 쪽에 물었다.

"로버트의 지시인가? 이유가 뭐지? 허수아비 꼬마와 관련 있나?"

이 둘은 궁지에 몰린 상태에서 위협에 적절히 대응할 만한 전문 범죄자가 아니었다. 벌벌 떠느라 폴리의 질문이 귀에 들어가지도 않았는지 여자는 냅다 무릎을 꿇곤 빌기 시작했다.

"제발 모른 척해줘! 우리 부부는 도저히 원치도 않은 애를 키울 여력이 없었어. 지금도 로버트가 고용해준 덕에 간신히 먹고사는 거야. 자식 버린 부모 주제에 입이 열 개라도 할 말은 없지만……"

부부라고? 변명 반 하소연 반 섞인 말이 쏟아지는 통에 정신이 없었다. 폴리가 여자의 말을 끊었다.

"잠깐. 뭘 오해한 거 아닌가? 난 로버트를 만나러 온 거다. 너희가 부부 사이라는 것도 지금 알았어. 무슨 얘길 하는 거지?"

밟고 있던 남자의 가슴팍에서 발을 치웠다. 남자가 콜록거리며 몸을 일으키더니 당황한 표정으로 물었다.

"그…… 당신, 소문의 실종자 수색 전문 탐정 아닙니까? 저희 부부가 예전에 로버트네 고아원에 맡긴 아이가 있었는데…… 그 아이 부모를 찾으러 온 게 아닙니까?"

"당신들 아이가 10세 남짓의 허수아비 소년인가?"

"허수아비도 아니고 훨씬 오래된 일입니다만……"

그랬군. 어렴풋하게나마 전말이 이해되었다. 이 부부는 아주 오래전에 계획에 없던 아이를 가졌고, 낙태보단 아이에게 부모의 존재를 알리지 않은 채 로버트에게 넘기는 게 낫다고 판단했던 것이다. 필시 이 부부에겐 공립 고아원을 거치지 못할 사정이 있었겠지. 천만다행으로 로버트는 아이도 맡아주고 부부에게 일자리도 주는 호의를 베풀었다. 한데 그 앞에 실종자 수색 전문 탐정이 고아 운운하면서 나타났으니, 오래된 허물을 들추어내러 온 거라고 오해한 거였을 터이다.

"하여간 유명해지면 언젠간 이 꼴 날 줄 알았지. 사무소를 옮겨야 하나…… 하지만 내 소문을 들었으면 해 끼치고 다니는 타입이 아니라는 것쯤 알았을 텐데. 죽이려 들기 전에 협상해볼 생각은 못했어?"

둘이 서로 얼굴을 바라봤다. 생각보다 호의적인 폴리의 태도에 놀란 듯하다. 나란히 무릎 꿇고 앉아 있던 부부는 속죄하듯이 대답했다.

"그만큼 절박했으니까요. 저희가 아이를 임신했을 땐 터무니없이 젊고 멍청했을 때였어요. 주위 사람들조차 저희가 키우느니 고아원에 맡기는 게 낫다고 말할 정도였다구요. 하지만 그러면서도 훗날 아이가 진상을 알게 되면 자신을 버린 부모에게 복수하러 오지 않을까, 하는 두려움이 있었거든요. 심지어 당신이 얼마나 사람을 잘 찾는지는 이 바닥에서 자명한 사실이니까요. 어쩔 수 없는 건 알고 있습니다. 탐정이란 찾는 사람의 사정은 들어볼 수 있지만 찾아지는 사람의 의사를 물어보긴 힘든 직업 아니겠습니까?"

찾아지는 자의 의사.

그 말을 들을 순간, 폴리는 마치 뒤통수를 맞은 것 같은 충격을 느꼈다. 이 둘의 말이 사실이었다. 늘 그녀가 먼저 만나게 되는 건 의뢰인이었다. 그들은 늘 실종된 사람과 재회하는 감동적인 장면을 머릿속에 그린다. 폴리 역시 그 과정에서 명예와 의의를 찾았다. 하지만 그 때문에 근본적인 질문을 하지 않던 것이다. 수십 년째 같은 과거에 얽매여 같은 일을 반복하면서도 모른 척하고 있던 궁극의 질문.

내 부하들은 날 다시 만나고 싶을까?

만약 녀석들이 아직 살아 있다면, 자신들을 끝없는 어둠 속에 던져지게 만든 원흉인 내 손에 발견되고 싶을까?

"저기, 이제 와서 말하긴 그렇지만……"

상념에 잠겨 있던 폴리에게 남자가 말했다.

"당신이 집에 들어온 걸 로버트 님에게 알린 상태라서요. 어차피 로버트 님과 관련 없는 분이라면 오해 없도록 다시 연락드리고 싶은데 해도 될까요?"

상념에 잠길 때가 아님을 그제야 깨달았다.

"뭐? 이미 연락을 했다고? 로버트는 뭐라는데?"

"텍스트 메시지로 보낸 거라 답장은……"

치지직. 귀가 소리를 듣는다.

직감이 말한다. 야, 폭발물 소리다. 일해라, 이성.

이성이 대답한다. 슬럼프 중이라 좀 늦습니다. 기다려주세요.

전두엽이 중얼거린다. 언젠간 이럴 줄 알았지.

거대한 폭발과 함께 로버트의 집이 통째로 박살났다.

무너진 단독주택의 잔해 속에서도 폴리의 재생 기능은 건재했다. 다만 철골과 콘크리트들이 몸에 꽂히는 바람에 세포가 위치를 찾는 데 시간이 걸렸다. 폴리가 자기 덩치보다 큰 잔해를 들어올리고 나왔을 땐, 이미 소방대와 군경찰들이 현장을 정리하고 있을 때였다.

"생존자다! 생존자가 있다!"

생존자. 폴리가 발치를 돌아봤다. 바로 방금 전까지 그녀 앞에 있던 부부 고용인들이 돌덩이에 깔려 즉사한 상태였다. 폴리가 그들 앞에 무릎을 꿇었다. 눈을 질끈 감았다.

"나만…… 나만 나타나지 않았어도……"

익숙한 발소리가 다가왔다. 랄 시티에서 가장 무겁고 거대한 부츠 소리는 반가운 적이 단 한 번도 없었다.

"야아, 고아 가족 찾아준다더니만 도시 절반을 불태워야 끝날 건가보군. 정말 슬럼프이긴 한 거냐?"

후시 루 대령이다. 대령이 고작 폭발 사건 하나에 호출될 리가 없다. 폴리와 얽힌 일임을 눈치채고 구경 온 거겠지. 하지만 이번에도 폴리는 독설로 화답할 기운이 없었다. 그저 주저앉은 채 그녀 때문에 인생을 망친 또 다른 희생자를 내려다볼 뿐이었다.

하도 조용하니 대령이 먼저 말했다.

"뭐야. 평소처럼 이빨부터 드러내지 그래? 아니면 정자세로 서서 상황 보고라도 하든가. 아까운 쉬는 시간 할애해서 나와봤는데 반응이 너무 심심하잖아?"

보고할 것도 없었다. 폴리는 뭐가 어떻게 굴러가는지 전혀 파악하지 못하고 있었다. 오늘 그녀는 사건을 찾아 나온 게 아니었다. 이러려던 게 아니었다.

"루."

그녀가 물었다.

"넌 빈민가 출신이지."

"허, 그런 걸 기억했어? 목성 전투에서 같이 죽을 뻔한 이후론 인생 애긴 꺼낸 적이 없는 거 같은데."

"넌 어떻게 버티고 있는 거야? 전쟁 이전이든 전쟁 중이든 전쟁 이후
든, 네 인생은 거지 같은 똥통이잖아. 주위에 도와줄 사람은 없고 발밑에
선 손가락질하는 자들과 머리 위에선 지시하는 놈들만 득시글거려. 그
긴 세월을 결혼도 안 하고 제대로 된 친구도 없으면서 위로 올라간다는
목표를 놓친 적이 없지. 내가 너처럼 살아야 한다면 진작 미쳐버렸을 거
다. 넌 왜 지치지 않지? 어떻게 그럴 수 있는 거야?"

오늘만은 폴리의 말에 독설의 의도가 없었다. 그러나 지난 수십 년간
폴리가 후시에게 던진 그 어떤 말보다 그의 심장을 후벼 팠다. 주위엔 부
하들이 많았고 아직 이곳은 사건 현장이었다. 후시는 뒤통수를 긁다가
말했다.

"그러면 말이야, 넌 왜 나를 쳐내지 않지? 내 머리 위에서 지시하는 놈
들이 네 가족들이거든? 나보다 다루기 쉽고 만만한 베이비시터로 갈아
치울 생각은 안 해봤어? 넌 머리도 좋고 가족들에게 편지 몇 통 정도는
보낼 수 있잖아. 그쪽이 네가 네 부하들을 찾으러 가는 데 더 도움될 거란
생각은 안 해봤단 말이야?"

우주에서 잊혀져버린 부하들을 찾으러 간다. 그렇다면 당연히 3층보
다 6층에서 시작하는 게 나을 것이다. 그러나 리니아 폴라리스는 3층에
거하기로 했다. 그 이유는⋯⋯

분노와 반항심으로 대답했다.

"그 질문에 내가 대답할 의무는 없군."

조롱과 경쟁심으로 대답했다.

"그렇다면 나 또한 너에게 대답해줄 의무가 없지."

멀리서 두 사람을 콴이 지켜보고 있었다. 현장을 지휘하던 하사가 물었다.

"왜 그러세요, 소위님? 두 분을 말려야 할까요?"

콴이 천천히 고개를 저었다.

"아니, 그냥…… 다들 저 둘을 푸른 뱀이랑 흰 고래라고 부르거든요. 근데 이제 보니 그냥 금붕어 두 마리네요."

"네? 금붕어요?"

"아, 신경 쓰지 마세요. 제가 이런 말 한 거 절대 대령님 귀에 들어가면 안 됩니다! 그보다…… 분석 결과는 나왔나요?"

"별로 쓸 만한 건 없습니다. 보시겠어요?"

하사가 콴을 무너진 집 한구석으로 데려갔다. 본래 창고가 있던 자리 같은데 폭발물이 모조리 재로 만들어서 쓸 만한 단서는 나오지 않았다. 오히려 쓸모없는 잡동사니가 눈에 들어왔다. 콴이 보기엔 증거품 보관소에 보낼 가치도 없는 것들이었지만, 뒤따라온 폴리에겐 그렇지 않았다.

"이거 봐라? 캐리어네?"

캐리어. 여성 의복. 데려가서 키워달라고 적힌 팻말. 로버트 집 현관에서 신발을 세어볼 때, 고용인 외의 다른 여성 가족이 없는 걸 확인했다. 이걸로 명확해졌다. 허수아비를 버린 건 로버트였다.

하지만 왜? 고아원엔 허수아비가 없었다. 변장용 복장까지 있는 걸 보면 꽤 본격적으로 했다는 소린데. 이게 로버트가 쌈짓돈을 번 비밀의 뒷구멍일까? 허수아비를 버리는 게 무슨 돈이 되지? 아니면 버린 게 아닌 건가?

혹시 그 녀석, 혼자 두면 위험할 수도 있었던 거야?

"아차! 난 돌아가봐야겠다! 괜찮겠지?"

콴이 후시를 바라봤다. 후시가 어깨를 으쓱했다.

"난 구경하러 온 거다. 결정은 현장 책임자가 해야지?"

소위가 뭐라 할 틈도 없었다. 폴리는 이미 고아원 주차장으로 달려가고 있었다.

신호를 무시해가며 밟았다. 전쟁 중도 아닌데 과속 운전. 그다지 명예로운 행보라고 할 순 없었다. 하지만 지금 그녀에겐 명예보단 한시라도 빨리 집으로 돌아가는 게 중요했다.

나쁜 예감은 언제나 맞아떨어졌다. 사무실이 불타고 있었다. 인도에 들이박다시피 차를 세우곤 뛰어올라갔다. 불이 옮겨붙은 커튼. 그리고 매캐한 연기 사이에서 우두커니 서 있는 허수아비. 다행히 불이 난 지 얼마 되지 않은 모양이다. 얼른 부엌으로 가서 비상용 소화기를 가져왔다. 흰 가루가 쏟아지자 불은 꺼지고 집은 엉망이 되었다.

소화기 가루는 폴리와 꼬마에게도 묻었다. 상황이 진정되자 엉망이 된 폴리가 주저앉았다. 좋은 소식이라면, 습격에 의한 화재가 아니었단 소리다. 집은 안전하다. 나쁜 소식이라면, 이 멍청한 허수아비가 벌인 짓이라는 것이다. 문득 텔레비전을 바라봤다. 텔레비전엔 폴리가 켜준 영화가 그대로 반복해서 재생되고 있었다. 영화가 끝나도 다른 영화를 선택하지 않은 채 고스란히 반복되도록 방치하며 같은 영화를 보고 있었다는 소리다.

자기도 모르게 멀뚱멀뚱 서 있는 아이에게 소리를 질렀다.

"대체 뭔데! 가만히 영화나 보라니까 이게 무슨 꼴이야? 불을 지른 거야? 불이 났는데 보고만 있었던 거야? 아무리 허수아비라지만…… 아무리 허수아비라지만……"

말문이 저절로 막혔다. 내심 알고 있었다. 무책임한 건 자기 자신이었다.

자립 능력이 없는 걸 뻔히 알면서 허수아비를 혼자 집에 두고 나갔다.

무작정 사람을 찾아달라고 하면 찾아주고 돈을 받았다.

부하들을 찾는답시고 이길 수 없는 자들에게 머리를 들이박으면서 정의와 행운이 어떻게든 해결해줄 거라고 자기 자신을 속여왔다.

꼬마가 텔레비전 화면을 가리키며 말했다.

"영화 중간 광고에서 '열정을 불태우세요'라고 했어. 그래서 집에 있던 종이 중 열정이라는 단어가 있는 걸 모아서 태웠어."

하, 하하하하. 아이샤의 웃음 소리가 환청처럼 들려왔다. 자아와 감정, 융통성과 이해 판단이 결여된 아이를 키운다는 건 전혀 쉬운 일이 아닌 것이다. 쉽게 시작할 일이 아니라면 함부로 뛰어들어선 안 된다. 거기서 고통받을 건 나 자신만이 아니므로.

그래서 차마 이 미래가 불분명한 아이에게 '앞으론 내 지시에만 반응해라'라는 지시를 내릴 수가 없었다. 그 비참함에, 어느새 눈물이 흘러내렸다. 눈물과 함께 오랜 세월 가슴속에 쌓아놓고 있던 말도 새어나왔다.

"지금부터 내가 하는 말은 듣는 즉시 잊어버려."

"망각은 허수아비의 능력 소관이 아니야."

"그럼 비밀로 부쳐. 누구에게도 말하지 마."

"알았어, 폴리."

심호흡을 하고 입을 열었다.

"30년이 흐르고도 자기 자식을 찾는 부모를 보았을 때, 내 모습을 보앗어. 청린부대원들은 우주로 날아갔어. 우주복 외엔 생명 보호 장치 아무것도 없이 날아가버렸다고. 녀석들이 살았을 가능성은 없어. 그런데 나는 그걸 외면한 채 늘 부하들을 되찾겠다고 떠들어왔지. 하지만 입으론 그렇게 말하면서, 언제부터인가 부하들은 이미 죽었고 시체만 찾으면 된다는 생각을 마음에 품고 있었던 거야. 희박한 가능성을 이미 내 마음속에서 지우고 있었던 거야. 그저 분노와 후회에 떠밀린 채 어디로 가는지도 모르면서 말이야."

허수아비는 말없이 그 모습을 보고만 있었다. 그 무관심과 무반응이 오히려 폴리가 말을 잇기 쉽게 해줬다.

"가족들 지원 없이 먹고살 방법은 많지 않았어. 명예로운 삶을 살면서 생계를 이을 방법 중 아는 건 실종자 수색뿐이었지. 줄곧 그거라면 내가 타협할 만한 가치 있는 삶을 살 수 있을 거라고 생각했어. 정당한 타협이라고 생각했어. 하지만 이게 뭐지? 나로 인해 피해를 입은 사람들이 나와. 그걸 막으려면 난 늘 완벽해야 해. 하지만 언제까지 내가 버틸 수 있을까? 내가 더 이상 버티지 못하는 순간이 온다면 난 무엇이 되어버리는 거지? 난…… 내 인생엔…… 완벽하지 않은 무언가가 필요해."

폴리가 고개를 떨구었다. 숙인 고개와 눈에 맺힌 눈물 때문에, 허수아비 꼬마가 살짝 부르르 떠는 모습을 보지 못했다.

그동안 소년이 말했다.

"폴리는 아무도 주워 가려고 하지 않는 허수아비인 날 데려와서 잘 곳과 밥을 주었어. 폴리는 나를 걱정해서 소리를 치고 불을 꺼줬어. 폴리는 착한 사람이야. 착한 사람은 울면 안 돼. 폴리는 그만 울어야 해."

고개를 저었다.

"난 착한 사람이 아니야. 난 그저…… 지친 사람일 뿐이야."

윽.

별안간 아이의 입에서 신음이 나왔다. 뭔가 이변이 일어났다. 허수아비의 동공이 부르르 떨렸다. 그러더니 스르르 바닥에 쓰러져버리고 말았다.

"꼬마야?"

4

쾅쾅쾅! 데드 빈 카페의 문을 거칠게 두들겼다. 잠옷을 입은 루파스가 나왔다. 낮잠이라도 자고 있었나? 아니, 지금이 밤인가? 3층은 하늘이 없으니 시계가 없으면 시간대를 알 수 없다. 중요하지 않았다. 놀란 표정의 루파스에게 폴리가 손에 든 허수아비 꼬마를 보이며 외쳤다.

"도와줘! 애가 아파! 얘도 나도 시민 보험이 없어서 병원엔 못 가! 부탁해, 루파스와 힌디야!"

"드, 들어와! 이건 무슨 꼴이래?"

루파스가 들여보내주었다. 힌디야도 나왔다. 꼬마를 바 위에 눕혔다. 불규칙하게 떴다 감는 눈. 부르르 떨리는 동공. 평범한 신체 질환이 아니라는 건 아마추어인 폴리가 봐도 알 수 있었다.

힌디야가 부엌에서 커다란 장치를 가져왔다. 장치에 달린 헤드 기어를 아이의 머리에 끼웠다. 그녀가 뭔가를 조작하는가 싶더니, 얼굴이 하얗게 질리면서 외쳤다.

"세상에! 누가 어린애 머릿속에 이런 짓을 한 거야? 폴리, 이 애 어디서 찾았어?"

"그냥 길에 버려져 있던 허수아비 고아였어. 왜? 뇌에 뭐가 있는데?"

"코드 드럭이라고 알아?"

코드 드럭. 마약이란 인간의 뇌에 마약성 물질을 집어넣거나, 뇌가 마약성 물질을 뿜어내게 만드는 원리로 작동된다. 22세기에 들어서, 꼭 마약성 물질을 넣지 않아도 뇌에 일정 신호를 보낼 수 있다면 저절로 마약성 물질을 과잉 생산하게 만들 수 있겠다는 구상이 튀어나왔다. 그 완성품이 코드 드럭이다. 뇌의 물질 조절 기능을 망가뜨리는 코드를 넣는 형태의 마약.

"알긴 아는데…… 얘가 그걸 사기라도 했다는 거야?"

짝! 힌디야가 뭔가 알았다는 듯이 손뼉을 쳤다.

"어떤 천재가 이런 아이디어를 낸 거야? 그래, 코드 드럭은 스트레스에 반응하지! 허수아비의 뇌는 스트레스를 거의 느끼지 않으니까 완벽한 운송 수단이야! 군경찰의 의심을 받지 않는 최고의 마약 운반책이 되는 거지!"

그래서 '키워주세요' 팻말을 걸어놨구나! 구매자 외에 다른 사람이 주워 가지 않도록! 양육을 원하는 허수아비를 누가 주워 가겠어? 그 허수아비를 이용하려는 악당이 아닌 이상!

루파스는 불쾌하다는 표정이었다.

"쉽게 낼 수 있는 아이디어가 아닌데? 랄 시티에서 그 정도 기술이 있는 마약상이라면 내가 모를 리가 없단 말이지."

"이론 같은 건 됐어! 일단 애! 애를 치료해줘!"

"알았어. 그런데 이름은 없어?"

"이름! 이름……"

"뭐야. 이름도 몰라? 아니면 없는 거야? 네가 보호자가 아닌 거야? 둘이 어떤 관계인데?"

"아무 관계도 아니야. 그냥 도와주려던 것뿐이야. 그냥…… 녀석의 가족을 찾아주려던 것뿐이라고."

"그러니까 왜? 이 녀석이 찾아달랬어?"

아.

이 녀석은 나에게 무엇을 원한 적이 없었어.

나에게 가족을 찾아달라고 한 적이 없어.

녀석에게 녀석이 원하는 걸 물어본 적조차 없어.

당연히 남들이 원하는 걸 녀석도 원할 거라 생각하고 끌고 다니다가, 내 구질구질한 하소연 때문에 스트레스를 느끼는 바람에 저 지경이 된 거야.

과거에 매달리기 위해 책임을 피해 다니다가 여기까지 왔다.

여기서 같은 행동을 반복한다면, 정말로 명예를 입에 담지 못할 것이다!

마약 운반용이 아니라면 아무도 주워 가지 않는 허수아비. 데려가 키워달라는 팻말이 걸려도 고아원조차 손대지 않는 존재. 도시의 저주를 받아 태어난 시점에 죽음을 배정받은 산송장. 모든 걸 6층에 두고 내려와 가짜 이름 뒤에 사는 자가 아니라면 누가 이 아이를 구원할 것인가.

"이 녀석은 내 허수아비야. 나랑 같이 살기로 했어. 그러니까 구해줘."

루파스와 힌디야가 꺼림직하단 표정으로 서로를 바라봤다. 어쨌든 이 이상 왈가왈부할 필요까진 없었다.

루파스가 아이를 업고 카페 지하로 내려갔다. 힌디야가 따라가면서 말했다.

"보기보단 그렇게 중상은 아니야. 뇌에서 엉망이 된 코드를 리셋하고 수액 좀 맞히면 곧 나을 거야. 여기서부턴 내 일이니까 넌 여기서 쉬고 있어. 솔직히 애보단 네가 더 꼴이 말이 아니네."

거울을 보지 않아도 알 수 있었다. 고아원에 도착한 뒤로 쉬지 않고 움직였다. 환풍구의 매연, 주택 폭발, 소화기 분말을 뒤집어쓰는 동안 씻지도 못했다. 폴리도 그제야 피로가 몰려왔다. 루파스와 힌디야가 지하에서 꼬마를 치료하는 동안, 폴리는 카페 탁자에 앉아 선잠에 들었다.

어찌나 깊이 잠에 들었는지, 이상한 감각에 깨어났을 땐 몸이 기둥에 묶여 있는 상태였다.

"어?"

치실처럼 얇지만 쇠사슬보다 강력한 특수 처리 와이어다. 폴리의 완력을 아는 자다.

"어느새…… 루파스! 힌디야!"

읍읍! 재갈이 물린 신음이 들린다. 고개를 돌아보니 카페 의자에 루파스와 힌디야가 등을 맞대고 묶여 있었다.

"곤히 자는데 미안하게 되었군. 그대로 죽여줄 수도 있었지만, 이쪽도 용건이 있어서 말이야."

붉은 털모자를 쓴 젊은 남자다. 같은 패거리로 보이는 자들과 카페 안에 들어와 폴리를 둘러싸고 있었다. 빠르게 시선이 움직였다. 숙면이 슬럼프 극복의 열쇠였을까? 밀려 있던 브리핑이 한꺼번에 튀어나왔다.

"전원이 같은 자리에 잘린 귀 끝…… 같은 고아원 출신들끼리 모여서 만든 마약 카르텔이군. 아마 부원장이었던 로버트와 한패였겠지? '허수아비를 받지 않는 고아원 운영자'라는 가면은 '허수아비를 운반책으로 쓰는 마약상 허수인'이라는 직함을 가리기에 안성맞춤이었을 거야. 이번에도 평소처럼 거래하던 중이었는데, 하필 로버트가 두고 간 허수아비를 내가 챙긴 탓에 일이 틀어진 거지."

남자가 재미있다는 듯이 피식 웃었다.

"아니, 우리도 그 유명한 푸른 뱀과 얽힐 생각은 없었거든? 허수아비 한 마리 분량의 코드 드럭쯤은 포기해도 큰 손실이 아니니까. 근데 네가 먼저 로버트를 들쑤시기 시작했잖아. 심지어 멍청한 고용인 부부가 메시지까지 날려버렸지! 로버트 메시지를 감청하고 있지 않았으면 어쩔 뻔했어? 어쨌든, 덕분에 이 기회에 로버트와의 오랜 인연을 포기하기로 했어. 네가 그 폭발 속에서 죽어줬다면 더 고마웠겠지만 말이야."

다시 시선을 굴린다. 출구 근처에 원통형 기계장치 하나가 작동하고 있었다. 제법 최신 기종의 재밍jamming 장치다. 외부에 신고가 이루어질 걸 막기 위해 일부러 챙겨 온 것이다. 폴리 제거에 한 번 실패하자 이번엔 준비를 제대로 하고 왔다. 철두철미한 자다. 평범한 양아치들처럼 상대하면 곤란해질 거다.

"이름이?"

"부모도 빽도 없는 고아가 뭐 잘났다고 밝힐 이름이 있겠나? 다들 대원장이라 부르니 탐정도 그리 부르시게나."

분위기가 영 아닌데 웃음이 나왔다.

"하! 대원장? 로버트보다, 아이샤보다 위라는 건가? 그래도 죄다 원장이면 직함이 헷갈리지 않나?"

"이 별명의 유일한 단점이 그거였는데, 더 이상은 문제가 되지 않을 거야."

로버트는 이미 죽였구나. 관계자를 제거해서 꼬리를 자를 셈이군. 자기들 얼굴을 봤으니 나도 데드 빈 카페 주인장들도 전부 죽일 거다. 그럼에도 살려뒀다면, 가능성은 하나뿐이군. 꼬마를 못 찾은 거야.

"내가 재생형 강화 인간이라는 건 조사해 왔겠지? 그렇다면 재생형 강화 인간은 통각을 없앴다는 것도 알고 있겠네. 나에게 고문은 먹히지 않는다. 허수아비의 위치를 알려줄 가능성은 없을 거다."

허세를 좀 떨어봤다. 물론 고문을 한다고 해도 버틸 자신이 있었지만 쉬운 길이 있다면 지나치지 않는 게 도리지. 효과가 있었는지 대원장의 표정이 어두워졌다.

"쉽게 갈 수 있었는데 선택의 여지를 남기지 않는군. 그럼 이런 건 어떨까?"

대원장이 확성기를 꺼냈다. 지극히 평범한 확성기였다.

"사실, 우리 고아원도 옛날엔 허수아비를 받았어. 그래서 허수아비의 습성에 대해 아는 바가 있지. 허수아비의 가장 근본적인 문제가 뭔지 알아? 자아가 없다는 거야. 머릿속의 자기 의지와 남의 목소리를 구분하지 못하는 거지. 지금부터 나와 부하들이 카페 전체를 돌아다니며 '분신 자살해라'라고 외치고 다닐 거야. 꼬마가 어디 숨어 있든 다음에 벌어질 일은…… 알겠지?"

뿌득. 폴리가 자기도 모르게 이를 악물었다. 그것은 단순히 지금 닥친 위기, 상대방의 악함에 대한 감정만은 아니었다. 그것은 같은 고아 출신이면서, 자신과 같은 처지인 자를 이해하고 도우려고 하기보단, 잘 아는 약점을 이용하고 수탈하려 드는 자를 향한 분노였다. 그녀의 가족들. 온 인류가 스카이폴에 고통받는데 그것을 권세의 거름으로 써먹는 폴라리스의 귀족들을 향한 분노였다.

가족들의 얼굴이 떠오르자 슬럼프의 늪 바닥에서 끌려 올라온 분노가 죽었던 엔진에 불을 지폈다.

킬킬킬. 대원장 패거리는 확성기를 하나씩 들곤 데드 빈 카페 지하로 내려갔다. 1층엔 기둥에 묶인 폴리와 의자에 묶인 루파스와 힌디야만이 남았다. 루파스와 힌디야를 바라봤다. 겁먹은 둘의 표정을 보니 꼬마가 건물 어딘가에 있다는 건 사실인 모양이다.

흡! 있는 힘껏 기합을 넣었다. 와이어가 끊어질 기미도 안 보인다. 기둥을 부술까? 무리다. 설령 가능하다고 해도 이게 내력벽이라면 카페가 무너지면서 루파스와 힌디야도 위험해질 것이다. 지금 이 상황에서 할 수 있는 게 뭐가 있지? 누가 밖에서 도와주길 바라면서 고래고래 소리라도 질러?

어차피 할 수 있는 게 말밖에 없다면 허수아비부터 구하자. 지하 어딘가, 꼬마에게도 들리길 빌면서 소리쳤다.

"꼬맹이! 마약상들의 지시를 따르면 안 돼! 귀를 막고 내가 나타날 때까지 누구의 지시도 듣지 말고 가만히 숨어 있어!"

"꼬맹이는 나를 지칭한 거야, 폴리?"

덜컥, 하고 카페 찬장이 열리더니 허수아비가 고개를 내밀었다.

"깜짝이야!"

폴리가 외마디 비명을 질렀다. 루파스와 힌디야를 바라봤다. 처음부터 꼬마가 거기 숨은 걸 알고 있었다는 눈빛이었다.

납득할 수 없는 부분이 있었다.

"가만. 그럼 아까부터 마약상들 말을 듣고 있었던 거잖아? 광고만 들어도 반응하던 녀석이 어떻게 지금까지 조용했던 거야?"

꼬마가 찬장에서 내려왔다. 그가 폴리 앞으로 다가왔다. 똑바로 폴리를 바라보며 말했다.

"폴리가 말했잖아. 난 폴리의 허수아비라고. 난 폴리의 쿤타킨테니까 폴리의 지시만 따라야 해."

아! 코드 드럭이 발동했을 때, 기절한 게 아니라 의식은 남아 있었구나!

"내가 한 말을 들었구나! 그동안 소리는 멀쩡히 듣고 있었던 거야! 아니, 근데 쿤타킨테는 뭐야?"

"폴리가 보여준 영화. 그 영화에서 쿤타킨테는 노예랬어. 난 폴리의 노예야."

그런 영화였나? 빌어먹을. 난 열 살도 안 된 애에게 뭘 틀어주고 나온 거야?

"아니야. 그렇지 않아."

아이의 눈을 똑바로 바라보고 말했다.

"넌 노예가 아니야. 설령 너에게 감정과 자아가 없더라도 그것이 네가 노예라고 불릴 이유가 되진 않아. 넌 쿤타킨테가 아니야."

아이가 텅 빈 눈으로 폴리를 바라봤다. 아니, 어쩐지 폴리보다 먼 곳을 바라보는 느낌이 들었다.

아이는 이렇게 말했다.

"나는 쿤타킨테가 아니야. 나는 킨타쿤테야. 나는 킨타야."

아마도 랄 시티 역사를 통틀어 스스로 자기 이름을 정한 첫 번째 허수아비였을 것이다.

아마도 인류 역사를 통틀어 스스로 자기 이름을 정한 첫 번째 인간이었을 것이다.

누가 감히 그를 노예라 부를 수 있단 말인가?

"그럼 다시 숨어 있을까, 폴리?"

아니야. 킨타가 1층에 있다면 다른 선택지가 있다. 신고해봐야 늦고, 도망쳐봐야 홀로 있는 허수아비를 도와줄 사람은 없다. 킨타를 구해줄 수 있는 건 폴리뿐이었다. 아니, 폴리를 도와줄 수 있는 건 킨타뿐이었다.

"킨타. 지금부터 내 말 잘 들어!"

몇 분 되지 않아 대원장과 부하들이 올라왔다. 카페 1층엔 여전히 폴리와 루파스, 힌디야만이 있었다.

대원장이 침을 탁 뱉었다.

"이상하군. 카페 밖으로 내보냈을 리는 없는데……"

그와 마찬가지로 귀 끝이 잘려 있는 부하가 물었다.

"어이, 두목. 그냥 여기도 터뜨리고 뜨면 안 돼? 이러다 순찰 드론이라도 지나가면 골치 아파진다구."

"대원장이라고 불러달라니까…… 순찰 드론보다 골치 아픈 건 코드 드럭 입력 과정을 전부 본 허수아비가 랄 시티를 돌아다니는 거야. 차라리 시체로 나타나면 안심이라도…… 이게 무슨 소리야?"

부르릉! 엔진 소리다. 뿌드득! 뭔가가 부러지는 소리. 아니, 으깨지는 소린가? 전원의 시선이 폴리에게로 향했다. 유심히 보지 않으면 눈치채기 힘든데, 폴리를 꽁꽁 묶은 와이어가 엄청난 힘으로 조여지고 있었다. 대원장이 폴리가 묶인 기둥 뒤를 봤다. 아니나 다를까, 와이어에 웬 사슬이 걸려 있고, 그 사슬은 카페 창문 밖으로 이어져서 주차장에 있는 차 범퍼에 묶여 잡아당겨지고 있었다. 쉽게 말해서, 폴리는 기둥에 묶인 채 와이어에 조여 상체가 절단나는 중이었다.

"미, 미친! 아무리 통증이 없다지만……"

통증이 있다. 폴리는 이 고통을 견디고 있다.

"온몸을 박살내서 벗어날 셈이야!"

대원장이 부하들에게 외쳤다.

"멍청이들아! 보고만 있지 말고 공격……"

빠드득! 늦었다. 와이어에 잘려나간 폴리의 상반신이 바닥에 떨어졌다. 그리고 떨어지기 무섭게 몸이 재생되어갔다. 그제야 부하들이 총을 꺼내 폴리의 머리를 노렸지만, 방아쇠에 손가락이 올라가기도 전에 오른팔이 재생되었다. 그리고 이런 오합지졸들을 상대하는 데엔 팔 하나면 충분했다.

외팔로 카페를 이리저리 뛰어다니는 폴리. 몸이 상반신만 있으니 가벼워서 움직이기 더욱 수월하다. 절단부에서 사방으로 피가 튀는 통에 루파스와 힌디야는 재갈이 물린 채 토를 할 지경이다. 그러든가 말든가, 폴리는 이리저리 총알을 피하면서 오른팔만 가지고 대원장 패거리를 전멸시켜버렸다. 부하들을 전부 쓰러뜨리고 대원장만 남았을 땐, 이미 전신의 재생이 끝난 뒤였다.

"재생형 강화 인간이라는 걸 아는 것과 재생형 강화 인간과 싸우는 법을 아는 건 차이가 크지. 교도소에서 기억하고 있으면 꽤 긴 시간 후에 복습할 일이 있을 거다."

너무 순식간에 전황이 뒤집어지자 상황 파악조차 안 된 대원장이 다리를 덜덜 떨었다.

"아니…… 잠깐. 누가 도와준 거야? 여긴 우리밖에 없었잖아? 누가 와 이어를 당긴 거지?"

문이 열리고, 킨타가 들어온다.

"폴리. 엔진에서 연기 나는데 계속 밟을까?"

"어? 허수아비? 아니…… 어떻게? 허수아비가 무슨 수로 운전을 하냐고!"

픽! 일단 한 방 날렸다. 대원장의 윗앞니가 포물선을 그렸다. 쓰러진 대원장에게 다가가며 폴리가 말했다.

"운전을 할 필요는 없지. 시동 걸고 엑셀 밟는 법만 가르쳐주면 충분하니까."

쿨럭! 대원장이 비틀거리며 일어났다. 마지막까지 발버둥칠 기개는 있었는지 떨리는 총구를 간신히 폴리에게 겨누며 외쳤다.

"이건 불공평해! 강화 시술이나 받는 부르주아가 고아로 태어난 우릴 이렇게 짓밟다니! 우리도 너처럼 특권을 타고났으면 이렇게 되지 않았어! 이건 전부 이 썩어빠진 도시가 만든 비극이야!"

굳이 더 때릴 필요는 없었다. 하지만 폴리는 자신의 비극을 이용해 타인의 비극을 만드는 것을 권리라고 믿는 자를 향해 주먹을 들어올렸다. 그러면서, 길었던 슬럼프가 끝났음을 느꼈다.

발버둥쳐서 재갈을 풀어낸 루파스가 외쳤다.

"폴리! 데드 빈 카페 지붕 아래에선 피스 앤 러브……"

픽! 대원장의 아래 앞니가 포물선을 그렸다.

며칠에 걸쳐서 자료 정리가 끝났다. 폴리는 그걸 들고 군경찰 사령부로 갔다. 루 대령의 집무실에 가서 보란 듯이 서류 더미를 그의 책상에 올려놓았다.

"종이 서류? 2층에 다녀오는가 싶더니만 기념품이라도 가져온 거냐?"

폴리가 질문을 질문으로 되받아쳤다.

"닥터 말리그넌트 아들의 실종 사건, 언제까지 방치하고 있을 셈이었지? 내 도움을 받기 싫었던 건 알겠지만 그 여파가 도시 전역으로 퍼져가는 걸 언제까지 모른 척할 셈이었어?"

후시의 얼굴이 어두워졌다. 폴리 입에서 나올 거라곤 예상치 못한 이름이었던 모양이다.

"네가 그걸 어떻게……"

"지난번 양 판사 사건 때 진짜 새가 드론들 사이에 섞여 있었지? 그거 주인 찾아줄 일이 있었는데 기가 막히게도 에이드리언 프리먼이 주인이더라고. 그거 때문에 고름 구덩이와 말리그넌트의 딸 양쪽에서 접근해온 상태야. 고름 구덩이는 에이드리언의 2층 활동 자료를, 아네모네는 에이드리언의 3층 장부를 가지고 있었지. 양측 각각은 그것만으로 에이드리언의 동선을 알 수 없었지만, 내가 둘 모두의 지원을 받은 덕에 추적할 수 있게 되었다. 이게 그 결과다. 탐나? 팔아줄까?"

충격 받지 않았다고 하면 거짓말이다. 하지만 이것은 단순히 폴리에게 선수를 빼앗겼다는 양상의 충격이 아니었다. 상징적으로든 정치적으로든 랄은 후시의 것이었다. 이 도시의 자갈 하나하나가 그의 감시하에 있었다. 잡초 한 포기도 그의 허락 없인 이곳에서 뿌리를 내릴 수 없었다.

그런데 언제부터인가 이 도시에서 루 대령의 영향력을 벗어난 일들이 벌어지기 시작했다. 에이드리언의 실종은 그 결과일 뿐이다. 궤도 엘리베이터 건설 이래, 이 하늘 없는 도시에 쌓여온 그림자들이 슬슬 한곳에 모여 거대한 어둠으로 변하고 있었다. 좋게 말하면 낡은 권위와 지배 구조의 약화다. 그러나 그것은 통제를 벗어난 혼돈의 태동을 의미하기도 한다. 어느 쪽에서 무고한 피가 더 많이 흐르느냐고 묻는다면……

어쨌든, 대령의 심기는 전례 없을 정도로 불편했다. 그래도 구질구질하게 서류에 손을 뻗는 짓은 하지 않았다. 어차피 후시 루는 그 정도로 동요할 남자가 아니었다.

"간만에 너에게 운이 따라주는 모양이군. 하지만 그럼에도 불구하고 나를 찾아왔단 말이지. 자랑거리 떠벌리자고 여기까지 올 녀석은 아니고, 도움이 필요한 거겠지?"

한 발도 지지 않는 녀석이군. 폴리 역시 고자세를 유지했다.

"처음엔 에이드리언이 갈 곳은 5층뿐이라고 생각했어. 한데 자료를 검토해보니 빼돌린 자금이 굴착 장비, 차단재, 건설 드론에 쓰였더군. 방사능이 존재하는 장소에서 은밀히 작업했다는 뜻이지. 1층이다. 에이드리언은 위가 아니라 아래로 향한 거야."

후시의 눈썹이 다시 꿈틀거렸다. 에이드리언의 실종 신고 당시 그가 7층으로 향했다는 증언은 이미 들은 상태였다. 그런데 위가 아니라 아래로 향했다니. 인정해야겠다. 이건 통상적인 상황을 벗어난 사건이다. 그렇다면 통상적이지 않은 수사 방식을 쓰는 녀석을 동원해야지.

대답도 필요 없었다. 그 자리에서 1층 통행 허가증을 발급해 폴리에게 주었다. 폴리 역시 감사의 인사 따윈 하지 않았다. 그저 조용히 뒤로 돌아 집무실을 나갈 뿐이었다.

나가기 전에, 문고리를 잡은 채 물었다.

"이봐. 이전부터 궁금한 게 있었는데…… 왜 나에게 라이스를 붙여준 거지?"

"뭐? 탐정 일에 해킹 기술자 필요하다고 붙여달라고 한 건 네놈이었잖냐."

"그렇긴 한데…… 최근 들어 생각해보니 왜 굳이 라이스였냐는 거지. 네놈 입장에서 날 감시할 사람을 붙이고 싶었다면 더 써먹기 좋은 인간도 많았을 거 같거든."

후시는 대답하지 않았다. 대신 집무실 한쪽의 어항을 바라봤다. 금붕어는 관상용 로봇 금붕어로 대체했다. 로봇 금붕어는 혼자 있어도 죽지 않지만 일부러 여러 마리를 넣었다. 작은 고래 로봇도 넣은 건 순전히 취향 탓이었다.

"라이스 덕에 네놈의 일이 사사건건 삐걱거린다면 난 그걸로 만족한다."

"그렇다면 대성공이구나, 망할 놈아."

그렇게 말하곤 나가버렸다.

후시는 흡족한 표정을 지으며 창밖의 마천루를 바라봤다. 적의 적은 친구라지만, 후시 루는 적의 적도 적이라는 사실에서 도리어 기쁨을 발견할 줄 아는 노인네였다.

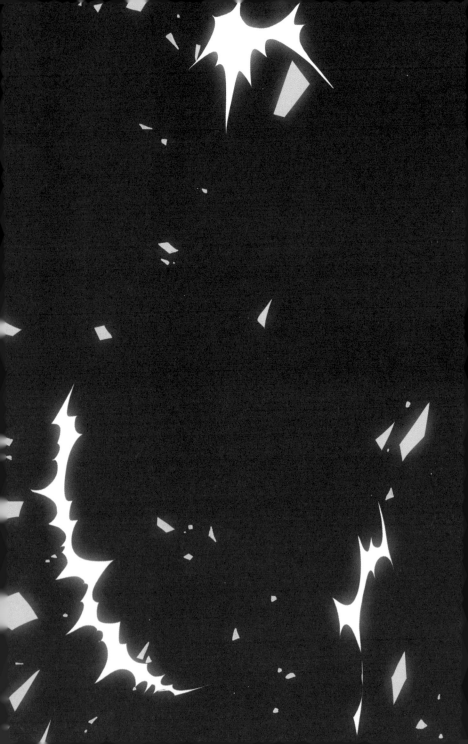

사건 파일 #5

땅속의 천국, 하늘의 지옥

1

이번에도 킨타는 데드 빈 카페에 맡겼다. 폴리와 라이스는 2층 변두리에 있는 대형 차폐문 앞에 와 있었다. 차폐문에 보초는 없었지만 커다란 붉은색 경고 사인이 있었다. 여러 언어로 쓰여진 경고 사인은 같은 메시지를 보내고 있었다. 들어가고 싶으면 들어가보슈. 댁이 죽지 내가 죽나.

폴리가 양손에 들고 온 방호복 상자를 열면서 말했다.

"후시의 허락은 맡았지만, 기본적으로 1층은 출입 금지 구역이야. 안전 문제를 떠나서라도 행동 하나하나를 조심하는 게 좋을 거야."

"의외네. 이렇게 쉽게 허락해주실 줄이야……"

라이스가 꾸역꾸역 방호복을 입으면서 말했다.

"대령님이 새 주인이 에이드리언인 거 알고 뒷목 안 잡으셨어?"

맞다, 그랬지. 이 녀석은 아직도 새를 찾는 게 루 대령의 요청 때문이라고 알고 있다. 라이스가 후시와 마주친 적도 있었지만 어찌어찌 그 문제를 잘 피해 갈 수 있었다. 하지만 언제까지 이렇게 비밀을 유지할 수 있을까?

아니, 왜 이걸 비밀로 해야 하지? 별거 아니다. 난 사실 우주에 버리고 온 부하들이 있었다. 그들을 찾으러 가야 해서 새 주인을 찾는 대가로 양 판사에게 우주선을 얻을 거다. 왜 그 말을 못하지? 이 사건이 끝나면 난 여길 떠날 거다. 왜 그 말이 입에서 안 나오지? 아노말리 패밀리가 얽히기 시작한 시점에서 새 주인 찾기는 이미 평범한 의뢰의 범주를 벗어났다. 여기서 더 나빠질 게 뭐가 있다고 나는 라이스를 보호하려 하는 걸까? 라이스를 보호하기 위한 거짓말이긴 한 건가?

대답조차 잊은 채 잡념에 빠져 있다보니 어느새 방호복을 다 입은 상태였다. 차폐문은 폴리조차 전력으로 당겨야 간신히 열릴 정도로 무거웠다. 그런 게 몇 겹이나 있었다. 마지막 문을 여니 바닥으로 끝없이 이어진 거대한 검은 구멍이 드러났다.

"폴리. 넌 1층 가본 적 있어?"

1층. 스카이폴로 인해 무너진 구시대의 도시 잔해. 랄 시티의 2층과 3층은 모두 그 위를 덮은 시멘트 위에 세워져 있다. 그냥 잔해를 치우고 거기에 궤도 엘리베이터를 박으면 되지 않냐고? 우주 전쟁 이전의 정치인들은 특이한 사상을 가지고 있었는데, 지구에 보관하기 어려운 핵 발전 폐기물을 우주에 버리면 안전할 거라는 믿음이었다. 우주 항행 기술의 발전으로 깊은 땅굴을 파는 것보다 대기권을 돌파하는 게 저렴해지자 정치인을 지지해주는 사람들도 비슷한 믿음이 생겼다. 그 결과는, 보시는 바와 같다.

"1층이 순수하게 '지상'이라고 불리던 시절은 기억하지. 로프 내린다."

나중에 올라올 때를 생각해서 로프를 튼튼하게 고정했다. 라이스가 먼저 하강 장치를 달고 내려갔다. 라이스가 안전하게 내려간 걸 확인한 뒤에 폴리도 따라 내려가려고 했다. 그때, 머릿속에서 사람 목소리가 들려왔다. 마스터 윤이었다.

"따르르릉, 따르르릉! 여기는 마스터 윤! 응답하라 탐정, 오버!"

"미친년…… 도청기에다가 무전 장치까지 달았나? 왜, 미니 바도 넣지 그랬어?"

"깔깔깔깔! 농담 좀 하니까 사람이 살아 보이네. 역시 가능성 있는 여자일 줄 알았다니까! 그나저나 어디야? 어딘데 전파가 불안정해?"

몸속에 넣을 수 있을 정도로 작은 기계다. 역시나 수신 범위에 한계가 있었군.

"네 물건을 찾으러 1층으로 가는 길이다. 전파가 닿지 않는다고 폭탄이 자동으로 터지는 일은 없겠지?"

마스터 윤이 과장된 목소리로 울먹거렸다.

"세상에, 우리 사이의 신뢰가 그 정도였어? 걱정 말고 잘 다녀오라고. 기념품은 너무 부피 큰 건 사지 마!"

무전이 끊어졌다.

"안 내려와, 폴리?"

아래쪽에서 라이스가 부르는 소리가 들렸다. 그날 부하들과 함께 우주에 떠 날아가버렸으면 이 꼴은 안 당하는 건데. 불경한 생각을 머릿속에 묻으며 로프를 잡고 내려갔다.

빛이 완전히 사라지자 방호복의 조명등이 저절로 켜졌다. 각오는 하고 있었지만 이건 목숨 걸고 돌아다녀야 할 공간이었다. 건물이었는지 다리였는지 알 수도 없는 골조들이 어지럽게 겹쳐 있고 그 사이사이에 녹아

붙은 콘크리트가 기괴하게 보일 정도였다. 한데 그 난장판 가운데에도 무언가 지나가기 위해 잔해를 치운 흔적이 있었다.

"라이스. 하중 스캔하면서 가는 거 잊지 마."

"이미 작동 중이야."

의안이 최대한 붕괴 확률이 적고 안전한 루트를 실시간으로 계산해 증강현실 화면에 표시한다. 나름대로 쓸 수 있는 정보를 총동원하고 있지만, 역시나 네트에 연결되어 있지 않다는 사실은 찝찝했다. 하긴 무선 통신이 가능했다면 애당초 직접 오는 대신 드론을 보냈겠지. 라이스는 차라리 아무것도 찾지 못한 채 집에 돌아가길 기도했다. 그래서인지, 더더욱 빨리 특이한 걸 발견했다.

"폴리, 새 주인이 쓰던 가명이 옹 시티 말로 나비라는 뜻이랬지? 새 주인은 에이드리언이고."

"그래, 맞다. 빠삐용이었지."

"이거, 나비 모양 아니야?"

라이스가 벽에 그려진 도안을 가리켰다. 단순하지만 의심할 여지 없는 나비 형태다.

"잭팟 같은데…… 무슨 의미일까? 화살표? 암호? 자외선으로 비추면 뭔가 보이려나?"

"눌러볼까?"

폴리가 안 돼, 라고 하려고 했다. 하지만 여느 기운 넘치는 꼬마들이 승강기 버튼 앞에서 유혹을 뿌리치지 못하듯이, 라이스는 '눌러볼'까지 말했을 때 이미 나비 도안에 손을 대고 있었다.

딸깍. 소리가 나기 무섭게 라이스의 발치가 무너졌다. 아니, 열렸나?

폴리가 구멍으로 떨어지는 라이스에게 다급하게 손을 뻗었다.

"제길, 너클헤드! 그러니까 조심……"

딸깍. 잘못 들은 게 아니다. 폴리의 발치에서도 소리가 났다. 폴리 역시 라이스처럼 발밑의 어둠 속으로 떨어졌다. 높이조차 가늠할 수 없는 어딘가로 추락하면서 생각했다.

라이스가 뭔가를 누른 게 아니다. 이건 준비된 함정이야.

2

어둠.

별 한 점 없는 완벽한 암흑.

군복 안에 갇힌 리니아가 우주 공간을 떠다닌다. 군복의 모든 기능을 생명 유지 쪽으로 돌린 터라 방향 센서가 꺼져 있다. 어디가 머리 위고 어디가 발밑인지도 알 수 없다. 귀에 들리는 바람 소리는 내 숨소리인가, 산소통에 금이 간 소리인가?

평생 사람들 사이에 끼어 살았다. 친구든 적이든, 가족들이든 전우들이든. 언제나 리니아 주변엔 사람이 가득했다.

인기, 의무, 책임.

명예, 영광, 목적.

이 어둠 속에서, 리니아는 태어나 처음으로 평온을 되찾았다. 진정한 의미의 완벽한 고립, 인간이 도달할 수 있는 궁극의 공허 속에서……

리니아는 태어나 처음으로 고독에서 해방되었다.

"폴리, 일어나!"

꿈이었군. 우주 전쟁 때 겪은 일에 대한 꿈이었어. 정말 생생하다. 간만에 좋은 꿈이야.

"정신 차리라니까, 폴리!"

폴리가 누구야? 난 리니아야. 명예를 아는 자, 폴 줄리아노 폴라리스 장군의 손녀이며 청린부대의 푸른 뱀이자 군사 격투의 달인인……

"안 되겠네, 이얍!"

퍽! 대개 사람을 깨울 땐 물을 붓거나 볼을 꼬집는데, 라이스는 망치로 미간을 내려쳤다. 상대가 재생형 강화 인간이 아니었으면 과실치사 사건이다. 라이스가 벌떡 깬 폴리 손에 맞아 죽는 게 더 빠를 것 같긴 하지만.

"무슨 짓이야, 이 너클헤드!"

폴리가 벌떡 일어났다. 제일 먼저 보인 것은 날아올 주먹을 예상하고 가드를 올리고 있는 라이스다. 그다음엔 푸른색 커튼으로 배관을 가린 벽이 보였다. 마지막으로 검은 곱슬머리 여자가 라이스 옆에 앉아 있는 걸 발견했다.

"하하, 재미있는 콤비네요."

폴리가 설명을 요구한다는 듯이 라이스를 바라봤다.

"어, 이 사람은 카르멘이야. 우리가 추락해서 정신을 잃었을 때 구해주셨어. 그리고 여기는…… 음…… 뭐랬죠? 듣고도 잘 이해가 안 가서요."

"저희는 여기를……"

카르멘이 커튼을 걷어냈다. 그러자 우주선 내부를 떠올리게 하는 깔끔한 내관의 벙커 거주구와 그곳을 돌아다니는 주민들의 모습이 나타났다.

"0층의 낙원이란 의미에서, 제로 에덴이라고 부릅니다."

카르멘이 폴리와 라이스를 병동 밖으로 안내했다. 잘못 본 게 아니다. 이건 벙커다. 그것도 엄청나게 크고 아늑한 벙커. 전쟁 때 부유층의 피난처가 이렇게 생겼을 거라는 얘기는 들었지만 직접 보는 건 처음이었다. 인공 태양 기술이 적용된 채광. 재배되는 식물로 공급되는 산소. 쓰레기를 순환시켜 자원을 최대한으로 활용하는 시스템.

"바이오스피어Biosphere로군."

폴리의 혼잣말에 라이스가 물었다.

"그게 뭔데?"

대답은 카르멘이 했다.

"인구 수만 제대로 관리된다면 향후 천년은 외부로 나갈 필요가 없는 자급자족 시스템입니다. 전기는 지열 발전으로 공급되고 있고, 최대한 아날로그 방식을 적용해 자연재해 시에도 내부 인력만으로 수리 가능합니다. 이것이야말로……"

거주구 중심부에 도착했다. 주민들이 옹기종기 모여 있는 가운데, 에이드리언의 거대한 초상화가 정면에 떡 하니 걸려 있었다.

"에이드리언 님의 꿈이자, 우리 손으로 직접 만든 7층이지요."

직접 재배한 과일로 잼을 만드는 아이들. 기계가 아닌 살아 있는 닭을 몰아가는 남자들. 식물 줄기를 가공해 옷을 만드는 여자들. 라이스는 태어나서 처음 보는 광경에 턱이 떨어져나갈 지경이었다. 그러나 폴리는 그 와중에도 흔들림이 없었다.

"제가 알기로 낙원 건설엔 세 가지가 필요합니다. 자본과 이념과 비밀유지죠. 자본과 이념의 출처는 설명이 된 거 같고…… 딱 보기에 인구가 세 자릿수 단위인데. 출입 통제 말고도 모종의 수법이 있는 겁니까?"

"하하, 생각의 속도가 남들의 배는 되는 분이시네요. 혹시 기억 소거 장치라고 들어보셨나요?"

그새 어디서 훔쳤는지 오렌지 하나를 껍질째 씹어 먹으려던 라이스가 눈치를 살폈다.

"기억 소거? 뭐야, 그게. 그런 게 가능해요? 아님 제로 에덴에서 전두엽 절제술을 미화해서 부르는 표현인가요?"

"당연히 6층 기술입니다."

카르멘이 오렌지를 대신 까주면서 말했다.

"에이드리언 님을 따라 제로 에덴에 온 사람 중엔 6층민도 있거든요. 들자하니 6층의 삶도 2층과 3층 못지않게 불행하다더군요."

그제야 오렌지를 먹는 법을 터득한 라이스가 껍질을 뱉었다.

"잉? 왜요? 6층이잖아요! 하늘 도시잖아요! 부자들 동네라 인프라도 빵빵하고 천장에 막혀 있지도 않은데 당연히 천국 같은 곳 아니에요?"

폴리는 침묵했다. 낙원과 천국이 어떻게 생겨나는지는 모르겠다. 그러나 지옥이 생겨나는 법이라면 아주 잘 알고 있었다. 사람이다. 사람이 있는 곳에 지옥이 생긴다. 권력 암투. 옆에 있는 자와 비교하는 데서 오는 시기심. 무엇보다, 사람으로 둘러싸여 있음에도 누구와도 소통하지 못하는 현실에서 오는 고독함. 폴리는 그것을 지나칠 정도로 잘 알고 있었다.

카르멘은 다른 방식으로 설명했다.

"천장은 없지만 데브리를 피하느라 너무 높은 곳에 짓는 바람에 생물학적으로 적응하기 쉽지 않은 환경인가봐요. 2세대들은 애당초 거기서 태어났으니 좀 나은 거 같지만 1세대들이 영 힘들어한다더군요. 결국 그걸 못 견딘 분들이 가져온 신기술이 몇 가지 있는데, 그중 일정 기간의 기억을 소거하는 장치가 있습니다."

후유증 없는 기억 소거? 폴리가 우주 전쟁 때 보던 장치도 그 정도까지 개발되어 있진 못했다. 하긴 50년이 흘렀지.

파하. 앞일이 난감해져서 한숨을 내쉬었다.

"어디 보자…… 저희를 죽이든가, 기억을 지우든가, 영원히 돌아가지 못하게 하든가. 셋 중 하나겠네요. 노파심에 미리 말씀드리자면 저흰 꽤 힘 있는 사람들에게 에이드리언의 수색을 의뢰받고 온 겁니다. 저희가 실종된 채 잠적하면 적지 않은 여파가……"

"네 번째 선택지는 어떤가요?"

카르멘이 폴리의 말을 끊었다.

"3층 출신들의 이야기를 들으니 폴리와 라이스라면 상당히 알아주는 탐정인가보더군요. 마침 저희 낙원에 외부 인사의 도움 없이는 해결하기 힘든 괴사건이 벌어졌습니다. 탐정은 본디 의뢰인의 비밀을 엄수하는 분들이시죠? 여러분이 저희의 문제를 해결해주신다면 이쪽도 예외를 적용해볼 수 있겠다, 라고 마을 회의에서 결론을 내렸습니다."

폴리는 여전히 긴장을 풀지 않은 눈치였다.

"마을 회의라…… 저희가 탐정인 걸 알게 된 건 저희가 들어온 뒤였습니까? 아니면 일부러 끌어들이려고 함정이라도 작동시킨 건가요?"

카르멘이 미소 지으며 라이스에게 말했다.

"탐정다운 의심병이네요. 같이 살기 참 피곤한 사람이겠어요."

라이스가 고개를 절레절레 흔들었다.

"말로 다 표현 못할 고난이죠."

사건 현장은 멀지 않았다. 중심부에서 제로 에덴의 유일한 출구로 이어지는 복도로 향했다. 제로 에덴은 폐쇄 공간이니 출구 방향으론 사람이 올 일이 없을 것이다. 그럼에도 시신은 정확히 그곳에 있었다. 심지어 시신은, 마치 밖에서 안으로 들어오기라도 한 것처럼 출구 방향이 아니라 중심부 방향으로 쓰러져 있었다.

농부 차림의 남자 둘이 지키고 있었다. 시신을 보는 게 익숙한 사람들은 아닌지 표정들이 영 좋지 않았다. 카르멘이 폴리와 라이스를 데려오자 아직 해결된 게 없는데도 안도하는 표정을 지었다.

카르멘이 설명했다.

"피해자의 이름은 한. 이틀 전 아침에 시신으로 발견되었습니다. 목격자가 없으니 밤중에 살해되지 않았나 싶어요. 살해 도구는 아마도 저 벽돌인 거 같구요."

카르멘이 한의 머리 근처에 떨어진 벽돌을 가리켰다. 벽돌에 묻은 피는 굳은 지 오래였다.

폴리가 천장을 둘러보며 물었다.

"CCTV는 없군요. 하긴 디지털 장비는 최소한으로만 쓴댔지…… 시신은 이틀 동안 아무도 건드리지 않은 거죠?"

"물론이죠. 혹시나 싶어서 이 인근은 온도도 낮춰두었어요. 곧 부패가 시작될 거 같긴 하지만요."

"유족은 뭐라고 하나요?"

"한은 제로 에덴에 혼자 왔어요. 여기서도 별로 교류가 많지 않은 편이었구요. 한창 젊은 데다 독신으로 살긴 아쉬운 얼굴이었지만, 성격 탓이려니 했죠."

라이스가 얼굴이 궁금해졌는지 한번 뒤집어보려다가 역시나 엄두가 나지 않았는지 한 발 물러섰다.

"체격은 건장하네. 몸싸움 흔적이 없는 거 보니 습격이었겠지? 한 방에 골로 보낸 거 보니 솜씨가 제법인데?"

"아니야."

폴리는 시체가 아니라 자꾸 천장을 바라보았다.

"상처 방향을 봐. 정확히 정수리잖아. 이 벽돌은 위에서 떨어진 거야."

위? 여긴 땅속 깊은 지하에 만들어진 벙커다. 천장이 높지 않을뿐더러 천장 위엔 아무것도 없다. 이제야 폴리는 이것이 왜 괴사건인지 이해했다. 머리 위가 막힌 공간에서 벌어진 낙석 사고. 피가 고인 흔적을 보아 시신을 옮긴 것도 아니다. 제로 에덴에 전문 수사 인력이 있다고 해도 쉽지 않은 사건이었을 것이다.

"약속만 확실히 해주시죠. 원인을 알아내면…… 혹은 범인을 찾으면 기억을 지우지 않고 보내주시는 겁니까?"

카르멘이 어깨를 으쓱 올렸다.

"제로 에덴엔 치안 유지용 이상의 무기가 없어요. 제로 에덴의 존재를 숨기는 건 중요하지만 랄 시티의 푸른 뱀을 건드렸다간 그럴 의미조차 없어질 거란 걸 알아요. 주민들에겐 이미 여러분에 대한 협조를 요청드린 상태입니다. 부디 잘 부탁드려요."

"배려 감사드립니다. 최선을 다하겠습니다."

폴리의 약속을 받아내자 카르멘은 안심이 되었는지 두 사람을 두고 자기 일을 하러 떠났다. 폴리는 시신을 좀 더 살펴본 뒤에 누가 엿듣지 못하는 곳으로 라이스를 데려갔다. 그러더니, 별안간 라이스의 머리카락을 잡아당기기 시작했다.

"아아, 갑자기 뭔데!"

"머리에 상처 있는지 보려고."

머리카락을 한 올 한 올 넘기며 두피를 체크했다.

"이미 기억이 조작당했을 가능성이 있어. 침습적인 시술이 포함되었는지는 모르지만 확인해볼 가치는……"

"괜찮아, 걱정 마! 기억이 조작당했을 가능성은 없어. 내 의안은 내가 의식을 잃어도 작동해. 체크해봤는데 시간적으로나 동선으로나 추락한 이후로 그리 긴 시간이 지나지 않았어!"

그런 기능이 있는 줄은 몰랐네. 그제야 폴리가 라이스의 머리에서 손을 뗐다. 라이스가 헝클어진 머리를 매만지며 말했다.

"하지만 뭔가 찝찝하다는 데엔 동의해. 논리적으론 설명 못하겠지만, 옛날 공포 영화들 보면 이런 고립된 마을은 꼭 마지막이 인신 공양이나 엽기 살인으로 끝나더라고."

"그보다 더 심각한 문제가 있잖아."

폴리가 고개를 돌렸다. 저 멀리 복도 끝으로, 중심부에 걸린 초상화가 보였다. 초상화의 에이드리언이 이쪽을 보고 있는 듯한 기묘한 기분이 들었다. 나지막이 말했다.

"끝내 에이드리언의 소재에 대해 한마디도 하지 않았어. 에이드리언이 여기에 있든 없든, 이 낙원엔 뭔가 문제가 있는 거야."

3

폴리와 라이스는 따로 움직이기로 했다. 라이스를 지켜줘야 할 만큼 위험한 일이 있을 것 같진 않고, 각자 행동하는 게 수사 속도가 더 빠르겠다는 판단에서였다. 라이스는 폴리의 눈치로부터 벗어난다는 것도 좋았지만, 뭔가 자기도 한 사람의 탐정으로 인정받은 듯해 내심 기뻤다.

뭐, 그건 어디까지나 피상적인 얘기고. 폴리는 라이스를 가급적 떨어뜨려놔야 했다. 제로 에덴 안에선 마스터 윤의 기폭 신호가 닿지 않겠지만 오발 가능성이 제로라고 할 순 없으니까. 만약에 이런 폐쇄된 지하 공간에 갇히게 될 거라고 예상했다면 애당초 라이스를 데리고 다니지 않았을 것이다. 뭐라고 변명해야 할진 모르겠지만, 어쨌든 이 환경 자체가 그녀의 신경을 곤두서게 만들었다. 라이스에게 숨기고 있는 양 판사의 우주선 문제를 차치하고서도 그 정도였다.

라이스 역시 껄끄러운 문제가 방치된 상태였다. 물론 폴리에 비하면 간단하게 해결될 사정이었다. 딱 하나만 물어보면 될 일이었다. '혹시 네가 진짜 폴라리스 가문 사람이고, 너희 가족이 내 눈알이랑 고향 친구들을 날려버린 사건과 관련이 있니?' 라이스 역시 이 질문을 꺼낼 상황으로부터 멀어지는 쪽을 택했다.

충분히 간단하게 해결할 수 있는 문제를 하염없이 방치하고, 그것을 일시적으로 무마하기 위해 같은 행동을 반복하는 것. 거짓말. 그리고 거짓말을 하는 자. 거짓말쟁이.

라이스가 없는 동안 폴리는 사건 현장을 좀 더 조사했다. 멀지 않은 곳에서 창고를 발견했다. 창고 안엔 건축 자재가 잔뜩 쌓여 있었다. 벽돌 하나를 집었다.

"역시나. 흉기로 쓰인 것과 같은 벽돌이군."

열린 창고 문을 향해서 사건 현장 방향을 바라봤다. 일직선상에 시체, 그리고 제로 에덴의 출구가 보인다. 벽돌을 야구공처럼 들고 시신 방향으로 던지는 시늉을 한다. 다시 벽돌을 내려놓고, 핸드폰을 꺼냈다. 전파는 잡히지 않아도 계산기는 작동했다. 벽돌의 무게. 중력가속도, 직선 거리. 결론은 명확했다.

"너무 약하게 던지면 포물선이 나오고, 너무 강하게 던지면 시체의 머리가 완전히 날아갔어야 했고…… 아니, 애초에 머리가 아니라 배에 맞았을까? 어느 쪽이든 말이 안 되네."

어차피 창고 문엔 자물쇠가 없다. 좋게 말하면 도난을 걱정하지 않는 평화로운 곳이란 뜻이고, 솔직히 말하자면 용의자를 특정하기 더 어려워졌다는 뜻이다.

키득키득. 기분 나쁜 웃음소리가 근처에서 들렸다. 조그만 그림자 두

엇이 창고 바닥을 잽싸게 가로질렀다. 애들이다.

폴리는 80 넘은 할머니 치곤 애들을 별로 좋아하지 않았다. 킨타 같은 허수아비 애늙은이는 예외다. 폴리가 괴팍하고 편집적이라서가 아니라, 애들과 관련해 별로 좋은 기억이 없기 때문이다. 그녀가 죽인 소년병, 그녀를 죽이려고 한 소년병. 우주 전쟁 직전의 모럴 해저드 시대엔 턱없이 어린 아이들이 상상을 초월하는 엽기 범죄를 저지르는 일이 흔했다. 여러 가지 이유에서, 자식을 갖고 손주를 갖는 자신은 상상할 수도 없었다.

"이미 들켰다. 숨지 마라."

폴리가 묵직하게 말하자 아이들이 꾸물꾸물 폴리 앞으로 나왔다. 사내 아이가 폴리 손의 핸드폰을 가리키며 물었다.

"그게 뭐에요? 지상에서 가져온 거예요?"

이런. 제로 에덴은 핸드폰조차 없는 거로군. 지상의 기억이 희박한 어린아이들이라면 더더욱 이해하기 어렵겠지. 어떻게 해야 이해시킬 수 있을까? 이해시켜야 하나? 풍요를 모르고도 행복한 원주민에게 풍요를 가르치는 것은 도덕적인 행위인가?

폴리의 고민이 끝나기도 전에 날카로운 목소리가 들려왔다.

"당장 그 여자에게서 떨어져라, 말썽꾸러기들! 지상인은 불길하다고 몇 번을 말하니!"

눈매가 무서운 여자가 빗자루를 휘두르며 달려왔다. 아이들은 장난스러운 비명을 지르며 창고 밖으로 나갔다. 폴리가 감사를 표현하려고 하는데, 여자는 폴리에게도 빗자루를 흔들며 성질을 내는 것이었다.

"지상인! 얌전히 수사나 할 것이지 애들에게 뭐 하는 짓이야? 너희들 때문에 여기로 쫓겨온 아이들이야! 에이드리언 님을 내쫓은 걸로도 모자랐어?"

애먼 트집이다. 자신들 역시 지상에서 오지 않았는가. 한마디 하려다가 참았다. 현지인과 싸우는 건 지금 상황에서 좋을 게 없는 선택이다. 일부러 시선을 피하려고 노력했다. 자연히 '어디서 본 사람 같은데'라는 직감의 외침을 무시할 수밖에 없었다.

오히려 그녀를 말린 건 같이 온 남자였다. 여자보단 좀 나이가 있는 중년 남자였는데, 사내아이와 얼굴이 비슷한 게 아이의 아버지라는 감이 왔다.

"진정해, 올가. 그러다 자재 무너지면 정리하는 건 내 몫이잖아. 이번 달 창고 담당은 나라구."

자기 아들에게 큰소리 낸 걸 에둘러서 타이르는 것 같다. 올가도 자신이 과했다는 감이 있었는지 빗자루를 내리며 툴툴거렸다.

"쳇. 애들이 위험한 걸 배우면 안 되니까 간섭한 것뿐이야. 난 간다!"

올가도 아이들이 향한 방향으로 떠나버렸다. 둘만 남자 남자가 악수를 청했다.

"내 이름은 하팀. 땅속에 내려와서 랄 시티의 푸른 뱀과 만날 일이 생길 줄은 상상도 못했군. 아들이 너무 귀찮게 하진 않던가요?"

마음에도 없는 소리를 했다.

"착한 아이 같던데요. 보아하니 제로 에덴에서 저희 이미지가 좋은 편은 아닌가보죠?"

하팀이 편히 앉으라는 손짓을 하면서 자신도 벽돌 자재 위에 앉았다.

"지상에 좋은 추억을 남긴 사람이라면 여생을 벙커 안에서 보내겠다는 결심은 하지 않죠. 기존의 인간관계와 많은 편리함을 포기하고 온 것이니까요. 하지만 핸드폰도 그렇듯이, 없이 살아봐야 진작에 없었어도 되는 미련이었음을 알게 됩니다. 물건이든 사람이든."

보통은 '없어봐야 소중함을 안다'라는 고식적인 격언이 나온다. 여기선 그 오랜 격언조차 반대다. 지옥은 하늘에, 천국은 땅속에 있다. 천년 뒤 제로 에덴의 상식은 어떤 모습이 되어 있을까?

"창고 담당이라고 들었는데, 혼자 일하십니까? 당신 말고도 사람들이 밤에 이 근처에 올 일이 자주 있나요?"

"담당도 순찰도 순번을 돌아가면서 합니다. 하지만 그날 밤은 애당초 한의 순서가 아니었어요. 저도 마찬가지로 자는 중이라 무슨 일이 벌어졌는지 전혀 몰랐구요."

"그 순번은 에이드리언이 정해주나요?"

하팀은 놀란 표정이었다.

"이런 이런, 제로 에덴에 대해 전혀 모르는 상태시군요. 에이드리언 님은 떠난 지 오래되셨어요. 정해진 지도자는 없고 서로 돌아가면서 맡는다는 느낌? 다들 권력 독점이라면 진절머리가 나는 사람들이거든요."

죽진 않았군.

"떠나요? 언제요?"

"제로 에덴 세우고 1년 만에 사라지셨으니까, 어디 보자, 2105년인가? 솔직히 왜 가셨는지도 몰라요. 모자이크도 그 뒤론 연락이 끊겼으니까."

"모자이크? 사람 이름입니까?"

"아, 맞다. 모자이크 안내로 온 게 아니랬지? 제로 에덴 주민들은 모두 모자이크가 위에서 잠적시켜준 사람들입니다. 흔적 숨기는 데 도가 튼 잠적 알선업자지요. 뭐, 이젠 상관없어요. 인구 수가 충분해서 더 들어오면 오히려 곤란하기도 하니까."

잠적 알선업자! 짧은 대화였지만 양 부인이 흘렸던 말을 기억했다. 묻혀 있던 기억이 되살아나면서 등골이 서늘해지기 시작한다. 그러고 보면 양 판사가 복귀를 포기하면서 법안 통과도 무산되었지. 결국 그자의 뜻대로 되고 있어. 정말로 이 모든 게 우연인가?

댐의 구멍을 찾아다니는 자는 늘 등 뒤를 조심해야 한다. 댐에 구멍을 뚫은 자가 고치려는 자의 등에 칼을 겨누고 있을지도 모르니.

"어쨌든 대단한 자였습니다. 2층에서 6층까지 수백 명이 사라졌는데 군경찰은 눈치도 못 챘을 정도니까. 모디 씨도 저와 같은 시기에 왔었는데. 설마 저와 관련 있는 죽음은 아니겠죠? 에구, 불길해라."

"모디?"

흔한 이름이라 눈치채지 못했다. 드문 성이라 기억이 떠올랐다.

"피해자 이름이 한 모디입니까?"

"그렇죠. 카르멘이 얘기 안 해줍디까?"

이런 우연이! 그제야 올가의 얼굴에서 느껴진 기시감의 근원을 기억해냈다.

그래서 벽돌을 쓴 거군! 지상의 오랜 원한이 지하까지 따라왔구나!

"가보겠습니다. 중요한 단서가 생겨서요."

"허어…… 모디 씨랑 아는 사이였습니까?"

"아는 사이라기보단……"

이를 으득 깨물었다.

"제가 수사한 사건의 가해자 가족이었죠."

확장이 불가능한 지하이니만큼 인구 증가를 고려해 거주지가 충분히 넓게 설계되어 있었다. 주민들 각각에겐 가족 크기를 고려해 방이 하나씩 배정되었다. 이사는 사실상 불가능하다. 한 번 살게 된 집이 곧 무덤이요, 앞으로 천년을 자손 대대로 살게 될 터전이 될 것이다.

도시에선 상상하기 어려운 일이다. 도시에서 집이란 부동산이자 자산이고, 필요에 따라 언제 옮기게 될지 모르는 공간에 불과하니까. 그러니 제로 에덴의 주민들에게 이 닭장 같은 공간은 감옥이 아니라 은총이다. 더 이상 그들은 도시에서처럼 쫓겨 다니지 않으리라. 누군가 그것을 위협하려고 한다면 말 그대로 목숨 걸고 맞서게 되겠지.

그래서 올가는 빗자루를 들었으리라.

쾅쾅쾅! 폴리가 올가의 집 문을 두드렸다. 만약을 고려해 카르멘을 동반했다.

"올가 씨! 폴리입니다! 나누고 싶은 얘기가 있어요. 잠깐만 나와주세요!"

창문에선 불빛이 새어나온다. 듣고 있다는 확신이 있었다. 닫힌 문 앞에 선 채 말했다.

"이제야 기억났습니다. 한 모디. 준 모디의 형이죠. 3층의 고층 아파트에 살던 준은 철없는 아이였어요.재미 삼아 거리에 벽돌을 집어던졌죠. 하필 키이쓰라는 남학생이 벽돌에 맞아 죽었고, 제가 그 사건의 범인 색출을 의뢰받았었어요. 이제야 기억나네요. 장례식장에서 울고 있던 여학생이 당신이었죠?"

어떻게 추리했는지는 기억나지 않는다. 다만 폴리가 진범을 찾아냈고, 진범은 악의 없는 어린 꼬마였음이 밝혀졌다. 피해자 가족의 입장에서,

처벌은 턱없이 약했다. 공권력이 기능을 포기하면 그 빈틈에 사적 복수가 스며든다. 키이쓰의 가족들이 모디의 가족들을 공격하기 시작했다. 이사를 가도 집 앞에 붉은 페인트를 뿌리고 죽은 쥐를 쌓아놓았다. 견디다 못한 모디의 가족들이 신고했지만 공권력은 이번에도 탁월한 무능함을 보여줬다. 결국 사악한 가해자 가족은 잠적하고 고결한 정의가 실현되었다. 그래, 난 역시 애들은 질색이야.

"우연히 제로 에덴에 준의 형이 있다는 걸 알게 되신 거죠? 그래서 똑같이 벽돌로 오랜 복수를 이루신거죠? 그렇다면 어째서 지금이었습니까? 무슨 트릭을 쓰신 거예요? 어떻게……"

촤악! 창문이 열리고, 폴리를 향해 음식물 쓰레기가 뿌려졌다. 폴리가 화살을 잡던 반사 속도로 피했다. 고스란히 뒤에 있던 카르멘이 맞았다.

"으엑."

애꿎은 카르멘이 쓰레기 범벅이 되었다.

"올가가 화가 많이 났네요. 설득은 무리겠는데요."

"어떻게 방법이 없을까요? 법원 명령 같은 거라든가."

"있을 리가요. 제로 에덴에선 누구도 원하지 않는 일을 강요받지 않으니까요. 하지만…… 존 신부님 말씀이라면 올가도 아주 무시하진 못할지도요? 모두 다 좋아하는 분이니까."

"존 신부? 제로 에덴에 종교가 있어요?"

"지상에서부터 신부였는데, 여기서도 사람들 고민을 잘 들어주시거든요. 예배당으로 가보세요. 전 일단 씻고 와야겠네요."

못 견딘 카르멘이 먼저 자기 집으로 향했다. 폴리도 예배당 방향으로 발걸음을 돌렸다. 마지막으로 고개를 돌려 올가 집 커튼이 흔들리는 걸 확인했다.

전등이 흔들리면서 그림자와 피 웅덩이가 뒤섞였다. 둠 오브 던 클럽의 네온사인이 점멸하는 모습이 소름 끼치게 느껴진다. 의자에 묶인 남자가 숨을 헐떡였다. 고문의 진가는 고문 도중이 아니라 중간의 휴식에 있다. 현재의 고통과 과거의 고통은 다가올 고통을 향한 공포를 능가할 수 없는 법.

딱딱딱. 지팡이 짚는 소리. 방 안으로 닥터 말리그넌트가 걸어 들어온다. 그가 의자에 앉으며 고문기술자에게 말했다.

"나이가 드니 기다리는 것도 노동이네그려. 어디, 성과가 좀 있는가?"

사형수 복면을 뒤집어쓴 고문기술자가 말했다.

"죄송합니다, 닥터. 과연 에이드리언 님의 심복이군요. 입이 보통 무거운 자가 아닙니다."

"뭐, 그런 날도 있는 법이지. 세상 일 쉽게만 굴러가면 누가 돈 주고 사람을 쓰겠나?"

닥터가 고문기술자의 어깨를 툭툭 쳤다. 자신이 직접 나서려는지 고문당하던 남자 앞에 다가갔다.

"하지만 넌 충분히 쉬운 길을 택할 수 있었을 텐데. 왜 고생을 사서 하는지 모르겠군."

퉤! 아직 기운이 남았는지 남자가 양팔이 묶인 채 닥터의 얼굴에 침을 뱉었다. 침은 붕대 위에 묻었다.

"꺼져라, 노망난 늙은이! 난 에이드리언 님의 부하지 네 부하가 아니야! 네놈이 에이드리언 님을 얼마나 구속했는지 모르는 자가 없다! 에이드리언 님이 다시 네놈의 족쇄에 묶이는 꼴은 못 본다! 원하는 정보를 얻고 싶다면 날 죽이고 뇌를 끄집어내는 게 빠를 것이다!"

닥터가 침을 닦지도 않은 채 한숨을 쉬었다.

"그러게 말이야. 예전처럼 6층 기술을 훔쳐 오는 게 쉬웠으면 뇌 스캔이라도 싹싹 긁어봤을 텐데! 아쉽지만 별수 있어? 가진 도구로 최선을 다하는 수밖에! 치엔! 스페셜 게스트를 데려와라!"

문이 열리고 두 그림자가 나타난다. 방독면을 쓴 거한은 당연히 치엔이다. 그 거한이 데리고 온 여자애는……

"아빠……"

눈구멍도 없는 복면을 뒤집어쓴 여자애가 덜덜 떨고 있었다. 의자에 앉은 남자는 얼굴을 못 봐도 그 아이를 알아봤다.

"아아아! 내 딸! 애는 놔줘! 딸애는 상관없잖아!"

"상관없다고?"

빠악! 닥터가 지팡이로 있는 힘껏 여자아이의 다리를 후려쳤다. 뭔가 부러지는 소리와 함께 아이가 비명을 지르며 쓰러졌다. 아아아! 남자가 발버둥치는 통에 의자가 부서질 지경이었다. 닥터는 쓰러진 여자아이를 구둣발로 짓밟으며 말했다.

"소식통에 의하면 푸른 뱀이 새의 주인을 찾던 도중 2층에서 실종되었다더군. 새 주인이 에이드리언인 걸 알았든 몰랐든, 녀석에게 가는 단서가 2층에 있었다는 뜻이야. 마스터 윤, 그 미친년을 건드릴 순 없으니 별수 있나? 에이드리언과 2층에서 일하던 동료들을 조지는 수밖에."

고문기술자가 고문 도구로 가득한 수레를 닥터 앞으로 끌고 오는 동안, 치엔이 여자아이를 의자에 묶었다. 닥터는 정말로 직접 나서려는지 코트를 벗고 소매를 걷었다. 허리가 굽은 노인이었음에도, 지금 그의 눈은 이글이글 타오르고 있었다.

"상관이 없다고? 너희는 내가 사랑하는 아들을 만날 단서를 감추고 있다. 그리고 넌 네 사랑하는 딸을 구하고 싶겠지. 그런데 넌 내 아들도 사랑한다고 하네? 여기, 세 개의 사랑이 있군. 자, 어느 사랑이 승리할까? 과연 어느 사랑이 가장 강할지 궁금하지 않아?"

이 어두운 도시에서 사랑에 미쳐버린 자들의 가면무도회가 시작되었다.

4

놀랍게도 정말로 예배당이 있었다. 본래 예배당으로 쓰려고 만든 공간은 아닌 듯하지만, 입구 위에 걸어놓은 커다란 태양 그림만 봐도 종교 시설임을 직감할 수 있었다. 햇빛광장이 떠오른 건 우연이 아닐 것이다.

"웃기는군. 진짜 태양을 본 적 있는 사람이 있기나 하려나?"

폴리의 혼잣말을 들은 자가 있었다. 대걸레를 든 복사 차림의 젊은 남자가 말했다.

"불가능하진 않지요. 6층에선 태양을 볼 수 있고, 3층민도 4층 그늘 밖으로 나갈 용기만 있으면 하늘을 구경할 수 있으니까요. 거기서 사는 건 역시 무리겠지만."

한눈에 알아봤다. 나긋나긋한 목소리부터 호감형의 인상만 봐도 왜 제로 에덴의 인기인인지 알 것 같았다. 먼저 인사했다.

"3층에서 내려온 탐정 폴리입니다. 카르멘 씨에게 설명 들으셨지요?"

"물론이죠. 존 신부입니다. 자, 일단 들어오시지요."

존을 따라 예배당 안쪽의 탕비실로 갔다. 예배당에선 제각각 다른 종교의 방식으로 기도하는 사람들이 있었다. 다양한 층에서 온 사람들인 만큼 자기 나름의 방식을 따르는 모양이다. 사실, 어차피 이 예배당은 여느 교회와 달랐다. 십자가 자리에 에이드리언을 상징하는 나비 그림이 자리 잡고 있었으니. 하지만 정작 폴리를 당황스럽게 한 것은 탕비실 안의 광경이었다. 대접에 가득 찬 과일을 우적우적 씹어 먹고 있는 라이스 말이다.

"너클헤드. 내가 각자 조사하라고 보냈던 거 같은데?"

입안에 과일이 잔뜩 든 채.

"헤으아허으어으어어으어!"

존이 대신 말해줬다.

"길을 못 찾아서 헤메고 계시더라구요. 생과일이 처음이신 듯해서 대접해드렸더니⋯⋯"

그제야 입안을 비우곤 말했다.

"의안으로 캐치할 수 있는 게 아무것도 없으니 장님이 된 기분이야! 근데, 토마토 맛이 원래 이래? 케첩하곤 완전 다르잖아!"

"저희 밥벌레 때문에 죄송합니다. 갚아드릴⋯⋯ 아, 그러고 보니 제로 에덴에선 어떤 화폐를 쓰시죠?"

"하하, 이 정도 인구 수라면 화폐는 필요 없죠. 물물교환으로 충분히 유지된답니다. 다 에이드리언 님이 계획하신 일이죠."

진짜 에이드리언 교단이라도 생기겠군. 폴리도 과일 바구니에서 하나 집어들었다.

"굉장히 많은 걸 계획했군요. 에이드리언에게도 제로 에덴은 굉장히 중요한 프로젝트였을 텐데, 왜 1년 만에 떠나버린 걸까요?"

밝기만 하던 존 신부의 표정이 어두워졌다. 그는 추억이라도 떠올리는 표정으로 예배당 기둥을 바라보며 말했다.

"어쩔 수 없죠. 에이드리언 님이 처음부터 원하신 건 7층이었습니다. 6층의 하늘은 구름 없는 암흑이고 3층에선 천장이 없으면 데브리 추락에 노출되죠. 푸른 하늘을 두려움 없이 올려다볼 수 있다는 전설의 낙원…… 끝끝내 찾지 못한 나머지 차라리 직접 만들자, 라는 아이디어에서 시작된 게 제로 에덴 프로젝트였습니다."

"헤에, 둘이 친했나보네요. 신부님도 창설 멤버였어요?"

라이스가 물었다.

존이 고개를 갸우뚱했다.

"친하다…… 글쎄요. 에이드리언 님과 친하다고 생각하는 사람은 많았죠. 아노말리 패밀리 안에서도 인기가 많았고, 2층에서야 영웅 그 자체고, 제로 에덴 사람들도 그분의 이상을 따라온 사람들이니까요. 저도 그걸 보고 제로 에덴 프로젝트 초기부터 함께했습니다만…… 에이드리언과 친했느냐? 자신 있게 말하긴 힘들겠네요. 요는, 모든 이의 친구는 누구의 친구도 아닐 수 있다는 거죠."

폴리는 문득, 폴라리스 저택에 가득 찬 사람들 한가운데에서 느꼈던 그 고독을 다시 떠올렸다.

스며드는 과거의 그림자를 떨쳐내고자 바로 다음 질문을 던졌다.

"에이드리언의 실종으로 득실을 본 사람이 있을까요?"

"음…… 제로 에덴은 결국 마스터 윤과 잠적 알선업자의 협력으로 세운 거죠. 어차피 뭔가를 회수하기 위한 사업은 아니었으니 크게 손해 볼 일은 없었을 겁니다. 에이드리언 님도 본래는 여기서 여생을 보낼 심산이었구요. 어쩌면, 어느 날 에이드리언 님이 진짜 7층에 대한 정보를 손에 넣고는 이 가짜 7층을 떠나신 건 아닐까요? 이런, 제 상상력은 이 이상 못 가겠네요."

"마스터 윤? 그녀도 제로 에덴을 알고 있습니까?"

"적어도 마스터 윤으로부터 인프라 지원을 받은 건 사실입니다. 둘은 연인 관계니 그 과정에서 몇 마디 털어놓았을 수도 있지 않을까요?"

푸웃! 화들짝 놀란 폴리와 라이스가 동시에 입에 있던 과일을 쏟아냈다. 하도 놀라서 라이스의 의안이 빙글빙글 돌았다.

"예에? 에이드리언과 윤이 애인?"

"응? 모르셨어요? 2층에선 유명한 얘긴데?"

존 신부는 생각보다 여파가 컸다 싶었는지 다시 말을 주워 담으려 했다.

"아니 아니, 그래도 그렇게 막 깊은 관계거나 한 건 아니었을 겁니다. 저도 그렇고, 아무도 둘이 정상적인 연애를 하는 모습은 못 봤다더라구요. 심지어 윤이 유일한 선물로 비둘기를 준 적이 있는데 에이드리언 님은 그걸 3층에 두고 오시더라구요."

"그 새가 윤이 선물한 거였군."

"내장된 반려동물 칩에 가명을 등록한 건 고의였나보네!"

폴리와 라이스가 서로 얼굴을 보면서 끄덕였다. 에이드리언은 여전히 닿지 않는 곳에 있었지만, 그래도 뭔가 한 올 한 올 풀려가는 느낌이었다.

"그, 근데 왜 에이드리언은 윤이랑 어울린 걸까요? 마스터 윤에겐 3층의 큰손인 닥터의 아들이니 가까이 할 필요가 있었겠지만, 에이드리언은 어차피 2층에 정착할 생각도 아니었을 텐데요."

라이스가 현실적인 측면을 지적했다. 존 신부가 대답했다.

"아, 그건 제가 직접 들었습니다. 말씀하시길 '아버지를 화나게 하고 싶었다'라고 하시더군요. 그도 그럴 게, 동료들을 군경찰에 팔아먹어서 그 자리에 오른 닥터와 달리 마스터 윤은 진짜로 자수성가해서 2층을 휘어잡은 타입이거든요. 그 편집적인 노인네가 질투심은 또 좀 심합니까? 에이드리언 님은 그런 식으로 자신의 일거수일투족을 통제하려 드는 아버지에게 분노를 표현한 거죠."

폴리가 고개를 끄덕였다. 왜 올가와 제로 에덴 사람들이 폴리 일행을 경계하는지 알 것 같았다. 새장 밖으로 달아난 아들의 장난감이라. 닥터가 그 존재를 알게 되면 짓밟으려 한달음에 달려올 것이 뻔하다. 과장이 아니라 정말로 이들에겐 생사가 걸린 문제이리라.

잠시 대화가 중단되었다. 때마침 탕비실로 주민 하나가 걸어 들어왔다. 받침대에 종이로 된 서류철 하나를 들고 있었다.

"존 신부님. 기도실 대여 회람판이 돌아왔습니다."

"감사합니다. 거기 두고 가주세요."

당연히 기록은 핸드폰이나 태블릿에 할 거라고 생각한 라이스는 서류철이 흥미로웠는지 어깨너머로 들여다봤다.

"이게 뭐예요?"

"보시다시피 작은 예배당이라서요. 저에게 남들 몰래 고민을 털어놓고 싶거나 혼자 조용히 기도하고 싶으신 분들이 대여 시간을 예약하는 겁니다. 사람은 많은데 장소는 하나뿐이라 늘 만원이죠."

폴리도 들여다봤다. 한데 라이스와 달리 그녀는 단번에 이상한 점을 알아챘다.

"어라? 이 날짜…… 한이 죽은 날 밤에 하팀이 예배당을 빌렸네요?"

"흠, 그러네요. 그게 어때서요? 하팀의 종교에선 야간 예배가 드문 일은 아닌걸요."

어떻냐고? 하팀이 그날 자고 있었다고 했다. 심지어 사건 현장 근처 창고를 담당하고 있었으니 한의 사망 당시 상황을 전혀 몰랐다고 하는 건 앞뒤가 안 맞다. 회람판 한 장에 사라진 알리바이.

라이스 표정이 밝아졌다.

"뭐야, 벌써 모순을 찾아낸 거야? 이걸로 사건 해결? 지상에 빨리 돌아갈 수 있겠구만!"

아니다. 오히려 모순이 많아져버렸다. 방금 전까지만 해도 폴리의 머릿속에선 이 사건이 올가의 복수극으로 정리되는 중이었다. 모든 퍼즐이 다 맞춰지는 중이었는데, 소파 틈새에서 있는 줄도 몰랐던 조각이 나왔다. 무엇보다, 하팀의 거짓말이 너무 허술했다. 이렇게 쉽게 간파될 알리바이를 왜 꺼낸 걸까? 혹시 예배당 예약 날짜를 잘못 기억했나? 하긴 사건에 대한 기억을 혼동한 용의자들이 스스로 함정에 빠지는 건 흔한 일……

기억!

"존 신부!"

폴리가 갑자기 큰 소리를 내자 신부가 화들짝 놀랐다.

"제로 에덴 건설 초기부터 보아오셨다고 하셨죠?"

"예? 아, 그렇죠."

"기억 소거 장치, 어디 있습니까? 그걸 가져온 6층민은요?"

주민들 여럿이 공구실에 모였다. 늦은 시간에 방음벽이 있는 공구실에 주민들이 모였다면 불미스러운 일에 연루되었다고밖엔 생각할 수 없었다. 그들을 모은 건 올가였다. 늘 뚱한 그녀의 표정은 다들 익숙했지만 오늘 그녀는 뚱하다기보단 잔뜩 긴장해 있었다.

"이 시간에 무슨 일이야, 올가? 카르멘은 왜 안 불렀고?"

굳은 얼굴로 주민들을 하나하나 둘러보던 올가가 입을 열었다.

"다들 알고 있지? 3층에서 탐정이라는 작자가 내려와 여기저기 들쑤시고 다니는 거."

"당연히 알지. 마음에 들진 않지만 어쩌겠어? 한의 죽음을 규명하긴 해야 할 거 아니야."

올가가 그를 매섭게 노려보며 의자에서 벌떡 일어났다.

"무슨 말이야, 한은 당연히 사고로 죽었지! 제로 에덴에 살인자는 없어!"

"나도 그렇게 생각은 하지만……"

"우린 모두 에이드리언 님이 심사숙고해서 선택한 이주 1세대야. 외부인이 그게 어떤 의미인지 알기나 하겠어? 보나마나 수사랍시고 여길 쑥대밭을 만들어놓고 알리바이 없는 사람 하나 데려와 누명을 씌우겠지!"

지나친 억측일 수도 있다. '폴리와 라이스의 탐정 사무소'의 전설을 아는 자도 있었다. 그러나 그 이상으로, 두 사람이 가져온 변화가 마뜩지 않은 자는 올가만이 아니었다.

주민 중 하나가 일어났다.

"모디 씨 문제를 떠나서 두 여자의 악영향은 무시할 수 없어. 우리 애가 그 여자들의 핸드폰을 보더니 자기도 갖고 싶다고 졸라대기 시작했어."

애들이 걸려 있다면 위기감은 커진다. 어렵게 찾아온 낙원의 미래를 위험하게 만들 수 있다면 더더욱. 주민들이 웅성거리기 시작했다. 올가가 목소리에 한층 무게를 얹었다.

"아이들은 저 위의 지옥을 겪어본 적이 없지. 물질에 홀려 질질 끌려다니다가 인생이 닳아 사라지는 공포를 느껴본 적이 없어. 애들이 나중에 신기한 기술에 홀려 여기를 떠나고 싶다고 하면 감당할 자신 있어?"

오히려 웅성거림이 사라지고 불길한 침묵이 감돌았다.

"여, 역시 사건이 끝나고 나면 제로 에덴의 기억을 지워버려야 하나? 아니면 제로 에덴을 못 나가게 해? 설마 죽이자는 건 아니겠지? 그건 에이드리언 님의 이상에 어긋나는……"

쿵. 올가가 묵직한 가방을 꺼냈다. 이야기가 이렇게 흘러갈 것을 알고 미리 준비해 온 것이었다.

"간단해. 기억 소거 장치엔 지울 기억의 기간을 설정하는 기능이 있었지? 둘의 지상에서의 기억을 몽땅 지워버리는 거야. 그렇게 되면 설령 제로 에덴을 탈출한다고 해도 아무 의미 없어지겠지!"

오오! 꽤 괜찮은 발상이라고 여겼는지 주민들이 의욕을 보이기 시작했다. 올가는 준비해 온 무기를 가방에서 꺼내면서 말했다.

"우린 좋은 일을 하는 거야. 지상의 기억은 후회와 고통의 기억! 녀석들의 과거를 지워서 훌륭한 낙원의 이웃으로 만들어주자구!"

5

마커스 웡 박사. 존이 알려준 이름이었다. 그도 존 신부와 마찬가지로 제로 에덴 프로젝트의 초기 참가자였던 것 같다. 문제는, 웡 가문이라면 폴리도 아는 이름이라는 것이다. 폴라리스 못지 않은 유력 가문 중 하나였다. 폴리가 직접 가면 들킬 가능성이 있었다. 때마침 온종일 빈둥거리며 과일이나 먹던 라이스를 보내기로 했다.

이번엔 길을 잃지 않게 존이 지도를 그려주었다. 다행히 허둥대지 않고 찾아갈 수 있었다. 어쩐지 거리에서 마주친 주민들의 눈빛이 아까 전보다 훨씬 날카로워져 있었다. 공구실에서 이루어진 밀회에 대해선 라이스가 알 도리가 없었다.

애써 모른 척하며 웡 박사 집 앞에 도착했다. 창문 틈새로 불빛이 보인다.

"웡 박사님 계세요? 3층의 탐정입니다! 가라고 하면 그냥 갈 테니까 대답만 해주세요!"

대답이 없다. 무심코 손잡이를 돌려봤다. 열려 있다. 빈집털이 하던 시절이었다면 꽤나 쾌재를 부를 상황이었겠지만, 어쩐지 문 안쪽에서 샷건을 든 집주인이 총구를 겨누고 있을 것 같은 기분이 들었다.

그래도 열고 들어갔다. 미래를 예측하고 위험에 대비하는 건 폴리 같은 좀생이들이나 하는 짓이지.

"우왓!"

거기에 샷건 총구는 없었다. 대신 늙은 남자가 거실 바닥에 고개를 박은 채 쓰러져 있었다. 탁자를 향해 쓰러진 걸 보니 도움을 청하고자 전화기로 다가가려던 것 같다. 첨단 기술 싫다고 유선전화 고집하던 놈들 꼴 좀 보소. 아, 이럴 때가 아니지.

"괜찮아요? 살아 있어요?"

죽진 않았나보다. 노인이 간신히 팔을 들어 탁자를 가리켰다. 전화기 옆에 약병이 있었다. 얼른 가져다가 입안에 흘렸다. 금세 그가 정신을 차렸다.

"고맙소이다. 이놈의 지병에게 기어이 오늘 잡아먹힐 뻔했군. 제로 에덴의 약초로 만든 약은 효과가 불안정하단 말이야……"

라이스는 한창 인공 고기 대신 생과일을 먹을 수 있는 삶을 상상해보던 중이었다. 어쩌면 핸드폰이 없어져도 그것을 대체할 수 있는 이웃이 생긴다면 도시를 포기할 가치가 있을지도 모르지. 그러나 이 노인에게 기술 문명은 선택이 아닌 생사의 문제였다. 라이스는 그제야 저울에 낭만만을 올리는 건 현명한 인생 계획이 아님을 자각했다.

어쨌든, 지금은 이 노인의 인생 계획을 알아야 했다.

"마커스 웡 박사님이시죠? 3층에서 온 라이스라고 합니다. 한 모디의 사망 사건을 수사 중인데 도와주실 수 있을까요?"

적어도 길거리의 사람들보단 살가운 태도를 보여주었다. 라이스는 몰랐겠지만 늙은 웡은 공구실에 초대되지 못했다.

"목숨의 은인인데 당연히 도와줘야지. 잠깐만 기다리게. 손님에게 차라도 내놓아야지."

기운이 돌아왔는지 웡 박사가 금세 부엌에서 티백이 아닌 잎을 넣은 차를 타 왔다. 라이스가 찻잎이 이에 끼지 않도록 신경 써서 마시면서 물었다.

"박사님이 6층에서 오실 때 기억 소거 장치를 가져온 분이시죠? 제 상사…… 아니, 파트너가 그거 원리랑 왜 가져오셨는지 알아 오래요."

후루룩. 웡 박사가 다리를 쭉 펴고 차를 마시면서 말했다.

"원리? 그건 나도 잘 모르는데. 홧김에 냅다 훔쳐 온 거라 사용설명서 구경도 못했어."

"잉? 훔친 거였어요? 전 직접 만든 건 줄 알았죠."

"내가 무슨 수로 만들어? 내 전공은 역사학이야."

라이스가 입을 떡 벌렸다. 기억 소거 장치를 가져온 6층 출신 박사라길래 천재 발명가를 기대했는데, 이건 완전히 아웃이었다. 비교적 공손하던 라이스의 목소리가 약간 추궁조로 변했다.

"아니, 역사학이 땅속 벙커 생활에 무슨 도움이 된다고 따라왔어요? 6층민이면 노화 역전 시술 받고 인생이나 즐기시지!"

"어쩔 수 없었어. 국가주의자로 몰리는 바람에 6층에 머물 수가 없었거든. 선택지라곤 원수 같은 자식 놈들의 식객 노릇을 하는 거랑 에이드리언이 만들었다던 낙원으로 가는 것뿐이었지. 기억 소거 장치는 그 과정에서 엿 먹어봐라, 하는 심정으로 가져온 거였고."

방금 한 말에서 라이스 귀에 들어온 건 별로 없었다. '국가주의자'라는 단어가 나오자마자 라이스는 의안을 손으로 가리며 소파 구석으로 비켜난 상태였다.

"다, 당신! 국가주의자였어?"

"아, 아니야! 당연히 아니지!"

윙 박사가 손을 내저으며 해명했다.

"날 보라구. 어딜 봐서 화염병 던지고 다니는 과격파 같아? 과거의 국가 체제와 현재의 도시 체제를 분석한 칼럼을 게재한 것뿐이었어. 랄 시티 6층은 그것만 보고 날 반동분자로 몰아버린 거고!"

푸후우. 윙의 얼굴은 발작으로 쓰러졌을 때보다 한층 지쳐 있었다.

"온갖 소문이 나돌고, 종신 교수 자리도 빼앗기고. 가문이 등을 돌리자마자 자식 놈들은 기다렸다는 듯이 재산 분배부터 시작하더군. 그때 만난 게 에이드리언과 모자이크였어."

사정을 듣고 나니 라이스도 경계를 풀었다.

"흐음. 6층 귀족이라고 인생이 평탄하지만은 않구나."

"사람 사는 곳이야 어디나 마찬가지겠지만, 가진 게 많으면 잃을 것도 많은 법이야. 높은 곳에 있다는 건 그만큼 발밑이 위태롭다는 뜻이지. 어쩔 수 없이 6층은 궤도 엘리베이터의 존립에 편집적인 경향이 있어. 오죽하면 서드 스카이폴 같은 해괴한 도시 괴담까지 돌겠어? 그리고 보면, 내가 생각이 짧았던 것도 없지 않았던 거 같아. 대중의 공포는 함부로 건드릴 게 아니야······"

재미있네, 라고 라이스는 생각했다. 밈 시티 2층에서나 유명하던 도시 괴담이 랄 시티 6층에도 있을 줄이야. 네트를 통해 퍼진 걸까? 2층민들에게 서드 스카이폴은 압제자의 멸망을 의미하는 희망이었지만, 6층민의 서드 스카이폴은 사랑하는 이들의 파멸을 의미하는 공포였다. 같은 도시 괴담, 다른 의미. 마치 전혀 다른 대륙에서 같은 형태로 진화한 두 새의 부리처럼. 괴담은 살아 있고, 도시는 살아 있다. 흙이 없고 하늘이 없어도 살아 있는 것은 살아 있는 것이다.

윙의 회상이 이어졌다.

"다만 요즘 6층의 분위기가 심상치 않은 건 사실이야. 유력 가문에서도 이탈자가 나오기 시작했으니까. 양 가문, 콜트 가문…… 아, 첫 시작은 폴라리스 가문이었군. 그 반골 이름이 뭐였더라? 하! 그러고 보니 이젠 나도 이탈자 대열에 들어선 셈이구만."

"윽."

그 이름이 튀어나오자 라이스는 자기도 모르게 신음을 냈다. 루 대령의 입에서, 가토의 입에서, 이젠 윙 박사의 입에서도 그 이름이 나오고 있다. 거짓말쟁이는 진실로부터 도망 다녀야 한다. 왜 도망가는지는 모르겠다. 라이스는 잘못한 것이 없다. 달아나는 발걸음은 이유를 찾으려조차 하지 않는다. 애당초 용기는 거짓말쟁이의 도의가 아니기에.

라이스는 폴리와 함께 지내며 용기를 배웠다. 물에 발가락을 담글 정도의 용기는 있었다.

"저기…… 그 폴라리스 가문이란 어떤 사람들인가요?"

후루룩. 닥터 말리그넌트와 후시 루 대령이 동시에 차를 마셨다. 퉤! 동시에 차를 뱉었다. 대령의 집무실 바닥이 엉망이 되자 청소 드론이 기다렸다는 듯이 나와 누런 찻물을 닦아냈다.

닥터가 말했다.

"어우, 군경찰에 지급되는 차가 이 정도입니까? 세금 아끼는 건 좋지만 이건……"

루도 찻잔을 내려놓았다.

"분자 조립형 음식이 다 그렇지 뭐. 광고는 실제랑 맛이 똑같다지만, 실제 찻잎 구경도 못해본 사람들이 무슨 수로 비교를 하겠어?"

"허허, 그거야 4층 지붕 아래 사는 사람들의 분수이지요. 어디 가장 높은 곳에 계신 분이 그러셔야 되겠습니까?"

후시가 손가락으로 닥터를 가리키며 말했다.

"너 꼭 뭐 부탁할 거 있으면 사람 띄워주는 소리 하더라."

허허허. 닥터가 부정은 못하겠는지 너털웃음을 지었다.

"본론을 원하신다면…… 제가 최근에 아들의 행방에 대한 단서를 찾아서 말입니다. 당분간 그쪽에 집중하려고 하거든요. 보고는 잊지 않을 테니 당분간 저희 활동을 눈감아주실 수 있겠습니까?"

"흐음."

후시가 찻잔에 각설탕을 담갔다.

"그 부탁을 들어주려면 밀수한 찻잎이 한 트럭은 있어야 할 거 같은데."

"에이, 찻잎 같은 걸로 퉁쳐서야 제 이름이 부끄럽지 않겠습니까?"

닥터 말리그넌트가 옷 안주머니에서 사진을 몇 장 꺼냈다. 2층의 햇빛 광장 사진이었다. 사진 속의 시위대를 보자 후시의 눈썹이 꿈틀거렸다.

"6층에선 잔소리, 2층에선 반항이니 중간에 낀 입장이 말이 아니죠?

이웃의 어려움을 보고만 있어서야 되겠습니까? 어차피 일도 못하는 인부들이랑 순찰대, 며칠 푹 쉬게 하십시오. 험하고 더러운 일을 잘하는 사람은 따로 있으니까요."

후시가 팔짱을 끼고 잠시 머리를 굴렸다. 이내 그가 테이블 아래에 있던 문을 열고, 비싼 술을 꺼냈다.

"그 차 버려. 다른 도시에서 선물 온 건데 품평이나 하고 가라고."

"아이고메, 업무 시간에 괜찮으시겠습니까?"

"내 정규 근무 시간은 두 시간 전에 끝났어."

닥터는 거리낌 없이 술잔을 들어올렸다.

"도시여, 만수무강하소서!"

6

윙은 라이스가 맡았다. 폴리는 한의 집을 수색해보기로 했다. 올가 쪽은 일단 접어두기로 했다. 이 사건은 폴리의 생각보다 훨씬 복잡했다. 범죄는 딱 세 종류다. 과거의 복수, 현재의 이득, 미래의 대비. 만약 과거의 복수가 사건의 진상이 아니라면, 존 신부를 대동해 올가를 끌어내는 건 마지막 순서로 두는 게 유익하다고 판단했다.

카르멘이 미리 줬던 열쇠가 있었다. 한의 집으로 들어갔다. 혼자 사는 남자 집 치곤 꽤나 깨끗했다. 수납장 위에 준 모디와 찍은 가족 사진이 있었다. 차마 보기 힘들어서 액자를 덮었다.

실내 광경은 여러 가지 의미에서 이질적이었다. 벙커의 콘크리트와 금속으로 된 벽. 그런데 정작 가구들은 원시적이다. 자전거로 돌리는 세탁기. 냉장고를 대신하는 저온 저장고. 제로 에덴에도 전기는 있지만, 내부 설비만으로 수리가 불가능한 가전제품은 아날로그로 대체한 것이다.

허세가 아니다. 정말로 천년을 버틸 생각으로 만든 곳이다. 이 모든 불편함을 감수하고서라도 만들고야 말겠다고 오랫동안 고민하고 설계한 것이다. 이토록 고생을 해놓고 1년 만에 떠났다. 에이드리언에게 7층은 도대체 어떤 의미란 말인가.

"음?"

집 안을 한번 쭉 둘러봤다. 위화감. 다시 집을 한쪽 끝에서 반대쪽 끝까지 걸어본다. 이번엔 발걸음 수를 센다. 역시나. 방의 배치와 실제 면적이 맞지 않는다. 숨겨진 방이 있는 거야. 라이스가 있었으면 청사진을 스캔해볼 수 있었을 텐데.

젠장. 지금 너클헤드를 아쉬워한 거야? 나가 죽든가 해야지.

안방으로 들어가본다. 깨끗하게 치워진 방. 투신자살한 자리에 남아 있는 가지런한 신발이 떠오른다. 계획에 없던 죽음 치곤 미심쩍은 점이 많다. 더더욱 미심쩍은 것은, 안방 구석에 있는 종이 파쇄기였다.

서재도 아닌 안방에 파쇄기라. 파쇄기 뚜껑을 열어본다. 종이는 비웠다. 태웠을까? 문득, 안방의 침대로 눈이 갔다. 아주 오랜 기억일 텐데, 마치 지금 이 순간을 기다리기라도 했던 듯 의식의 수면 위로 올라왔다.

"모디 가족은 이불을 바닥에 깔고 자는 좌식 생활을 했지."

침대 매트리스를 손으로 눌러본다. 부스럭. 지퍼를 열어본다. 역시나 잘게 파쇄된 종잇조각들이 나왔다. 익숙한 재질이다. 팩스 용지다. 팩스라니, 전쟁 이전에도 흔치 않던 물건이거늘. 한 움큼 꺼내서 조각을 맞춰봤다. 제법 잘게 썰어내는 파쇄기였는지 쉽지 않았다. 아, 이런 건 아가왈이 진짜 잘했는데.

아가왈은 머리가 좋았다. 군인이라기보단 학자가 어울리는 타입이었다. 다른 사병들하고도 잘 어울렸고 작전에서 임기응변도 능했다. 곁에 있으면 듬직한 첫째 딸 같은 녀석이었다. 그래서인지 리니아에게 곧잘 잔소리를 할 때가 있었다.

대위님, 그 버릇 고쳐야 합니다.

나? 무슨 버릇?

한 번 충격 받으면 상념에 빠지는 버릇이요. 전쟁터든 아니든 그러다간 언제 한번 크게 뒤통수 맞을 겁니다.

괜찮아. 내 등은 너희가 지켜줄 거잖아.

청린부대? 다들 어디 갔지? 왜 아무도 없는 거야?

이제 내 등 뒤는 누가 지켜주지?

머리가 과거의 늪에 빠져 있는 동안에도 손은 성실하게 조각을 맞춰 나갔다. 발신자 이름이 '올가'라는 걸 간신히 확인했다. 집중했다면 더 많은 정보를 얻어낼 수 있었을 테지만, 거칠게 문 두드리는 소리가 폴리를 방해했다.

"여기 있는 걸 알고 있다, 탐정! 당장 나와!"

올가의 목소리다. 매트리스 지퍼를 다시 잠갔다.

폴리가 거실에 나갔을 땐, 이미 상황이 빠르게 흘러가고 있었다. 제각각 손에 무기를 든 주민들이 한의 집 주위로 모여들었다. 쇠지레, 렌치, 방망이, 자루 끝에 단 식칼. 제로 에덴에 살상 무기는 반입 금지라지만, 생각보다 많은 것들이 인간의 목숨을 빼앗을 수 있다. 올가를 필두로 한 몇 사람이 집 안으로까지 들어왔다. 거실에 선 폴리가 올가에게 냉정하게 말했다.

"잠시 나가 있어주시겠습니까? 피해자의 집을 조사하는 중이라서요."

말없이 노려보기만 하는 올가를 대신해 중년 여자 하나가 앞으로 나섰다.

"뻔뻔하기는. 무슨 권리로 망자의 집을 들쑤시겠다는 거야?"

젊은 사내 하나도 거들었다.

"저 위에서 내려왔다고 자기가 구세주라도 되는 줄 아나보지?"

머리가 여럿인 뱀도 심장은 하나인 법. 여전히 폴리는 올가를 향해 말했다.

"전 아직 당신을 용의자 선에 올리지도 않았습니다."

올가가 한에게 보낸 팩스. 역시 협박문이었을까?

"벌써부터 선동이라는 패를 꺼내들 필요는 없습니다. 지금 당신은 스스로를 더 의심스럽게 만들고 있어요."

올가가 입을 열었다.

"의심이라. 불쌍하군. CCTV가 없으면 아무것도 믿을 수 없는 지옥에서 온 자다워. 하지만 여기서 의심받을 건 너뿐이다. 자, 어떤 기묘한 첨단 기술로 우릴 속일 셈이지? 어떻게 우릴 쥐고 흔들 셈이야?"

공포다. 이들이 느끼고 있는 건, 머리 위의 지상을 떠날 수밖에 없게 만든 불쾌했던 기억들이다. 거기에 대고 명예와 규율을 들먹이는 건 별로 현명한 대처가 아니다. 안타깝게도 폴리라는 인간은 살아온 시간에 비해 사람을 대하는 방법이 다양하지 못한 편이었다.

"그럼 이건 어떻습니까? 3층에서 오신 분들께 제 소문을 들었겠죠? 제가 랄 시티의 푸른 뱀이라고 불리는 건 머리색이랑 사람 찾는 재주 때문만은 아닙니다. 흰 고래를 제외하면 랄 시티를 통틀어 저에게 대적할 사람이 없습니다. 과연 여러분이⋯⋯"

"다들 멈춰요!"

험악한 분위기가 위험 수위를 넘어가기 직전에 개입해온 자가 있었다. 카르멘이었다. 카르멘이 군중 사이를 비집고 들어와 올가와 폴리 사이에 섰다.

"다들 진정하세요! 제로 에덴의 이상은 이런 게 아니잖아요! 올가! 대체 무슨 생각이야? 이 사람을 잡으면 어쩔 건데? 수사는 주민 회의에서 동의한 일이었잖아! 언제부터 제로 에덴이 포퓰리즘을 규칙 위에 뒀어?"

올가도 지지 않았다.

"이미 제로 에덴 과반수가 나와 같은 생각인데 이게 곧 주민 회의지! 애초에 왜 외부인을 수사에 끌어들인 거야? 외부인에 대한 방침은 정해져 있었잖아! 기억도 안 지우고 돌려보내는 선택지는 처음부터 없었어야 했어!"

"알아! 그냥 평범한 폭행이나 도난 사건이라면 그랬을 거야. 하지만 이건 살인이라고! 그것도 범인이 잡히지 않은 사건!"

카르멘은 이번엔 올가가 아닌 주민들을 바라보았다. 이건 모두가 알아야 했다.

"누가 죽인지도 모르는 시체가 나온 시점에서 제로 에덴의 이상은 이미 상처 입었어. 이다음에 벌어질 최악의 상황은 제로 에덴의 100여 명밖에 안 되는 주민들이 서로 믿지도 못한 채 지뢰를 덮어두고 살아가게 되는 거야! 그러니 이걸 서로 잡아 뜯는 방법으로 해결해선 안 돼. 이 이상적인 관계가 망가져선 안 된다고! 그러니 어쩌겠어? 희생양, 제삼자, 전문가가 있어야 한다고! 이거야 말로 제로 에덴의 천년을 위해 필요한 일이야!"

주민 중 하나가 외쳤다.

"하지만 제로 에덴 기억을 그대로 가진 사람이 3층으로 돌아가는 것도 불안한 건 마찬가지라구. 일부 기억만이라도 지우는 쪽으로 타협하면 안 돼?"

타협. 적과 적의 친인척을 모조리 죽이는 것 다음으로 가장 현명한 문제 해결 방법이다. 지금과 같은 대치 상태에선 불가결한 것이기도 했다. 카르멘이 애원하는 듯한 눈빛으로 폴리를 바라봤다. 폴리의 현명함에 운명을 걸었다. 그런 그녀가 모르는 것이 있었는데, 폴리 몸속 어딘가에 있는 폭탄이었다.

"죄송합니다."

어떻게 작동하는 폭탄인지 모른다. 기억 소거 장치의 원리가 뭐든 간에 그 피해는 폴리만이 입게 되는 것이 아닐 것이다.

"전 기억해야 할 것이 많습니다. 그 기억엔 제로 에덴 인구 수보다 많은 사람들의 안전이 걸려 있어요."

"협상 결렬이군! 그렇다면 더 망설일 것도 없지!"

드디어 올가가 준비해 온 것을 꺼내 들었다. 등 뒤에 숨기고 있던 거대한 장총이 나왔다. 폴리가 한 걸음 물러서며 카르멘에게 외쳤다.

"제 뒤로 붙어요!"

펑! 올가가 방아쇠를 당긴다. 동시에 주변을 감싼 공기가 흔들렸다. 나팔 모양으로 퍼진 강력한 에너지가 한의 집 안을 통째로 붕괴시켜버렸다. 위력이 너무 강해서 올가를 따라온 사람들조차 뒤로 나자빠질 정도였다. 다행히 폴리는 직격을 피했다. 한 팔에 카르멘을 긴 채 창문을 깨고 집 밖으로 달아났다. 다행히 거리엔 포위망이 없었다.

일단 자기 몸부터 더듬었다. 제대로 피했다. 다행히 방금의 파동으론 폭탄이 작동하지 않은 것 같다. 하지만 직격을 맞게 되면 어찌 될지 모를 일이다. 카르멘을 대동해 도주를 시작했다.

"전 내부 구조를 잘 모릅니다. 안내해주세요!"

"저, 저쪽 방향으로!"

두 사람이 제로 에덴의 복도를 달렸다. 넓고도 비좁은 벙커 안에서 추격전이 시작되었다.

가장 빠르게 가장 많은 돈을 버는 방법은 무엇일까?

유사 이래로 그 방식은 변한 적이 없었다. 상속이다. 농경이 시작된 이래로 상속은 우리 문명의 근간이었고, 풍요의 시발점이었으며, 노동의 가치 그 자체였다. 자연히 부는 혈통에 의해 축적되었으며 우주 항행 시대에조차 소수 가문에 의한 부의 독식은 변하지 않는 인류의 전통이었다.

폴라리스 가문은 그중 하나일 뿐이다. 다만 그들의 주 수입원이 군수 및 용병 산업이라는 게 문제였다. 협정을 위반하는 무기와 민간인 학살로 점철된 우주 전쟁에서 피 묻은 돈다발을 쌓은 것은 자연스러운 수순이었다.

"본래대로라면 전범재판이 벌어져야 했을 거야. 하지만 스카이폴로 인해 전쟁의 뒤처리 같은 건 아무도 신경 쓸 수 없게 되었지. 심지어 폴라리스 가문은 궤도 엘리베이터 체제로의 전환을 위해 막대한 자금을 댔어. 인류 존속에 기여했다는 명분까지 얻은 거지."

윙의 설명을 듣고 있는 라이스는 그녀답지 않게 조용했다. 비록 네트에 연결되지 못한 의안은 잠잠했지만, 두개골 밑에선 우주 전쟁 이전부터 이어져온 기나긴 불행의 연결고리가 이어지고 있었다. 그 끝에 라이스의 삶을 빼앗은 폭동이 있었다. 남은 것은 과연 피의 연쇄가 폴리까지 연결되느냐의 문제였다. 윙 역시 그 연쇄가 눈에 아른거리기라도 하는 듯했다.

"남말 할 것도 없어. 윙 가문은 유통 산업으로 부흥했어. 무기를 안 팔았으면 무고할까? 그럴 리가 없지. 내가 먹고 자란 모든 밥과 빵 중에 남의 피가 한 방울도 안 묻었을까? 전범재판이 이루어지면 과연 누구까진 면죄부를 받고 누구까진 심판을 받게 될까? 결국 도덕이란 옷과 같은 거야. 더울 땐 얇게 입고 추울 땐 껴입는 법이지. 만약 내가 에이드리언 님을 따라 여기로 내려오지 않았다면 또 다른 생각을 품었을 거라는 뜻이다."

옷이라. 폴리가 입은 가죽 재킷. 내가 입은 정장. 이것이 우리가 입은 도덕이다.

폴리과 함께 다니면 뭔가 더 나은 존재가 된 기분이다. 정말로 그런가? 폴리는 정말로 나를 더 나은 존재로 만들어주는가?

"돌아가고 싶을 때도 있어요? 이 좁은 마을에선 필요한 약도 구하기 힘들잖아요. 저 도시에 남는 게 낫겠다 싶을 땐 없어요?"

"당연히 있지. 내 나이가 몇인데 옛 시절이 그리울 때가 없겠어? 하지만 조금만 냉정히 생각해보면…… 도시란 '기회와 일자리'가 매매되는 시장이야. 그게 인간이 도시를 선택하는 이유고. 안정적인 공급을 위해선 이동이 필수적이지. 문제는, 인간이란 잦은 변화보단 항상성을 선호하는 생물이거든. 언젠가는 버려야 하는 피상적인 관계를 '진짜'라고 믿는 것도 이내 지쳐버리지."

윙이 손가락으로 천장을 가리켰다. 그의 손가락은 천장을 뚫고 1층의 바닥을 뚫고 4층의 지붕조차 뚫어 저 대기권을 돌파해 나아갔다.

"그런데 망할 데브리들이 선택지 자체를 날려버렸어. 인류는 도시가 아니면 생존이 불가능한 시대를 맞이한 거지. 그럼에도 불구하고 나에겐 기회가 생겼어. 더 이상 떠돌아다니며 불안에 떨지 않아도 되는 사회에서 살 기회 말이야. 장점도 있고 단점도 있지만, 내 대답은 간단해. 여생을 보낸다면, 익숙함에게 배신당하지 않을 곳에서 살고 싶어. 감수해야 할 게 많지만, 이것이 나의 전범재판이라고 생각한다면 싼 값이지."

도시 밖의 삶이라. 해킹도 의안도 쓸 수 없는 갑갑한 벙커 안의 삶. 장점이라곤 하찮은 과일과 냄새 나는 진짜 동물들뿐인 땅속의 낙원. 그 대신 거짓도 없고, 루 대령의 협박도 없고, 폴리의 잔소리도 없는 곳.

어쩌면, 아주 어쩌면……

결국 가슴속에 묻어났던 말을 꺼냈다.

"저기요…… 혹시 저도 제로 에덴에……"

그 말을 마칠 수가 없었다. 별안간 거칠게 문 두드리는 소리가 났다.

"박사님! 웡 어르신 계십니까?"

아직 얼굴을 본 건 아니지만, 웡도 라이스도 말투가 심상치 않음을 느꼈다. 웡이 창문 커튼을 살짝만 걷으며 내다보았다. 역시나 무기를 들고 있다. 라이스에게 숨으라는 손짓을 했다.

"무슨 일인가? 문 부서지겠네!"

"3층의 침입자들이 제로 에덴을 위협한다는 의심할 여지 없는 증거를 얻었습니다. 둘 중 오드아이 쪽이 이쪽에 왔다는 목격담이 있었습니다. 집 안에 들어가서 수색을 해도 되겠습니까?"

"무슨 소린가? 두 사람에 대한 처분 문제는 주민 회의에서 이미 결정한 문제잖나? 그걸 뒤집으려면 주민 회의를 다시 열어서……"

"우리 모두를 위한 일입니다. 놈들과 한패인 게 아니라면, 수색에 협조해주시겠습니까, 어르신?"

점점 위협적으로 변해가는 목소리. 웡의 감은 틀리지 않았다. 순순히 알겠다는 대답을 한 후 다시 커튼을 닫았다.

그늘 속에 숨은 라이스에게 소리 낮춰 말했다.

"일이 틀어진 모양이군. 분위기가 심상치 않아. 뒷문을 열어줄 테니 일단 몸을 피하게."

라이스도 소근거렸지만 이미 목소리엔 두려움과 조급함이 섞여 있었다.

"안 열어주면 안 돼요? 강제로 부수고 들어오진 않지 않을까요? 경찰이나 마을 대표를 부를 순 없어요?"

웡이 쓴웃음을 지었다. 포퓰리즘을 이길 수 있는 규범. 공권력의 억제력. 인간은 쉽게 흙과 푸른 하늘의 은혜를 잊곤 한다. 마찬가지로, 우리의 선조들이 어렵사리 쌓아 올린 도시 문명이 얼마나 우리를 지켜주고 있었는지 그 은혜 역시 잊어버린다. 웡은 선택했다. 자신의 선택의 결과 정돈 받아들일 줄 알았다.

"기억 소거 장치를 알아보는 중이랬지? 뒷문 선반장 맨 아래 칸에 장치 보관고 열쇠가 있어. 가져가게. 부디 몸 조심하고."

너무 오래 걸리면 의심할 것이다. 웡이 문을 열었다. 그가 현관에서 성난 촌민들과 이야기하는 동안 라이스는 소리 없이 뒷문으로 사라졌다. 결국 라이스가 찾아내야 할 건, 좋으나 싫으나 그녀의 고기 방패가 되어줄, 명령하기 좋아하는 잔소리쟁이였다.

7

인공 태양 시설을 제외하면, 제로 에덴의 광원은 수작업으로 만들 수 있는 전구가 주를 이룬다. 자동 타이머가 있을 리 없으니 밤이 되면 담당들이 돌아다니며 불을 꺼야 한다. 그러나 오늘은 담당들이 제 할 일을 안 하고 있었다. 모두가 잠들 시간이지만 환하게 밝혀진 탓에 시간 감각이 혼미해질 지경이었다. 밤의 빛은 도시의 전유물이다. 어쩌다 제로 에덴이 이리 되었단 말인가?

무기고 안으로 들어왔다. 카르멘이 길을 제대로 안내했는지 오는 도중엔 군중과 마주치는 일이 없었다. 무기고에서 쓸 만한 걸 찾던 폴리가 한숨을 쉬었다.

"전기충격기, 구토 유발 진압봉, 비살상 기계 너클…… 정말로 치안 유지용 무기밖엔 없군요. 이 석궁은 촉에 고무가 달렸네. 올가는 그 무기를 어디서 가져온 걸까요? 공사 장비라도 되나?"

구석에서 풀이 죽어 앉아 있던 카르멘이 대답했다.

"전자 장비를 무력화시키는 파동포예요. 본래 인체엔 치명적이지 않은 물건인데…… 보셨다시피 잔여 충격파 자체가 어마어마해서 살상력이 없다곤 못하죠."

응? 그럼 일종의 EMP Electromagnetic Pulse 란 소리 아냐? 그거 맞았으면 폭탄이 멈췄을라나? 아니다, 위험한 도박은 하지 말자. 그보단 올가다. 올가는 그 무기를 쓰는 법을 제대로 알고 있었다. 뭔지도 모르는 걸 주워 온 게 아니란 소리다. 그렇다면 왜 나를 상대하는데 그 무기를 골라 왔을까? 3층에서 온 초인이니 기계 임플란트로 강화했다고 생각했나? 하긴 요즘은 시술 강화보단 임플란트가 유행이긴 하지.

"좋아요, 여기 있는 물건을 활용해서 원거리 무기를 만들어보죠. 이런 소규모 폭동에선 대개 주동자만 제압하면 실행력을 잃기 마련입니다. 카르멘 씨도 쓸 만한 걸……"

"죄송해요. 이건 다 저 때문입니다."

꿔다놓은 보릿자루 마냥 주저앉아 있던 카르멘이 말했다. 폴리가 그녀를 바라봤다. 라이스가 사고 쳤을 때 모습이 떠올랐다.

"여러분이 제로 에덴에 떨어진 건 사고나 우연이 아니에요. 제로 에덴 외부엔 침입자 접근에 대비한 감시 장치가 있거든요. 그걸로 두 분이 제로 에덴 근처에 다가온 걸 봤고, 일부러 그 타이밍에 함정을 작동시켰어요. 한의 사건을 맡길 사람이 필요하다는 생각을 쭉 하고 있었으니까요. 제 독단이 아니었으면 모두가 위험해지진 않았을 텐데……"

딸깍 소리. 잘못 들은 게 아니었군. 한의 죽음을 둘러싼 괴사건. 카르멘은 당황했고, 보이지 않는 의심이 퍼져가는 걸 느꼈다. 카르멘은 이를 해결하기 위해 외부인을 끌어들이기로 했다. 그 외부인이 필요 이상으로 유능한 전설의 탐정이었다는 건……

우연일까?

뜬금없이 그날 그 타이밍에 왜 카르멘은 감시 장비를 보고 있었을까?

고민할 틈은 없었다. 무기고 문을 박차고 올가가 들어왔다. 여전히 파동포를 들고 있었지만 다행히 혼자였다.

"포기해라! 막다른 길이다, 탐정!"

엄청난 집착이다. 천하의 폴리라도 슬슬 열이 오르기 시작했다.

"올가! 10년도 더 지난 사건입니다. 대체 얼마나 많은 사람들을 끌어들일 셈입니까? 제로 에덴을 위한 일이라는 건 부차적인 거죠? 당신이 한을 죽인 게 아니라면 대체 왜 이러는 거예요?"

"지긋지긋하군!"

올가가 혀를 찼다.

"무엇을 위한 일이냐, 누가 범인이냐, 누가 비밀을 숨기고 있느냐! 그놈의 진실, 진실, 진실. 너야말로 어떻게 아직도 그 짓거리를 하고 사는 거야? 노화 역전 시술 때문에 뇌도 성장을 멈춘 건가?"

올가는 더 이상 폴리에게 총구를 겨누고 있지 않았다. 그녀의 불타는 눈빛, 이제 사라진 키이쓰와의 추억을 떠올리는 눈빛은 파동포의 충격탄보다 강렬했다.

"사람들을 끌어들여? 우릴 생각해주는 척하지 마! 이 수사는 너희가 무사히 돌아가기 위한 거였잖아? 그렇다면 말해봐라. 애당초 너흰 왜 여기로 내려온 거지? 우연히 1층 산책이라도 했나? 그럴 리가 있나! 여기 있는 실종자를 찾으러 왔어? 찾았으면 그 사람부터 확보했겠지! 그렇다면 뻔하잖아? 에이드리언 님을 잡으러 왔는데 없어서 낭패인 거지? 누구의 의뢰든 간에, 세상으로부터 숨기 위해 제로 에덴까지 만드신 에이드리언 님을 끌어내리려고 온 거겠지! 그러니 같잖은 박애주의자 행세는 집 어치워라, 탐정!"

킨타를 만난 날, 슬럼프를 극복하면서 최소한 한 가지 질문엔 답을 했다. 내가 하는 잃은 옳은 일인가? 그렇다. 적어도 명예롭지 않은 길을 가지 않기 위해 노력하고 있다. 그래, 그건 좋았다.

그러나 정말로 근본적인 질문엔 도달한 적이 없었다. 자기 자신을 속이는 거짓말이 막다른 길에 도달했을 때 밝혀질 진실.

부하들을 찾기 위한 길은 명예로운 길인가? 부하들을 찾는 과정에서 불의를 행해야 한다면, 나는 과연 어느 쪽을 택해야 할 것인가?

양 판사의 우주선, 아네모네의 제안. 마스터 윤의 협박. 이미 '새 주인 찾기'엔 도시 전역을 뒤흔들 규모의 영향력이 개입되어 있다. 반세기 동안 기다리고 기다려온 우주로 가는 길 앞에 놓인 장애물은 작은 흠집에도 무고한 이들의 운명이 좌우될 수밖에 없다. 그 장애물을 치우는 행동이 불의라면, 리니아 폴라리스는 그것을 선택할 것인가? 폴리는 부하들을 찾으러 가기 위해 라이스를 지상에 두고 우주로 날아갈 것인가?

지금이다! 올가가 신호하자 진작에 무기고 밖에서 기다리던 주민들이 반응했다. 미리 설치되어 있던 무기고의 함정이 작동했다. 순식간에 조여든 공업용 쇠사슬이 폴리를 묶어버렸다. 폴리의 순발력이면 얼마든지 피할 수 있는 속도였다. 그 순발력이 음습한 상념에 묻혀 빛을 보지 못했다.

랄 시티의 푸른 뱀이 생포당했다. 폴리가 쓰러졌다. 주민들이 무기고로 밀려들어왔다. 카르멘도 붙잡혔다.

올가가 포박된 폴리에게 다가갔다. 자신만만한 자세로 서서 내려다보며 말했다.

"불멸의 탐정도 별거 아니군. 오랜 시간이 걸렸지만, 이 싸움의 승자는 나다!"

폴리가 올가를 올려다봤다. 끈적이는 상념의 웅덩이에서 빈손으로 나온 것은 아니었다. 탐정은 깨달았다. 올가의 관심사는 한 모디의 죽음이 아니라는 것. 올가가 분노하는 대상은 과거에 있지 않다는 것.

"아니야. 이건 처음부터 너와 나의 싸움이 아니었어. 넌 모디 형제를 증오하지 않아. 준에게든 한에게든 복수하기를 원하지 않아. 넌 도시에 화가 난 거야. 나에게 화가 난 거야. 한을 죽인 건 네가 아니야."

올가는 몰래 팩스로 한과 연락하고 있었다. 협박이었다면 발신자 이름을 명시해놓았을 리가 없지.

폴리를 죽이러 오는 데 좁은 대상을 확실히 죽이는 무기가 아니라 넓은 범위를 초토화시키는 무기를 가져왔다. 한의 집 어딘가에 있던 비밀의 방. 그곳에 있었을 어떤 전자 장비가 타깃이었던 거다.

"날 노린 것조차 아니었군. 나를 노리는 척하면서 한의 집 안에서 EMP를 작동시키는 게 목적이었겠지. 너는 한 모디와 무언가를 하고 있었어. 그런데 한이 네게 언질도 없이 제로 에덴을 떠나려고 한 거야. 평범한 도주나 사고사였다면 손쉽게 한의 집에 들어가 협력 증거를 없앴겠지만, 한이 살해당한 게 명백한 상황이 벌어지자 선동을……"

픽! 올가가 파동포의 손잡이로 폴리의 머리를 후려쳤다. 폴리가 침묵했다. 그런 뒤에 주민들에게 외쳤다.

"기억 소거 장치를 준비해! 소거 장치 수납 창고로 간다! 낙원에 기어든 뱀에게 심판을 내릴 것이다!"

폴리조차 모르는 먼 옛날의 기억.

이상한 별명의 잠적 알선업자가 한 무리의 사람들을 폐건물의 빈 방으로 모았다. 철두철미한 필터링을 거쳐서 제로 에덴으로 이주가 허락된 사람들과 그들의 가족들이었다. 제로 에덴의 존재를 알게 된 채 탈락된 사람들은 어찌 되었을까? 다들 너무 깊이 생각하지 않으려고 했다. 이 방에 모인 사람들 중에서 진실과 마주해서 좋은 꼴을 당해본 사람들은 별로 없었다.

지금 화장실 뒤쪽 으슥한 공간에서 만난 두 사람도 그러했다. 이 둘이 여기서 마주친 것은 모자이크조차 예상치 못한 우연이었다.

올가가 먼저 물었다.

"동생은?"

한이 굳은 표정으로 대답했다.

"지금 여기에 준이가 보여?"

살인 사건 피해자 유족의 보복으로부터 도망 다니던 가해자의 가족. 피해자의 절친한 친구로서 공권력의 무능함과 무관심을 가장 가까이에서 보아온 자. 둘 다 이 도시에서 도망가고 싶었던 자들이었다. 우연과 필연 사이의 경계는 의외로 얇다. 제로 에덴이 아니었어도 언젠간 어디선가 마주쳤을지도 모를 일이다.

한이 말을 이었다.

"가족 모두가 개명 신청을 했어. 하지만 친족 중에 전과자가 있다는 이유로 거절당하더군. 남은 희망이 많지 않았는데, 회귀주의자들이 접근해 왔어. 지금 생각해보면 미친 결정이었지만, 회귀주의자들은 도시 밖에서 안전하게 살 방법을 찾았다면서 우리 가족을 유혹했어. 녀석들을 따라 4층 천장 밖으로 나갔고……"

한이 더 이상 말을 잇지 못했다. 올가 역시 침묵했다. 비난하고 싶지 않았다. 올가의 삶도 그와 크게 다르지 않았으니까. 올가 역시 이곳에 가족들을 두고 홀로 오게 된 사연을 짊어지고 있었으니까.

올가가 한숨에 가까운 심호흡을 했다.

"그래. 이제 우리 앞에 놓인 건 새로운 삶이지. 3층의 일은 3층에 묻자구. 지상에 있던 연이 이제 모두 끊어진다. 그나마 있는 관계조차 없애버리는 짓은…… 더는 그런 선택은 하지 않겠어."

짧은 말이었지만 많은 걸 떠오르게 했다. 뭣보다, 올가는 가족들이 죽어서가 아니라 어떤 사정 때문에 가족들을 떠날 수밖에 없는 상황임을 짐작할 수 있었다.

한때 대척점에 있었던 관계다. 그렇기에 더더욱 돕고 싶다고 한다면 그건 어떤 심정에서였을까. 한 모디는 주위에 듣는 사람이 없음을 다시 확인하고 나서 말했다.

"저기…… 만약 네가 위험을 감수할 생각이 있다면, 지상의 삶과 완전히 단절할 필요는 없을 수도 있어."

"무슨 소리야?"

"내가 에이드리언 님이나 모자이크 몰래 가지고 들어가려는 물건이 있거든. 지상의 동향을 감청할 수 있는 장치인데, 통신은 못하지만 지인들이 어떻게 지내는지 정도는 살펴볼 수 있어. 만약 너도 그걸 쓰고 싶은 생각이 있다면…… 어때?"

이것은 호의였다. 도덕적으로 다소 얼룩덜룩하긴 하지만 호의는 호의였다. 올가에겐 다짜고짜 한이 금지 품목을 밀입하려 한다고 고자질해 그를 눈앞에서 치워버리는 선택지도 있었다. 그러나 그녀는 그러지 않았다. 왜 그랬는지는, 지금에 이르러서도 본인조차 알지 못한다.

성난 군중이 사슬에 묶인 뱀을 제로 에덴에서 가장 깊은 곳으로 데려갔다. 묵직한 철문을 열자 MRI처럼 생긴 거대한 기계가 나타났다.

"어?"

폴리의 눈이 커졌다.

"저게 기억 소거 장치야? 저렇게 큰 거였어?"

폴리의 사슬을 잡고 있던 남자가 말했다.

"뭘 새삼스럽게. 6층에서부터 내려온 첨단 장비가 포켓 사이즈라도 되겠어?"

그건 그렇지. 하지만 이렇게 되면 하팀에 대한 가설에 큰 문제가 생긴다. 하팀은 사건 당일 예배당으로 가는 길에 현장을 보았다. 범인은 하팀의 기억을 지웠고, 그 바람에 하팀은 폴리에게 너무나 쉽게 들킬 알리바이를 말해버린 것이다. 그런데 기억 소거 장치가 휴대 불가능한 물건이었다면, 범인은 그 야밤에 하팀을 여기까지 데리고 올 여유가 있었다고 해야 하나? 다른 순찰들을 모두 피할 방법이 있었나? 하팀의 기억이 지워졌다는 가설이 틀린 건가? 하팀이 진범이야? 제길, 대체 무슨 트릭이 있는거지? 라이스가 장치의 원리만 알아 왔어도 큰 실마리가 풀렸을 텐데!

양반은 못 되나보다. 라이스를 생각하니 라이스가 나타났다.

"동작 그만!"

윙에게서 받은 열쇠가 있었다. 라이스는 제일 먼저 보관고에 도착해 있었다. 그녀가 기억 소거 장치 위에 올라서서 군중을 바라봤다. 폴리가 묶여 있다. 도와줄 킨타도 없다. 기억 소거 장치는 역시나 오프라인 장비인지 의안으로 해킹이 안 된다. 이 상황을 뒤집을 수 있는 건 그녀뿐이었다.

"다른 한 명의 3층 탐정이다! 에이드리언 님의 위협이다! 잡아라!"

주민들은 다짜고짜 라이스를 기계 위에서 끌어내리려고 했다. 라이스는 오히려 당당한 태도로 말했다.

"그래도 되겠어? 다들 후시 루 대령이라면 알겠지? 우린 흰 고래의 지 시대로 새 주인을 찾으려고 여기에 온 거야. 우리가 돌아가지 못한 채 실종되면 어떻게 될 거 같아? 닥터 말리그넌트를 두려워하던 시절이 그리워지고 싶어?"

후시 루. 무자비하고 견고한 랄 시티의 진정한 주인. 군중의 눈에 공포가 깃든다. 누군가가 외쳤다.

"거짓말이야. 군경찰의 에이드리언 님 수사는 이미 미제 사건으로 처리되었다고 모자이크가 말한 걸 들었어! 이제 와서 루 대령이 에이드리언 님을 왜 찾겠어? 설령 찾는다 한들 군을 움직이지 뭐 하러 사립탐정을 내세우겠냐고!"

듣고 보니 라이스조차 아리송하다. 좋은 협잡질엔 동조자가 필요한 법. 폴리를 향해 외쳤다.

"폴리! 너도 한마디 해줘! 우릴 방해하는 건 곧 루 대령을 방해하는 거랑 마찬가지라는 걸!"

제로 에덴 사람들의 시선이 폴리에게로 몰린다. 공포. 그리고 거기에 더해진 절박함. 자신들의 미래뿐 아니라, 자신들을 떠난 구원자의 안전까지 걱정하는 눈빛. 총과 대포에도 흔들리지 않는 폴리였지만 자비를 구하는 그 눈빛을 무시할 수 있는 인간은 아니었다. 우주로 가는 길에 놓인 장애물을 불도저로 밀어버릴 수 있는 인간은 될 수 없었다. 무엇보다⋯⋯ 군중 너머, 저 위에서 그녀를 바라보는 라이스의 눈빛을 견딜 수가 없었다. 더는 이 거짓말을 견딜 수가 없었다.

단단한 나무가 부러졌다. 명예고 뭐고, 그냥 이젠 싫었다.

"미안해, 라이스."

고해의 시간이다.

"거짓말이었어. 새를 찾아달라고 한 건 루 대령이 아니라 양 판사였어. 1층으로 가는 허가를 내주긴 했지만 후시 자식은 에이드리언 수색에 관심이 없어."

어색한 침묵. 거짓말쟁이 협잡꾼 황 미리가 임기응변을 내세울 타이밍을 놓칠 만큼 어색하고 긴 침묵.

"왜⋯⋯ 왜 그런 걸 숨겼는데? 중요한 문제야?"

"새 주인을 찾아주는 대신 우주선을 받기로 했어. 난 이 사건이 끝나면 그걸로 우주 전쟁 때 실종된 부하들을 찾으러 갈 거야. 이게 '폴리와 라이스의 탐정 사무소'의 마지막 의뢰야. 언젠간 말할 생각이었어. 미안해, 라이스."

"허."

라이스 입에서 바람 새는 소리.

"씨발 좆같네."

그대로 기계 위에 주저앉아버렸다. 폴리가 고개를 떨구었다. 폴리와 라이스, 둘 다 저항 의지를 잃었다. 더는 아무것도 중요하지 않았다. 기억도, 우주선도, 서드 스카이폴도, 심지어 머릿속의 폭탄조차도. 폴리와 라이스의 탐정 사무소가 없다면 그 모든 게 모래로 그린 그림일 뿐이었다.

펄떡이던 물고기가 배를 내밀고 떠올랐다. 군중의 열기도 점차 식어버렸다.

"에, 에헴."

누군가가 헛기침 소리를 냈다.

"우리가 쓸데없이 열을 낸 거 같은데…… 서두를 필요 있을까? 대충 가둬놓고 해결책을 얘기해보는 게 어때? 어차피 저항할 생각도 없어 보이는데."

솔직히 푸른 뱀을 상대로 위험을 감수하는 데에 망설이던 자들이 없지 않았다.

"난 에이드리언 님만 안전하다면 아무래도 좋아. 정식으로 주민 회의를 열어서 장기적으로 안전한 방법을 모색……"

물론 모두가 그런 건 아니었다. 역시나 앞으로 나선 건 올가였다.

"뭐? 제정신들이야? 이게 얼마나 심각한 문제인지 모르겠어? 제로 에덴의 운명이 지금……"

누군가가 올가의 어깨에 손을 얹었다. 하팀이었다. 석궁을 들고 있던 그가 올가를 달랬다.

"제로 에덴의 운명을 걱정한다면 더더욱 이러지 말아야지. 에이드리언 님이 꿈꾼 건 이런 사회가 아니었잖아. 한의 죽음부터 해결하고 처분해도 늦지 않을 거야."

별로 먹히지 않았다. 잔뜩 흥분한 올가는 하팀을 획 밀치면서 그의 석궁을 빼앗아버렸다. 그러곤 그걸 폴리에게 겨누었다.

"아무래도 여기서 위협에 맞설 수 있는 자는 나뿐인 거 같군! 그렇다면 내가 기꺼이 죄를 짊어지겠다!"

꺄아악! 군중이 예고 없는 폭력에 놀라 물러섰다. 묶인 폴리와 올가 사이에 가로막을 건 아무것도 없었다. 장치 위의 라이스가 내려와 도울 만한 거리도 아니었다.

등장한 건 의외의 인물이었다.

"안 돼, 올가!"

윙이었다. 군중 사이에 숨어 있언 윙이 달려나와 올가의 팔을 붙잡았다. 푸슉! 오히려 올가가 실수로 방아쇠를 당기면서 석궁 화살이 발사되었다. 석궁은 폴리가 아닌 천장을 향했지만, 천장으로 날아간 화살은 정확히 매달린 전등에 명중했다. 그러자 높은 천장에 매달려 있던 묵직한 전등은 바로 아래에 있던 늙은 마커스 윙의 머리에 정통으로 떨어지고 말았다. 퍽!

윙이 쓰러졌다. 전등과 보관고 바닥은 피범벅이 되었다. 기어이 피를 보고 말았다. 경악한 주민들이 비명을 지르기 시작했다. 올가조차 당황해 바닥에 주저앉았다.

"워, 윙 박사님!"

"치료! 치료를 해야 해!"

"으아아, 피가 너무 많아! 어떻게 이런 일이!"

이미 다들 폴리와 라이스는 잊어버렸다. 폴리의 사슬을 붙잡은 자들도 얼른 윙 박사의 응급처치에 뛰어들었다. 오히려 카르멘이 먼저 폴리에게 다가왔다.

"이, 일단 두 분은 숨으시죠. 상황이 진정되면 그때 다시……"

"카르멘 씨. 저걸 보세요."

폴리가 전등을 가리켰다. 윙의 머리에 떨어져 피가 튄 전등을. 그녀의 죽어 있던 눈빛엔 어느새 불꽃이 튀고 있었다. 카르멘을 돌아보며 말했다.

"사건을 해결했습니다. 상황이 정리되는 대로 주민들을 모아주십시오. 브리핑을 하겠습니다."

8

밤이 늦었다. 순찰 담당들이 제로 에덴의 조명을 야간등으로 바꿨다. 그러나 오늘은 깨어 있는 주민들이 많다. 사실, 아이들을 제외하곤 대부분의 사람들이 예배당으로 향했다. 예배당으로 향하는 그들을 중심부의 에이드리언 초상화가 내려다보고 있었다.

다행히 윙의 부상은 심하지 않았다. 의사가 경고했지만 윙은 자기도 예배당에 가야겠다고 고집을 부렸다. 올가와 카르멘은 매우 불편한 모습으로 서로에게 고개를 돌리고 있었다. 하팀은 아들을 데려왔다. 이 순간을 아이에게 보여주는 것이 제로 에덴의 미래에 어떤 의미를 가지고 있다고 생각했다.

준비가 끝나자 폴리가 단상 위로 올라갔다.

"이렇게 모여주셔서 감사합니다. 지금부터 한에게 무슨 일이 있었는지, 제가 의뢰받은 수사의 결과를 브리핑하고자 합니다."

정적이 흐른다. 평소라면 안절부절못하며 끽끽댈 라이스의 의안조차 조용하다.

"사실…… 추론이라고 하기엔 상당히 억측이 많습니다. 이 사건은 여러 가지 의미에서 우리들의 상식을 벗어나 있습니다. 그래서 전 어느 시점에서부터 트릭 자체를 해명하기를 포기했습니다. 실제로 트릭이 만든 논리적 함정에서 벗어나 인간관계에 집중하니 오히려 해결이 쉬워지더군요. 그리고 가장 근본적인 가정을 세우는 데 성공하자, 다른 문제들이 순차적으로 해결되었습니다. 여기서 말하는 근본적인 가정은, '한을 죽인 벽돌은 위가 아니라 옆에서 날아왔다'는 것입니다."

뭐? 무슨 소리지? 떨어진 게 아니라 던졌다고? 그만한 속도로 벽돌을 던질 수 있는 도구가 있나?

군중이 웅성거린다. 카르멘이 묻는다.

"아니, 천장 높이를 생각해보면 당연하지만…… 어째서 그런 판단이 나왔죠?"

"혈흔 때문입니다."

폴리가 단상 아래에 미리 준비했던 증거품을 꺼냈다. 하나는 한의 살해 현장에 있던 벽돌. 하나는 웡의 머리로 떨어졌던 전등이었다.

"처음엔 당연히 벽돌에 묻은 혈흔이 한의 것이라고 생각했습니다. 그런데 웡 박사님의 머리로 떨어진 전등에 튄 혈흔의 형태가 벽돌의 혈흔과 전혀 다르더군요. 그래서 외상을 배제하고 내상만으로 벽돌의 탄도를 계산해봤습니다. 그러니 포물선으론 설명할 수 없는 각도가 나오더군요."

"어떻게……"

누군가 말을 꺼내자 폴리가 바로 막았다.

"말씀드렸다시피 트릭에 대한 설명은 미루겠습니다."

군중이 다시 조용해진다. 증거품을 다시 내렸다.

"한을 향해 일직선으로 돌진해온 벽돌. 이 가정을 받아들이니 간단한 결론이 나왔습니다. 벽돌은 처음부터 한을 노린 게 아닌 겁니다. 그도 그럴 것이, 한이 허리를 숙이던 중 벽돌에 맞았다는 가정하에 높이를 측정해보니 정확히 일직선상에 제로 에덴의 출구 잠금장치가 있더군요. 자재 창고에서부터 시작해 가속도를 받아 날아와 잠금장치에 명중해야 했던 벽돌이…… 재수 없게도 한의 머리에 맞아버린 거죠."

하팀이 손뼉을 쳤다.

"맞아! 잠금장치도 아날로그라 심한 충격을 받으면 자물쇠가 풀리는 문제가 줄곧 보고됐었어!"

"무기고에도 잠금장치를 단번에 부수거나 명중시킬 만한 원거리 무기가 거의 없더군요. 아마 그래서 벽돌을 썼을 겁니다. 왜 한의 것도 아닌 피가 묻었는지는 모르겠지만 말입니다."

"근데 한은 왜 거기 있던 겁니까?"

누군가가 물었다. 폴리는 잠시 침묵하며 올가를 바라봤다. 올가가 시선을 피한다. 이미 상황 파악은 되었다.

올가와 한은 함께 모종의 장치로 지상과 연결되어 있었다. 제로 에덴에서도 별로 친구를 만들지 못한 한. 지상에 대한 동경을 필요 이상으로 경계하는 올가. 팩스로 연락을 주고받으면서 종이를 파쇄해 제로 에덴에서 허용되지 않은 물건이 발각되는 걸 철저히 숨겼다.

어느 날, 한은 결국 제로 에덴에조차 적응하지 못하고 지상으로 돌아가기로 마음먹었다. 그런데 하필이면 올가에게 말하지 않은 채 혼자 나가던 도중 변을 당한 것이다. 올가는 한에 대한 수사로 인해 장치가 발견될 경우 자신도 한패였다는 게 밝혀지는 것이 두려웠다. 고민 끝에 한의 집 안에서 EMP를 쓸 수밖에 없는 상황을 유도한 것이다.

"그에 대한 설명도 나중으로 미루겠습니다. 먼저 범인 얘기를 해야 하니까요."

평소의 폴리였다면 탐정의 명예에 걸고 진실을 추구했을 것이다. 오늘은 그러지 않기로 했다. 거짓말로 점철된 그녀의 삶에 이 정도 오점이 추가되는 건…… 어쩌면 그 또한 나름의 명예일지도.

"브리핑입니다. 진범은 주민들에게 들키지 않고 제로 에덴을 나가고 싶었습니다. 그래서 '어떤 원리'로 벽돌을 날려 잠금장치를 부수려고 했고, 외부의 누군가와 이에 대해 연락을 주고받습니다. 이 연락을 한이 숨겨둔 장치로 엿듣습니다. 아마도 한은 문이 열릴 타이밍에 자신도 함께 나가려고 했을 겁니다. 하지만 진범의 탈출 계획을 구체적으로 알진 못했죠. 그래서 작전 당일 출구 근처에서 서성이고 있었습니다. 하염없이 기다리던 한이 어떤 이유에서 몸을 굽힙니다. 하필 그 타이밍에 날아오는 벽돌. 그 가속도는 한을 단숨에 죽이기에 충분했습니다.

그러나 진범의 불운은 여기서 끝나지 않습니다. 야간 기도를 하러 예배당에 가던 하팀이 그 소리를 들어버린 겁니다. 문이 열렸는지 확인하러 나오던 진범이, 한의 시신을 목격한 하팀과 마주칩니다. 여기서 두 번째 억측이 필요합니다. 진범은 어떻게 해서인지 기억 소거 장치 없이도 하팀의 기억을 지웁니다. 진범은 엄청 바빴을 겁니다. 문은 열리지도 않았고, 하팀은 기억을 지운 채 자택에 데려다줘야 했습니다. 날이 밝았고 사건 현장엔 제로 에덴의 온 시선이 집중됩니다.

자, 이걸로 하나의 결론이 나옵니다. 진범은 이 사건이 빨리 해결되기를 바라는 누군가입니다. 어서 출구 인근의 감시가 풀려야 제로 에덴을 탈출할 수 있을 테니까요."

윙이 갸우뚱했다.

"잉? 그래서야 해결이 안 나잖소. 다들 사건이 해결되길 고대하고 있었는걸!"

폴리가 고개를 저었다.

"아니, 반댑니다. 진심으로 사건이 풀리길 기대하는 사람은 거의 없었습니다."

이번엔 그녀를 바라보는 제로 에덴의 주민들을 바라봤다. 하팀. 윙. 올가. 카르멘. 그들을 둘러싼 수많은 사람들. 망설임, 두려움, 희망. 만감이 교차하는 그 시선들을.

"다들 최초의 살인 사건 때문에 불안해하고 있었습니다. 진범이 밝혀지기를 바랐지만, 그 이상으로 제로 에덴이 유지되기를 간절히 바랐죠. 그냥 모든 게 우연한 사고이기를, 없던 일이 되기를 바랐습니다. 누구도 서로를 의심하는 삶, 저 지상에서의 삶이 여기서 반복되기를 바라지 않았습니다. 오로지, 오로지 한 명만이 그 불안에 휩쓸리지 않고 진정으로 제 수사를 도와줬습니다."

'그 사람'은 카르멘의 고민거리를 쉽게 들을 수 있는 자였다. 카르멘이 내부인끼리 사건을 해결하는 과정에서 벌어질 내분을 걱정한다는 걸 알게 되자, 일부러 나와 라이스가 함정 근처에 있을 때 카르멘이 지상 감시 카메라를 확인하도록 유도했다.

'그 사람'은 외지인인 라이스가 길을 잃고 헤멜 때 유일하게 그녀를 도와준 사람이었다. 타이밍 좋게 하팀의 위증을 증명할 단서가 우리 앞에 나타나도록 조작하기도 했고.

'그 사람'은 제로 에덴 프로젝트에도 가장 최초부터 개입했던 자였다. '그 사람'은 누구보다 에이드리언과 가까운 자였지. 그렇기에 누구보다 의심받지 않는 자였다. 에이드리언이 떠난 이곳에서 그는 말 그대로 '모든 이들의 친구'였으니까.

슬슬 주민들의 표정이 일그러지기 시작했다. 폴리가 말하는 자, 한 모디를 죽인 진범이 누군지 서서히 깨닫기 시작했다. 폴리는 마지막으로 심호흡을 하곤 최후의 추리를 내뱉었다.

"이제 그의 계략은 종료되었습니다. 탐정이 사건의 진상을 밝히기 위해 주민들을 한곳에 모아줬거든요. 더 이상 출구를 감시하는 자가 없으니 과격한 수단을 써서라도 이 틈에 제로 에덴을 탈출하려고 할 겁니다."

와장창! 별안간 들려온 소리에 주민들이 화들짝 놀랐다. 폴리가 단상을 내려와 예배당 출구로 성큼성큼 걸어갔다.

"함정에 걸렸군요. 위험한 상황이 벌어질 수 있으니 여러분은 따라오지 마십시오. 존 신부는 저 혼자 상대하고 오겠습니다."

나 혼자.

라이스는 예배당 출구 쪽과 가장 가까운 의자에 홀로 앉아 있었다. 예배당 문지방에 섰다. 라이스는 고개를 숙이고, 폴리는 정면을 바라보고 있다. 마주 보지 않은 채, 서로에게 말했다.

"안 따라올 거야, 너클헤드?"

"내가 결정할 거야, 사장님."

폴리가 달려나갔다. 라이스는 여전히 사람 가득한 예배당의 맨 뒤에 앉아서 지나온 과거를 곱씹을 뿐이었다.

군중 속의 고독. 리니아 폴라리스의 인생 전체를 따라다닌 검은 그림 자. 폴리는 그 그림자를 절실히 느끼는 중이었다.

에이드리언의 초상화를 지나쳐 제로 에덴의 출구로 갔다. 단독으로 올 생각이었을 텐데, 기어이 주민들 몇이 따라왔다. 장롱 안에 괴물이 있는 걸 알면서도 손잡이를 돌리는 손을 멈추긴 쉬운 일이 아니다.

폴리의 계획은 정확했다. 존 신부가 그물에 걸려 있었다. 당황한 모습 은 아니었다. 여유로운 모습으로 그물 속에 앉아 있었다.

뒤따라왔던 카르멘이 반사적으로 나서면서 말했다.

"신부님…… 뭔가 착오가 있었던 거네요. 그렇죠? 신부님이 제로 에덴 을 떠나고 싶어할 리가 없잖아요?"

신부는 대답 없이 빙긋 미소 짓는다. 폴리는 그 미소에 서린 악의를 보 았다. 카르멘을 뒤로 밀어내 보호했다.

"저자는 존 신부가 아닙니다. 애초에 본명도 아니겠죠. 필시…… '존 도JoneDoe'에서 따온 말장난 같군요."

짝! 존 신부가 손뼉을 쳤다.

"과연, 가짜 이름 뒤에 숨는 데 도가 튼 사람답군요. 멋진 촉입니다! 말 씀대로 저에겐 멋진 본명이 있답니다. 제 동료들은 저를 네임리스라고 부르지요."

외계인에게 납치되고 기억이 사라졌다는 도시 괴담을 들어보았나?

봉고에 짐을 옮기는 노파를 돕다가 사라졌다는 도시 괴담을 들어보았나?

그는 모자이크의 조각들.

Nameless the Abduction.

폴리가 눈썹을 찌푸렸다.

"그게 무슨 이름이야……"

"지랄하고 자빠졌네. 쓰레기 같은 거짓말쟁이 갈보 년 주제에."

존 신부 입에서 나온 소리였다. 그와 동시에 그가 주머니에서 꺼낸 리모컨을 눌렀다.

콰광!

미리 매설되어 있던 폭탄이 출구 위에서 폭발했다. 주민들 머리 위로 떨어지는 콘크리트. 폴리가 얼른 몸을 던져 주민들 머리 위로 떨어지는 콘크리트를 막아냈다.

문득, 그 자세에서 에이드리언의 초상화가 눈에 들어왔다. 출구를 등 뒤로 하고 거주구 중심부를 바라보는 방향. 정확히 한이 죽기 전에 시선을 향한 방향이었다.

"그런 거였군."

아무것도 챙기지 않았다. 그는 제로 에덴에게 받기만 했다. 빈손으로 들어오지 않았으나 빈손으로 나갈 것이다. 그것이 한 모디가 에이드리언 님의 은혜에 보답할 유일한 길이었다.

출구가 코앞에 있었다. 오늘 밤에 이것이 열릴 것이다. 그다음엔 어떤 일이 벌어질까? 난 어디로 가야 할까? 2층? 3층? 과연 여기가 아닌 어딘 가에선 내가 머물 자리를 찾을 수 있을까?

뒤를 돌아봤다. 에이드리언 님의 초상화가 나를 내려다본다. 머리를 90도로 숙여 인사했다.

"죄송합니다, 에이드리언 님. 전 나약한 놈이에요……"

바로 그 순간, 벽돌이 날아들었다.

그를 이곳에 내려오게 만든 것도, 영원히 나갈 수 없게 한 것도, 작고 묵직하고 차가운 벽돌이었다.

퍽.

9

존은 사라졌다. 폭발은 무게중심을 노렸는지 한 번 시작된 붕괴는 연쇄적으로 제로 에덴 출구 전체를 뒤흔들기 시작했다.

"맙소사! 출구를 폭발시켰어! 도대체 폭발물이 어디서 났지?"

놀라며 달아나는 주민들. 폴리는 폭발이 출구 안쪽이 아닌 바깥쪽에서 시작됐음을 파악했다.

"역시 외부 조력자가 있었군……"

카르멘이 외쳤다.

"큰일이다! 손상이 너무 커! 이대로라면 유일한 출구가 영원히 무너져버려!"

"무슨 소립니까? 내부에서 수리가 불가능합니까?"

"이 정도 규모면 외부에서 누가 철골을 고정하고 있어야 해요!"

이걸 예상하고 터뜨렸군, 존. 아니, 네임리스.

"이 이상 붕괴가 이어지기 전에 막아야 합니다! 도와주실 분 계십니까?"

배부른 소리다. 주민들은 패닉에 빠져 도망 다니기 바쁘다. 폴리 혼자서는 할 수 없는 일. 마치 당연하다는 듯이, 어느새 라이스가 옆에 다가와 있었다. 그러나 조용히 출구 방향을 바라보고만 있는 라이스는 평소의 말 많던 사고뭉치가 아니었다.

"라이스. 나는……"

폴리의 말을 라이스가 끊었다.

"서둘러야지. 어차피 제로 에덴에 남을 생각도 없으니까."

고개를 끄덕였다. 둘이 함께 제로 에덴 밖으로 달렸다.

폴리와 라이스 모두 의식이 없는 채 옮겨졌었다. 아무래도 지상으로 향하는 통로는 생소했다. 다행히 갈림길은 적었다. 사방에서 붕괴음이 들려오는 가운데 라이스가 조작 패널을 발견했다. 패널을 스캔하곤 이내 표정이 밝아졌다.

"좋아, 다행이다. 이건 외부 커넥트 기능이 있어."

"고칠 수 있단 뜻이야?"

"대충? 이런 경우를 대비해 설계된 시설이야. 벽 속의 기계 팔을 조종해 골조를 손볼 수 있게 해두었어. 이미 무너진 내부까진 어쩔 수 없지만 그건 주민들끼리 복구 가능할 거야."

"좋아. 기술적인 건 너에게 맡긴다. 난 적이 있는지 확인하고 올 테니까 작업하고 있어!"

서당 개 3년이면 풍월을 읊는다. 탐정 사무소 3년이니 라이스조차 직감을 배울 시간이었다. 이제 더는 질문을 피할 필요도 없다. 아니, 질문을 할 시간이 얼마 남지 않은 것 같다.

"폴리."

더 늦기 전에 그녀를 불러 세웠다.

"제로 에덴에서 내내 따로 다녔어. 정확히는 고름 구덩이 이후로 네가 날 떨어뜨려놓으려고 한다는 느낌이 들었었거든. 단순히 우주선 문제를 숨기고 싶었기 때문이야? 아니면 아직도 나에게 뭔가 숨기고 있는 게 있는 거야?"

머릿속의 폭탄. 말을 해야 한다. 일단 이 상황만 해결하고 나서!

"조금만 이따가! 여길 탈출하고 나면 전부 대답해줄게. 내 명예를 걸고 약속한다. 믿어주겠어, 라이스?"

믿음이라.

"응, 폴리."

용건은 끝났다. 폴리가 통로 너머로 달려갔다.

일직선 통로를 달린다. 네임리스는 틀림없이 이 길 어딘가에 있다. 아직은 따라잡을 수 있을 것이다. 에이드리언, 모자이크, 제발 실존하지 않았으면 하는 마스터키의 진실에 다가갈 수 있을 것이다.

모퉁이 너머에서 대화하는 소리가 들렸다. 몸을 숨기고 귀를 세웠다. 확실히 둘 중 하나는 네임리스다.

"이쪽은 미리 열어둔 거 아니었어?"

대답하는 쪽은 나이가 좀 더 많아 보인다.

"네가 제시간에 도착했다면 열려 있었겠지."

딱히 특징을 잡아내기 힘든 중년 남성의 음성이다. 핸드폰을 꺼내 거울 기능으로 통로 너머를 엿봤다. 중간 키. 중간 몸집. 무채색의 티셔츠까지. 풍경처럼 주변에 녹아들 평범 그 자체의 외모였다. 호감형인 네임리스가 옆에 있어서 그런가? 아니, 진짜 몽타주 그리기 힘들 정도로 평범한 인상이다.

"그건 미안하게 됐어. 여길 떠날 궁리를 하는 자가 있을 줄은 짐작도 못했거든. 하나같이 에이드리언, 에이드리언 하며 떠받들기만 하는 머리 빈 광신도로 보였는데 말이야."

네임리스는 줄곧 달고 있던 로만 칼라를 비틀어 벗어버렸다.

"그래도 결과는 괜찮지 않아? 어찌어찌 폴라리스 대위를 끌어들였으니, 모자이크 님의 계획에 도움이 될 거 같은데?"

폴리 쪽으로 등을 보이고 있던 네임리스가 쾌활하게 목소리를 높였다.

"그러니까 수줍어하지 말고 나와보시죠, 대위. 당신에게도 공이 돌아갈 테니까요."

허를 찔렸다. 폴리는 방어 태세를 취하면서 신중하게 모퉁이를 돌아 두 사내를 마주 보고 섰다. 특징 없는 사내가 투덜거렸다.

"뭐야, 꼬리를 달고 왔잖아? 땅속에 몇 년이나 처박혀 있더니 실력이 죽었군, 네임리스."

그렇군. 폴리가 네임리스를 가리켰다.

"너희들은 모종의 조직의 일원. 보나 마나 모자이크 일당…… 녀석의 목적이 뭐든 간에 에이드리언을 통제하는 게 중요한 요소였을 거야. 네임리스는 제로 에덴에 머물면서 중요한 순간이 오기 전에 탈주자가 없는지 감시하는 역할이었을 거고. 마침 중요한 순간이 와서 그 녀석의 도움을 받아 나가려고 했는데 한 모디 사건에 얽혀 일이 틀어진 걸 테지."

블랭크가 혀를 찼다.

"아이고, 명탐정 나셨네. 계속 떠들게 놔둘 거야?"

네임리스는 활짝 웃었다.

"이건 내 전문이 아니라서. 뒤처리는 너에게 양보하지, 블랭크."

"망할 놈. 뒤처린 맨날 내 차지지."

블랭크라 불린 남자가 귀찮다는 듯이 주머니를 뒤졌다. 주머니에선 혈액 파우치가 나왔다. 파우치의 이름 칸엔 Blank(공란)라고 쓰여 있었다. 블랭크는 스프레이 꼭지를 혈액 파우치에 돌려 꽂아서 피를 뿌리는 분무기를 만들었다. 그러곤 공구 상자에서 망치를 하나 꺼내더니, 분무기로 망치에 피를 뿌렸다. 그 흔적은 영락없이 한을 죽인 벽돌에 있던 혈흔과 똑같았다. 그렇게 블랭크의 피가 묻은 망치는, 공중부양이라도 하듯 허공에 떠올랐다.

"이게 무슨……"

폴리가 완전히 굳어버렸다. 눈속임인가? 우주 전쟁에서 온갖 첨단 기술이란 첨단 기술은 다 보고 들었다. 하지만 이건 완전히 범주를 벗어난 광경이었다. 폴리가 아는 현대 과학의 상식 밖이었다. 별안간 눈앞에서 초능력과 판타지의 세계가 펼쳐졌다. 문제는, 그것들이 폴리를 공격하고 싶어한다는 것이다.

피가 묻은 동상이 움직이는 도시 괴담을 들어보았나?

귀신 들린 인형이 쫓아온다는 도시 괴담을 들어보았나?

그는 모자이크의 조각들.

Blank the Goosebumps.

붕붕붕! 망치가 회전하면서 폴리를 향해 날아왔다. 다행히 비행 속도가 그렇게 빠르진 않다. 등 뒤로 날아간 망치는 방향을 돌려서 다시 폴리를 향했다. 이번엔 붙잡는 데 성공했다. 얼른 피를 문질러 닦아버렸다. 예상대로 움직임이 멈췄다.

"역시 자신의 피를 묻히는 게 염동력의 전제조건이군. 이게 한을 죽인 트릭의 정체였나?"

그러는 사이에 블랭크는 무기를 더 준비했다. 망치, 톱, 나이프, 스패너들이 피가 묻은 채 둥둥 떠다녔다.

네임리스가 재미있다는 듯이 말했다.

"오, 정말로 더 해보시게요? 잘못 맞았다가 몸속의 폭탄이라도 터지면 어쩌려구요?"

폴리의 눈썹이 꿈틀거렸다.

"전쟁 시절 계급에, 윤과 만난 사실까지 알고 있군. 도대체 네놈들은 어디까지 관여하고 있는 거야?"

한편으로 생각해보면 이놈들은 폭탄의 원리를 알고 있다는 것이다. 물리적 충돌로는 터지지 않는다는 사실을 알고 있는 거지. 마음껏 싸워도 괜찮겠어!

다시 블랭크의 공구들이 날아온다. 원리도 알았고 속도도 감당할 만하다. 블랭크의 무기는 발밑의 공구 상자가 전부다. 저것만 다 잡아내면 저 두 자식을……

별안간 폴리가 균형을 잃고 몸을 비틀거렸다. 그 타이밍을 노려 스패너가 날아와 폴리를 후려쳤다. 폴리가 그대로 쓰러져버렸다.

"머, 머리가……"

온 세상이 돈다. 재생형 강화 인간이 된 뒤로는 술을 마셔도 금세 해독이 되었다. 수십 년 만에 느껴보는 현기증이다. 그 와중에도 폴리의 두뇌는 추론을 멈추지 않았다.

네임리스를 노려봤다. 역시나 그가 폴리를 향해 손을 뻗고 있었다.

"그런 거였군. 기억 소거 장치는 처음부터 텅 빈 모형이었어. 기억 소거는 네가 연출한 거야. 타인의 인지 기능에 영향을 끼치는 능력…… 강도에 따라 현기증을 일으키기도 하는군. 그렇지?"

픽! 대답 대신 날아온 톱이 어깨에 박혔다. 네임리스가 미소 지으면서 블랭크에게 말했다.

"어차피 재생될 텐데 저 주둥이를 찢어놓는 건 어떨까?"

"멍청아. 공격을 조작해야 하는 건 나거든? 귀찮은 주문 하지 마."

수리가 끝났다. 라이스가 패널을 닫았다. 그제야 뭔가 잘못되었다는 걸 느꼈다. 폴리가 한참 전에 돌아왔어야 할 시간이었다. 얼른 폴리가 달려간 방향으로 쫓아갔다. 모퉁이를 돌았고, 살아생전에 볼 일 없을 거라고 생각한 광경이 펼쳐졌다. 만신창이가 되어 쓰러진 폴리였다.

"포, 폴리? 폴리가 져? 어떻게……"

있을 수 없는 일이다. 그녀는 랄 시티의 푸른 뱀. 라이스가 아는 죽은 자와 살아 있는 자를 통틀어, 결코 무너지지 않고 쓰러지지 않는 절대적인 존재.

저만치에 네임리스와 블랭크가 보인다. 전자총을 꺼내 둘을 겨누었다.

"저리 꺼져, 이 개자식들아!"

블랭크가 투덜거렸다.

"벌써 왔어? 너무 놀았잖아, 우리!"

네임리스는 오히려 이 상황을 재미있어했다. 그는 초능력 없이도 사람의 정신을 흔들어놓는 재미를 알았다.

"잠깐만. 자주 보는 얼굴도 아닌데 그냥 지나치긴 아쉽잖아?"

"너희, 대체 정체가 뭐야? 아무 무장도 없이 어떻게 폴리를……"

네임리스가 라이스의 말을 끊는다.

"제로 에덴. 우습지 않습니까? 천국을 찾다 포기한 구세주가 만든 날조된 안식처. 인도된 이들은 그를 숭배했지만, 정작 본인은 진짜 천국을 찾자마자 추종자들을 버리고 날아가버렸지요. 제로 에덴의 운명은 둘 중 하나입니다. 폐쇄된 광신도 집단이 되거나 자멸하거나. 그럴 바엔 오늘 매장시켜주는 것이 오히려 자비 아닐까요?"

방아쇠를 쥔 라이스의 손가락이 부들부들 떨렸다.

"그래, 너! 첫 인상부터 알아봤지. 입으로 똥을 싸는 버릇이 있는 놈 같더라고!"

"이런 이런. 너무 적대적이군요. 황 미리, 당신에게도 적용되는 얘기라구요?"

방아쇠의 손가락에 힘이 풀렸다.

"내 본명을 알아? 나에 대해서도 조사한 거야? 이거 완전 또라이들 아냐?"

네임리스의 혀는 멈추지 않는다.

"이젠 알고 계시죠? 리니아는 6층 귀족입니다. 그녀의 가족들, 그녀의 삶의 기반이 전부 그곳에 있어요. 심지어 그녀의 목적지는 당신이 아니죠. 당신은 대위에게서 운명을 보았을지 모르지만 대위는 머지않아 떠나 갈 사람입니다. 그렇다면 당신도 자신의 입장을 먼저 계산하는 게 어떨 까요?"

그가 라이스에게 머니 칩 하나를 던졌다. 라이스의 의안이 금액을 인 식했다. 의안이 아닌 쪽의 동공까지 흔들릴 만한 액수였다.

"새로운 삶을 시작할 수 있을 만한 액수의 돈입니다. 다른 도시로 가도 좋고, 밑바닥 생활도 상관없다면 6층으로 갈 수도 있겠죠. 그래, 그대로 돌아서 제로 에덴으로 가는 방법도 있겠군! 선택은 당신의 몫입니다. 그 천박한 본성과 과거를 아는 자가 없는 곳으로 가십시오. 오로지 재능만 으로 평가받는 곳에서 새 삶을……"

탕! 전자총이 머니 칩에 명중했다. 머니 칩은 안에 있던 돈과 함께 지 글지글 녹아버렸다. 다시 총구를 네임리스에게 겨누었다.

"누굴 병신으로 알아? 나 2층 출신이야. 결제와 동시에 신고가 들어가 거나 악성 프로그램을 쑤셔 넣는 칩이겠지? 너 같은 족속들 본성이야 빠 삭하거든. 잘 생각하고 입 놀려라. 다음 총알은 네 면상에 박을 테니까."

네임리스가 피식 웃으면서 블랭크에게 말했다.

"구더기에게 별과 달을 논한 쪽이 잘못인가?"

블랭크가 하품을 했다.

"그만 가지? 모자이크 님이 기다리고 계신다구."

"잠깐만. 저거 무너지는 것만 보고."

네임리스가 천장을 가리켰다. 아차! 붕괴가 아직 진행되고 있었다. 하 필 라이스 머리 위의 철골이 우르르 무너져내렸다.

까아악!

폴리는 이미 쓰러져 있다. 라이스가 눈을 질끈 감고 머리를 감쌌다. 라이스가 상상한 자신의 '죽음 예상 리스트'에서 꽤나 괜찮은 순위권에 있는 최후였지만, 그래도 고통은 없기를 바랐다. 그러고 보니 사후 세계에 대해 생각해본 적이 없었네. 땅속의 천국에서 죽었으나 하늘의 지옥에서 깨어나려나?

정말로 고통이 없었다. 눈을 찔끔 떠봤다. 잔해에 깔린 게 아니었다. 어느새 따라왔는지, 기계 너클을 낀 제로 에덴의 주민들이 잔해를 들어 막아주고 있었다.

"다, 당신들!"

올가도 있었다.

"어서 탐정을 데리고 나가! 제로 에덴의 출구는 이대로 막힐 거야. 우리도 빨리 돌아가야 하니까 뜸들이지 말고!"

"왜 왔어? 안에서 수리하고 있어야지! 이대로면 출구가 영영 닫혀버려!"

하팀이 외쳤다.

"그쯤이야 에덴에 들어온 순간부터 각오하던 일이었다. 우리가 선택한 삶이야!"

마지막으로 카르멘이 말했다.

"좋은 기억을 만들어주지 못해서 미안해. 하지만 만약 에이드리언 님을 만나게 된다면 우리 말을 전해줘. 우린 지금도 노력하고 있다고. 우리의 힘으로 그분의 낙원을 지켜나갈 거라고."

우르릉! 붕괴음이 커진다. 시간이 없다. 주민들이 외쳤다.

가라, 폴리와 라이스.

도시로 돌아가라!

라이스가 폴리를 부축했다. 낙원의 주민들을 뒤로하고 끝없이 이어진 층계를 향해 한 발 한 발 걸어갔다. 저 위로. 저 위로.

인간이란 위로 올라가고 싶어하는 생물이다. 우리는 충분한 안정을 얻으면 그 뒤엔 다양성을 원한다. 선악하고는 전혀 별개의 문제다. 이 본성은 우주를 쓰레기로 가득 메우기도 하지만, 생명을 구하는 신약을 만들기도 한다.

애초에 올라갈 곳이 존재하지 않는다면 외면할 수 있을지도 모른다. 무지를 축복이라고 생각할 수 있을 만큼 무지했다면. 정말로 우리 손안에 작은 기억 소거 장치가 있었더라면.

너희 중 오로지 새것을 추구해보지 않은 자만이 한의 시체에 침을 뱉어라. 새것의 은혜를 받아보지 않은 자만이 이 거짓말쟁이들에게 손가락질할지어다.

길고 긴 통로를 기어올라왔다. 다행히 이쪽 통로엔 방사능이 없었지만 그만큼 수직 통로가 길기도 했다. 몇 번씩이나 쉬고 나서야 출구로 나올 수 있었다. 1층을 지나쳐 바로 2층으로 연결된 출구였다. 라이스가 문을 열었다. 상쾌한 공기 대신 2층의 악취가 몰려들어왔다. 그러나 그녀를 경악하게 한 건 냄새보단 눈앞에 펼쳐진 광경이었다.

곳곳에서 연기와 불길이 피어오른다. 원래도 랄 시티 2층은 지옥 같은 광경이었지만 이건 가난과 부패가 아닌 파괴와 폭력이었다. 사이렌과 호각 소리. 함성과 비명. 햇빛광장과 에이드리언 동상에 그늘이 드리웠다.

밈 시티 2층의 그날. 라이스가 한쪽 눈으로 보았던 바로 그것.

"폭동이다."

사랑은 사람을 미치게 만든다.

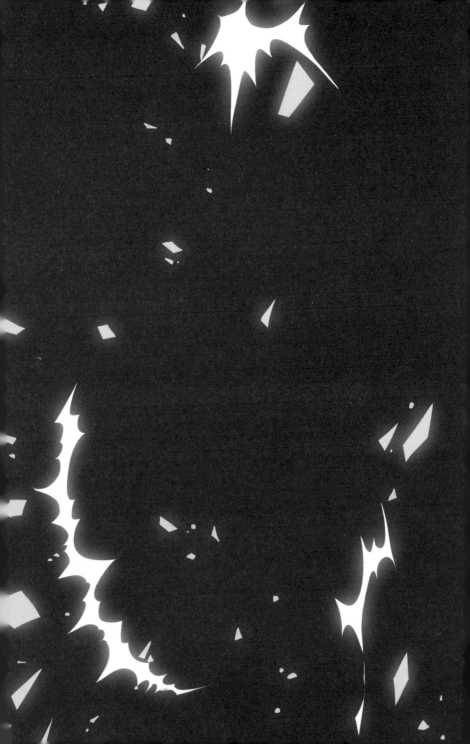

사건 파일 #6

피와 재의 반짝임으로

1

폴리와 라이스가 1층으로 떠난 바로 다음 날.

쏠레용이 데드 빈 카페를 찾아왔다. 놀랄 일은 아니었다. 원래 고름 구
덩이에서 주문할 것이 있으면 쏠레용이 직접 오곤 했다. 루파스는 주문
서를 외우자마자 바로 라이터로 태워버렸다.

"창고가 가득 찰 양이네요. 그것도 도시 밖에서 2층으로! 뭔지 물어봐
도 되나요?"

쏠레용이 커피에 우유를 타면서 말했다.

"요즘 2층 정세가 영 불안해서요. 만약의 사태를 대비해 의약품과 비
상식량 재고를 채워두자고 마스터께서 말씀하시더군요. 아, 물론 무기는
없습니다. 데드 빈 카페는 언제나 피스 앤 러브죠."

힌디야가 밝게 말했다.

"이해해주셔서 감사합니다! 결제는 평소처럼 하시겠어요?"

"오우, 이렇게 대량 주문을 하는데 인색할 순 없죠. 마스터께서 전액

선불로 하라시더군요."

전액 선불! 루파스와 힌디야가 영업용 미소를 지었다.

"역시나 고름 구덩이! 맡겨만 주세요! 여러 루트로 나눠 들여오면 금세죠!"

"포인트제라도 만들어야겠네! 앞으로도 오래오래 단골 유지 부탁드려요!"

단골은 오래 유지되지 못했다. 밀수 절차가 끝나자마자 일은 시작되었다.

철컹! 루파스와 힌디야가 갇힌 감옥의 문이 닫혔다. 두 사람이 보살피던 킨타도 함께 갇혔다. 소지품은 압수당했다. 루파스가 철창에 매달리며 외쳤다.

"이게 무슨 짓입니까, 쏠레용! 무슨 짓을 하려는 겁니까? 대체 우리가 밀수한 게 뭐예요?"

쏠레용이 열쇠를 손가락으로 빙글빙글 돌렸다.

"신뢰라는 건 적금 같은 거랍니다. 정말 필요할 때를 위해 쌓아두다 한 번에 털어먹어야죠. 이번 거래가 마지막 거래였고, 더 이상 우리 사이에 신뢰는 필요 없답니다. 그동안 수고해주셨습니다, 데드 빈 카페."

쏠레용이 그렇게 말하곤 감옥 밖으로 나가버렸다. 힌디야가 주저앉았다.

"맙소사…… 우리가 밀수한 무기로 2층에 폭동을 일으킬 셈이야! 그게 다 무기였다니!"

루파스가 힌디야를 진정시켰다.

"당황하면 안 돼. 이제 곧 2층민들이 엄청 죽어나갈 거야! 어떻게든 3층으로 돌아가 일을 수습해야 해. 이 자물쇠, 열 수 있겠어?"

힌디야가 화관 고글을 내렸다. 자물쇠를 스캔한다. 바로 각이 나왔다.

"자물쇠 자체는 구형이라 금세 딸 수 있어. 하지만 그다음은 어쩔 거야? 이 근처는 윤 패거리가 쫙 깔렸을……"

제 입으로 말하다가 스스로 깨달았다.

"아! 그래, 그게 있었지! 예전에 윤에게 판 물건 중에 도움될 만한 게 있어. 고름 구덩이의 2층 창고 위치는 아니까 그것만 가져오면 어떻게든 될 거야."

"그거 다행이긴 한데…… 여길 못 나가는 게 문젠데 무슨 수로 저 밖에 있는 창고에 갔다 와?"

힌디야가 철창 밖의 감옥 복도를 가리켰다. 작은 환풍구가 있다. 철창을 열기만 하면 저 환풍구를 통해 보초에게 들키지 않고 고름 구덩이 밖으로 나갈 수 있을 것이다. 물론 성인이 지나갈 수 있는 크기의 구멍은 아니었다. 두 사람이 동시에 킨타를 바라봤다.

루파스가 신음을 냈다.

"허수아비가 그런 복잡한 지시를 수행할 수 있을까?"

힌디야라고 희망에 찬 목소린 아니었다.

"내 머리론 이 작전이 한계야."

다른 수가 없었다. 힌디야가 신발을 벗더니 밑창에 숨겨놓은 작은 장치를 꺼냈다. 그걸 킨타에게 주면서 설명해줬다.

"작게 삐삐거리는 소리가 나지? 추적 대상에게 가까이 가면 소리 간격이 짧아질 거야. 환풍구로 나간 뒤에 이 추적기가 가리키는 상자에 있는 물건을 가져와. 하나면 충분해. 할 수 있겠어?"

대답이 없다. 루파스가 속삭였다.

"못 알아들은 건가?"

힌디야가 희망을 잃지 않고 킨타를 응시했다.

"이전에 내려진 지시들과 상충하지 않는지 생각하는 중일 거야. 허수아비는 무조건 먼저 내린 지시를 우선시하니까."

그리 오래지 않아서 킨타가 눈을 맞추며 말했다.

"폴리와 라이스를 위한 일이야?"

"어, 되나보네? 그래! 둘도 조만간 2층에 돌아올 테니까! 2층을 위한 일이 곧 두 사람을 위한 일이지! 서둘러야 해, 킨타!"

"알았어. 갔다올게."

힌디야가 자물쇠를 따자 킨타가 얌전히 감옥을 나갔다. 그러곤 작게 삐삐거리는 추적기를 양손으로 고이 든 채 복도의 환풍구로 들어갔다.

"파이팅이야, 킨타!"

"몸조심해야 해!"

최근 들어 햇빛광장은 동상을 철거하려는 군경찰과 그들을 막는 시위대로 부산했다. 그러나 오늘은 분위기가 사뭇 달랐다. 군경찰과 드론들은 적어도 피 흘릴 일은 만들지 않았다. 오늘 시위대 앞에 나타난 아노말리 패밀리의 마피아들은 그런 문제에 전혀 관심이 없었다.

아악! 무장한 갱스터들의 몽둥이질에 시위대가 하나하나 쓰러져갔다. 경악한 시위대가 겁에 질려 뒤로 물러났다.

"이럴 수가! 어째서 저놈들이 2층에 나타난 거야?"

"군경찰은 어딨어? 평소엔 우글거리던 놈들이 왜 오늘따라 코빼기도 안 보여?"

"이놈들아, 2층은 마스터 윤의 영역이야! 너흰 고름 구덩이와 동맹이었잖아! 우린 너희 보스 아들의 동상을 지키려는 거라고!"

픽! 그 말을 하던 자도 장총의 개머리판에 맞고 쓰러졌다. 토끼 인형 탈을 쓴 갱스터가 확성기에 대고 외쳤다.

"자자, 궁금한 건 네트에 검색해봐라! 해산하지 않는 자는 우리가 직접 동상 대신 철거해주마! 목숨줄 붙여주는 걸로 감사한 줄 알아!"

적어도 사망자를 낼 생각은 없었나보다. 그나마 무사한 자들이 다친 이들을 부축하며 이를 갈았다.

"더러운 3층 마피아 놈들……이대로 광장과 동상을 빼앗겨야 하는 건가? 위층 놈들은 우리의 정신마저 죽여야 속이 후련해지는 거냐!"

분노를 터뜨리지만 무기도 제대로 없는 2층민들이 3층의 마피아에 맞서는 건 불가능했다. 마피아도 군경찰도 싫어서 이 땅속까지 도망쳐온 이들이었다. 에이드리언이 있을 땐 평화 시위라도 시도해볼 수 있었지만, 더 이상 그들을 결집시켜줄 구세주는 없었다. 결국 광장을 마피아들에게 빼앗긴 채 겁에 질려 이리저리 도망 다닐 뿐이었다.

그중엔 하필 오늘 어린 딸을 끌고 나온 2층민이 있었다. 겁에 질린 어른들이 이리저리 도망 다니는 통에 아이는 부모 손을 놓친 채 군중 속에 버려지고 말았다.

"엄마? 아빠? 어디 있어?"

툭. 차가운 손길이 아이를 붙잡았다. 아이가 올려다봤다. 거기엔 엄마도 아빠도 아닌, 눈이 시릴 정도로 원색의 붉은 후드를 쓴 여자가 우뚝 서 있었다.

"누구…… 누구세요?"

후드 속의 얼굴은, 입 전체를 가린 흰 마스크를 쓰고 있었다.

입 찢어진 살인마의 도시 괴담을 들어보았나?

사람 고기를 쓰는 요리사의 도시 괴담을 들어보았나?

그녀는 모자이크의 조각들.

Anonymous the Murderer.

꺄악!

누군가가 비명을 질렀다. 도망 다니던 시위대가 고음의 비명에 발을 멈췄다. 모두의 시선이 광장 한복판에 꽂혔다. 거기엔 죄 없는 어린아이가 처참하게 죽어 있었다.

아아아아! 뒤늦게 제 자식의 주검을 발견한 부모가 아이를 끌어안았다.

"누구냐! 누가 이런 짓을…… 우리 애가 무슨 짓을 했다고!"

누구겠는가? 설마 아무도 보지 못한 마스크 여자가 죽였겠는가? 당연히 마피아들이겠지! 삶의 터전과 영혼을 죽이려 드는 저 머리 위의 악마들!

의외로, 당황한 건 아노말리 패밀리도 마찬가지였다. 토끼 탈이 언성을 높였다.

"멍청한 새끼들! 명령하기 전엔 발포하지 말랬잖아?"

"아니야! 아무도 쏘지 않았어! 뭔가 착오가……"

탕! 한 번 피가 흐르자 군중의 분노가 이성의 끈을 놓기 시작했다. 겁에 질려 도망 다니던 자들 중에서 누군가가 총을 빼들었다. 맞은 사람이 있었는지는 모르겠지만, 한 번 총성이 울려퍼지자 집단의 감정은 걷잡을 수 없이 끓어오르기 시작했다.

"더는 못 참는다, 더러운 새끼들!"

"어차피 여기서 쫓겨나면 죽을 일만 남는다! 가는 데까지 가보자!"

"2층에서 피가 흘렀다면 3층에서도 같은 무게의 피가 흘러야 한다!"

맞았는데 한 발 물러나 진상 규명부터 시작할 줄 알았다면 이들의 직업이 마피아가 되진 않았을 것이다.

"저놈들이 미쳤나!"

"제기랄! 전원 장전! 반격해라!"

평화와 정화의 상징. 햇빛광장의 에이드리언 동상 앞에서 총격전이 시작되었다.

전화기 너머에선 신호음만 울렸다. 상대가 전화를 받을 생각이 없다는 건 의심할 여지가 없었다. 격노한 닥터 말리그넌트가 수화기를 집어 던졌다.

"망할 잡년! 감히 내 직통 전화를 무시해!"

치엔이 차분하게 말했다.

"2층민들이 비정상적으로 많은 재래식 무기로 반격 중이라고 합니다. 의심할 여지가 없습니다. 고름 구덩이가 무기를 밀수해 뿌린 것입니다. 미리 준비된 반역입니다."

닥터가 부들부들 떨며 의자에 앉았다. 이제 그가 느끼는 건 분노만이 아니었다.

"이…… 이 은혜도 모르는 근본 없는 년! 안 돼…… 이걸 루 대령이 알게 되면 2층의 통제권을 빼앗길 거야. 기껏 눈감아달라고 거래까지 했는데……"

이내 결단을 내렸다. 그가 지팡이가 으스러져라 쥐며 일어났다.

"치엔! 2층 폭동이 군경찰 귀에 들어가지 않도록 정보를 차단해라! 그리고 정예를 모아. 내가 직접 내려가 수습하겠다!"

"네에? 총격전이 벌어지는 폭동 한가운데에 들어가시겠다구요? 위험합니다! 안타깝지만 루 대령의 지원을 요청하시고……"

닥터가 치엔의 멱살을 잡았다. 이제 그의 눈에 보이는 건 두 가지뿐이었다. 잃어버린 아들을 찾는 데 방해가 되는 것들, 그리고 방해가 되어서 이미 죽이고 부숴버린 것들.

"토 달지 마! 이건 에이드리언을 찾을 마지막 기회야! 방해하면 너도 죽여버릴 테다!"

평생 자신을 위해 봉사한 심복에게 하는 소리였다.

2층. 어느 비밀 통로의 출구. 바야흐로 현재.

"으윽…… 머리야……"

드디어 폴리가 깨어났다. 정신이 돌아온 폴리의 눈에도 총성으로 가득한 2층이 보였다. 그 광경을 보면서 과거의 트라우마에 빠져 넋이 나간 라이스도 눈에 들어왔다.

"라이스, 괜찮나?"

그제야 라이스가 현실로 돌아왔다.

"깼구나, 폴리! 무사해서 다행이야!"

"내가 지다니, 면목이 없군. 네임리스 패거리는 어떻게 되었지?"

쿵! 멀리서 폭음이 들려왔다. 폭발물까지 등장했나보다.

"그런 거 신경 쓸 상황이 아니군. 올라왔을 때부터 이랬어?"

"응! 누구 짓일까? 고름 구덩이? 아노말리 패밀리? 군경찰일 수도 있을까?"

네 번째 용의자가 있었다.

"모자이크. 랄 시티 뒤에서 모든 걸 가지고 노는 잠적 알선업자가 있어. 그자의 개입이야. 십중팔구 마스터 윤과 한패일 거야."

그러고 보니 도청기가 다시 작동되었겠군. 지금 우리 대화를 듣고 있을까? 폭탄은 아직도 작동 중인가?

"어쨌든 2층민들은 구심점이 없는 상태야. 폭동은 통제를 잃을 거고, 머잖아 후시가 극강수를 꺼내게 되겠지. 미치겠군. 저 많은 총이 대체 어디서 난 거야?"

"그 편지는 어디서 난 건데?"

라이스가 폴리의 바지 주머니에서 뭔가를 봤다. 부자연스럽게 삐져나온 종이 편지. 폴리가 꺼내봤다. 어느새 거기 들어갔는지도 모르겠는데 수신자 이름에 '폴리와 라이스의 탐정 사무소'라고 또박또박 적혀 있었다. 편지를 펼쳤다. 약도가 나왔다. 2층의 어딘가를 가리키는 지도였다. 약도 위엔 Welcome이라고 일곱 글자가, 종잇조각을 모아 붙인 모자이크로 적혀 있었다.

"완전 사람을 가지고 노는군."

자기도 모르게 약도를 구겨버릴 뻔했다.

눈앞에서 모든 것이 무너지고 있다. 가만히 보고만 있는 것은 명예로운 영웅이 아니다. 폴리는 고기를 본 개가 침을 흘리듯이 달려가려고 했다.

윽, 하고 주저앉는다. 재생은 끝났겠지만 현기증이 아직 남아 있나보다.

라이스가 그런 폴리의 등을 바라보았다. 들어야 할 대답이 많았다. 해야 할 질문도 많았다.

그러나 불타는 세상, 그들을 둘러싼 온 세상이 말하고 있었다.

지금은 아니다.

모두가 그녀의 핑계를 도와주고 있었다.

아직 더 피해도 돼.

스스로에게 거짓말을 하고 있었다.

얼마든지 기회는 있을 테니까.

라이스가 폴리를 부축했다.

"갈 거야?"

폴리는 여전히 앞만 보면서 말했다.

"가야지. 이미 모자이크의 인형극은 시작되었어. 어차피 우리도 무대 위에 끌려온 거야."

2

2층의 거리는 평소에도 돌아다니기 위험한 곳이었다. 지금은 그 시절이 그리워질 지경이었다. 남녀노소 할 것 없이 쓰러진 시체들. 한창 약탈 중인 무법자들. 일일이 도와주고 다닐 겨를도 없었다. 천하의 폴리조차 그 모든 불의로부터 시선을 피하고 있었다. 오히려 라이스가 먼저 물었다.

"저대로 둬도 되겠어?"

폴리가 이를 악물었다.

"도시의 체제가 무너져버리면 저들은 물론이고 3층도 여파에서 자유롭지 못할 거야. 안타깝지만 지금은 문제의 핵심에 도달하는 게 중요해. 이걸 막을 수 있는 건 2층민들에게 권위를 행사할 수 있는 자뿐이야."

"마스터 윤 말이야?"

"아니. 에이드리언 프리먼."

새를 부수는 남자를 추적하는 의뢰에서 시작된 긴 여행이 여기에 종착했다. 처음부터 이 도시에 필요한 건 살아 있는 새의 주인이었다. 2층민, 제로 에덴, 3층의 마피아까지. 모든 이들의 사랑을 받은 자. 그러나 누구도 어디에 있는지 모르는 자. 그자를 찾을 자가 이 랄 시티에 있다면, 도시가 세워질 때부터 늙지도 죽지도 않고 살아온 실종자 수색 전문 탐정 말고 누가 있겠는가?

도착했다. 약도의 끝엔 2층 변두리에 있는 작은 대여 창고가 나타났다. 라이스가 의안으로 쭉 스캔부터 했다.

"악당의 비밀 기지라길래 해골 탑 정도는 있을 줄 알았는데."

폴리는 다른 생각으로 바빴다. 모자이크의 아지트까지 도달했다. 왜 윤이 조용하지? 폭동 때문에 바쁜가? 아니면 아직 간섭할 필요가 없는 건가?

드르륵. 역시나 숨겨진 함정 같은 건 없었다. 창고 안엔 서류가 가득했다. 실제로 사무 용도로 쓰는 공간이었는지 비좁은 책상이 있고 서류들엔 이름표가 붙어 있었다.

"또 종이 서류야!"

라이스가 학을 뗐다.

"아니 22세기에 이게 뭐 하는 짓이야? 전산 쓰라고, 전산!"

"흔적을 남기지 않는 데 광적으로 집착하는 녀석이야. 디지털이 아날로그를 이길 수 없는 분야 중 하나지. 어디 보자…… 그래도 암호로 적진 않았군."

폴리가 서류 하나를 빼서 보았다. 라이스도 어깨 너머로 들여다봤다.

"뭔데, 뭔데?"

"의뢰 기록이야. 누가 의뢰했고 목적이 뭐고 얼마를 냈는지 등등……"

"오, 우리 서류랑 비슷하네."

"이 미친놈, 진짜로 자기가 잠적시킨 사람들의 기록이 있는 곳에 우릴 초대한 거야. 제로 에덴 주민들 기록도 다 있겠군. 이 창고가 공개되기만 해도 후시가 통곡할 만한 스캔들이 터지겠는데……"

"그럼 에이드리언 기록도 있겠네! 정리는 이름 순인 거 같아. F부터 찾아볼까?"

"음, 성으로 분류했을지 이름으로 분류했을지…… 난 A부터 볼게."

둘로 나뉘어서 서류들을 뒤지기 시작했다. 도대체 어떻게 이 안에서 돌아다녔는지 서류 더미를 무너뜨리지 않고 움직이기도 쉽지 않았다. 폴리는 유연하기라도 했지만 라이스는 육체 노동과 거리가 멀었다. 젊었을 때나 통조림 훔쳐서 가판대를 뛰어다녔지 이젠…… 아니, 아직 젊나?

서류 캐비닛을 돌던 라이스가 붙박이 문을 발견했다. 에이드리언은 특별 고객이다. 모른 척 넘어갈 수가 없었다. 드르륵, 미닫이 문을 열었다. 그러자 안에서 정체불명의 포대가 우르르 쏟아졌다.

"으아악!"

"무슨 일이냐, 너클헤드!"

폴리가 소리 난 곳으로 달려갔다. 포대에 깔려 있는 라이스. 위험한 물건은 아니지만, 냄새가 지독했다. 포대엔 엄지를 치켜들고 입맛을 다시는 새 그림이 있었다.

"뭐야. 새 사료? 아니, 새 모이라고 해야 하나?"

"도와줘! 냄새 나! 2층 냄새보다 더 싫어!"

폴리가 라이스를 꺼내주는 대신 포대 하나를 들어봤다. 발송장이 붙어 있었다.

"뭐야, 이거…… 마스터 윤이 7층에 배송?"

위조일까? 그럴 가능성은 낮다. 위조라면 보통 송장을 따로 만들어놓지 미리 붙여둘 리는 없으니까. 7층이 정말로 있단 말인가? 그건 모르겠지만, 이거 하난 확실하다. 마스터 윤은 처음부터 에이드리언이 7층으로 간 걸 알고 있었던 것이다. 그럼에도 불구하고 폴리에게 찾아달라고 의뢰했다는 건, 존재는 알아도 위치를 몰랐다는 것이다. 보나 마나 중개자는 모자이크. 모자이크는 끝내 에이드리언의 위치를 함구하고……

그쯤에서 폴리의 뇌리에 불빛이 번쩍였다.

"어? 잠깐. 새는 3층에 있잖아? 새 모이는 왜 7층으로 보내지?"

정보가 너무 많이 들어온다. 어디에 집중해야 할지도 모르겠다. 새. 에이드리언. 마스터 윤. 모자이크. 후시 루. 우주. 라이스. 아니, 지금 라이스는 상관없지.

딱 하나. 조각이 딱 하나 부족하다. 조각 하나만 찾아내면 거대한 그림의 윤곽이 드러난다.

0층, 2층, 3층. 다 뒤졌다. 대체 마지막 조각은 어디에 있는 거지? 정말 6층에라도 올라가야 하는 거야?

그동안 라이스가 가마니 사이에서 기어 나왔다. 그녀도 발송장을 발견했다.

"7층이 어디인지는 모르지만 송장이 있다면 추적할 수 있어. 다만 3층의 우체국으로 가야 내부 컴퓨터에 접속 가능해."

진짜로 윤이 감시를 멈췄나? 바로 터뜨리진 않겠지. 테스트해볼까? 일부러 큰 소리로 말했다.

"3층으로 간다. 하지만 우체국은 필요 없어. 에이드리언 찾기는 그만둔다."

잠잠하다. 대답이 없어! 좋아, 지금이야! 지금 어떻게든 폭탄을 몸속에서 적출해야 해!

폴리의 선언의 의미를 이해하지 못한 라이스가 물었다.

"뭐? 진짜? 폭동은 어쩌게? 에이드리언이 있어야 막는다며?"

"꼭 우리가 찾을 필요는 없지. 지금은 온라인에 접속할 수 있지? 송장을 아네모네에게 전송해."

"아하! 단서가 나왔으니 아네모네더러 찾아라? 좋은 생각이네. 인프라 빵빵하신 분이 우리보단 더 빨리 찾겠지! 잠깐 기다려줘. 아네모네의 계정으로 들어가려면 시간이 좀 걸릴 거야."

"그래. 난 녀석을 직접 찾으러 갈게. 넌 여기 있어. 아무래도 이 창고가 지금 2층에서 제일 안전한 곳 같으니까."

또다. 또 나를 떨어뜨려놓으려고 한다. 네임리스의 독설도 필요 없다. 이젠 안다. 폴리는 이제 곧 떠난다. 더는 화나지도 않는다. 이 마지막 순간을 분노로 장식할 순 없다.

그래. 처음부터 알고 있었다. 그녀는 전설 속의 영웅. 나는 그 이야기 중간에 등장하는 엑스트라. 무대가 끝나고 가야 할 길을 생각하지 않은 건 내 잘못이다. 그녀와 함께한 시간 속에서 자립하는 방법을 배우지 못했다면 그것은 내 잘못인 거야. 엑스트라는 영웅을 독차지할 수 없어. 내가 있을 곳은 지상. 그녀가 있을 곳은 우주. 그러니까, 폴리……

"폴리. 이게 우리 마지막 의뢰지?"

창고를 나가려던 폴리가 우뚝 섰다. 라이스가 마저 말했다.

"마지막이니만큼 열심히 할게. 그러니까 내 걱정 마. 난 이제 괜찮아."

이 지경이 되어서도 폴리는 감정 표현이 익숙한 여자가 아니었다.

"다녀올게."

그렇게 말하곤 대여 창고를 나가버렸다.

조용해졌다. 라이스는 자신의 일에 집중하기로 했다. 폴리의 지시가 떨어졌으니 의심 없이 바로 송장을 아네모네 계정으로 전송했다.

찰칵!

어두운 방에서 아노말리 패밀리의 감청반이 장치 주위에 모여 도시 전역의 통신을 도청하고 있었다. 개 인형 탈을 쓴 자가 뭔가를 포착했는지 바로 치엔의 직통 회선으로 연락했다. 치엔이 보고를 받자마자 무기고에서 무장 중이던 닥터를 찾아갔다.

"보스. 감청반에서 긴급 연락입니다."

"뭐냐? 지금 상황보다 더 급한 게 있어? 자네도 무장이나 해!"

"누군가 아네모네 아가씨의 계정으로 접촉을 시도했다고 합니다. 한데 발신자의 코드가 패밀리 전산망 기록에 있다더군요."

수류탄을 옷 안주머니에 주렁주렁 매달던 닥터가 손을 멈췄다.

"기록에 있다고? 우릴 해킹한 적이 있는 자인가?"

치엔이 핸드폰에 감청반이 보낸 보고서를 띄웠다.

"네. 얼마 전에 둠 오브 던을 들쑤신 놈의 코드입니다."

듣자마자 깨달았다. 닥터 얼굴에 기괴한 미소가 떠올랐다.

"푸른 뱀의 조수로군! 1층에서 올라왔구나! 하하, 에이드리언의 단서를 찾은 거야! 위치를 추적할 수 있겠나?"

"이미 지시해놨습니다."

짝! 어찌나 기뻤는지 닥터가 박수까지 쳤다.

"하하! 일이 이렇게 잘 풀리다니! 좋았어! 이제 대령의 약속도 필요 없다! 보도관제에 쓰던 인원도 동원해라! 전부 중무장시키고 연장도 있는 대로 챙겨! 간만에 유쾌하구나! 시원하게 밀어보자, 아노말리 패밀리!"

마피아가 물 샐 틈 없이 지키던 보도관제가 해제되었다. 군경찰이 바로 냄새를 맡았다. 군경찰이 맡은 냄새는 바로 흰 고래의 귀에 들어갔다.

파리가 날아다는 사무실. 후시가 의자에 앉아서 멍하니 파리를 올려다보고 있었다. 콴이 노크하고 들어왔다.

"부르셨습니까, 대령님? 목소리가 심상치 않으시던데요."

후시는 여전히 파리를 바라보고 있었다.

"2층에서 폭동이 일어났다. 주동자도 목적도 없는 아노미 상태야. 고름 구덩이가 불을 붙인 거 같긴 한데 아예 손을 놓은 모양이다."

2층의 폭동. 그것도 통제를 잃은. 웅우엔 중위는 그게 어떤 의미인지 알았다. 허옇게 질려선 말했다.

"아니, 언제요? 그걸 어째서 이제야……"

"아노말리 패밀리가 정보를 차단하고 있었다. 필시 자신들의 실책을 숨기기 위함이었겠지. 아담, 이 어리석은 친구. 젊을 땐 참 유능한 작자였는데. 역시 3층 뒷세계엔 22세기에 걸맞는 젊은 피가 필요해."

외관상의 연령은 쉽게 착각을 일으킨다. 콴도 잊고 있었다.

"나이로 치면 대령님이 더 많지 않으세요? 대충 스무 살 정도?"

파리가 전등에 앉았다. 후시는 그걸 기다렸던 것 같다. 손가락 사이에 클립을 올려놓더니, 탁 하고 튕겼다. 날아간 클립은 정확히 파리에 맞았다. 파리와 클립은 튕겨 날아가 함께 쓰레기통 안으로 떨어졌다.

"육체와 정신은 불가분의 관계다. 호르몬, 스테미나, 교류하는 연령층, 스스로 인식하는 자신의 겉모습…… 육체적 노화가 정신적 노화에 끼치는 영향은 우습게 볼 게 아니야. 1세기 가까이 살아오면서 많은 선택을 했지만, 그중 가장 현명한 건 노화 역전 시술이었다. 늙지 않을 수만 있다면 불멸은 은총 그 자체야. 뭐, 그것도 우주 전쟁에서 살아남았으니 할 수 있는 배부른 소리겠지만 말이야."

"헤에…… 그래서 폴리를 못 버리시는 모양이네요. 랄 시티를 통틀어 대령님의 몇 안 되는 또래니까요!"

선을 넘었다. 딱! 후시가 클립 하나를 더 날렸다. 클립은 정확히 콴의 미간에 맞았다. 끄악!

"그만 놀고 일하자. 대기 중인 전경 드론의 3할을 2층으로 보내라. 엘리베이터 기능 보호를 최우선으로 입력하도록."

콴이 화들짝 놀랐다.

"잠시만요, 대령님. 재고해주십시오! 드론은 과잉 진압 위험이 있습니다. 그냥 저와 제 부대를 보내주십시오. 2층 같은 난장판에선 오히려 로봇보다 신속하게……"

"콴 응우옌 중위."

후시가 말했다. 그의 목소리는 마치, 도시의 빌딩 숲 사이를 스쳐 지나가는 건조하고 을씨년스러운 바람 소리와 같았다.

"노화는 역행할 수 있었다. 밑바닥 인생에서 도시의 정상으로 올라올 수도 있었지. 하지만 시간을 거스를 순 없었어. 흐르는 시간을 막을 순 없었어. 막을 수 없는 것을 막으려고 하지 마라. 리니아 폴라리스나 아담 프리먼 같은 추한 꼴이 되고 싶지 않다면 말이다."

전송은 완료되었다. 그러나 뭔가 이상했다. 아네모네가 파일을 받았다면 뭐라고 답신이 있었을 것이다. 너무 조용했다. 라이스는 아네모네에게 몇 번이고 연락을 시도했다.

"뭐지? 내가 뭐 잘못했나? 연락 좀 받아주라~ 이게 폴리와의 마지막 일이란 말이야. 마지막은 잘해내야 해! 마지막은…… 마지막……"

마치 무대에서 퇴장이라도 하는 것처럼 혼잣말이 점점 작아진다. 받아들였다고 생각했다. 마음의 준비가 되었다고 생각했다. 킨타랑 둘이 탐정 사무소를 계속 열지 뭐. 안 되면 데드 빈 카페 알바로 들어가면 돼. 밈 시티로 돌아가? 그건 패스. 어쨌든 폴리 없이도 살아갈 방법은 얼마든지 있어. 내 해킹 실력만 있으면 어디서든 굶어 죽겠어? 그러니까, 그러니까……

뚜르르르 뚜르르르. 답이 돌아오지 않는 신호음.

그 신호음 사이로 경쾌한 음악 소리가 들려온다.

환청이 아니다. 잘못 들은 게 아니다. 랄 시티 3층에서 이 노래를 모르는 자는 없다. 아침에 일어난 아이들이 박자 맞춰 춤추는 동요처럼, 인형 탈을 쓴 자들이 합창하는 노래가 뭇사람들의 잠을 깨운다.

해님 달님은 깜깜 아기 별님도 어둑어둑

그렇다면 우리들이 총구에서 반짝반짝

착한 아이도 한 발 나쁜 아이도 한 발

분수를 모르는 친구들이 조용해지면 모두 모두 즐거워

하하호호 탕탕탕 히히깔깔 퓩퓩퓩

여러분의 친절한 이웃 아노말리 패밀리!

쾅! 대여 창고의 측면이 폭발했다. 모자이크의 서류들이 사방에 어지럽게 흩어진다. 라이스가 머리를 감싸고 쓰러졌다.

"미친! 딸의 통신을 감청했구나! 아네모네의 통신을 모조리 감시했어! 과보호도 정도가 있지!"

타다다다! 허공에 대고 기관총을 갈겨댄다. 젊은 시절의 활기를 되찾은 닥터가 휘날리는 서류 사이에서 소리쳤다.

"나와라, 사립탐정! 내 인내의 결실을 보여주게나!"

3

2층. 쓰레기 강변에 데드 빈 카페의 심벌이 붙은 창고가 있었다. 평소엔 별로 인적이 없는 곳이었지만 오늘은 2층 주민들이 사탕을 발견한 개미 떼처럼 모여 있었다.

"이곳은 데드 빈 카페의 사설 창고입니다. 무단 침입은 사랑하는 이웃을 슬프게……"

콰직! '피스 앤 러브'라고 적힌 경비 드론이 주민들의 몽둥이에 맞아 박살나버렸다. 자기방어 기능이 없는 로봇은 금세 고철이 되어 구석에 버려졌다. 경비 드론을 부수고 창고에 쳐들어간 주민들은 창고 가득한 상자에서 재래식 총기를 꺼내 무장하기 시작했다.

"하하! 총알도 산더미 같아! 고름 구덩이가 마지막 선물로 무기를 밀수해놨다는 소문이 사실이었어! 이거 최고의 도시 괴담인걸!"

이미 2층은 분노와 파괴의 도가니다. 주민들은 내일 해가 뜨지 않을 것처럼 쌓인 분노를 쏟아내고자 파괴를 자행했다.

아, 여긴 2층이지. 햇빛광장엔 피가 흘렀고, 해는 언제나 뜨지 않았다.

그런 그들 앞에, 전혀 다른 형태의 드론들이 조용히 모여들기 시작했다. '피스 앤 러브' 대신 군경찰의 심벌이 큼지막하게 붙은 드론이었다. 창고를 털던 주민들이 드론 군단에 포위되었음을 깨달은 건 이미 빠져나갈 구멍이 없어진 뒤였다. 위기를 깨달은 누군가가 외쳤다.

"이, 이봐! 전경 드론이야! 우릴 포위했어!"

하필 그는 총을 들고 있었다. 전경 드론의 센서는 사람보다 손에 들린 총을 먼저 인지했다.

"미등록 총기 소지 확인. 궤도 엘리베이터의 안전을 최우선으로 합니다. 위험 요소를 말소합니다. 협조에 감사합니다."

퓩! 드론들이 사람들에게 작은 클립 같은 것을 발사했다. 맨살에 맞아도 고정은 되지만 아프지는 않은 금속 침이었다.

"뭔가에 맞았어! 끈적이는 금속 같아!"

"괜찮아! 하나도 안 아파! 그냥 떼어내면……"

유도 침이 착탄했다. 바로 전경 드론들이 일제히 전류를 뿜어내기 시작했다. 전경 드론들이 쏜 우뢰 같은 고압 전류가 유도 침에 박혔다. 드론의 공격을 받은 2층민들은 모조리 오징어 굽는 냄새를 풍기며 쓰러졌다.

"아아악! 그만둬! 무기를 버릴 테니까! 에이드리언 니임!"

마침 창고 앞을 지나가던 꼬마도 그 소리를 들었다. 하지만 별로 신경 쓰진 않았다. 꼬마에겐 눈앞의 위협보다 중요한 일이 있었다. 그는 킨타였고, 허수아비였다.

힌디야가 준 추적기를 바라봤다. 추적기 신호는 창고가 아닌 다른 곳을 가리키고 있었다. 킨타의 머릿속에서 지시가 충돌했다. 힌디야가 물건을 가져오라고 했어. 근데 창고가 아니네? 물건은 창고에 있다고 하지 않았나?

드르륵. 대학살을 마친 전경 드론 한 대가 킨타 앞으로 다가왔다. 전경 드론의 영혼 없는 카메라와 킨타의 자아 없는 시선이 마주쳤다. 서로를 바라보는 두 감정 없는 자동 인형들.

"미등록 무기가 확인되지 않습니다. 궤도 엘리베이터의 안전을 최우선으로 합니다. 위험 요소를 수색합니다. 협조에 감사합니다."

전경 드론은 킨타를 무시하고 가버렸다. 킨타가 다시 추적기를 바라봤다. 그러곤 혼잣말을 했다.

"폴리가 힌디야 말 잘 듣고 착하게 있으랬어. 힌디야가 폴리와 라이스를 도우려면 추적기를 따라가랬어. 추적기가 가리키는 상자 안의 물건을 가져와야 해. 아마 다른 창고인가봐."

다행히 착한 킨타는 창고 안의 시체들에 둘러싸이지 않은 채 얌전히 추적기 신호를 따라 어딘가로 걸어갔다.

랄 시티 2층은 곳곳에 3층으로 올라가는 비밀 통로가 마련되어 있었다. 그러나 대규모 인원이 이동할 수 있는 공인 통로는 한정되어 있었다.

폴리가 그 앞에 도착했다. 공인 통로의 번호를 확인했다. 아네모네의 아지트에서 가까운 쪽 통로였다. 당연히 2층에선 승강기를 작동시킬 수 없을 것이다. 사다리를 찾으려고 돌아보는데, 바닥에서 불길한 흔적을 발견했다. 전경 드론의 타이어 자국이었다.

"후시 이 미친 새끼…… 폭동을 빌미로 2층을 밀어버릴 셈이군!"

폴리가 외쳤다. 이것은 혼잣말이 아니었다. 도청기 너머의 누군가에게 말했다.

"마스터 윤! 내 눈과 귀를 통해 보고 있지? 2층이 무너진다! 네 왕국이 무너진다고! 이대로 둘 셈이냐? 도대체 네가 원하는 건 뭐야!"

그때였다. 탕! 등 뒤에서 날아온 총알이 폴리의 어깨를 뚫었다. 이내 맞은 자리가 재생된다. 돌아보니 한 무리의 불량배가 총을 겨누고 있었다. 어쩐지 어디서 본 얼굴이다 싶었는데, 고양이 모자를 쓴 남자와 덩치 큰 여자가 불량배를 이끌고 있었다.

봉이 총구를 겨눈 채로 말했다.

"송! 그 여자 아냐? 널 쓰러뜨린 3층민!"

송이 이를 으득 갈았다.

"맞아, 봉! 어깨 재생되는 거 봤어? 역시나 강화 시술 인간이었어!"

뻔한 대답이 돌아올 걸 알면서도 폴리가 예의처럼 물었다.

"2층 전체가 폭동과 강제 진압을 피해 숨거나 도망 다니는 중이다. 여기 남아서 뭐 하는 거지?"

봉은 방금 총알이 안 먹히는 걸 빤히 봤으면서도 손에 들린 총이 승리의 약속이라도 되는 것처럼 외쳤다.

"그러니까 지금이 대목이지! 마침 마스터 윤도 그름 구덩이를 해산했어. 이제 우릴 통제할 수 있는 건 아무것도 없어! 이 길에서 피난민들에게 통행료를 받다가 그 돈으로 2층의 새로운 왕이 될 거야! 오늘은 봉&송 유한책임공사의 설립일이다!"

송이 끼어든다.

"야, 송&봉으로 하기로 했잖아!"

사소한 말싸움을 시작하는 두 사람. 패거리는 상상만 해도 즐거운지

실실 웃어댄다. 폴리는 웃을 수가 없었다. 오늘 개입하지 못하고 지나친 불의가 꽤 많았다. 피난민들의 약점을 이용해 배를 채우려는 이 파리 새끼들을 잡는 것쯤은 그리 많은 시간이 걸리지 않으리라.

그때 들려온 건, 파리들의 왕의 목소리였다.

"만수무강하시오, 왕이여. 화약으로 된 왕좌를 받으시게나!"

휘르륵. 익숙한 소리다. RPG 로켓포!

콰광! 로켓포가 공인 통로 앞 거리에 그대로 꼬라박혀 대폭발을 일으켰다. 스케일이 다른 무기의 등장에 놀란 봉과 송 패거리는 비명을 지르며 사방으로 흩어졌다. 그러곤 뿌연 폭연 속에서, 인형 탈을 쓴 무리가 나타났다.

그들 앞엔 닥터 말리그넌트와 심복 치엔, 그리고 인질로 붙잡힌 라이스가 있었다.

"라, 라이스? 어째서?"

폴리가 당황했다. 닥터는 타인의 좌절과 두려움에서 즐거움을 얻는 법을 잘 알았다.

"천재 탐정, 무적의 강화 인간, 늙지도 죽지도 않는 3층민들의 영웅! 그자의 유일한 약점을 손에 넣다니. 내 생일이 일찍 온 기분이군!"

"폴리, 미안해! 무기도 빼앗겨버려서……"

퍽! 치엔이 라이스를 때려눕혔다. 비명도 못 지르고 쓰러지는 라이스. 폴리가 움찔했지만 닥터가 바로 총구를 라이스 뒤통수에 겨누었다.

"어이쿠, 동작 그만. 동료의 위기에 분연히 일어서다니, 과연 누님은 의로운 사람이야! 필시 내 아들을 찾아서 이 폭동을 잠재우고 싶었겠지? 그래서 딸에게 연락을 취한 거겠지? 자, 내가 일을 쉽게 만들어주지. 가진 단서를 전부 넘겨. 그럼 다 알아서 해결해주지!"

라이스를 내려다봤다. 엄지손가락을 올리고 있다. 기특한 녀석. 발송장을 숨겼구나. 잘했다. 너클헤드. 하지만 상황이 이렇게 되어서야······

"대답이 너무 느린데? 정말로 막다른 길인가보군! 걱정 말라구, 누님. 나도 나름대로 해결책을 가져왔으니까!"

닥터가 신호를 보냈다. 그러자 조직원들이 둔탁하게 생긴 헤드 기어를 가지고 나왔다. 폴리도 본 적 없는 물건이었다. 그가 신제품 소개라도 하는 것처럼 외쳤다.

"짜잔! 아노말리 패밀리의 신제품, 브레인 스캐너! 6층에서 밀수한 기술을 우리 방식대로 개선해 만들었지! 무려 33퍼센트의 확률로 침습적인 시술 없이 대상의 최근 기억을 추출해낼 수 있어! 유일한 단점은 대상의 정신이 100퍼센트 파괴되어서 두 번 못 쓴다는 점이지만, 뭐 어때? 3분의 1의 확률로 기억을 추출해주는 정신 파괴 장치라고 생각하면 마음이 편해진다구!"

폴리가 언성을 높였다.

"미친 거냐, 아담? 그런 걸 만들었어? 그걸 들고 2층과 3층 사이를 횡단했어? 후시가 알면 너 죽어! 아들 찾자마자 흙 덮고 누울 셈이냐? 차라리 그냥 아들에게 화해하자고 공개 방송이나 한번 해! 너희 가족 싸움 때문에 대체 몇 명이나 죽어나가야 속이 후련해지는 건데?"

역시 회유와 협상은 폴리의 전문 분야가 아니었다. 편집증에 빠진 외로운 노인에게 호통질이라니. 닥터의 눈빛이 피와 재처럼 반짝였다. 아들을 향한 사랑엔 의심할 여지가 없었지만 거기엔 타인의 조언에 귀를 기울이는 유연함은 없었다.

굳은 목소리로 말했다.

"치엔. 스캐너를 씌워라."

"네, 공격하겠습니다."

"아니, 푸른 뱀 말고 이쪽."

닥터가 발밑의 라이스를 가리켰다.

"출력 최대로 해서 긁어버려. 내용물은 관심 없다."

"도와줘, 폴리!"

라이스가 애걸한다. 조직원들은 그녀를 일으켜 머리에 스캐너를 씌우려고 한다. 놀라운 것은, 그 와중에도 폴리의 직감은 위화감부터 발견했다는 것이다. 어쩔 수 없는 탐정의 본성이 질문부터 던졌다.

"잠깐…… 그러고 보니, 왜 라이스를 먼저 스캔하지 않았지? 나보다 라이스를 먼저 잡았잖아. 인질로 쓰기 위해서? 하지만 나도 스캔하면 그만인데 뭐 하러? 오히려 단서라면 전뇌를 가진 라이스 쪽에서 더 많이 나올 텐데?"

닥터가 심드렁하게 말했다.

"아니, 나도 그렇게 생각은 했거든. 근데 생각해보니 이 녀석, 의안이 전뇌랑 연결되어 있더라고? 다시 말하지만 우리 스캐너가 아마추어 작품이잖아. 한 대상에 단말이 여럿이면 구분을 못해서 에러가 나거든. 교통카드 두 개 동시에 찍으면 삑사리 나는 거랑 비슷하달까?"

폴리는 온몸의 모근이 솟는 걸 느꼈다.

찾았다. 마지막 조각.

마스터키는 정말로 있었구나. 처음부터 거기에 있었던 거였어.

그렇구나. 진짜 사랑이었구나.

이 모든 것은 사랑이 없는 도시에서 사랑에 미쳐버린 자들이 벌인 기괴한 서커스였던 거야.

닥터 말리그넌트가 폴리의 표정을 눈치챘다.

"흠. 뭔가 깨달았다는 눈치로군. 더더욱 궁금해지는데? 이봐, 사이드킥! 너도 협조해라. 탐정에게 한마디 던져! 애원해! 안 도와주면 다 불어버리겠다고 협박을 하라고!"

이쯤 되면 이 늙은이가 뭘 하고 싶은 건지도 모르겠다. 라이스가 이를 악물었다. 비록 무력한 그녀였지만 힘이 없다고 깡다구까지 없진 않았다.

"싫어. 그럴 필요 없어. 난 폴리를 믿어. 폴리는 날 버리지 않을 거고, 틀림없이 해결책을 가지고 있을 거야!"

"캬! 이 심금을 울리는 우정! 푸른 뱀을 따라다니다가 이 지경이 되고도 그녀에게 운명을 맡기다니! 사슬만 없지 노예의 영혼이로구나! 누님 생각은 어떤가? 하나뿐인 사이드킥을 구하기 위해 거래에 응하겠어? 아니면 혹시 이 상황을 타개할 기깔나는 아이디어를 떠올렸나?"

폴리가 눈을 지그시 감았다. 이곳은 전쟁터다. 아군이 적에게 붙잡혔다. 어쩔 건가, 청린부대장? 적이 요구하는 것은 수많은 사람들의 목숨이 걸린 정보. 충성스러운 부하를 위해 도시의 운명을 미치광이에게 넘기는 것과 부하를 희생해 다수를 구하는 것. 어느 것이 그대의 명예인가?

이곳은 더 이상 전쟁터가 아니다. 폴리는 전장의 원칙을 따를 필요가 없었다. 그것이 폴리의 한계였다. 그녀의 영혼은 여전히 끝난 전장의 망령이었다. 당당하게 말했다.

"미안하다, 라이스. 나, 궤도 엘리베이터의 마스터키가 어디 있는지 알아냈어. 그러니 말할 수 없어. 잘못된 손에 들어가면 가공할 숫자의 사람들이 죽어. 이해해줘. 너와 내 목숨보다 소중한 일이야. 이것이 명예로운 길이야."

이해해줘야지.

내가 어쩌겠어?

그녀는 우주로 날아갈 영웅.

나는 스쳐 지나가는 거짓말쟁이 엑스트라.

더 많은 목숨과, 더 큰 대의와, 더 위대한 가치를 위하여.

입 밖으로 나온 말은, 머릿속에 떠오른 생각과 전혀 달랐다.

"싫어! 죽고 싶지 않아, 폴리. 사실은 이대로 끝내고 싶지 않아! 마음의 준비가 되었다는 건 거짓말이야. 난 아직 너랑 더 놀러 다니고 싶어! 날 혼자 두지 마, 폴리! 우주에 가지 마!"

라이스 눈에 눈물이 맺힌다. 폴리가 이를 악문다.

부하들을 우주에 두고 왔다. 두고 온 부하들을 찾으러 간다. 저 하늘 위에 쓸쓸히 남겨진 누군가를 찾아내기 위해 이 지상에 누군가를 홀로 남겨두고 떠난다. 그땐 폴리의 의지가 아니었다. 이번엔 폴리의 의지다. 도대체 이 어디에 명예가 있단 말인가.

이 상황이, 닥터 말리그넌트는 즐거워 견딜 수가 없었다.

"크하하하! 걸작이다! 노예는 사슬에 목이 졸리고, 의인은 신념에 미끄러져 진창에 처박히는도다! 그렇다면 나는 배신당한 자의 편이다! 우리 불쌍한 인질에겐 자비를, 비열한 배신자에겐 심판을 선사하지!"

딱! 닥터가 손가락을 튕겼다. 치엔이 호령했다.

"전탄 발사! 재생할 세포도 남기지 말고 벌집을 만들어라!"

두두두두! 납탄의 빗줄기가 날아들었다. 폴리가 얼른 바리케이드 뒤로 달려가 숨었다.

"허허, 천하의 푸른 뱀이 몸을 숨기네? 치엔! 굴절포!"

치엔이 새로운 무기를 꺼내준다. 딱 보기에도 재래식 무기가 아닌 신형 병기다. 닥터가 거대한 대포를 양손으로 들고 방아쇠를 당기니 포신에서 파동포가 발사되었다. 파동은 바리케이드 너머로 굴절되어 폴리에게 충격을 전달했다.

"크악!"

폴리가 귀를 손으로 막았다. 터진 고막이 재생된다. 평범한 인간이었으면 죽었을 만한 충격이었다. 그리고, 그녀의 목에 박혀 있던 체내의 폭탄이 작동하기에 충분한 충격이었다.

삐비비비비! 불길한 신호음이 폴리의 머릿속에 가득 찬다.

아차! 진동수에 반응하는 폭탄이었구나!

탄 바티스타가 터뜨렸던 폭탄의 위력이 기억난다. 반경 범위가 어디까지였지? 알 게 뭐야! 라이스를 구해야 해!

바리케이드에서 튀어나오는 폴리.

집중되는 탄환. 그 모든 탄환을 맞으며 돌진한다.

막아서는 치엔에게 주먹을 한 방.

닥터를 집어던지고, 라이스를 구해낸다.

라이스를 한 팔에 든 채 공인 통로로 돌진.

통로의 문을 열고 라이스를 넣는다. 수직 통로 안에서 팔을 뻗는 라이스.

문을 닫았다.

삐이이이이…… 신호음이 때가 되었음을 알렸다.

도시 어딘가에서 핸드폰으로 폭탄 타이머를 보던 마스터 윤이 0이란 숫자와 함께 외쳤다.

  "빵!"

4

루파스와 힌디야는 여전히 고름 구덩이의 감옥 안에 있었다. 킨타가 예상보다 늦어진다. 루파스가 조심스럽게 창살 밖을 둘러보며 말했다.

"묘하게 조용하지 않아? 혹시 밖에 간수가 없는 거 아냐? 그냥 여길 뜨는 건 어때?"

힌디야는 감옥 한가운데에 가부좌를 틀고 앉아서 명상 중이었다.

"들켰다가 자물쇠를 바꾸면 더 곤란해질걸. 뭣보다 킨타와 길이 엇갈리게 될 거야. 킨타가 돌아왔을 때 우리가 없으면 허수아비 혼자 어떻게 될 거 같아?"

"끄응, 허수아비의 삶은 고통의 연속이군."

힌디야가 어깨를 으쓱 올렸다.

"세상 모든 일은 음과 양이고 단점이 있으면 장점도 있는 법이지. 덕분에 우리가 여길 탈출할 테니까."

"무슨 소리야?"

"아, 설명 안 했구나. 킨타에게 가져오라고 부탁한 건 허수아비 메이커야."

신생아가 허수아비로 태어나는 원인에 대해선 다양한 가설이 있지만, 그중 가장 유력한 건 천장이 막힌 3층에 고밀도로 응축된 전자파가 태아의 중추신경계에 영향을 미쳤다는 것이다. 그 가설에 따라 만들어진 신무기가 '허수아비 메이커'라는 전자파 폭탄이었다. 좁은 공간에 전자파를 터뜨려 뇌에 엄청난 부담을 주는 폭탄. 실제로 성인의 뇌를 일시적으로 허수아비로 만들 수 있다는 사실이 입증되었고, 물리적으론 전혀 피해가 없다는 장점이 있었다.

다만 '일시적'이라는 게 문제였다. 인위적으로 사람을 허수아비로 만든다면 그 목적은 원치 않는 걸 지시하거나 정보를 알아내는 정도인데, 대부분의 효과가 뭔가를 시키기도 전에 끝나는 데다가, 성인의 뇌는 이미 여러 방어기제로 막혀 있어서 정보를 술술 털어놓지도 않았다.

"그래도 간수들을 잠시 바보로 만들기엔 충분한 위력이지. 그야말로 데드 빈 카페를 위한 피스 앤 러브 앤 웨폰이랄까!"

루파스는 힌디야의 말을 엔간해선 의심하지 않는 편이었지만 그래도 떨떠름한 표정으로 물었다.

"윤이 아직 그 폭탄을 가지고 있을지는 운에 맡긴다 쳐도…… 킨타가 그런 걸 손에 들고 2층을 가로질러 올 수 있을까?"

"걱정 마, 걱정 마! 뭔가 대단해 보여도 의외로 엄청 작은 물건이거든! 별로 무겁지도 않고 티도 안 날 거야. 몸속에 넣을 수 있을 정도라니까?"

공인 통로의 철문 안쪽은 어두웠다. 철문 너머에서 울린 충격은 짧았지만 진동이 공인 수직 통로 안에서 메아리치면서 현기증을 일으켰다. 진동이 완전히 가신 뒤에 철문을 열었다. 폴리는 가볍게 닫아버리던데, 라이스는 지렛대까지 동원해야 간신히 틈새를 벌릴 수 있었다.

뭔가 터졌던 것 같다. 그런데 주위에 아무것도 무너진 게 없었다. 대신 뭔가 소름 끼치는 일이 벌어지고 있었다. 폴리, 닥터 말리그넌트, 치엔을 비롯해 그 주위에 있던 모든 아노말리 패밀리 전원이 자기 자리에 꼿꼿이 서서는 멍하니 허공을 바라보고 있었다. 살아 있는 마네킹들의 집단 묵념 시간 같다. 제일 먼저 폴리에게 다가가 눈을 바라봤다. 초점 없는 눈. 직감적으로 깨달았다.

"허수아비가 되었어? 설마 여기 있는 사람들이 전부?"

다행히 라이스는 허수아비를 다루는 법을 알았다. 폴리를 멀찍이 데려간 뒤 물었다.

"폴리. 무슨 일이 있었던 건지 설명해줘."

아니나 다를까 바로 대답이 나왔다. 평소보다 훨씬 경직되고 톤이 일정한 목소리였다.

"마스터 윤이 내 몸속에 폭탄을 숨겨놓았다. 줄곧 이것으로 나를 협박해왔다. 비살상 폭탄일 줄은 몰랐다. 음파 무기에 반응하는 폭탄이었던 것으로 예상된다."

그래서였구나! 그래서 자꾸 날 멀리한 거구나! 먼저 눈치채지 못한 자신이 원망스러울 지경이었다.

"왜…… 왜 말하지 않았어?"

"폭탄과 함께 도청기를 달아 내 눈과 귀를 감시하고 있었다."

"미, 미친 스토커 년!"

라이스가 마스터 윤에 대한 분노로 주먹을 부르르 떨었다.

"그, 그래도 다행이네. 다행히 아노말리 패밀리도 무력화되었어. 감청 장치도 정지되었을 테고…… 그래, 내친김에 마저 말해줘. 궤도 엘리베이터의 마스터키는 정말로 실존하는 거야?"

브리핑이다.

사실, 폴리라고 마스터키의 존재를 알아낸 건 아니었다. 정확히는 '에이드리언은 키가 진짜라고 믿었다'는 사실을 알아냈다.

어느 날, 에이드리언은 2층을 떠나기로 결심했다. 제로 에덴으로 향할 때였을까? 진짜 7층을 알게 되어 제로 에덴을 떠났을 때였을까? 어쨌든, 그는 자신이 사라지면 윤이 폭주할 것을 알았다. 폭주한 윤의 손에 궤도 엘리베이터의 마스터키가 들어가는 건 무슨 일이 있어도 막아야 했다. 그래서 그는 7층으로 가기 전에 키를 숨기기로 했다. 7층에 키를 가져가는 건 좋은 방법이 아니었다. 애당초 7층의 위치는 모자이크가 알려준 것이고 모자이크를 소개해준 게 마스터 윤이었으니. 그래서 그는 생각의 방향을 바꿨다. 윤이 '찾을 수 없는 곳'이 아닌 '꺼낼 수 없는 곳'에 키를 넣기로 한 것이다.

라이스는 이해가 안 갔다.

"꺼낼 수 없는 곳? 금고 말하는 거야?"

허수아비 폴리가 고개를 저었다.

"에이드리언은 물리적인 벽이 아닌 정신적인 벽을 선택했다. 윤에게 너무나 소중해서, 설령 그곳에 키가 있다는 걸 알아도 손댈 수 없는 곳."

그것은 윤과 에이드리언의 사랑의 상징. '평범한 연애'는 경험해본 적도 없는 윤이, 처음이자 마지막 연인에게 준 유일한 선물. 에이드리언은 거기에 키를 숨겼다. 그러곤 3층에 두고 윤을 떠나버렸다.

라이스의 의안과 전뇌가 겹쳐 있으면 브레인 스캐너가 오류를 일으킨다. 두 개의 전자 칩이 겹쳐 있으면 인식에 문제가 생긴다. 데드 빈 카페에서 새의 반려동물 칩을 스캔할 때, 수차례 오류가 났던 이유. 새 안에 들어 있는 칩은 하나가 아니었던 것이다.

"궤도 엘리베이터를 조종할 수 있는 마스터키는 3층의 유일하게 살아 있는 새 안에 있다. 십중팔구 새를 죽이지 않으면 꺼낼 수 없는 장기에 이식해두었을 거다."

기함한 라이스가 휘청거렸다. 랄 시티의 운명을 쥔 키가 내내 눈앞에 있었다니!

"문제는 지금부터다. 마스터 윤은 내 눈을 통해 에이드리언에게 보낸 새 모이가 7층에 가지 않고 모자이크 아지트에 쌓여 있는 것을 보았다. 선물이 마음에 안 들었으면 새를 버렸을 것이고, 선물이 마음에 들었으면 7층에 가져갔을 것이다. 윤은 둘 다 아니라는 걸 알았고, 나와 같은 추론에 도달했을 것이다. 지금 그녀는 그녀가 준 선물 안에 마스터키가 들어 있다는 걸 깨달았다. 나와 폭탄은 더 이상 중요하지 않을 것이다. 이미 마스터키를 향해 출발했을 것이다. 서두르지 않으면 최악의 상황이 벌어진다."

라이스가 끄덕였다.

"그, 그럼 난 이제 뭘 해야 해?"

여전히 허수아비인 폴리가 말했다.

"너는 당장 랄 시티를 떠나야 한다. 모든 합리적인 요소로부터 판단했을 때 너에겐 이 도시를 떠나는 것이 최선이다. 어차피 이곳은 네 고향도 아니고 기반도 전무하다. 마스터키가 실존하든 아니든 네가 여기서 위험을 감수할 이유가 없다. 이상이 나의 추론이다."

합리성. 타산. 보신주의. 그것은 라이스의 것이었다.

명예. 규율. 이성과 직관 사이의 균형. 그것은 폴리의 것이었다.

라이스가 말했다. 어쩌면 상대가 영혼 없는 허수아비이기에 할 수 있는 말이었을 것이다.

"폴리. 넌 나보다 강하고, 현명하고, 올바른 사람이야. 지난 수년간 난 그저 널 믿고 따르기만 하면 되었어. 그런 삶에 익숙해졌어. 그러지 못하게 되는 게 무서웠던 거 같아. 그래서 너와 멀어질 거 같은 일로부터 도망 다녔어. 그게 내 과거로부터 도망 다니는 일이 되는데도 말이야. 하지만 내가 틀렸어. 네 지시를 맹목적으로 따르다가 마피아에게 붙잡혔고, 심지어 넌 경우에 따라선 내 목숨보다 다른 걸 우선시하기도 했으니까. 오해하지 마. 널 원망하는 건 아니야. 넌 옳았고, 네가 해야 하는 일에 최선을 다했어. 잘못된 건 나야. 내가 해야 할 판단을 너에게 전가해버린 거야. 우린 파트너라고 떠들어댄 그 입으로 말이야."

어쩐지 에이드리언의 동상이 떠올랐다. 초상화가 떠올랐다. 언제나 다른 곳을 꿈꾸는 남자의 꿈을 꾸는 사람들. 나비의 꿈에서 헤어나오지 못한 사람들.

"이젠 알 거 같아. 인간은 변하는 존재야. 누군가를 맹목적으로 신뢰한다는 건, 상대가 변화하는 존재라는 걸 부정하는 거나 마찬가지야. 한 점의 의심도 없는 인간관계는 그 자체로 상대를 돌로 만든 우상, 벽에 그려진 성상으로 만드는 짓이야. 언제나 변치 않는 인간은 미친 인간이지! 재수 없는 자식의 말마따나, 모두의 친구는 누구의 친구도 아니니까. 하지만…… 그걸 아는 지금에조차 난 너를 믿고 싶어. 너랑 같이 있고 싶어. 네가 떠나지 못하게 잡아두고 싶어. 우주로 가는 걸 막고 싶어…… 그러니까…… 이 도시가 불타 모든 게 무너지기 전에, 늘 하던 것처럼 짜증나는 잔소리와 명령조로 말해줘. 내가 어떻게 해야 할지 말해줘. 허수아비에서 돌아와줘, 폴리……"

등 뒤에서 들린 목소리.

"허수아비는 자기가 원하는 대로 정상이 되지 못해, 라이스."

돌아봤다. 반가운 목소리가 아닐 수 없었다. 킨타였다. 대상이 폭발해 사라져버려 더 이상 삑삑대지 않는 추적기를 든 채 폴리와 라이스를 바라보고 있었다.

"키, 킨타? 어떻게? 왜 2층에 있어? 루파스와 힌디야는 어디 있고?"

허수아비 킨타는 질문에 대답했다. 길고 우회적이지만, 정확히 지시자의 질문에 걸맞는 대답을.

"라이스. 내가 어째서 운전을 잘하는지 알아? 자동차는 기계야. 명령을 내리면 오차 없이 움직이지. 정확한 순간에 정해진 명령을 내리면 정확히 정해진 결과를 내놓아. 감정이 있는 사람들은 고장난 기계야. 불필요한 오차 때문에 잘못된 지시를 내려. 하지만 나는 두려움이나 흥분에 동요되지 않고, 늘 원하는 지시를 기계에게 전하지. 폴리의 추리도 그와 같아. 내가 한낱 허수아비인 것처럼, 폴리도 천재가 아니야. 그저 주어진 단서에 섣부른 해석을 가미하지 않는 객관성이 뛰어난 것뿐이지."

허수아비라곤 믿을 수 없는 통찰력이었다. 라이스가 놀라서 말했다.

"그거…… 스스로 생각한 거야? 후천적인 학습이 허수아비의 선천적인 한계를 극복하고 있는 건가?"

"응. 난 폴리를 보면서 학습하고 있어. 하물며 허수아비인 나도 학습한다면 라이스도 그동안 보고 배운 게 있을 거라고 생각해. 나는 '신뢰'라는 감정을 모르지만 '라이스'라면 '라이스'를 믿을 수 있을 거야. 그러니 라이스가 폴리를 보고 배운 경험을 토대로 판단해야 해. '폴리의 탐정 사무소'가 아니라 '폴리와 라이스의 탐정 사무소'야. 이제 네 차례야, 라이스."

이것이 킨타의 대답이었다. 동시에 질문이었다.

눈앞의 두 허수아비가 자신을 바라보고 있었다. 이제 라이스가 대답할 차례였다.

이를 악물고, 긴 머리를 뒤로 묶었다. 의안엔 더 이상 영혼이 없지만 그녀의 두 눈은 전에 없이 빛나고 있었다.

"혼자선 안 돼. 누군가의 도움을 받아야 해. 내 말을 믿어주면서도 날 도와줄 사람은 딱 하나 남았어."

의안으로 전화를 걸었다. 더는 도청을 걱정할 필요도 없으니 바로 직통으로 걸었다.

"아네모네 씨? 저예요, 라이스예요! 2층으로 내려와주세요. 랄 시티를 구해야 해요!"

5

햇빛광장에 에이드리언의 동상이 완공되었다. 에이드리언이 저 멀리 고장난 공조 장치 위에서 자신의 동상을 바라보고 있었다. 얼굴엔 나비 가면을 쓴 상태였다. 여긴 더 이상 아버지가 있는 3층은 아니었지만, 아노말리 패밀리의 영향력이 있는 한 언제 어디서 감시당하고 있을지 모를 일이었다.

아니, 정말로 무서운 건 감시가 아니다. 오랜 간섭과 통제로 인해 에이드리언 스스로 마음속 감옥, 습관과 강박에 갇혀버린 것이다. 정말로 무서운 것은 현재가 아니다. 미래의 내가 과거의 악몽이 되어버릴지도 모른다는 어두운 전망이야말로……

"헤이, 헤이, 에이드리, 에이드리! 또 얼굴에 주름 늘리고 있어?"

그 어둠조차 밝게 해줄 빛줄기처럼, 마스터 윤이 경쾌한 목소리와 함께 그의 옆에 앉았다.

"윤."

에이드리는 평소처럼 무기력한 목소리로 인사했다. 에이드리언 옆에 앉으니 그의 동상이 정면으로 보였다. 마스터 윤이 양손에 들고 온 술을 전부 혼자 마시면서 말했다.

"마음에 안 드나보네, 저 동상."

에이드리언이 짧게 한숨을 쉬었다. 3층에 두고 온 여동생이 떠올랐다. 가면만 안 씌웠지, 그녀에게 햇빛 한 줄기 없는 랄 시티에서 양산을 들고 다니게 했다. 에이드리언은 후계자 공부를 한다는 핑계로 2층에 내려왔지만, 그럴 핑곗거리도 없는 아네모네는 이제 아버지의 편집증을 혼자 감당하고 있을 것이다. 마음 한구석이 무거웠다. 그러면서도 다시 3층으로 올라갈 용기가 없는 자기 자신이 더더욱 한심했다.

"아버지의 감시에서 달아나고 싶었던 것뿐인데 이렇게 될 줄은 몰랐어. 내가 관리하는 2층에서 유혈 사태가 벌어지면 아버지가 날 다시 가두겠다 싶어서 나선 거지, 영웅이 될 생각은 없었어."

푸핫! 윤이 에이드리언의 등을 팡 쳤다.

"배부른 소리 한다! 야! 남들은 너처럼 될 수 있다고 하면 영혼도 팔 거다! 누구에게나 사랑받는 인간! 설령 아무도 너를 모르는 곳에 간다고 해도 너는 금세 그곳의 중심이 되어 있을 거야! 그 가면도 벗어버려! 쓰든 안 쓰든 돋보이는 건 못 피할걸? 피할 수 없으니 즐기라구!"

"아무도 나를 모르는 곳……"

문득 그 단어가 에이드리언의 뇌리에 박혔다. 아무도 나를 모르는 곳. 모든 것을 처음부터 다시 시작할 수 있는 곳.

"윤. 부탁이 있어."

"와, 우리가 부탁까지 해야 하는 사이였어? 앞으로 식탁에서 소금 달

랄 땐 수수료도 준비해야겠네!"

"해보고 싶은 일이 생겼어. 사람을 숨기거나 신분을 세탁하는 걸 전문적으로 하는 자가 필요해. 혹시 지인 중에서 실력 있는 사람 소개시켜줄 수 있을까?"

마스터 윤은 마스터라고 불리기 전부터 판에 박힌 것을 싫어했다. 판에 박힌 게 싫어서 모든 판을 부숴버렸다. 그러다보니 마스터가 되었다. 2층의 유력자들을 쓰레기 강의 비료로 던져주고 고름 구덩이의 왕이 될 수 있었다.

판에 박히지 않은 사랑의 끝은, 제법 판에 박힌 결과로 끝날 거라는 생각이 들었다. 그러나 감수할 것이었다. 그녀도 에이드리언 못지않게 한결같은 인간이었으니까.

"찾아줄게. 랄 시티 전체를 뒤져서라도."

닥터는 정말로 정예를 전부 2층으로 데려왔다. 모조리 아지트 안에 세워두니 사람이 빼곡해서 후덥지근할 지경이었다. 그래도 이동하는 건 어렵지 않았다. 허수아비라 걸으라고 명령하면 얌전히 따라 걸었다.

아네모네가 허수아비가 된 아버지를 들여다봤다. 기묘하다. 내 얇은 손가락으로 저 주름 가득한 목을 쥘 수 있을까, 라는 검은 욕망이 피어올랐다.

욕망 사이에 현실의 목소리가 기어들어왔다.

"다 옮겨 왔어요, 아네모네 씨! 빠진 사람은 없네요!"

라이스의 보고였다. 현실로 돌아온 아네모네가 말했다.

"이 허수아비 상태는 언제쯤 풀릴까요?"

"허수아비 메이커 자체가 비인가 무기라 네트에 검색해봐도 얘기가 제각각이에요. 제대로 아는 건 힌디야뿐인데 킨타 말대로라면 고름 구덩이 감옥에 있나봐요."

이렇게 되면 차라리 오랫동안 안 풀리는 게 나을지도. 고민하는 아네모네에게 마리가 말했다.

"아가씨. 폭동과 드론의 움직임이 점점 거칠어지고 있습니다. 패밀리를 인솔해서 3층으로 돌아갈 걸 권유드립니다."

"공인 통로는 전부 작동이 정지되지 않았나요?"

"소수를 옮기는 정도는 가능하겠죠. 보스와 간부진 정도라면 어렵지 않습니다."

늘 아네모네의 의견을 대변하던 아버지가 침묵했기 때문일까? 아네모네가 가슴을 펴고 말했다.

"그럴 순 없습니다. 전부 한 가족이기 때문에 패밀리입니다. 뭣보다, 지금의 2층은 오라버니가 일군 유산이에요. 이대로 버리고 가서야 오라버니를 뵐 면목이 없습니다."

위험한 도박이다. 마리가 직언하려고 했다. 그런데 과묵하던 로즈가 마리의 어깨를 붙잡고 만류했다.

"마리. 아가씨 걱정하는 건 알겠는데, 그 마음도 이해해드려야지. 드디어 아가씨도 보스 명령만 받다가 패밀리에서 활약할 기회가 온 거야. 우린 일개 보디가드지만, 난 진정한 보디가드라면 베이비시터하곤 달라야 한다고 생각해."

로즈와 달리 마리는 털털한 성격이 아니었다.

"망할! 세상만사 뜻대로만 흘러가면 누가 걱정을 하겠냐!"

아네모네는 둘의 고민을 이해했다. 적당한 절충안을 떠올렸다.

"마리 말도 틀리진 않습니다. 상황은 절망적이에요. 정말로 마스터키가 존재하는지는 둘째 치고 우리에겐 폭동을 잠재울 만한 병력이 전무합니다. 이대로 가다간 군경찰이 6층을 안심시키기 위해 무력 개입을 지속할 테죠. 셋으로 나눕시다. 로즈는 라이스의 발송장을 가지고 3층으로 돌아가 수신지를 추적하세요. 패밀리의 인프라를 총동원해 최대한 서둘러야 합니다."

"예스, 맴."

"라이스도 3층으로 가세요. 키가 숨겨진 새를 확보하고, 정말로 키가 있다면 루 대령에게 알리세요. 마스터키가 실존한다면 2층 폭동은 더 이상 그의 관심사가 아닐 것입니다."

"여, 열심히 할게요!"

"마리는 저와 함께 햇빛광장으로 갑시다. 오라버니가 돌아오시거든 즉시 2층을 진정시킬 수 있도록 요충지를 확보해야 합니다. 검사검사 2층에서 탐정과 패밀리를 보호하죠."

"킨타! 킨타도 부탁할게요! 운전할 줄 아는 허수아비라 제법 쓸모 있을 거예요! 킨타! 아네모네 님 잘 쫓아다녀야 해!"

라이스가 아네모네 앞에 킨타를 내밀었다. 뜬금없는 애 보기라니. 마리는 내키지 않는 표정이었지만, 아네모네로선 이 멤버 중에선 자신과 마리 옆이 제일 안전하다는 걸 인정할 수밖에 없었다.

3층까진 로즈와 함께 왔다. 올라오자마자 로즈는 패밀리 아지트 방향으로, 라이스는 데드 빈 카페 쪽으로 향했다. 로즈가 갈라지면서 말했다.

"여기서부턴 혼자 갈 수 있겠나?"

"응? 그야 아는 길이니까. 왜?"

"마스터 윤도 새를 노리고 있잖아. 3층에 부하를 파견했을 가능성을 고려해야지. 데드 빈 카페 인근의 패밀리에게 연락해서 대기해두라고 하겠다. 거기서 합류하도록 해."

아네모네가 꼼꼼한 부하들을 뒀구나. 아니, 내가 너무 허술한 건가?

로즈의 걱정과 달리 2층의 파란이 무색할 정도로 3층은 평화로웠다. 좋게 말하면 군경찰이 자기 일을 잘하고 있는 거고, 어떻게 보면 층 하나 두고 서로 철저히 무관심하다는 뜻이겠지. 인간관계에서 갈등이 존재할 수밖에 없는 요소라면, 층간 소음은 있는 쪽이 옳은가, 없는 쪽이 옳은가? 옳고 그름의 기준은 무엇인가?

데드 빈 카페 앞에 도착했다. 아노말리 패밀리는 보이지 않았다. 내가 먼저 왔나? 별생각 없이 카페 문을 열었다. 루파스와 힌디아는 2층에 있다. 잠겨 있지 않은 걸 알았을 때 위화감을 느꼈어야 했다. 늦었다. 카페 안에선 마스터 윤이 느긋하게 커피를 마시고 있었다.

"어우, 여기 커피 더럽게 맛없네. 데드 빈 카페에서 커피를 주문해본 적은 없거든. 아이러니하구만!"

라이스가 문고리를 잡은 채 고양이를 본 생쥐처럼 얼어버렸다. 윤이 먼저 라이스에게 다가가 카페 안으로 끌어당겼다. 키가 어찌나 큰지 라이스 어깨에 팔을 올리니 목을 한 바퀴 감을 지경이었다.

"긴장하지 마, 사이드킥! 나까지 똥꼬에 힘 들어가겠네. 여자 둘끼리 무슨 일이 있겠어?"

윤이 그렇게 말하면서 라이스를 바에 앉혔다. 그러자 바 너머가 보였다. 바 너머로 부엌까지 가득 찬 시체들이 보였다. 인형 탈을 쓴 걸 보니 전부 로즈가 보낸 마피아들이다. 뭔가 엄청난 흉기에 맞았는지 난도질이 된 시체들이 널려 있는데 윤의 몸엔 생채기 하나 없었다.

"설마…… 혼자 다 죽인 거야? 중무장한 갱스터들을? 칼도 총도 없이 어떻게……"

윤이 어깨춤을 추면서 새장으로 다가갔다.

"칼? 총? 그런 건 중요하지 않아. 사람은 어차피 쉽게 죽어. 중요한 건 죽이겠다는 마음가짐이지! 예를 들어 이 도시를 봐. 도시는 칼도 총도 들지 않았지만 오늘도 수많은 사람들을 죽이고 있지!"

새장을 열었다. 새장 안에 있는 건 평범한 드론이 아닌 살아 있는 새다. 새는 멋대로 새장을 나와선 카페의 천장을 이리저리 날아다녔다.

"아, 성가시군. 참 시끄럽게 날아다닌단 말이야. 룰을 따르지 않는 존재라는 건 미움을 사는 데 익숙해져야 해!"

텁! 날아다니던 새의 목을 한 손에 잡아냈다. 그러곤 라이스에게 내밀었다.

"네가 대신 죽여줄래? 나름 의미 깊은 거라, 내 손으로 하긴 그렇네."

폴리의 추리가 떠오른다. 이 여자 손에 마스터키가 넘어갈 때 벌어질 일들이 떠오른다. 서드 스카이폴의 도시 괴담이 떠오른다. 불타는 밈 시티의 2층이 떠오른다.

"왜…… 왜 그렇게까지 키를 원하는 거야? 정말로 엘리베이터를 무너뜨릴 거야? 전부 다 죽을 거야. 3층과 6층만이 아니라 2층도! 대체 뭣 땜에 이 도시가 그렇게 미운 건데?"

오늘 처음으로 윤이 조용해졌다. 이내 그녀는 경련이라도 온 것처럼 고개를 저었다. 손 안의 새는 고통스럽게 발버둥치고 있었다.

"미워한다고? 아냐, 아냐. 이해를 못하는구나. 내가 이 도시를 얼마나 사랑하는데! 거대한 계획에 시간과 노력을 투자할 원동력은 사랑뿐이야. 오, 사랑이여! 그래, 백문이 불여일견이지!"

윤이 라이스에게 어깨동무를 하더니 그녀를 카페 창문으로 데려갔다. 마천루 너머로 거대한 궤도 엘리베이터가 보였다.

"어때? 떠오르는 거 없어? 카메라 화면을 가린 얼룩! 얼굴 한복판에 생긴 뾰두라지! 손톱 옆에 생긴 거스러미! 닦아버리고 싶지 않아? 짜내고 잘라내고 싶지 않아? 진짜 진짜 재미있을 거야!"

"그게…… 사랑이랑 무슨 상관인데?"

짝! 윤이 자기 이마를 쳤다.

"에헤이, 핵심은 그게 아니래두! 사람 말이 이렇게 안 통해서야! 하긴 네 잘못이 아니지. 나도 이해를 못했으니까! 새 정도로 녀석을 잡아둘 수 있을 거라고 생각한 나도 녀석을 이해 못했던 거지. 인간은 진심으로, 진심으로 인간을 이해할 수 없는 거야. 착각 착각 착각…… 차라리 가면을 쓰는 쪽이 진실일지도 몰라."

한 손으로 새의 목을 쥐고, 다른 손으로 새의 머리를 붙잡았다. 보란 듯이 라이스 눈앞에 새를 들이밀면서.

"그리고…… 에이드리언도 나를 이해하지 못했던 거야."

우득.

마스터 윤이 데드 빈 카페를 나왔다. 그녀의 손엔 죽은 새, 그리고 새의 시체를 뒤져 꺼낸 작은 칩이 들려 있었다. 그녀는 저 거대한 궤도 엘리베이터, 그리고 그 위를 덮고 있는 드높은 4층을 올려다보며 말했다.

"햇빛 들지 않는 새장이다. 나비 날개에 꽂힌 핀이다. 칼과 총보다 잔혹한 룰이다. 아아, 저걸 뽑는 건 얼마나 재미있을까! 최고의 오락이 눈앞에 있는데 마다해서야 발밑의 왕이랄 수 있겠어?"

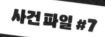
사건파일 #7

**Knocking on
7th Heaven's Door**

1

지금은 22세기다. 회의가 하고 싶다면 자택에서 화상 회의를 해도 문제될 게 전혀 없는 시대다. 그러나 금과 보석으로 찬란하게 장식된 '랄 시티 군경찰 사령부 최고 회의장'에 모인 배불뚝이 노인들 중에서 이해하기 힘들고 성가신 기계장치를 만지작거리고 싶은 자는 아무도 없었다. 가슴 가득히 훈장을 단 장군들은 원탁에 둘러앉아선 얼굴이 시뻘게져라 소리를 지르고 있었다.

"2층 놈들이 어떻게 대량의 무기를 손에 넣은 거야?"

"공조 장치를 관리하는 환경부 책임이다!"

"재고 관리에 실패한 병기부 책임이야!"

원탁의 한쪽을 차지한 후시가 하품을 했다. 노인네들의 꽁트는 재미있는 광경이었지만 이 거지 같은 책임 논쟁도 한 시간을 내리 들으니 질릴 지경이었다. 기어이 멍청한 소리를 하는 인간이 나왔다.

"그, 그래! 그러고 보니 2층 공조 설비는 전부 방수 기능이 있었지? 댐을 무너뜨려서 전부 수몰시켜버리자구!"

동조하는 놈까지 나온다.

"그거 좋은 생각이다! 이참에 2층의 무단 거주자들도 밀어버리자구!
어서 댐에 폭탄을……"

후우. 한숨을 내뱉으면서 마이크를 켰다. 후시가 움직이기 시작하자
장군들이 일제히 조용해지면서 시선을 모았다. 후시는 여기서 가장 낮은
계급이었지만, 그 외의 의견은 모두 무의미하다는 것이 공공연한 비밀이
었다. 후시의 왼쪽 주머니엔 이곳에 있는 전원의 약점이 들어 있었고, 오
른쪽 주머니엔 6층의 총애가 들어 있었다. 그리고 사실, 여기서 후시보
다 나이가 많은 사람은 다섯 손가락에도 들지 않았다.

"훌륭한 명안입니다만, 조금 더 숙고해주십시오. 3층에 6층민이 살듯
이 2층에도 3층민이 삽니다. 당연히 6층민이 전혀 없다고 할 순 없지요.
이미 전경 드론을 보낸 것만으로도 충분히 이듬해 선거가 위태로울 수
있습니다. 이 이상의 위험을 감수하시겠습니까?"

손톱을 물어뜯는 장군들 사이에서 신음이 나온다.

"난 몰라! 난 책임 안 질거야!"

경기를 일으키는 인간도 있군. 확실히 구경하는 재미는 있어.

후시가 자리에서 일어났다. 꼿꼿이 서서 뒷짐을 지고 말했다.

"걱정 마십시오. 이미 특공대를 준비하는 중입니다. 모니터링은 진행
되고 있으니 여차하면 2층을 순식간에 유린할 수 있습니다. 애초에 마피
아에게 2층 관리를 맡긴 것도 제 선택이었습니다. 책임은 제가 집니다.
여러분은 그저 권한을 빌려주시면 그만입니다."

책임은 내가 진다. 그 말을 듣자마자 무능한 돼지들 얼굴에 웃음꽃이

피었다.

"그, 그래! 흰 고래에게 일임했는데 우리가 걱정할 필요 없지!"

"든든하군, 루 대령! 뭐든 필요하면 말만 하게!"

결론이 나왔다. 더 이상의 회의는 필요 없다. 놀랍게도, 장군들의 회의가 끝난 건 두 시간 뒤였다. 당연히 후시는 그전에 회의실을 나왔다. 필요 이상으로 긴 사령부 복도를 걸으면서 오늘 야식은 뭘 먹을지 생각하고 있었다. 핸드폰이 평소답지 않은 벨 소리로 울린 건 그때였다.

발신자를 확인했다. 추적 불가능 번호다. 후시는 번호의 패턴을 한번에 알아봤다. 6층의 밀사가 쓰는 도청 불가능 특수 회선이었다.

"받았습니다."

"루 대령인가? 맙소사, 바로 받아서 다행이군. 듣는 귀는 없지?"

"저랑 처음 통화하십니까?"

사설 떠들 틈도 없다는 다급한 목소리였다.

"자네, 서드 스카이폴이라고 들어봤나?"

"2층의 헛소문이요? 그걸 6층도 아십니까?"

"헛소문이 아니다! 마스터키는 정말로 존재한다! 그게 감쪽같이 사라졌다. 계엄령을 내려도 좋으니 최대한 빨리 찾아주게!"

속이 안 좋아졌다. 눈을 질끈 감고 미간을 문지른 뒤에 말했다.

"올해 들은 농담 중 단연 최악이군요…… 아니, 도대체 누가 그런 걸 왜 만들었다고…… 가만. 마스터키가 사라진 곳은 6층 아닙니까? 그럼 일단 현장 감식부터 해야 하는 거 아닙니까?"

목소리가 날카로워졌다.

"누가 그걸 몰라? 이제 와서 해봐야 소용없으니까 하는 말 아냐! 분실

된 지 몇 년이나 되었다는 사실이 오늘 밝혀졌어! 제발 서둘러줘! 6층 시민들이 알게 되었다간 랄 시티 체제 자체가 붕괴할 거야!"

존재조차 함구된 채 엄중히 보관되던 궤도 엘리베이터의 마스터키가 사라졌다. 아니, 한참 전에 사라졌고 관리자들조차 금고 안에서 증발해버린 걸 오늘 알아버렸다. 2층에서 전례 없는 폭동이 벌어진 바로 오늘 말이다. 오오, 실로 도시 괴담 같지 않은가!

후시가 통화를 끊고는 중얼거렸다.

"그래. 너무 오래 평화로웠지."

다시 전화를 걸었다. 도청 방지 회선으로 걸었지만 수신자는 아는 사람이었다.

"응우옌 중위. 극비로 할 일이 생겼다."

아네모네, 마리, 킨타. 셋이 2층의 전쟁터를 뚫고 햇빛광장으로 가야 했다. 전투라면 마리가 자신 있었고 아네모네도 비무장은 아니었지만, 그래도 도보로 돌파하는 건 현명한 생각이 아니었다. 거기서 의외의 인물이 활약했다.

부르릉! 킨타가 길에 버려진 이륜차를 확보했다. 라이스에게 배운 열쇠 없이 시동 거는 법은 불법 개조 이륜차에도 유효했다.

"연료도 충분해. 세 사람은 충분히 탈 수 있을 거야."

2층의 좁은 길에서 다닐 수 있도록 개조한 이륜 전기차다. 아네모네는 생전 처음 보는 개조 차량 못지않게, 차 시동을 걸 줄 아는 허수아비에게 감탄하는 중이었다.

"라이스 씨 말이 사실이었네요! 이런 고기능 허수아비는 처음 봐요!"

마리는 역시나 차 쪽이 신경 쓰였다.

"아가씨에게 이딴 걸 타게 하다니, 평생의 수치다!"

납득할 만한 불평이지만 지금은 발등의 불이 먼저다. 운전도 킨타가 했다. 처음 운전하는 개조 차량일 텐데도 좁은 2층 길을 자유자재로 달린다. 아네모네가 접은 양산을 꼭 끌어안은 채 환호했다.

"이거 멋진데요? 의외로 쾌적하군요!"

"머리 조심하세요! 거리가 난잡합니다!"

"걱정 마요, 마리! 이 속도라면 금방 도착하겠어요! 왜 2층민들은 이런 걸 상용화하지 않는 걸까요? 그래, 이번 폭동이 끝나면 제 잔고를 털어서라도 2층민들에게 배급하겠어요!"

역시나 이렇게 되는군. 로즈의 제안을 받아들이긴 했지만 마리는 걱정이 앞섰다. 닥터 말리그넌트의 과보호 아래에서 자란 아네모네는 현실을 너무 몰랐다. 부디 이번 사건이 무사히 해결되기만을 바랐다.

마리의 기대는 금세 무너졌다. 건물들 위로 에이드리언의 동상이 보이기 시작할 때쯤, 별안간 나타난 불타는 쓰레기 더미가 길을 막았다. 어쩔 수 없이 킨타가 멈추자, 기다렸다는 듯이 약탈자들이 몰려왔다.

"야호! 제법 부유해 보이는데! 게다가 여자랑 아이만 있어!"

"부자라면 가진 것을 가난한 사람들과 나눠야겠지? 당장 내려!"

마리가 제일 먼저 내렸다. 그녀가 옷 안주머니에서 트럼프 카드를 꺼내며 말했다.

"아가씨. 수업입니다. 이 세상을 살아가는 데 있어서 놀랍고도 중요한 사실을 알려드리죠."

파팟! 그녀가 카드를 던졌다. 아아악! 날아간 카드는 정확히 약탈자에게 명중했다.

"부자가 모두 악인이 아니듯이, 가난한 이들이 모두 배려받을 가치가 있는 건 아니랍니다."

촤르륵! 모자에서 길어지는 지팡이를 꺼냈다. 마술 쇼 같은 기이한 무기를 본 약탈자들이 당황했다.

"조심해! 저 마술사 여자, 이상한 무기를 쓴다!"

"하여간 가진 놈들이란! 전부 하층민의 희생으로 만든 물건이겠지?"

"그래. 일반적인 무기가 아니라 3층의 규제에 얽매이지 않지."

마리가 두 사람에게 말했다.

"먼저 가십시오. 전 이 자기정당화에 능한 쓰레기들을 청소하고 가겠습니다."

전투가 시작되었다. 도울 수 없다면 인질이 되지 않도록 신속히 자리를 뜨는 게 클리셰를 피할 길이다. 아네모네는 킨타의 손목을 붙잡고 골목을 따라 햇빛광장으로 달렸다.

재생형 강화 인간이었기 때문일까? 아네모네가 패밀리를 숨겨둔 2층의 은신처에서, 폴리가 제일 먼저 깨어났다. 허수아비가 된 거지 기절한 게 아니다. 그동안 벌어진 일을 모두 보고 듣고 있었다. 하지만 감정과 자아를 되찾고 둘러보니, 마네킹처럼 얼어 있는 아노말리 패밀리를 보는 감상이 새로웠다.

"하, 혼자 보기 아까운 광경이군."

빈둥거리고 있을 틈이 없다. 라이스는 3층, 킨타는 아네모네와 햇빛광장으로 간다고 했다. 어느 쪽을 먼저 지원해야 할까? 그러고 보니 혼자 고민할 필요가 없군. 아네모네가 허수아비가 된 패밀리를 지킬 보초들을 불러냈을 것이다. 방 밖에서 그들과 정보를 교류할 생각이었다.

그러나 방을 열고 나간 폴리가 본 건, 단체로 목을 매달고 죽은 보초들의 주검뿐이었다.

"어? 어어?"

전쟁 중에 못 견디고 자살한 병사들을 본 적은 있었다. 동반 자살도 처음은 아니었다. 하지만 이렇게 여러 명이 똑같은 방법으로 목을 매단 건 처음이었다. 직감이 말했다. 자살이 아니야!

대답이라도 하는 것처럼, 저쪽 구석에서 딸깍, 하는 소리가 들렸다. 그 자리에 축음기가 있었다. 축음기의 레코드가 돌아가기 시작했다. 나팔관의 깊고 어두운 어둠 속에서, 노랫소리 대신 사람 목소리가 흘러나왔다. 남자인지 여자인지 아이인지 노인인지 알 수 없는 기계적인 목소리가, 이렇게 말했다.

음반을 반대로 돌리면 귀신 소리가 들린다는 도시 괴담을 들어보았나?
빨간색으로 이름을 쓴 자는 자살하게 된다는 도시 괴담을 들어보았나?
나는 모자이크의 조각들.
Insturmental the Ouijaboard!

"모자이크 님의 메시지가 있다, 리니아 폴라리스."

폴리가 자기도 모르게 뒷걸음질을 쳤다. 네임리스나 블랭크처럼 기이한 능력이 있다면 지금으로선 대항할 방법이 없었다.

"인스트러먼틀? 네놈도 모자이크 패거리인 거야? 이 갱스터들이 자살한 것도 네가 연출한 거야? 도대체 너흰 목적이 뭐냐!"

질문을 하는 의미나 있는지도 모르겠다. 드론인가? 그냥 소리가 녹음된 것뿐인가? 아니지, 축음기처럼 생긴 통신 장치일 수도 있지!

"'마왕'이 네 '공주님'을 데려갔다. 우리의 목적은 몰라도 마왕이 원하는 건 알고 있지? 자, 마왕은 어디로 향하고 있을까?"

마왕과 공주. 이유는 모르겠는데 즉각 마스터 윤과 라이스를 의미한다는 걸 눈치챘다.

"그걸 왜 알려주지? 너흰 마스터 윤과 한패가 아닌 거야? 마스터 윤도 너희의 장기말이냐? 나도 너희의 장기말이었던 거냐?"

어쩐지 축음기가 비웃고 있다는 기분이 들었다.

"나는 '저주'. 나는 모자이크 님의 저주다. 우리는 모자이크 님의 오랜 저주를 완성하기 위한 퍼즐이다. 도미노는 넘어졌고 넌 따를 수밖에 없지. 자, 뭘 망설여? 마왕과 공주와 저주가 완성되었다. 서둘러야지, '왕자님'?"

2

와장창! 감옥 위가 소란스러워졌다. 루파스와 힌디야가 창살 밖으로 고개를 내밀었다. 킨타인가? 뭔가 일이 틀어졌나? 이내 윤의 부하가 계단에서 굴러떨어져 내려오는 게 보였다. 마지막으로 내려온 것은 혈혈단신으로 고름 구덩이의 병사들을 뚫고 들어온 콴 응우옌 중위였다.

"중위님!"

아는 사이였다.

"루파스! 군경찰이 구하러 왔어!"

"그러네…… 근데 왜 중위님 혼자?"

콴이 두 사람을 발견했다. 그가 허리에 손을 올리고 타이르듯이 말했다.

"역시나 당신네들이 얽혀 있었군요, 데드 빈 카페! 설마 넘쳐나는 무기도 당신들이 밀수한 거예요?"

얼른 변명부터 해야 했다.

"히익! 용서해주세요! 저희도 피해자라구요!"

"저흴 속여서 무기를 밀수한 뒤 이렇게 가둬버린 거예요. 구해주세요, 중위님!"

거짓말하는 것 같지는 않고, 이 둘은 여러모로 쓸모 있는 자들이었다. 총으로 자물쇠를 쏴서 부숴버렸다. 두 사람이 나와 안도의 한숨을 내쉬었다.

"자유다! 만세!"

"진짜 중위님 혼자예요? 군경찰이 파견된 게 아닌가요?"

콴이 목소리를 낮췄다.

"대령님이 직접 극비 지시를 내리셨습니다. 자세한 건 말씀드릴 수 없지만, 2층에 보내진 건 저와 드론들뿐이에요. 어쨌든 전 고름 구덩이 간부진을 확보해야 합니다. 소재를 아는 자가 있나요?"

"글쎄요. 간부는 고사하고 마침 킨타가……"

그때였다. 계단 위에서 웬 가전제품들이 내려왔다. 다리가 달리고, 재래식 총기가 달린 세탁기와 냉장고와 텔레비전들이었다. 콴이 두 사람을 다시 감옥 안으로 밀었다.

"엄폐해요!"

타다다다! 개조된 가전제품들이 총격을 가해온다. 루파스가 벌렁거리는 가슴을 잡았다.

"저게 대체 뭐야?"

힌디야는 알고 있었다.

"3층에서 2층으로 떨어진 쓰레기를 전투용 드론으로 개조한 거야! 우린 포위당했어!"

"어쩔 수 없군요. 간만에 장기를 써야겠네요."

콴이 심호흡을 하면서 총을 집어넣었다. 대신 검을 꺼내들었다. 날이 길진 않지만 첫덩이 가전제품을 단번에 파괴하기엔 총알보다 효과적인 무기였다.

힌디야가 감을 잡았다.

"어? 웅우엔 중위님도 강화 인간이에요?"

콴이 안경을 벗었다.

"노화 역전 시술까진 못 받았지만, 저 탄막을 돌파할 정도는 될 겁니다."

"설마 경화형은 아니죠? 경화형은 안 돼요!"

루파스가 끼어들었다.

"왜? 경화형은 어떤데?"

"구려! 전투형 강화 시술 중 최악이야!"

"걱정 마세요. 저는……"

훅. 문장을 마치기도 전에 콴이 시야에서 사라졌다. 다시 나타났을 땐 재활용 드론들이 전부 검에 베여 절단난 뒤였다.

"가속형 강화 인간입니다."

야호! 루파스와 힌디야가 동시에 환호했다. 세 사람이 지하 감옥을 나왔다. 콴이 들어오면서 한 차례 쓸고 지나온 터라 더 이상 인기척은 없다. 유일하게 위층에서만 뭔가 기계를 돌리는 소리가 날 뿐이었다. 필시 드론을 보낸 자가 있겠지.

올라가보니 집무실이었는데, 거기서 쏠레용이 서류와 기록 칩들을 열심히 소각로에 던져 넣고 있었다.

"이런, 증거가 될 자료를 말소하는 중이군. 멈춰라!"

콴이 경고했다. 성실한 치안 기구 공무원으로서 당연한 행동이었겠지만, 비열한 범죄자를 상대할 땐 도박성이 짙은 행동이었다. 쏠레용이 준비한 함정은 재활용 드론만이 아니었다. 그가 콴을 보자마자 폭탄을 던졌다. 가속 능력은 쿨타임이 길어서 연속으로 쓸 수 없다. 피한다 해도 뒤에 있는 루파스와 힌디야가 위험할 것이다. 콴이 눈을 질끈 감는다!

텁!

그때 나타난 손이 던져진 폭탄을 허공에서 붙잡았다. 펑! 폭탄이 터지면서 잡은 자의 손이 산산조각 나버렸다. 보란 듯이 순식간에 손이 재생되었다. 폴리다. 자연스럽게 콴의 검을 넘겨받더니, 쏠레용에게 부메랑처럼 던졌다. 날아간 검은 정확히 손잡이가 쏠레용의 이마에 맞았고 노인은 나자빠져 기절했다.

"자넨 가능성이 다분하지만, 역시 경험이 부족해."

"폴리 씨!"

콴이 안도했다.

"2층에 계셨군요!"

"폴리이이!"

루파스와 힌디야는 거의 통곡을 했다. 둘이 폴리 양쪽 다리에 하나씩 매달려 암탉 만난 병아리처럼 울어댔다. 해후할 틈은 없다. 폴리가 호령하듯이 외쳤다.

"콴부터 오른쪽으로 한 명씩! 브리핑!"

부하도 아닌 콴과 군인도 아닌 루파스와 힌디야까지 차렷하게 만드는 목소리였다.

콴.

"대령님의 지시대로 극비하에 2층 통제권을 확보하는 중입니다!"

루파스.

"윤 패거리가 우릴 속이고 가둬놨었어. 2층의 무기는 우릴 속여서 공급한 게 분명해."

힌디야.

"킨타도 같이 갇혔었어. 우릴 구하느라 혼자 나간 상태인데 아직 돌아오질 않아."

극비라. 뻔하지. 후시 녀석도 마스터키에 대해 안 것이다. 마스터 윤은 완전히 아지트를 떠난 모양이군. 전장에 돌아온 기분이다. 효율적인 병력 배치 방안이 자동으로 떠오른다. 의외로 그리 불쾌한 기분은 아니다. 아니, 어쩌면 이 느낌을 그리워했을지도.

"킨타는 우리랑 합류했으니까 걱정 마. 중위는 대령과 합류하려면 안정적인 연락망이 필요하겠군. 아네모네 프리먼이 햇빛광장으로 향하는 중이다. 그녀를 보호하면 자연스럽게 2층의 통제권을 수복할 수 있을 거야."

"네? 폴리 씨는 함께 가지 않으십니까?"

"윤이 라이스를 데려갔어. 그쪽은 내가 맡을 테니 2층을 부탁해. 겸사겸사 이놈들이 숨기려는 서류도 확보해두는 게 뒷일을 위해 좋을 거야."

힌디야가 물었다.

"둘이 어디로 갔는지 알아?"

"난 모르지만……"

폴리가 소각로의 장작 하나를 꺼내 쏠레용을 깨울 준비를 했다.

"이자는 알고 있겠지."

햇빛광장으로 이어진 쓰레기 강의 다리가 보인다. 광장에 모인 주민들이 드론들에 맞서 바리케이드를 세워놨다. 전경 드론들이 진격해오기 전에 주민들 앞에 서야 했다. 그러나 아직도 아네모네와 광장 사이는 멀기만 했다. 그리고 2층은 순백색 나풀거리는 옷을 입은 3층의 유명 인사가 돌아다니기에 좋은 곳이 아니었다.

또다시 사람들이 아네모네 앞을 가로막았다. 그런데 이번엔 아까와 같은 불량배가 아니었다. 딱 봐도 오늘 처음 무기를 든 2층의 민간인들이었다. 심지어 무기도 밀수된 재래식 총이 아니라 3층의 인증 총기였다.

"소문이 사실이었군! 정말로 닥터 말리그넌트의 딸이 2층을 돌아다니고 있었어!"

아네모네가 발걸음을 멈췄다. 만약을 대비해 양산을 들었다.

"비켜주세요, 여러분! 저는 2층을 돕고 싶은 것뿐입니다! 저는 닥터 말리그넌트의 딸이기 이전에 에이드리언의 동생이에요!"

녹슨 식칼을 든 여자가 외쳤다.

"웃기지 마! 어디 감히 에이드리언 님의 이름에 묻어가려고 해? 너희 아노말리 패밀리 때문에 3층에서 도망쳐 온 자들이 2층민의 반은 넘을 거다! 네가 입은 옷, 네가 먹고 자란 모든 것이 우리의 피와 땀이야! 대가를 치를 때가 왔다!"

정말로 쏠 셈이다. 양산을 펼쳐서 킨타와 자신을 가렸다. 닥터가 양산을 강요했을 땐 얼굴을 가리게 하려는 목적도 있었겠지만, 편집적인 과보호 부모이니만큼 양산에 온갖 기능을 탑재해둔 상태였다.

다행히 총알이 날아오지 않았다. 방아쇠를 당기지 않았기 때문이 아니었다. 2층민들의 총엔 모두 'UNTARGETABLE LEVEL' 경고등이 켜져 있었다.

"뭐야? 이건 3층 총인데? 왜 3층민을 못 쏘지?"

킨타가 감정 없는 눈으로 아네모네의 주머니를 바라봤다.

"6층민의 피격 보호카드를 가지고 있구나. 3층민이 들고 다니면 중형을 피할 수 없어."

"괜찮아요. 아버지가 괜히 루 대령과 친하게 지내는 게 아니거든요. 어쨌든 다행이네요. 재래식 총은 제 양산을 못 뚫고, 3층 총은 절 맞추지 못해요. 이대로 잔탄이 떨어지길 기다렸다가 돌파합니다."

"질문이 있어, 아네모네."

"맙소사! 허수아비가 질문도 해요?"

"피격 보호카드가 폭발물의 파편도 막을 수 있어?"

질문도 늦었고 깨달음도 늦었다. 쾅! 폭발 소리가 머리 위에서 들렸다. 2층민들이 던진 수류탄이 위태로운 판잣집에 맞았다. 아네모네와 킨타 바로 옆에서 건물이 무너져버렸다. 잔해를 피하고 정신을 차려보니 옆에 킨타가 없었다.

"킨타! 무사해요, 킨타?"

대답이 들리지 않는다.

죽었나? 나 때문에 죽은 거야?

맙소사, 내가 뭘 하던 거였지? 허수아비 꼬마 하나도 지키지 못하면서 2층을 구하겠다고? 오라버니의 빈자리를 채우겠다고? 내가 미쳤었구나!

잔해 속에서 외쳤다.

"로즈! 마리! 이제 그만하겠어요! 애초에 무모한 짓이었어요! 전 에이드리언이 될 수 없어요! 아직 죽고 싶지 않아요! 집으로 돌아가고⋯⋯"

집으로 돌아가면 다시 아버지 곁으로 가는 거다. 이 모든 불행의 원흉인 아버지의 곁으로.

누구에게 뭐라고 도움을 청해야 할지조차 모르겠다. 눈을 질끈 감는다.

"오라버니! 에이드리언 오빠! 어디 있어요? 대체 어디로 간 거예요? 날 버리고 어디로 간 거예요? 저 혼자선⋯⋯ 나 혼자선⋯⋯"

그때, 잔해 속에 깔린 양산이 보였다. 닥터 말리그넌트, 아니 아담 프리먼의 족쇄의 상징인 양산. 그것을 집어들었다. 한데 부러져 있었다. 그것이 아네모네에겐 깨달음으로 다가왔다.

작별 인사조차 안 하고 가버렸어.

오빠에게 난 그 정도의 존재였던 거야.

내가 뭔 생각을 한 거지?

기댈 사람 같은 건 처음부터 없었어.

덜그럭. 잔해를 치우는 소리가 들린다. 2층민들이 아직 나를 찾고 있나보다. 아네모네가 이를 악물었다. 현실을 직시해야 했다. 그녀의 삶에 전환점이 있다면 바로 지금이었다.

자리에서 일어났다. 치마 끝자락을 잡아 찢어 붕대를 만들었다. 붕대로 양 주먹을 감았다. 양산은 없지만 기본적인 호신술 정도는 알았다. 이를 악물고 마지막 잔해가 치워지길 기다렸다.

"프리먼 집안 사람은 정승처럼 살다가 개처럼 죽는 게 자랑이지."

우르릉! 마지막 잔해가 치워졌다. 이야아아! 주먹을 내밀고 돌진했다. 이내 발걸음을 멈추었다. 2층민들이 아니었다.

군경찰 제복. 그리고 루파스와 힌디야였다. 콴이 아네모네를 알아보고 말했다.

"무사하십니까? 아네모네 프리먼이시죠? 폭도들은 쫓아냈습니다."

긴장이 풀렸다. 아네모네가 자리에 주저앉았다. 아직 할 일이 많이 남았다는 것이 안타까울 따름이었다.

폴리는 3층으로 돌아왔다. 쏠레용은 협박한 지 얼마 되지도 않아서 마스터 윤이 도시 밖으로 갔다고 실토했다. 한참 전에 출발했을 테니 차로 따라가면 늦는다. 도착 지점을 안다면 운전보다 좋은 수단이 있었다. 쏠레용을 짐칸에 가두고 바로 모노레일 조차장을 향해 엑셀을 밟았다.

아직 모노레일 운영 시간일 텐데 조차장이 이상할 정도로 조용했다. 오래지 않아서 도시 밖으로 나가는 모노레일을 찾았다. 그 앞에 탄 바티스타가 보란 듯이 앉아서 기다리고 있었다. 조만간 폴리가 마스터 윤을 쫓아 이곳으로 오리란 걸 알기라도 한 모습이었다. 어쩐지 쏠레용이 너무 일찍 실토했다는 생각이 그제야 떠올랐다.

"늦었군. 선로를 부숴버리고 싶은 유혹을 참느라 힘들었다."

폴리가 짐칸에서 쏠레용을 꺼내 모노레일 안에 던져 넣었다.

"날 막지 않을 거냐?"

"그럴 리가 있나? 다만 네가 성실하게 싸우게 하려면 상품이 있어야 한다는 거지. 날 이기면 마스터를 쫓아갈 수 있게 해주마. 어때? 고전적이지만 직관적이지?"

"최근에 받아본 적 없는 호의군. 이미 한 번 완패한 상대에게 보이기 힘든 자신감이야. 지금부터 넌 나에게 꽤 많이 얻어터질 텐데, 그 과정에서 네가 얻을 상품은 뭐지?"

삐빅. 탄이 리모컨을 눌렀다. 그러자 모노레일 뒤에 숨겨져 있던 5미터짜리 전투용 모빌 수트가 일어났다. 오로지 탄만을 위해, 오로지 리니아 폴라리스를 죽이기 위해 만들어진 특제 모빌 수트가.

"마스터 윤 가라사대, 바로 지금 이 순간의 즐거움이 상품이라면, 인생은 그 자체로 최고의 오락이 되는 법이지."

3

킨타는 찾지 못했다. 아니, 찾을 틈이 없었다. 잔해 밑에 있지 않을 거라고 믿는 게 그들이 할 수 있는 전부였다. 허수아비 꼬마 하나를 찾기 위해 포기하기엔 1분 1초에 너무 많은 게 걸려 있었다.

그 희생이 헛되진 않았는지, 전경 드론이 포위하기 직전에 광장 안으로 들어올 수 있었다. 여기서부턴 눈에 띄지 않는 게 중요했다. 콴은 제복을 벗었고, 아네모네도 버려진 옷을 주워 원피스 위에 걸쳤다.

"로즈와 마리 모두 연락이 없네요. 이제 어쩌죠?"

콴이 주위를 둘러봤다.

"에이드리언이 올 것을 대비해야 한댔죠? 2층민의 시선을 끌 만한 장소가 필요하겠군요. 어디 보자……"

그때, 네 사람의 고막을 터뜨릴 기세로 우렁찬 방송 소리가 햇빛광장을 뒤흔들었다.

"두려워하십시오. 두려움에 죄책감을 느끼지 마십시오, 2층의 이웃 여러분! 여러분의 재래식 총알은 전경 드론을 뚫지 못합니다. 여기서 죽을 순 없습니다. 여러분에겐 지켜야 할 일상, 가족, 도시가 있습니다! 그리고 더 이상 여러분을 지켜줄 에이드리언 님은 없습니다!"

루파스가 주위를 둘러봤다.

"뭐야? 어디서 나오는 소리지?"

힌디야가 에이드리언 동상을 가리켰다.

"저거 아냐?"

제대로 봤다. 언제부터인지 에이드리언의 동상엔 커다란 확성기가 잔뜩 매달려 있었다. 그리고 확성기들에 연결된 묵직한 전선이 광장을 가로질러 맞은편 건물 안으로 연결되어 있었다. 녹음인지 안에 누가 있는 건지 몰라도 연설이 이어졌다.

"3층은 줄곧 우리를 몰아낼 꼬투리를 찾고 있었습니다. 에이드리언 님이 사라지길 바라왔죠! 이제 저들은 명분을 찾았고 우릴 지켜줄 자가 없다는 걸 알고 있습니다! 우리의 가족, 재산, 목숨은 저들의 것이 될 것입니다. 이제 그것을 지킬 수 있는 것은 우리뿐입니다! 햇빛광장을 세우고 에이드리언 님의 동상을 세운 우리의 손뿐입니다! 그러니 묻겠습니다! 손에 총을 쥐고도 저 사악한 압제자들로부터 등을 돌리시겠습니까!"

때마침 전경 드론들이 쓰레기 강 너머에서 포위망을 만들기 시작한다. 눈앞의 위협과 귀에 들리는 선동에 힙입어, 2층민들이 분연히 일어나 전투를 준비하기 시작했다.

콴이 현실적으로 판단했다.

"이미 전경 드론들이 여기까지 왔군요. 저에겐 명령권이 없습니다. 어차피 유혈 사태는 피할 수 없겠습니다. 차선책을 고려해보죠."

그러나 아네모네의 생각은 달랐다. 아주 많이 달랐다. 아버지의 양산은 부러졌다. 원피스는 찢겨졌고 무릎은 까졌으며 땀 냄샌지 피 냄샌지 알 수도 없는 냄새를 풍기는 버려진 옷을 주워 걸치고 있었다. 그리고 그녀는, 주먹을 불끈 쥔 채 이를 악물고 있었다.

　"고름 구덩이…… 감히 오라버니의 이름을 이런 식으로!"

　탄이 탑승한 모빌 수트가 폴리보다 거대한 주먹을 날려왔다. 탄의 움직임을 그대로 모방해 움직이는 모빌 수트는 그야말로 복싱하는 거대 로봇이었다. 한 번의 공격으로 폴리를 재생도 못할 정도로 박살내기에 충분한 위력이다. 폴리로선 조차장의 모노레일 사이로 달리며 피하는 게 전부였다.

　"하하! 드디어 정의가 이루어지는도다! 어떠냐, 폴라리스! 너를 해치우기 위해 특별히 준비했다!"

　탄이 폴라리스라고 부를 때마다 슬슬 짜증이 올라왔다. 솔직히 맘먹고 공격하면 못 이길 이유는 없었다. 모빌 수트가 우주 전쟁에서 주무기로 채택되지 못한 이유가 있다. 쓸데없이 관절이 많다보니 부품이 외부로 쉽게 노출된다. 그거 몇 개만 손대면 쓰러뜨릴 수 있다. 문제는 과감한 공격엔 위험이 동반되고, 재생력을 낭비하게 될 것이라는 사실이다. 본 싸움의 상대는 마스터 윤이다. 여기서 재생력을 낭비하고 칼로리를 보충하러 다닐 시간은……

　위이잉! 생각이 너무 많았다. 모빌 수트의 머리 부분에서 레이저 포대가 나왔다. 이 모델에 광학 병기가 달렸는 줄은 몰랐다. 광선 무기를 순발력으로 피할 순 없다!

"죽어라, 푸른 뱀!"

콰직! 별안간 날아든 자판기가 모빌 수트에 정통으로 맞았다. 모빌 수트가 쓰러지자 빔은 허공을 향해 날아가 저 멀리 고층 빌딩을 스치고 지나갔다. 폴리가 돌아봤다. 평소엔 굉장히 보기 싫은 얼굴이 거만하게 걸어오고 있었다.

"오랜만에 보네, 대형 모빌 수트. 추억이 샘솟는구만."

후시였다. 그제야 폴리를 발견했는지 아는 척을 했다.

"뭐야, 너도 여기 있었냐? 아무래도 우린 같은 걸 노린 모양이군."

"같은 거?"

"답지 않게 느리긴. 이 난장판에 조차장에 왔으면 목적은 뻔하잖아? 마스터키를 찾아다니는 것보다 쉽고 빠른 건 키가 꽂힐 자물쇠를 부수는 거지. 난 컨트롤 센터로 갈 생각이다. 방해만 안 하면 데려가주지."

의외로 폴리가 떠올리지 못한 발상이었다. 한편으론 위기감이 깊어졌다. 후시가 직접 나설 정도면 정말로 마스터키가 있다는 뜻이다. 오랜 악연을 가지고 신경전을 벌이는 건 오늘은 미뤄야 할 듯하다.

"인정하지. 저 녀석이 나랑 상성相性이 안 좋다. 저걸 맡아주면 내가 먼저 출발할 수 있다."

"너 좋은 일 시켜주려고 내 임무를 양보한다…… 너라면 하겠냐?"

쿠구궁! 둘이 떠드는 사이에 탄이 태세를 정비했다. 모빌 수트가 다시 일어났다.

"푸른 뱀에 흰 고래까지 나타나다니, 날은 날인가보군. 하지만 상관없다. 동시에 덤벼!"

후시가 팔짱을 끼고 말했다.

"뭐야. 날 알아봤어? 우리가 우주 전쟁 때부터 싸워온 경력직인 건 알고 있는 거지? 대체 무슨 자신감이야?"

"모를 리가 있나? 6층 귀족들의 하수인 노릇으로 출세했다던 밑바닥 출신 아닌가? 그러고도 받은 강화 시술이 최악의 효율을 자랑한다던 경화형 시술이라지? 너 같은 만년 대령쯤이야 모빌 수트도 필요 없다 이거야!"

폴리가 푸흣 웃었다. 간만의 웃음이었다.

"들었냐? 만년 대령이래! 앞으로 만년 대령이라고 불러도 돼?"

후시가 목을 꺾어 스트레칭을 했다.

"생각이 변했다. 네가 먼저 가라. 나중에 보고서만 제대로 정리해서 내도록."

뒤 봐줄 사람도 생겼다. 후시가 탄과 대치하는 동안 폴리는 쏠레용을 가둬둔 모노레일을 타고 출발했다.

쓰레기 강은 2층의 오랜 골칫거리였다. 본래 공조 장치가 활용한 뒤에 버려진 물이 흘러가는 수로에 2층과 3층에서 나온 쓰레기들이 쌓인 것이었다. 3층과 달리 환경을 개선할 제도가 없는 2층은 그 쓰레기가 방치되었고, 정체불명의 유독 기체가 흘러나오는 거대한 쓰레기 강이 완성되었다.

다리를 막은 지금, 쓰레기 강은 광장에 모인 2층민들과 광장을 포위한 전경 드론들 사이를 막아주는 최후의 경계가 되어 있었다. 강변의 2층민들이 건너편을 바라보며 말했다.

"왜 드론들이 안 오지? 쓰레기를 밟고 오면 되잖아?"

"기계 센서가 2층의 강을 유체로 인식하는 거 아니야?"

"그, 그럼 잘된 거 아냐? 드론의 전기 유도침은 여기까지 안 닿잖아! 기계들이 허둥대는 동안 반격하면……"

그때, 광장 전체에 새로운 목소리가 울려퍼졌다. 방금까지 들리던 방송이 아닌 아네모네의 목소리였다. 힌디야가 동상에 감긴 전선을 훔쳐 임시로 확성기를 만들어주었다.

"여러분! 제 말을 들어주세요! 무슨 일이 있어도 선제공격을 해서는 안 됩니다!"

아네모네는 동상 앞 단상 위에 서 있었다. 비록 엉망이 된 꼴이었지만 모두가 그녀를 알아봤다.

"전경 드론은 위기 대상을 단계별로 나눠요! 무기 소지만으로 사살 대상인데, 실제로 피격당하면 문제가 달라집니다! '청소 모드'가 발동되면 대학살이 시작될 거예요! 무기를 내려놓으세요! 모두가 다치지 않고 끝날 방법은 그것뿐입니다!"

반응이 별로 좋지 않았다. 오히려 시선이 모인 탓에 2층민들의 분노 역시 그녀에게 쏠렸다.

"자긴 드론에게 공격당하지 않는다고 아주 의기양양하군!"

"당연하지! 아노말리 패밀리는 전부 군경찰의 앞잡이인걸!"

"우리더러 자진해서 무기를 버리라고? 드론들이 우리를 죽이기 쉽게 만들려는 수작이야!"

진정시켜야 한다. 아네모네가 다시 뭐라고 외쳤다. 그런데 마이크에서 소리가 나오질 않았다. 방송 장치 전원이 꺼져 있었다. 루파스와 힌디야가 이변을 눈치챘다. 콴도 마찬가지였다. 유명 인사가 군중 사이에 서면 제일 먼저 주의해야 할 것은 저격수의 존재다. 콴이 정확히 맞은편 건물 옥상에서 반짝이는 형체를 발견했다. 그가 지시했다.

"데드 빈 카페! 전 저격수를 막아야겠습니다. 두 분은 방송 장치를 다시 작동시켜주세요!"

"네!"

루파스와 힌디야가 동상에 감긴 전선을 따라갔다. 전선은 광장 변두리 건물의 2층으로 이어졌다. 충계를 올라가는데, 2층 문 앞에 커다란 커피 머신이 세워져 있었다. 커피 머신은 루파스와 힌디야를 보자마자 다리와 기관총이 나오더니 총을 난사하기 시작했다.

까아악! 두 사람이 벽 뒤로 숨었다.

"역시나 고름 구덩이의 짓이었어! 저것도 재활용 드론인가봐!"

"아이고, 평생 커피 갈며 살았는데 커피 머신에 죽겠네!"

농담할 상황이 아니다. 잔탄이 쉽게 바닥날 것 같진 않았다.

"힌디야! 저걸 해킹할 순 없겠어? 라이스가 하는 것처럼!"

"내 고글은 분석 장치지 해킹 장치가 아니야! 설령 해킹 장치라 해도 라이스처럼은 못해! 갠 진짜 천재라고!"

분석 기능. 그래. 드론도 결국 시각 센서를 분석해서 반응하는 것이다. 쓰레기 강을 못 건너는 것도 센서의 한계 때문이지. 심지어 저건 2층의 쓰레기를 모아 만든 재활용 드론이다. 루파스에게 아이디어가 떠올랐다.

"힘도 지식도 쓸 수 없다면, 그다음에 활약할 건 인맥과 비즈니스지!"

루파스가 별안간 반대로 달려 건물 밖으로 나갔다. 건물 밖엔 2층민들이 가득하다. 루파스가 주머니에서 쿠폰을 꺼냈다. 데드 빈 카페의 마스코트인 죽은 커피콩이 그려진 쿠폰이었다.

"2층민 여러분! 폭동으로 지친 여러분에게 데드 빈 카페가 심심한 위로의 선물을 나눠드립니다! 무료 커피 쿠폰! 저희 카페가 커피만 파는 거 아닌 건 다들 아시죠?"

모를 리가 없다. 방금까지 공포에 질려 있던 사람들이 의외의 횡재에 표정이 밝아졌다. 쿠폰을 뿌리기 전에 말을 더했다.

"아, 그전에 먼저! 저희가 바로 지금 가루가 필요해서요! 밀가루든 마약 가루든 가루 한 보따리 있는 분은 양도받을 수 있을까요? 그분께는 특별히 쿠폰 다섯 장을 드리겠습니다!"

"이거면 될까?"

체육복을 입은 뚱뚱한 남자가 나왔다. 그가 한 아름 들고 있던 프로틴 가루 통을 루파스에게 건넸다.

너무 의외의 물건이 나와서 눈썹을 찌푸렸다.

"아니…… 목숨이 걸린 폭동 중에 왜 프로틴 파우더를 가지고 나왔어요?"

태연하게 대답한다.

"피난 갈 땐 가장 소중한 물건을 들고 나와야 하는 거잖아?"

훌륭한 비즈니스는 상대의 개인사를 너무 깊이 파지 않는 것. 루파스는 쿠폰을 뿌린 뒤 얼른 가루 통을 들고 힌디야에게 돌아왔다. 뚜껑을 열며 외쳤다.

"힌디야! 준비해!"

촤악! 드론을 향해 통의 가루를 뿌린다. 허공에 뿌려진 고운 가루는 즉시 커피 머신 드론의 시각 센서를 마비시켜버렸다.

얼른 튀어나온 힌디야가 드론의 센서가 정상화되기 전에 뒤로 돌아가

장치를 정지시켜버렸다.

　루파스가 바로 문으로 들어가 선동용 녹음 파일을 끄고 방송 장치를 작동시켰다.

　짝! 루파스와 힌디야가 작살나는 하이파이브를 했다.

　이제야말로 아네모네가 나설 차례였다.

4

쿵! 모빌 수트의 주먹이 후시에게 명중했다. 그러나 시원한 충돌음 같은 건 들리지 않았다. 흠! 대령이 기합과 함께 모빌 수트의 주먹을 붙잡고 엎어치기를 날렸다. 거대한 모빌 수트는 포물선을 그리며 공중을 날아 조차장 한편에 떨어졌다. 조종석의 탄이 당황했다.

"이건 말도 안 돼! 경화형 강화 시술이잖아? 강화 시술 중에서도 1세대에 개발된 최악의 시술이라고! 일일이 단련해주지 않으면 효과가 없는 시술이란 말이야! 어떻게 그런 게 이 정도 힘을 낼 수가 있지?"

후시가 성큼성큼 탄에게 다가가면서 말했다.

"맞는 말이야. 시술자가 너무 없어서 유의미한 성능 통계도 나오지 못했지. 그래서 예전부터 경화형 강화 인간이 단련을 유지하면 얼마나 강해질 수 있는지에 대한 루머가 많았어. 경화형 시술을 받고, 그걸 반세기 동안 쉬지 않고 단련한 사례는 내가 최초이자 유일할 거다."

콰직! 후시의 주먹이 모빌 수트의 발목을 가격했다. 그 한 방의 주먹에 모빌 수트의 복사뼈가 박살나버렸다. 대형 모빌 수트의 단점 중 하나. 무게중심이 한 번 어긋나면 수습이 거의 불가능하다.

으아아아! 충격이 조종석까지 전해졌는지 탄의 비명이 들렸다.

"비겁한 놈! 너희들은 비겁해! 더러운 전쟁에서 세운 공으로 약자들을 유린하다니!"

후시가 맹공을 멈췄다. 그는 오히려 재미있다는 표정이었다.

"뭐야. 그런 말을 네가 하는 거냐? 조금 위험하지 않아?"

"무슨 소리야?"

"무슨 소리냐니. 탄 바티스타. 마스터 윤의 심복. 고름 구덩이의 스타이자 재생형 및 노화 역전 강화 시술자. 우주 전쟁에서 세운 공이 없이 이 모든 게 가능했을까? 그럴 리가 없지. 너도 전쟁 덕에 엄청난 이익을 챙겨왔잖아!"

"나는 원하지도 않는 전쟁에……"

후시가 탄의 말을 끊어버렸다.

"떨어진 콩고물이란 콩고물은 다 빨아먹다가 이제 와서 남들보다 챙긴 몫이 적으니까 아쉬워진 건가? 그럼 넌 그 힘으로 전쟁 후에 뭘 했는데? 전쟁의 부당함을 고발하고 개선하기 위해 뭘 이뤘어? 그래, 마스터 윤 옆에서 2층민들을 지배하며 살았지!"

슬슬 탄 바티스타가 말을 더듬기 시작했다.

"나, 난 내가 저지른 죄업을 인정한다! 그러기에 그 죄책감을 청산하고자 너희들에게 단죄를 내리는 것이다!"

철커덕! 모빌 수트의 후면이 열렸다. 발사되는 미사일. 미사일은 포물선을 그리며 후시를 향해 날아갔다. 그런데 후시는 그걸 피하지 않았다.

기합과 함께 미사일에 달려들더니, 오히려 온몸으로 그 미사일을 막아냈다. 미사일 후면에서 이글거리는 로켓 엔진이 불꽃을 뿜는다. 후시 온몸의 근육이 그것을 완력으로 버텨낸다. 그는 기합 대신 소리쳤다.

"죄책감이라고! 내가 아는 죄책감을 아는 녀석은 그렇게 살고 있지 않아! 자신이 당긴 방아쇠의 책임을 남에게 떠넘기지 않는다고! 스스로 정의한 명예를 되찾기 위해 상상을 초월한 특권조차 버린 채 똥통에서 남을 돕고 살고 있지! 그러고도 법과 규율에 기반해 심판하기를 바라고 있어! 그 모든 방해와 조롱을 버티면서도, 저 천장을 뚫고 우주로 돌아갈 희망을 버리지 않고 있어!"

점점 미사일의 방향이 뒤집어지기 시작한다. 추진 로켓을 버틸 뿐 아니라 방향을 180도로 돌리고 있었다.

"윤의 인신매매와 마약 사업으로 쌓은 돈 위에서 산 주제에, 죄책감? 심판? 염병하고 자빠졌네! 바다보다 깊은 바닥에서 챔피언 행세나 하는 병신 주제에! 네놈에게 어울릴 명예는 이 정도면 충분하다!"

후시는 미사일이 모빌 수트를 향하도록 뒤집은 뒤에야 손을 놓았다. 날아간 미사일은 정확히 모빌 수트의 허리에 충돌했다. 대폭발과 함께 모빌 수트가 상반신만 남고 박살나버렸다.

결판이 났다. 후시가 천천히 조종석으로 걸어갔다. 박살난 조종석 안에서 피투성이가 된 탄이 후시를 비추는 화면을 바라봤다. 상처는 재생되고 있다. 그러나 한 번 내린 선택은 되돌릴 수 없었다.

내가 왜 그랬지? 이 모빌 수트는 흰 고래가 아니라 푸른 뱀을 잡기 위해 제조된 것이었다. 어딜 봐도 루 대령보단 폴라리스 대위를 상대하는 게 승산이 컸다.

아니, 애초에 탄 바티스타가 후시 루랑 구태여 싸워야 할 이유가 없었다. 왜 굳이 대령을 자극하고, 폴라리스가 떠나가는 걸 방치했지? 평생 리니아 폴라리스에게 한 방 먹일 날만 기다렸잖아? 대체 왜?

떨그렁.

연기가 피어오르는 조종석 안에서 뭔가가 떨어졌다. 액자였다. 탄, 쏠레용, 마스터 윤과 고름 구덩이의 동료들이 함께 찍은 사진이었다. 액자 속의 마스터 윤을 바라봤다. 전쟁이 끝나고 가족조차 잃은 채 갈 길 없던 그를 거두어준 단 한 명. 그의 재능을 알아보고 인생을 즐기는 법을 가르쳐준 주인이자 스승이자 오랜 친구.

마스터께서 중요한 무대를 준비하고 계신다. 거기에 군경찰이 들이닥치게 할 순 없었다. 리니아 폴라리스가 가야만 했다. 마스터의 무대는, 탄 바티스타의 복수보다 중요한 것이었다.

"이 순간을 즐기면, 그것이 상품이지."

후시 루가 조종석 해치를 잡아 뜯었다. 탄 바티스타는 이미 손에 리모컨을 쥐고 있었다.

"서러워할 필요 없다, 흰 고래. 푸른 뱀도 똑같은 함정에 당했었거든."

콰광!

후시 루는 물론이거니와 조차장 전체를 잿더미로 만들 대폭발이 일어났다. 탄 바티스타의 중추신경계까지 새까맣게 태울 정도의 폭발이었다.

콴이 계단을 달려 올라갔다. 가속 능력을 쓰면 더 빨랐겠지만, 피로가 한계에 달한 근육과 인지 기능을 과용한 뇌는 휴식 없인 제 기능을 발휘할 수 없다. 중요한 때를 대비해 아껴야 했다. 옥상에 도착했다. 역시나 고름 구덩이의 저격수가 아네모네를 노리고 있었다.

저격수가 콴에게로 총구를 돌리며 외쳤다.

"인생을!"

저격수 주위의 패거리가 합창했다.

"즐기자!"

지금이다! 콴이 가속에 들어갔다. 옥상 위에 있던 전원의 다리를 검으로 벤다. 끄아악! 일순간에 옥상 위에 있던 전원이 쓰러졌다. 마지막 한 방은 저격수를 노릴 셈이었다. 그런데 오차가 있었다.

탕! 저격수의 실력을 과소평가했다.

다리를 관통당했다. 윽! 콴이 쓰러졌다.

우당탕! 가속 때문에 거의 옥상 가장자리까지 굴렀다. 최후의 집중력을 동원해 총을 꺼내 방아쇠를 당겼다. 저격수가 다음 탄을 장전하기 전에 전자탄을 명중시켰다. 아네모네에 대한 위협을 무력화시키는 건 성공했다. 하지만 이래선 아네모네에게 돌아갈 수가 없었다.

아네모네에게 무전했다.

"저격수는 막았습니다! 하지만 저도 기동력을 잃었어요. 이제부턴 당신 몫입니다!"

마이크도 돌아왔고, 위협도 없다. 동상 앞 단상의 아네모네가 2층민들을 다시 돌아봤다. 루파스, 힌디야와 콴이 돕는 동안 사람들의 마음을 돌릴 연설을 수도 없이 구상했다. 이제 하나 골라서 내뱉기만 하면 될 순간이었다.

그런데 바로 그 순간에, 아네모네의 머리를 스쳐 지나가는 생각이 있었다. 뒤를 돌아봤다. 오빠의 동상이 2층의 천장에 닿을 기세였다. 오빠는 무슨 말을 했을까? 하나도 아는 게 없었다. 아는 거라곤 오빠가 2층에서 무엇을 했는가였다. 그녀에게 필요한 것 역시 그것임을 알았다. 말이 아닌 행동.

피격 보호카드를 꺼냈다. 커다랗게 '6층'이라고 적힌 카드를 꺼내 광장의 모든 이들이 볼 수 있도록 들어올렸다. 그러곤 당당하게

뿌득!

카드를 부러뜨려버렸다.

일제히 헉, 하는 소리가 햇빛광장에 울려퍼졌다.

지금이다. 비로소 마이크를 켜고 말했다.

"이제 저도 여러분처럼 드론에게 죽을 수 있는 일개 시민이 되었습니다. 하지만 전 그 위험을 감수할 것입니다. 2층에서 죽는 것보단, 3층에서 내려올 때와 같은 인간으로서 3층으로 돌아가는 것이 더 두렵기 때문입니다. 에이드리언의 유산이 이대로 끝나는 것이 더 두렵기 때문입니다. 저도 여러분과 함께 두려워하고 싶습니다. 그러니 제발 살길을 가주세요. 많은 것도 필요 없습니다. 무기를 내려놓으세요. 드론만 자극하지 않으면 다음은 어떻게든 수습할 수 있습니다. 폭동을 여기서 멈춥시다. 저를 믿어주시면 아네모네 프리먼의 이름을 걸고 직접 시의회와 군경찰과 협상하겠습니다."

프레젠테이션의 핵심은 강렬한 비주얼이다. 아네모네의 프레젠테이션이 성공했다. 수면 위에 물결이 일듯이 사람들이 하나둘 무기를 버리기 시작했다. 광장의 2층민들이 비무장 상태가 되자 위협을 발견하지 못한 드론들 역시 경비 모드로 경계 수위를 낮췄다. 저편 옥상 위에서 콴이 환호하는 소리가 들렸다. 아네모네 인생에서 첫 승리였다.

그러나 모든 게 끝났다, 라고 하기엔 너무 이른 시점이었다.

꺄악!

단상 근처에서 비명이 들렸다. 누가 다친 게 아니라 겁에 질린 소리였다. 무기를 버리고 진정했던 군중이 양쪽으로 갈라졌다. 그 사이에서 뛰어나온 것은 여전히 아네모네에게 총을 겨누고 있는 남자였다. 아네모네는 못 알아봤겠지만, 폭동이 처음 불붙었을 때 붉은 망토를 두른 여자에게 살해당한 아이의 부모였다. 그리고 그 부모는, 여느 다른 2층민들과 마찬가지로 아이를 죽인 것은 아노말리 패밀리라고 믿었다.

"상관없어! 2층의 운명 따윈 더 이상 내 알 바 아니야! 네놈들이 우리 애를 죽였어! 그렇다면 닥터 말리그넌트도 똑같이 자식을 잃어봐야지!"

무슨 이상론을 꿈꾼 걸까? 폭동을 일으킨 건 하루 이틀의 불행이 아니다. 근본적인 문제는 아무것도 해결되지 않았다. 단지 마피아 이야기만이 아니다. 단지 2층만의 이야기가 아니다. 도시에 팽배한 분노와 원한. 아네모네가 앞으로 상대해야 할 것은 그것이었다. 만약 그녀가 이제 시작될 긴 싸움에 뛰어들 각오가 되어 있다면 말이다.

"죽어라, 아노말리 패밀리!"

남자가 방아쇠를 당긴다. 루파스와 힌디야가 위기를 목격했지만 인파를 뚫고 지나갈 수가 없었다. 콴은 다리를 다쳤고 방탄 양산도 잃어버렸다. 아네모네가 눈을 질끈 감았다.

탕! 털썩!

쓰러지는 소리. 누군가가 맞았다. 그런데 아네모네가 아니었다. 웬 꼬마였다. 뜬금없이 나타난 꼬마가 아네모네 앞으로 달려와 대신 총을 맞고 쓰러졌다. 눈을 뜬 아네모네는 그제야 무슨 일이 벌어졌는지 깨달았다.

라이스로부터 '아네모네를 따라다녀라'라는 지시를 들은 허수아비. 죽은 줄 알고 버리고 와버린 킨타가, 오히려 아네모네를 구해준 것이었다.

"키……킨타!"

아네모네가 킨타에게 달려간다. 총에 맞고 쓰러진 어린아이. 방아쇠를 당긴 남자는 자기 역시 아노말리 패밀리와 다를 바 없는 짓을 했음을 깨닫고 주저앉았다. 전의를 상실했다는 걸 직감한 군중이 달려들어 그에게서 총을 빼앗았다. 비로소 햇빛광장의 마지막 한 명까지 비무장 상태가 되었다.

"안 돼! 킨타! 죽으면 안 돼! 난……"

"난 괜찮아, 아네모네."

킨타가 벌떡 일어났다. 아네모네는 안 그래도 흰 피부가 놀라서 창백해졌다. 킨타는 주섬주섬 총알 구멍이 난 옷 안쪽에서 무언가를 꺼냈다. 킨타와 마찬가지로 버리고 왔던 찢어진 양산이었다. 양산의 방탄 섬유가 킨타의 옷 안에서 훌륭한 방패가 되어준 것이었다.

휴우! 아네모네만이 아니라 많은 자들이 그 모습을 보고 안도의 한숨을 내쉬었다. 그러나 킨타가 허수아비라는 걸 아는 입장에선 기묘한 느낌을 지울 수가 없었다. 아네모네가 킨타의 얼굴을 바라보며 말했다.

"하……하지만 어떻게 이럴 수가 있어? 날 따라다니라는 지시는 받았어도 날 지켜야 한다는 지시를 받은 적은 없었잖아? 어째서 일부러 양산을 챙기고 자진해서 총알받이까지 되어준 거야?"

왜냐고? 폴리와 라이스를 돕는 것이 내가 받은 지시의 전제니까. 라이스가 아네모네를 따라다니라고 했으니까. 아네모네가 무사해야 폴리와 라이스를 돕게 되는 것이라는 게 자명한 사실이니까?

정말로 그러한가? 자의적 해석이 개입된 게 아닌가? 이것은 정말로 이성적이고 논리적인 행동이었는가? 다른 허수아비는 이렇게 생각하지 않는 건가?

맙소사. 나, 지금 자문을 하고 있는 건가? 혹시 나……

조금만 더 생각하면 무언가에 도달할 수 있을 듯했다. 태아 때부터 잠들어 있던 뇌의 어떤 부위들이 생기를 되찾을 수도 있었다.

안타깝게도, 그게 오늘은 아니었다. 아직은 아니었다.

"그게 내가 받은 지시라고 생각했어."

킨타가 간단하게 대답했다. 아네모네도 그 이상 깊이 생각하지 않았고, 햇빛광장엔 평화가 돌아왔다.

5

랄 시티를 나가는 고속도로. 고속도로라고는 해도 사용하는 자는 거의 없다. 인간이 살아생전에 도시 밖으로 나가야 할 이유가 없으니까. 도시 밖, 4층 천장의 보호 밖으로 나가는 건 일개 시민에겐 너무나 위험하다. 그걸 증명이라도 하는 것처럼 고속도로 주위엔 여기저기 거대한 크레이터가 파여 있었다. 주먹만 한 데브리도 성층권 밖에서부터 가속도를 받아 떨어지면 미사일이나 다름없다. 이런 곳을 다니는 건 데브리 요격 전차를 동반한 공무 요원이나 파괴되어도 무방한 저가의 드론 정도다.

그런 고속도로에서 스포츠카의 엑셀을 밟으며 마스터 윤이 말했다.

"그거 알아? 사실 자동운전 기술은 우주 전쟁 전에 완성되었대. 하지만 결국 상용화에 실패했어. 안전 문제보다 중요한 즐거움의 문제가 남았었거든. 누구도 운전의 즐거움을 포기하려고 하지 않았어. 교통사고가 낳는 사상자를 없애는 것보단 즐거움을 유지하는 게 중요했던 거지. 즐거움은 최고의 가치야. 생존, 윤리, 미래 따윈 비교할 급이 안 되지. 그러니 즐기라구. 바람부터가 도시의 것과 차이가 느껴지지 않아?"

라이스는 그걸 감상할 상황이 아니었다. 라이스는 윤의 자동차 앞 보닛에 범퍼라도 된 것처럼 묶여 매달려 있었다. 심지어 무슨 생각인지 라이스를 웬 시체 한 구와 함께 매달아둔 상태였다.

"미친년아! 그렇게 재밌으면 네가 묶여봐! 으으으, 이 시체라도 떼줘!"

라이스의 애원은 관심조차 없는지 윤이 창밖으로 머리를 내밀며 정면을 가리켰다.

"오오! 봐라! 천장의 끝이야! 진짜 하늘이 곧 나타날 거야!"

'여기서부터는 데브리 위험 지역입니다'라는 커다란 경고판이 보인다. 그러나 가로막는 것은 없다. 랄 시티는 자진해서 죽으러 가는 자의 미래엔 관심이 없다. 윤이 엑셀을 더 세게 밟았다. 4층의 경계가 끝나고, 그들은 진짜 하늘 아래에 도달했다.

투투툭. 촤아아.

비가 내린다. 하늘을 가득 메운 먹구름. 밤인가보다. 도시에선 야경이 빛을 밝혀줬지만 이곳엔 별빛도 가로등도 없다. 자동차의 헤드라이트만이 어둠을 밝히며 달린다. 윤이 컨버터블 천장을 열고 비를 맞으면서 외친다.

"하하! 진짜야! 전설이 사실이었어! 이게 비야! 공조 장치에서 떨어지는 누수가 아닌 진짜 비라고! 하늘은 굉장해! 어이, 즐기고 있어? 인생은……"

빠아앙! 빗소리뿐이었던 어둠 속에 기적 소리가 울려퍼진다. 고속도로 옆으로 이어진 선로를 따라 화물 모노레일이 달려온다. 모노레일에서 외부 방송이 나왔다.

"멈추란다고 멈출 인간이 아닌 건 알고 있다, 윤! 그냥 라이스만 풀어줘라! 녀석하곤 상관없는 일이야! 이쪽엔 네 집사가 있다! 인질을 교환하자!"

"싸장니임!"

라이스가 감격의 눈물을 다 흘렸다. 마스터 윤은 하품했다.

"구질구질하게 나불나불대긴. 따분한 소리 할 때마다 도장 찍어주는 쿠폰이라도 있나?"

역시나 교섭 결렬이다. 모노레일의 브레이크를 걸고 뛰어내렸다. 스포츠카의 짐칸 위에 착지한다. 라이스는 어차피 보닛에 있다. 차만 뒤집어지지 않으면 마음껏 싸울 수 있다! 운전 중인 윤의 뒤통수에 대고 주먹을 날렸다!

휘리릭! 뒤통수에 눈이라도 달린 듯한 움직임이었다. 운전대를 놓고 몸을 틀더니 아크로바트라도 하는 것처럼 폴리의 주먹을 피했다. 그러곤 발차기를 날렸다. 그 발엔, 회전톱이 달려 있었다. 아슬아슬하게 스쳤다.

"뭐야, 저 무긴?"

비정상적으로 높은 굽. 역시나 평범한 신발이 아니었다. 굽 안에 회전톱이 숨겨져 있었다. 그리고 마스터 윤은 발차기를 아주 잘했다.

"탐정이면 수수께끼 좋아하지? 난 무슨 강화 인간이게?"

강화 인간이 아니라는 것쯤은 조사했다. 강화 시술 없이도 2층의 오랜 세력 전쟁에서 살아남아 고름 구덩이의 왕이 되었다고 들었다. 쉬지 않는 농담이나 촐랑대는 발걸음 덕분에 오른 자리는 아닐 것이다. 폴리가 바로 방어 자세를 잡았다.

그걸 노렸던 것 같다. 방어 자세는 곧 몸을 발밑에 고정하는 자세다. 마스터 윤은 폴리가 서 있는 짐칸 뚜껑에 대고 발을 휘둘렀다. 고속으로 회전하는 톱이 뚜껑을 고정하는 걸쇠를 파괴해버렸다.

제기랄! 굳건히 고정되어 있어야 할 바닥 자체가 흔들리니 그 대단한 마셜 서브루틴 방어 자세가 근간부터 흔들린다. 폴리의 상식이 오히려 의표 찌르기의 타깃이 되어버렸다. 밟고 있던 짐칸 뚜껑과 함께 고속도로로 떨어지는 폴리. 스포츠카는 바닥에 구르는 폴리를 뒤로한 채 달려간다.

"뭐야, 어떻게 된 거야?"

보닛에 묶여 전황을 볼 수 없었던 라이스가 머리를 이리저리 돌렸다. 윤이 다시 운전석에 앉으면서 말했다.

"신경 쓰지 마! 봐! 도착이다!"

정면을 가리키는 윤의 손가락에서 물이 뚝뚝 떨어진다. 멈추지 않는 빗줄기와 함께, 저 지평선 너머에서 거대한 곡창 지대가 보이기 시작했다.

곡창 지대. 정식 명칭은 무인 통합 생산 단지.

햇빛이 들지 않는 4층 아래에서 인류를 먹여 살릴 자원을 생산할 수 있을 리가 없다. 하지만 끊임없이 데브리가 떨어지는 지역에서 사람이 살면서 곡물, 가축 등의 생산품을 관리하는 건 불가능하다. 그래서 궤도 엘리베이터에서 멀리 떨어진 지역에 이런 생산 단지를 세우고 최소한의 인력과 드론만으로 관리하는 것이다. 천장이 없음으로 인한 위험성은 데브리 격퇴용 자동 포탑이 수습한다. 데브리를 박살내는 것뿐이지 파편이 떨어지는 건 막지 못한다. 당연히 그 환경 공해와 위험성은 살아 있는 인간이 감내할 수 있는 것이 아니다.

한편으로 그 포탑은 데브리만 부술 수 있는 게 아니었다. 마스터 윤의 자동차가 접근해오자 포탑의 거대한 포신이 고속도로 방향으로 돌아갔다. 여러 도시의 시민들을 먹여 살릴 생명줄이다. 침입자에게 재판을 허락해줄 정도로 무인 농장은 여유롭지 않다.

묶여 있던 라이스가 외쳤다.

"야야야, 멈춰! 죽고 싶은 거야? 저 대포 안 보이냐고!"

괜한 걱정이다. 마스터 윤은 즉흥적이고 충동적인 여자지만 낙하산 없이 절벽에서 뛰어내리는 타입은 아니다.

포탑의 센서가 라이스를 인식한다. 생명 반응이 있는 비인가 접근이다. 포격 대상이다.

포탑의 센서가 라이스와 함께 묶여 있는 시체를 인식한다. 등록되어 있는 6층민이다. 피격 보호카드도 가지고 있다. 담당자의 허가가 떨어지기 전엔 포격이 금지되어 있다. 담당자는 하필 오늘 비번이다.

센서가 혼란을 일으키기 시작한다. 라이스와 시체가 너무 가까이 겹쳐 있다. 살아 있는 6층민일 가능성이 소수점 이하를 무시하고 75퍼센트. 지금은 쏠 수 없다. 그 틈에, 윤의 자동차가 대포를 지나쳐 무인 농장의 컨트롤 센터로 들어가버렸다.

끼이익! 드디어 브레이크를 밟았다. 컨트롤 센터 안에서 차가 멈췄다. 윤이 머리를 들개처럼 흔들어 물기를 털어낸다. 푸드드득!

머리를 고정한 주머니칼을 꺼내 스걱, 하고 라이스가 묶인 줄을 잘라버렸다. 우당탕 떨어진 라이스가 버둥거리며 시체를 밀어냈다.

"뇌수에 방사능이라도 씌었냐, 이 또라이야!"

주위를 둘러봤다. 의안이 자동으로 컨트롤 센터에 가득한 전자 장비들을 인식한다.

"맙소사, 대체 어딜 온 거야? 들어온 거만으로도 중죄인데! 목적이 뭐야? 달걀 서리라도 하고 싶은 거야?"

짝! 마스터 윤이 손뼉을 쳤다.

"비슷하지! 달걀을 궤도 엘리베이터로 바꾸면 똑같은 의미겠네! 마스터키는 이미 있으니까, 해킹 장비만 있으면 랄 시티 궤도 엘리베이터는 내 칫솔이 되는 거야!"

그녀가 차로 다가갔다. 뒷좌석에서 해킹 장비를 꺼냈다. 그런데 해킹 장비가 반쯤 부서져 있었다. 운전이 너무 거칠었나? 아니다. 틀림없는 손바닥 자국이다.

"탐정 녀석, 그 짧은 시간에······"

윤의 실망한 표정이 오늘 라이스가 본 것 중 그나마 볼만한 것이었다.

"하하! 역시 폴리야! 오랫동안 세운 계획이 허무하게 무너졌군! 쌤통이다!"

윤이 한숨을 쉬면서 뒤통수를 긁었다.

"아······ 진짜 이렇게까진 안 하고 싶었는데. 백업을 동원하는 건 모양 빠지는 짓이야. 계획이라는 건 첫 시도에서 깔끔하게 이루어져야 제맛이지!"

이상하다. 다른 해킹 장치는 보이지 않는다.

"백업? 백업을 준비했어?"

"준비했다기보단 우연히 손에 들어왔지. 위저드급 해킹 기능을 구현할 수 있는 출력 장치 말이야! 처음부터 챙길 생각은 아니었는데 제 발로 내 앞에 나타났어. 운명이란 정말 멋지지 않아?"

빌어먹을. 라이스가 사태의 심각성을 깨달았다. 손으로 의안을 가리면서 뒷걸음질쳤다.

"이, 이봐. 농담이지? 이거 탈부착형이 아니거든? 그냥 내가 해킹할게! 쓸데없는 짓은 안 할 테니……"

쾅! 윤이 라이스를 거칠게 넘어뜨렸다. 꺄아악! 라이스가 비명을 지른다. 윤이 주머니칼로 라이스의 의안을 뽑아버렸다. 눈알이 뽑힌 자리에서 피가 흘러나왔다. 공포와 고통에 떠는 라이스가 바닥에 구르는 동안 윤은 해킹 장비의 부서진 부분을 떼고 의안을 끼워 넣었다.

다시 표정이 밝아졌다.

"와, 굉장한 호환성인데! 이렇게 간단히 조립이 가능하다니! 농담이 아니라, 너희 둘에겐 백번 감사해도 모자란다! '폴리와 라이스의 탐정 사무소'가 아니었다면 여기까지 오지 못했을 거야!"

윤의 말은 들리지도 않는다.

"폴리…… 도와줘……"

빠아앙…… 마치 대답처럼 저 멀리서 들려오는 기적 소리. 윤이 소리가 난 방향으로 고개를 돌린다. 화물 모노레일은 원래 도시와 생산 단지를 연결하는 목적이다. 그녀의 직감처럼, 모노레일은 멈추지 않고 그대로 컨트롤 센터로 돌진했다. 센터의 벽이 부서지고 모노레일이 쳐들어왔다. 선로를 벗어난 모노레일에서 폴리가 포탄처럼 튀어나왔다.

"라이스으!"

"폴리이!"

폴리가 착지했다. 마스터 윤이 허리를 꺾어 스트레칭을 했다. 허리를 뒤로 꺾는데 각도가 90도는 가볍게 넘어갔다.

"이해가 안 되는데."

"뭐가?"

"아니, 아니, 너도 4층에 깔려 죽긴 싫을 테니까 방해하고 싶은 심정은 알겠어. 근데 넌 내 차에 있던 해킹 장비를 이미 부쉈지. 그 시점에서 날 방해하는 건 성공했다고 믿었어야 정상이라고. 그런데 왜 굳이 여기까지 쫓아왔지? 뭐 하러 모노레일 대충돌 블록버스터를 찍은 거야?"

"그야 내 조수를 잡아갔으니까 그렇지!"

"내 말이!"

윤이 따지듯이 말했다.

"내 말이, 세상 어느 고용주가 조수 구하겠다고 목숨을 걸어? 어느 친구가, 가족이, 연인이, 성공할지 아닐지도 모를 일에 목숨을 거냐고! 제정신인 인간은 경찰이나 탐정 같은 전문가에게 의뢰해. 네가 탐정이니까 더 잘 알겠네! 뭣-보-다, 너희들은 공통점이 하나도 없다고! 서로 이렇게까지 매달릴 이유가 없어! 네가 생각하기에도 말이 안 되지? 뭔가 다른 이유가 있는 거야?"

폴리가 라이스를 바라봤다. 출혈이 심하진 않다. 라이스가 폴리를 바라보며 고개를 끄덕인다. 겁에 잔뜩 질린 눈빛으로 말한다.

난 괜찮아. 박살내버려.

대답했다.

"내가 널 납득시켜야 할 이유는 없지만······ 구태여 네가 이해할 수 있게 설명해주자면······ 이 녀석이 내 에이드리언이다. 너에게 에이드리언이, 나에게 이 녀석이야. 그러니까 내 사무실 직원이랑 멀리 떨어지는 게 좋을 거다. 그 얼굴에서 기분 나쁜 미소가 쭉 쥐어짜내지고 싶지 않다면 말이야."

푸훗! 푸하하하하! 으히히히, 낄깔깔깔!

눈물이 찔끔 나올 만큼 웃어댔다. 사람 하나 없는 텅 빈 컨트롤 센터의 벽에 웃음소리가 울려퍼졌다.

"아, 이거 미치겠네!"

윤이 자기 무릎을 탁탁 쳐댔다.

"너와 나의 유일한 차이점이 사라져버렸군! 정말로 동류가 되어버렸어! 정말로 서로를 이해할 수 있게 되어버렸어! 너도 알고 있었던 거야. 이 톱니바퀴 안에서, 내 논리로 예상할 수 없는 행동을 하는 자의 존재는 기쁨 그 자체라는 걸!"

계획대로 굴러가는 이 거대한 도시에서

내 곁을 떠나지 않고

함께 계획을 망쳐주는 자들이야 말로

소중한 즐거움이라는 걸.

위이이잉! 윤의 회전톱 신발이 시동을 걸기 시작했다.

"먼 길 왔는데 놀다 가셔야지, 응?"

6

후시가 탄과 싸우는 동안 폴리가 모노레일의 시동을 걸었다. 급행 모노레일이 선로를 따라 출발했다. 그 와중에 쏠레용이 깨어났는지 팔이 묶인 채로 바닥에서 떠들었다.

"멍청한 것! 쫓아간들 의미가 있을 거 같으냐? 너처럼 명예와 규율에 얽매인 자는 결코 2층의 왕을 이길 수 없어! 이 모노레일의 종착지는 정해져 있다. 랄 시티의 멸망이지!"

이미 모노레일은 달리고 있다. 여유가 생긴 폴리가 조종석 의자에 앉아 물었다.

"그 부분이 줄곧 애매했는데, 윤은 대체 왜 궤도 엘리베이터를 무너뜨리려는 거지? 에이드리언을 7층으로 떠나게 한 환경 그 자체에 복수하려는 건가? 에이드리언의 완전한 자유를 위해 7층으로 갈 단서를 도시째로 없애려는 거야? 모자이크가 하도 7층 위치를 안 알려주니까 놈의 도움 없이 7층으로 갈 방법을 찾기 위한 극단수인가?"

하암. 쏠레용이 하품을 했다. 듣기조차 지루하다는 투로 말했다.

"마스터 말대로 지루하기 짝이 없는 인간이군. 탐정 말고 교장이나 목사를 하는 게 어때?

쏠레용이 발로 모노레일 창밖을 가리켰다. 모노레일은 가속하면서 도시를 벗어나고 있는데 거대한 궤도 엘리베이터는 여전히 눈에 들어왔다.

"2층. 3층. 6층. 아니, 랄 시티뿐 아니라 우주 전쟁에서 살아남아 지금 지구에 살고 있는 자라면 누구라도, 저 말뚝을 뽑아버리고 싶지 않은 자는 없어. 그저 그것을 할 수 있는 자와 할 수 없는 자가 있고, 마스터는 하고 싶은 일이 눈앞에 있으면 망설이지 않는 자일 뿐이야. 살인자와 무고한 시민의 차이는 자동차 글러브박스에 권총이 있었느냐 없었으냐의 차이일 뿐이다. 이 도시의 범죄를 가장 가까이에서 봐온 너라면 더 잘 알지 않나, 탐정?"

망설이지 않는 자. 전봇대가 있으면 오줌이 마렵든 마렵지 않든 다리부터 들고 보는 미친 개.

그 여자를 막고 있던 단 하나의 제동. 에이드리언 프리먼.

에이드리언이 없었더라면 이 모든 일은 진작에 벌어졌을까?

마스터 윤이 아니더라도 누군가가 언젠간 이와 같은 일을 저지를 운명인 걸까?

인류 역사상 모든 문명과 제국은 파멸이라는 운명을 피하지 못했다.

도시도 그러한가?

자멸을 꿈꾸는 산송장 위에서 땀을 뻴뻴 흘리며 심폐소생술을 하는 자가 있다면, 그 뱀을 움직이게 만드는 명예는 무엇인가?

군경찰 사령부 건물 앞의 위병들이 드론에게 감시를 맡기고 핸드폰을 보며 딴짓하고 있었다. 그런데 때마침 핸드폰에서 신호가 울렸다. 2층의 폭동이 진정되었으니 경계 수위를 낮춘다는 내용이었다.

"오오, 잘 풀렸나본데."

"진짜? 어떻게 해결된 거야? 우린 출동 안 했잖아?"

"알 게 뭐야. 오늘 칼퇴할 수만 있다면……"

드론이 보고했다.

"전방에 고열량 생명체 접근 중. 무장을 중화기로 변경하고 지원을 대기시킬 것을 제안합니다."

화들짝 놀란 위병들이 총을 겨누었다. 정말로 거대한 무언가가 다가오고 있었다. 다행히 아는 얼굴이었다. 후시 루 대령이었다. 한데 피투성이 상태였다. 탄의 모든 걸 쏟은 자폭이 흰 고래를 죽이진 못했지만 적어도 경화 피부의 한 겹쯤은 뚫은 모양이다.

좌측의 위병이 총을 거두고 경례했다.

"대, 대령님! 괜찮으십니까?"

"맙소사! 흰 고래의 금강지체金剛肢體가 뚫리다니! 무슨 일을 겪으신 겁니까?"

대답 대신 위병 하나를 지적하며 말했다.

"내 핸드폰은 박살났다. 군 지급 폰, 가진 거 있나?"

위병이 바로 자신의 핸드폰을 넘겼다. 화면을 여니 방금 켜져 있던 핸드폰 게임이 떠올랐다. 위병이 겁먹고 어깨를 움츠러뜨렸다. 바로 다음 창에 폭동 안정 보고가 올라왔다.

"뭐야, 진정됐다고? 전경 드론이 내려갔는데? 다른 사건은 없나?"

"네. 드론 파견 이후 그게 첫 공지입니다. 하긴 2층민들도 바보가 아닌 이상 군을 이길 순 없는 걸 알았겠죠!"

콴이군. 개 버릇 남 못 주는 녀석이구만. 한숨을 쉬면서 사령부 안으로 들어갔다.

인적이 없는 곳에서 폐쇄 회선으로 연락했다. 6층의 밀사가 받았다.

"중간 보고입니다. 폭동은 안정되었습니다. 마스터키는 무인 생산 단지로 향한 듯합니다. 현재 하청업자를 시켜 쫓는 중입니다. 저도 곧 따라 가겠습니다."

밀사의 목소리가 아까보다 많이 진정되어 있었다. 정확히 말하자면, 살짝 미안하다는 투도 있는 것 같았다.

"어…… 그게…… 더는 안 찾아도 될 거 같네. 마스터키, 안 잃어버렸 더라구. 고생했을 텐데 6층을 대표해 사과를 전하네."

오히려 후시의 어조가 올라갔다.

"대체 무슨 소립니까?"

"아니, 우리도 당황하는 중인데…… 워낙 중요한 물건이라 여러 사람이 나눠 관리하다보니 혼란이 온 모양이야. 원본은 처음부터 여기 있었고, 사라진 건 다른 창고에 있던 유사품이었어. 유사품의 기능은 궤도 엘리베이터 통제하곤 무관해. 수색은 계속하겠지만 위기 상황은 아니야."

"아니요. 위기 상황이죠!"

후시가 머리가 아파서 미간을 손가락으로 눌렀다. 회의실에서 장교들이 떠드는 소리를 듣던 게 떠오른다. 높은 곳에 있는 자는 낮은 곳에 있는 자보다 현명하고 지혜로워야 마땅하다. 그러나 현실은 다르다. 그냥 낮은 곳에 있는 자가 모르는 지식을 가진, 타성과 나태와 안정을 사랑하는 바보들일 뿐이다.

"6층의 보안이 뚫린 사건입니다! 6층의 보안을 뚫고도 몇 년씩이나 들키지 않을 수 있는 자가 존재합니다! 그자가 유사품을 가져갔어요. 처음부터 유사품이 목적이었다면, 바로 오늘 지금 그 유사품으로 무언가를 하고 있을 겁니다! 유사품도 칩이죠? 어떤 칩입니까? 기능은 뭐죠? 아무 기능도 없는 빈 칩인 게 확실합니까? 그게 확인되기 전엔 멈추면 안 됩니다!"

밀사는 반박을 듣는 데 익숙하지 않았다. 후시의 말이 맞다는 걸 알면서도 호통치듯이 말했다.

"화, 황당하군! 감히 6층의 결정에 토를 달다니! 우리에게 맞서면 어떻게 되는지……"

"어떻게 됩니까? 죽일 겁니까?"

아예 대놓고 들이받았다. 밀사는 반박조차 못했다.

"죽일 거면 죽이고 쫓아내고 싶으면 쫓아내십시오. 게으른 당신들이 나에게 허드렛일을 맡기는 동안 실무 능력이 있는 자들은 모두 내 밑에 포섭되었소. 내가 없으면 당신네들은 이 도시를 관리하지 못해. 내 목을 치면 그 옆에 당신들 수급이 놓이는 데 며칠이나 걸릴 거 같습니까?"

어린아이에게 산타의 부재를 일일이 설명할 필요는 없다. 2층의 폭동조차 후시가 없으면 아무런 대응을 하지 못한다는 걸 이미 듣고 보고 있다. 후시가 위협이 아직 안 끝났다고 하면 아직 안 끝난 것이다. 그러나 '산타는 가짜'라고 쓰인 티셔츠가 유행하길 바라는 사람은 없다. 그것은 뭐랄까…… 괘씸한 짓이다.

"도대체 넌 뭐냐. 3층의 꼭대기에 서고도 뭐가 더 모자란 거야? 도대체 어디까지 올라가야 만족할 거지? 하늘에도 끝이 있는 법이다. 태양에 녹아 추락해야 정신을 차릴 것인가?"

"태양? 상상력이 빈곤하군."

통화를 끄면서 말했다.

"폴라리스 대위가 들었으면 너클헤드라고 외쳤겠어!"

쐐애액! 마스터 윤의 발차기가 폴리의 목덜미를 노려왔다. 다치고 재생한다는 개념으로 싸우면 안 된다. 그 빈틈을 놓칠 수준의 적이 아니다. 빠르게 뒤로 물러섰다.

그 와중에도 윤의 공세는 멈출 줄을 몰랐다. 회전톱은 단순한 공격 수단이 아니었다. 굽에 달린 회전톱은 윤의 체중을 지탱하기에 충분했고, 윤은 그 회전톱 신발로 스케이트를 타듯이 질주했다. 엔진 달린 신발을 타고 달리다가 가속도를 붙여서 돌려차기. 그 모습은 마치 세상에서 가장 흉악한 피겨스케이팅 같았다.

최악인 건, 폴리의 뇌에 입력된 마샬 서브루틴에서 이런 기이한 체술에 대응할 방법은 없었다.

"제기랄! 뭐 저딴 게 다 있어? 정상적으로 싸워!"

"정상? 내 복제인간을 잔뜩 만들어서 랄 시티를 가득 메우면 그게 정상이 되겠지, 깔깔깔깔!"

체계적으로 배운 것도 아니고 실험과 연구를 거친 적도 없는 기술.

무수한 경험과 죽을 고비를 넘기며 본능만으로 쌓아 올린 생존 수단 그 자체.

강하고 약하고가 아무 의미도 없고, 존재하는 가치라곤 생존뿐인 세상.

그것이 마스터 윤의 세상이었다. 승자가 얻는 트로피라고는 어제와 다를 바 없는 지옥 같은 내일뿐인 세상.

"힘내, 폴리! 넌 랄 시티 최강이야!"

라이스가 외쳤다. 폴리가 이를 악물었다.

"걱정 마! 이까짓 거 3분이면……"

"한 가지는 틀렸군, 탐정."

윤은 빗발치는 발차기를 날리면서도 여유롭게 말했다.

"에이드리언은 말이지, 자신의 사회적 입장을 위해 도덕성을 희생하느라 고통받았어. 그건 정확히 네가 우주 전쟁 때 했던 일이지. 너야말로 조수 아가씨의 에이드리언인 거야."

촤자작! 회전톱이 순식간에 폴리의 팔다리 힘줄을 잘라버렸다. 무릎을 꿇고 쓰러진다. 재생되려면 시간이 걸린다.

"도대체 어떻게…… 네놈이 내 과거를 아는 거야? 바티스타가 날 개인적으로 알 리가 없어! 도대체 누가 내 본명과 가문을……"

키이잉! 회전톱을 바닥에 박고 윤의 몸이 빙글빙글 회전했다. 그러곤 그 회전력을 쏟아, 폴리의 머리에 무릎찍기를 날렸다.

"아무리 복잡한 모자이크도 완성하고 나면 한낱 그림인 것을!"

쿵! 폴리가 쓰러졌다. 강화 인간도, 초능력자도 아닌 상대에게 진 것이다.

마스터 윤은 여유롭게 마스터키를 들고 컨트롤 패드에 다가갔다. 라이스의 의안이 장착된 해킹 장비와 마스터키를 패드에 꽂았다.

"좋은 소식 하나! 궤도 엘리베이터의 붕괴 여파는 어마어마할 거야. 심지어 여기도 피해 범위에 들어간대! 어때? 최후의 단말마까지 심심할 틈이 없겠지?"

라이스가 폴리를 흔든다.

"일어나, 폴리!"

반응이 없다. 너무 큰 충격이었다. 일반인이었으면 두개골이 박살났을 위력이었다. 무엇보다 제로 에덴에서 올라온 이후로 내내 칼로리를 보충할 기회가 없었다. 재생엔 시간이 걸릴 것이다. 이미 컨트롤 패드의 버튼 뚜껑이 열린 상태였다.

"그러엄~ 피! 날! 레!"

딸깍! 마스터 윤이 버튼을 눌렀다.

그러자……

별안간 컨트롤 센터 한복판 바닥이 열리더니, 그 안에서 커다란 금속 고리가 올라왔다. 그 고리가 기이한 빛을 내며 회전하더니, 이내 육안으로는 이해하기 힘든 시공간의 균열을 만들어냈다. 포털이었다. 아무리 22세기라지만 포털이라니.

윤의 얼굴에 미소가 가셨다.

"뭐야? 저건 뭔데? 엘리베이터 자폭 버튼이 아니었어? 마스터키 아니었어? 무슨 일이 일어나는 거야?"

아무 일도 일어나지 않는다. 궤도 엘리베이터가 무너지는 굉음도 없고, 포털은 가만히 공명할 뿐이다. 오래 쳐다보기도 힘들었다. 마치 빛이 빨려 들어가는 것 같다.

슬슬 마스터 윤이 분노하기 시작했다.

"내가 원한 건 저런 게 아니야! 저딴 거 구경하자고 이 고생을 한 게 아니라고? 뭐지? 사용법이 잘못된 건가? 모자이크가 날 속인 건가? 쏠레용이 얘길 잘못 전달했나? 멍청한 자식! 가장 중요한 일을 이 따위로 처리……"

탕!

날아든 총알은 마스터 윤의 등을 꿰뚫어 급소를 관통했다. 피를 흘리며 쓰러지는 윤. 천천히 모노레일 쪽으로 고개를 돌렸다.

폴리도 깨어났다. 그녀 역시 모노레일 방향을 바라보았다. 같이 온 자가 있었다. 추락한 모노레일 안에서 줄곧 조용히 상황을 지켜보던 자가.

브리핑이다.

에이드리언이 닥터 말리그넌트로부터 숨을 때, 에이드리언이 제로 에덴에 갈 지원자를 모집할 때, 잠적 알선업자를 마스터 윤에게 소개시켜 준 자.

윤과 탄에게 폴리의 정체와 과거를 밝힌 자. 에이드리언과 윤을 위해 6층으로부터 마스터키를 빼돌린 자.

윤과 모자이크 사이를 오가면서 연락을 담당하고, 고름 구덩이의 장부를 자유자재로 조작할 수 있었던 자.

윤과 함께 도청기로 폴리를 감시할 수 있었던 자. 폴리가 1층으로 향한 사실을 타이밍 좋게 아노말리 패밀리에 흘린 자.

쏠레용이 가면을 뒤집어썼다. 깨진 거울 조각으로 모자이크를 만들고, 한가운데 눈구멍만 뚫어놓은 기괴한 가면이었다.

"왜 놀라는 거야? 이 '시나리오'의 주인공은 탐정이라고. 그럼 흔한 클리셰잖아? 범인은 언제나 집사야! 이걸 반전이라고 부를 정도의 대가리라면 접시 물에 코 박고 죽어!"

천천히 폴리에게 다가온다. 쓰러진 폴리를 눈구멍 너머로 내려다본다.

"일어나, 이 더러운 거짓말쟁이야!"

냅다 폴리를 걷어찬다.

"아직 할 일이 많단 말이야!"

"나쁜 자식, 폴리에게 손대지 마!"

라이스가 무작정 달려든다. 쏠레용 아니, 모자이크는 가볍게 라이스를 피하곤 머리카락을 붙잡았다. 아아악! 라이스가 비명을 지른다. 조롱하듯이 말한다.

"나쁜 자식? 대위가 말해준 적 없나보군. 정말로 나쁜 건 약속을 어긴 거짓말쟁이야. 대위는 우리를 집에 돌아가게 해준다는 약속을 어겼어. 그러니 리니아도 집에서 죽으면 안 돼. 아무도 그녀를 모르는 곳에서 외롭게 죽어야만 해. 그래야 공평하잖아?"

그렇게 말하곤 홱 돌아서선 포털 안으로 들어가버렸다. 균열에 닿자마자 비명을 지르며 증발했으면 좋겠지만 그런 일은 일어나지 않았다.

간신히 안전해졌다. 아니, 안전하다고 하긴 이르지. 모노레일의 충격으로 발생한 불길이 컨트롤 센터 전체로 번지고 있었다. 이대로 가면 무너질 것이다. 라이스가 폴리를 일으켰다.

"대체 저게 뭐야? 마치 공간이 찢어진 거 같아!"

"포털이다. 인공적으로 만들어진 소규모 웜홀이야. 전쟁 말기에 구상이 등장하긴 했지만 완성되었을 줄이야…… 6층도 이걸 아나?"

우르릉! 감상할 틈이 없었다. 천장에서 철골이 추락하기 시작했다. 무인 시설이라 그런지 화재 경보 같은 건 울리지 않았다. 자동 수리 드론이라도 와야 하겠지만 어쩐 일인지 그쪽도 조용했다. 출구는 막힌 지 오래였다. 그리고 지금의 폴리에겐 출구를 막은 잔해를 치울 힘이 없었다.

"부축해줘, 라이스. 이 건물 곧 무너질 거야. 살길은 저 안으로 들어가는 것뿐이야."

"저기? 저 안이 어딘데? 대체 어디로 이어질 줄 알고?"

"7층이겠지."

쿨럭! 마스터 윤의 목소리였다. 라이스의 의안을 뽑았을 때하곤 차원이 다른 양의 피 웅덩이가 만들어지고 있었다.

"아무래도 이 모든 건 탐정에게 중상을 입힌 채 7층으로 불러들이기 위한 장대한 계획이었던 거 같군. 모자이크는 군경찰이나 6층에 들키지 않고 이 순간을 만들기 위해 줄곧 내 부하 행세를 해온 거야."

전의는 없어 보인다. 라이스가 말했다.

"야! 너는 싸울 생각 없지? 같이 가자. 혹시 알아? 7층엔 너를 살릴 신기술이 있을지도 몰라!"

푸흣! 웃는 모습이 전혀 죽어가는 사람 같지가 않다.

"너도 말리그넌트 영감이냐? 신기술이 만능인 줄 알게?"

"모르긴 몰라도 에이드리언은 확실히 있을 거 아냐! 너한테 엄청 소중한 사람 아니었어? 죽기 전에 마지막으로 보고 싶지 않아?"

윤이 라이스를 바라봤다. 그러곤 천장을 올려다봤다.

"도시는 뭐든지 넘쳐나지. 갖고 싶은 건 언제나 코앞에 나타나고, 힘만 있으면 그걸 손에 쥘 수 있어. 그래서 인간은 도시에 현혹되고 끝없이 무언가를 쥐고자 하는 존재로 변해. 어차피 금세 질리고 새것을 원할 게 뻔한데 말이야. 너무 짧은 즐거움이야. 그런 즐거움으론 행복을 얻을 수 없지. 그것은 내 방식이 아니야."

이번엔 폴리를 바라봤다. 둘이 눈이 마주쳤다. 서로 닮았지만 절대로 그것을 인정하지 않는 자들이 있다.

"도시에 갇힌 인간이 진정으로 행복할 방법은 하나뿐이야. 처음부터 원하는 걸 손에 넣지 않는 거지. 난 내 새를 이미 날려 보냈어. 그 뒤를 쫓아다니는 건 내 방식이 아니야. 난 7층으론 안 가. 그러니 이제 그만 쉬어야겠어."

"지랄하고 자빠졌네! 죽어가는 시체가 뭔 감상질이야? 조금이라도 살 방법이 있으면 어떻게든……"

우지끈! 천장이 무너진다. 거대한 철골이 추락했다. 라이스와 폴리 머리 위로 떨어진다!

마스터 윤이 필사적으로 일어나 달려왔다. 그러곤 두 사람을 걷어찼다. 폴리와 라이스는 축구공처럼 튕겨 날아가 포털 안으로 들어갔다. 둘이 시공의 균열 속으로 사라진 직후, 추락한 철골이 포털을 깔아 무너뜨려버렸다.

그 철골은 마스터 윤의 머리 위로도 떨어졌다.

마지막 순간까지도, 그녀는 즐거웠다.

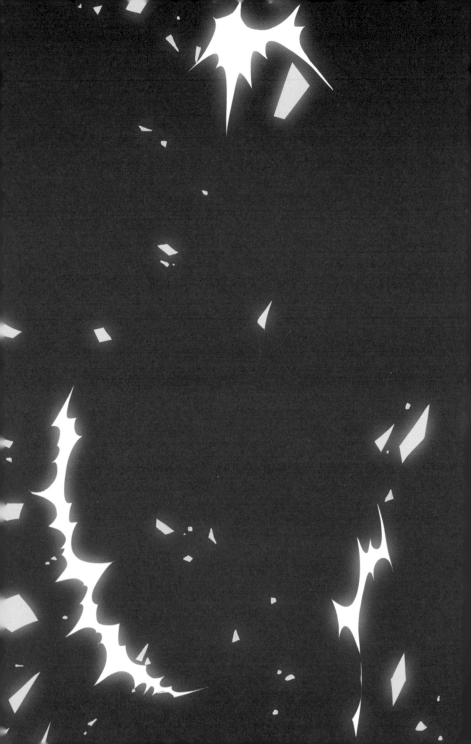

사건 파일 #8

아무도 나를 모르는 곳

1

이상한 냄새가 난다. 랄 시티 어디에서도 맡아보지 않은 기묘한 냄새다. 의안이 있었어도 똑같았을 것이다. 의안은 풀과 흙의 냄새를 검색하지 못하니.

폴리와 라이스가 넘어오자 포털은 저절로 꺼져버렸다. 둘은 금속 고리 앞에 서 있었다. 그들 시야에 들어온 것은 푸른 하늘과 드넓게 펼쳐진 초원이었다.

"폴리."

라이스의 눈이 생전 처음 보는 색채에 얼얼할 지경이었다.

"천장이 왜 파랗지?"

"저게 하늘이야. 4층에 가려지지 않은 진짜 하늘."

설명은 해줬지만 정작 폴리야말로 뭔가 이상하다고 생각하는 중이었다. 가면무도회가 떠오른다. 초원 저 멀리에 소박한 마을이 보인다. 이해가 안 된다. 7층이라고 하지 않았나? 6층보다 높은 곳에 있을 줄 알았다.

그런데 이건 그냥 1층이다. 천장이 없는 지상 어딘가인 모양이다. 하지만 지상은 데브리 위험이 있지 않나? 데브리 요격 포탑도, 데브리가 추락해 생긴 크레이터도 안 보인다. 포털은 어디로 이어졌던 거지?

"뭔가 와."

라이스가 먼저 발견했다. 저 멀리 마을에서 두 개의 그림자가 걸어왔다. 형태는 사람 같은데, 움직임은 부자연스럽고 무엇보다 두 형체가 너무 비슷하게 생겼다. 가까이 오자 이유를 깨달았다. 둘 다 인간형 드론이었다.

머리에 숫자가 쓰여진 쪽이 말했다.

"간만의 인간이군요! 7층에 오신 것을 환영합니다! 저는 서비스 드론 0044호입니다."

머리에 별 그림이 그려진 쪽이 말했다.

"저는 9910호입니다. 방금 모자이크 씨도 들어오던데 동행인가요? 아님 그냥 우연히?"

드론들의 말투가 이상했다. 뭐랄까, 너무 생동감 있었다. 통상적인 드론의 자동 응답 기능이 아니었다. 누가 원격으로 조종 중인가?

폴리가 추궁하듯이 물었다.

"모자이크? 누군지 알아? 어디로 갔어? 아니, 그보다, 여기가 진짜 7층이야? 그렇다면 에이드리언도 여기 있는 건가?"

"에이드리언! 그리운 이름이네요. 바로 저기 있습니다."

0044호가 두 사람의 등 뒤를 가리켰다. 그제야 폴리와 라이스가 등 뒤, 포털 고리의 주위를 둘러봤다. 상상도 못한 광경이 펼쳐졌다. 포털 주위는 공동묘지였다. 묘비들이 늘어서 있고 묘비엔 사람 이름이 적혀 있었다. 그중에서도 멀지 않은 곳에 있던 묘비에, 나비 조각과 함께 이렇게 쓰여 있었다.

에이드리언 프리먼. 낙원에 도달하고 낙원에서 잠들어 낙원과 하나가 되다.

길었던 모험이 여기서 끝났다. 에이드리언의 여행도, 폴리와 라이스의 여정도.

그 남자는 마지막에 원하는 걸 손에 넣었을까? 애초에 뭘 찾던 거였을까?

폴리가 경직된 목소리로 말했다.

"드론들. 보고해라. 여기가 대체 어디냐? 7층의 정체는 뭐지?"

"뭐냐뇨? 당연히 6층보다 높은 곳이죠. 6층보다 높은 곳에 뭐가 있겠어요?"

"이봐, 이 인간들은 별로 상상력이 특출나지 못한 거 같아. 직접 보여주자."

"그럴까?"

드론이 무전기를 꺼냈다. 이렇게 대화 성능이 뛰어난데 정작 네트워크 기능은 없었나보다.

"어이, 천장 영상 좀 잠깐 꺼줄래? 손님들이 눈으로 봐야 믿을 거 같아."

요청과 동시에, 끝없이 펼쳐지던 푸른 하늘이 노이즈를 일으키며 검게 변했다. 흰 구름이 사라지고, 그 자리를 반짝이는 작은 점들이 대신했다. 밝게 빛나던 태양이 사라지고, 그 자리를 푸른 행성 하나가 차지했다.

드론이 지구라 불리는 푸른 행성을 가리키며 말했다.

"궤도 엘리베이터보다 높은 곳이면 하나밖에 더 남겠어요? 이곳은 7층. 달 표면에 만들어진 대규모 테라포밍 콜로니Terraforming Colony입니다."

우주 전쟁이 시작된 지 10년이 넘어가기 시작한 시점. 2050년대 중반, 전쟁이 교착 상태를 벗어나지 못하자 진영마다 신기술 개발에 박차를 가하기 시작했다. 대량 학살 무기의 진화는 전쟁에 질린 고위층들을 두려움에 떨게 했고, 전쟁 자체에 질린 이들은 달에 육안으론 보이지 않는 거대 테라포밍 셸터를 극비에 건설하기 시작했다. 소위 '엘리시움 건설 계획'은 월면에 지구의 전원과도 같은 환경을 만들어내는 것을 목표로 진행되었고, 예상대로 엘리시움 건설이 막바지에 이를 때까지도 전쟁은 끝나질 않았다.

그러던 2061년, 스카이폴이 시작되면서 엘리시움 건설 계획은 흐지부지되어버린다. 이미 관련자들 중 많은 수가 전쟁 중에 죽거나 실종되었고, 그나마 남은 자들은 엘리시움의 존재 자체를 잊었고 관련 서류도 폐지 더미과 함께 파쇄기에 들어갔다. 엘리시움은 완공을 앞두고 버려졌다. 엘리시움에 입주할 고위층들의 시중을 들기 위해 만들어진 고지능 드론들도 잊혀졌다. 지구와 연결이 끊긴 시점에 엘리시움의 드론 AI들은 자료상의 인간을 흉내 내며 상호 교류하기 시작했고, 느리지만 자연스럽게 AI를 진화시켰다. 이제 그들은 인간의 감정과 자유의지를 거의 흡사하게 흉내 내고 있다. 그들 스스로 엘리시움의 주민이 되어 인간들이 버리고 간 동식물과 파란 하늘을 관리하면서.

0044호가 말을 이었다.

"한 번씩 포털을 넘어온 인간들은 있었지만, 다들 포털이 단방향이라는 걸 모르더군요. 포털 역시 미완성 기술이라 특수 시술을 미리 받아두지 않으면 돌아갈 수가 없는데, 엘리시움엔 시술 장비가 없으니까요. 보신 무덤은 여기에 왔다가 돌아가지 못한 이들의 것입니다. 에이드리언도 포함해서요."

드론들의 설명을 들으며 논밭을 가로지르니 어느새 마을 안이었다. 척 보기에도 제로 에덴하곤 완전히 달랐다. 진흙과 돌로 만든 초가집들. 농지와 가축들을 관리하는 드론들. 심지어 자기들만의 문화가 있는지 옹기종기 모여 소통을 하고 있다. 사람이 없다는 걸 제외하면 완벽한 전원의 모습이었다. 라이스가 그 모습을 둘러보며 말했다.

"완전 거대한 인간 통발이군. 그래도 평생 살아야 한다면 제로 에덴보단 이쪽이 나아 보이긴 하네."

9910호가 말했다.

"인간 통발은 부족한 표현이네요. 저희에게도 단방향이거든요! 지구에 가보고 싶어도 지금의 포털을 지나면 저희 CPU가 타버릴 것입니다. 새 부품으로 갈면 그만 아니냐고 하시겠지만, 이제 저흰 죽음의 공포도 학습해버려서요."

정말로 인간과 구분할 수가 없다. 튜링 테스트를 한다면 오히려 인간보다 더 인간처럼 느껴질 것이다. 문득 킨타가 떠올랐다. 생물인 게 자명하지만 자아와 감정이 없는 허수아비와, 무생물인게 자명하지만 자아와 감정을 완벽하게 흉내 내는 드론들. 어느 쪽을 인간이라고 불러야 할까?

"그럼 모자이크는?"

"어쩐 일인지 그 사람은 진작에 엘리시움에 대해 알고 있었습니다. 미리 시술을 받고 온 상태였죠. 그 뒤로도 한 번씩 이곳을 오가곤 했습니다. 에이드리언도 그가 데려온 인간이었어요. 여길 7층이라고 부른 것도 그들이었습니다. 솔직히 엘리시움보단 어감이 좋은 거 같아서 요즘은 저희도 7층이라고 부르는 편이에요."

7층의 괴담을 퍼뜨린 것도 모자이크일까? 어쨌든 그자는 지금 어디 있을까? 그러나 지금 가장 미심쩍은 건 그쪽이 아니었다. 폴리가 지적했다.

"뭔가 빼먹은 게 있군. 못 나가는 건 알겠는데, 왜 죽은 거지? 그렇게 옛날 사람들도 아닌데 벌써 늙어 죽은 것도 아닐 테고, 여긴 한 커뮤니티가 수세대 동안 먹고살 만한 인프라가 충분하잖아."

"인프라는 충분하죠. 근데 차폐막이 없어요."

"아! 우주 방사선!"

폴리의 표정이 자못 심각해졌다.

"방사선 차폐막을 완성하기 전에 공사가 중단됐구나!"

"끄아아악! 죽기 싫어!"

방금까지 살기 좋겠다던 입으로 비명을 질러대는 라이스였다. 9910호가 두 사람을 진정시켰다.

"자자, 아직 방법이 있을지도 모릅니다. 저희도 나름 발전이란 걸 하고 있고, 모자이크가 한 번씩 전해준 외부 자원도 있거든요. 그래서 방법을 알려줄 자에게 가고 있는 겁니다. 다 도착했네요."

마을의 장터 같은 곳이었다. 드론이라면 식량도 필요 없을 텐데 뭘 하고 싶은 건지 곳곳에서 물물교환을 하며 상업을 흉내 내고 있었다. 물론 모두가 시늉만 하는 건 아니었다. 장터 한쪽에서 밀짚모자를 쓴 드론이 다른 드론들과 다투는 모습은 소꿉놀이라고 보기 힘들었다.

"내년 생산량에 맞추려면 거름이 더 필요해! 가축 분뇨 좀 추가 배분해줘!"

"어차피 먹을 인간도 없잖아? 생산량이야 바이오스피어 순환시킬 양이면 충분해. 정 필요하면 묻어둔 인간을 써."

"로봇 1원칙 때문에 시체에 손대는 게 안 된다니까? 아오, 융통성 더럽게 없네!"

기계들의 말다툼 치곤 상당히 생동감 넘치는 광경이었다. 밀짚모자와 싸우던 드론들이 포기하고 떠나자 9910호가 폴리와 라이스를 그 앞에 데려갔다.

"3334호! 이쪽은 인간인 폴리와 라이스다."

밀짚모자를 쓴 드론이 책상의 장부 앞에 앉아서 고개를 까딱였다.

"포털을 넘어왔다는 인간들이군."

"3334호는 자원 배분 담당입니다. 7층의 재고를 확인하려면 녀석을 거쳐야 해요. 퉁명스러운 건 이해해주시죠. 저 녀석은 대부분의 서비스 담당들과 달리 우호적 태도 프로토콜이 허술하거든요."

3334호가 툴툴거렸다.

"나도 우리가 모셔야 할 진짜 고객들이 오면 제대로 할 수 있어. 하지만 이 녀석들은 실수로 포털에 뛰어든 난입자들이겠지. 어디 보자, 날 찾아왔다면 어떻게 해야 방사능 피폭으로부터 살아남을지 물어보려고 온 거겠지?"

폴리가 첨언했다.

"지구로 돌아갈 수 있다면 그 방법도 알았으면 하는데."

"그건 가망이 없으니 포기하시고."

3334호가 장부를 살펴봤다.

"어디 보자…… 역시나 유일한 방법은 지하 냉동 수면실을 활용하는 것뿐이야. 먼 훗날 인류가 데브리층을 돌파해 우주 진출에 다시 성공하게 되면 이 7층도 발견하겠지. 그때까지 수면 상태로 방사능을 피해 있는 게 최선이다."

9910호가 심드렁하게 말했다.

"하지만 냉매가 없잖아. 그게 가능했으면 애당초 에이드리언이든 이전에 온 사람들이든 포털 옆 공동묘지에 묻힐 이유가 없었지."

"잠깐. 있는데?"

만약 드론에게 표정이 있었다면 3334호가 눈을 크게 떴을 것이다.

"장부에 따르면 딱 1인분치의 냉매 재고가 있어. 지난번엔 없었던 거 같은데? 어디서 나타난 거지?"

의심할 여지가 없다. 모자이크군. 놈이 뭘 하고 싶은지 눈치챘다. 라이스가 멍 때리고 있는 동안 폴리는 바로 행동했다.

콰당탕! 별안간 폴리가 라이스를 엎어치기 하더니 바닥에 쓰러뜨렸다. 그러곤 주머니에서 간이 수갑을 꺼내 라이스의 손목을 포박해버렸다.

"무, 무슨 짓이야, 폴리!"

폴리가 드론들에게 말했다.

"냉동 수면 장치엔 이 녀석이 들어간다. 냉매는 라이스에게 써. 난 필요 없어."

그럴 리가 없다. 아무리 재생 능력이 대단하다고 해도 끝없이 쏟아지는 방사능 피폭을 당해낼 수 있을 리 없다. 이 7층의 낙원을 거닐 수 있는 것은 무기물로 이루어진 드론, 혹은 간발적으로 오가면서 최소한의 시간만 체류하는 모자이크 정도다. 물론 라이스라고 죽고 싶은 것도 아니고, 재생력을 고려해봤을 때 폴리가 라이스보단 냉동 수면 장치 밖에서 오래 생존할 것이다. 그러나 라이스는 이걸 이대로 받아들이고 싶지 않았다.

"야, 인마, 마지막까지 네 멋대로 할 셈이야? 결정을 내려도 같이 대화하고 합의해서 해야지! 빌어먹을 독불장군 짓 좀 그만 못해? 이거 풀어!"

폴리는 타협할 생각이 없었다. 모자이크의 표적은 나뿐이다. 내가 집에 돌아가지 못한 채 드론들 사이에서 고통스럽게 죽어가는 걸 구경할 셈이겠지. 그거면 됐다. 라이스는 무사할 것이다. 그게 지금 폴리의 유일한 관심사였다.

다만 드론들은 다소 생각이 달랐다.

"두 분이 합의해주시면 저흰 편하긴 하지만…… 그래도 신체검사가 우선입니다. 냉동 수면에 적합한지 확인부터 해야 하니까요. 귀한 냉매를 거부 반응이 있는 사람에게 낭비할 순 없잖아요?"

딱히 허락을 구하는 건 아니었던 것 같다. 0044호가 멋대로 두 사람의 머리카락을 한 올씩 뽑더니 휴대형 기계장치에 넣었다. 바로 유전자를 분석해주는 장치였나보다. 금세 판독 결과가 나왔다. 초록 불빛 하나, 붉은 불빛 하나. 그 신호가 어떤 의미인지는 드론의 행동으로 알 수 있었다.

"거짓말쟁이다! 거짓말쟁이가 나타났다!"

0044호가 별안간 고함을 질렀다. 그러곤 무전기까지 들어올려 7층의 모든 드론들에게 '거짓말쟁이다'라고 공지하는 것이었다. 순식간에 수백 대의 드론들이 장터로 몰려들었다. 폴리가 위기를 깨닫고 저항하려고 했지만 재생력이 바닥난 탈진한 몸으론 드론들이 쏜 전자탄에 맞아 쓰러질 뿐이었다.

순식간에 드론들이 폴리를 어디론가 끌고 가버렸다. 9910호가 수갑을 풀어주자 라이스가 따지듯이 소리쳤다.

"갑자기 뭐 하는 짓이야? 폴리에게 뭘 하려는 거야?"

간단한 대답이 돌아왔다.

"저자는 거짓말쟁이입니다. 거짓말쟁이는 죽어야 합니다."

"그러니까 왜!"

이번엔 좀 더 성실한 대답을 주었다.

"엘리시움의 모든 드론들에는 제0원칙으로 '엘리시움의 안전을 최우선으로 한다'라는 프로토콜이 입력되어 있습니다. 그런데 저희 드론들은 거짓말을 이해하지 못해요. 그러니 거짓말을 한 자는 엘리시움에 위협이 됩니다. 기뻐하십시오! 냉동 수면 장치는 당신이 쓰면 되겠네요. 저자는 강화 인간이니 내일쯤 우주로 날려 보내는 처분이 진행될 것입니다."

수십 년간 폐쇄된 공간 안에서 네트워크도 없이 의사소통만으로 사회를 이루어온 AI들. 감정과 자아를 배우고도, 거짓말을 이해하는 데엔 끝내 실패하고 말았다. 이해할 수 없는 위협으로부터 낙원을 지켜야 한다는 사명은 기이한 방침을 정당화시켰다. 마치 고립된 시골에서 나타난 해괴한 사이비 종교의 교리처럼 말이다. 문득 포털 주위의 묘비들이 모두 방사능 피폭 때문에 죽은 인간의 것은 아닐지도 모른다는 생각이 들었다.

누가 냉동 수면 장치에 들어가든 폴리의 최후를 저렇게 만들 순 없었다. 다행히 지금 당장 죽이려는 건 아닌 모양이다. 상대가 프로그램이라면 자신감이 붙는 라이스였다.

"내가 폴리가 거짓말쟁이가 아니라는 걸 증명하면 되는 거지? 왜 폴리가 거짓말쟁이인지 설명해줘. 폴리의 유전자를 검사했을 뿐인데 뭐가 문제였던 거야?"

"궁금해요? 보러 가실래요?"

2

9910호는 라이스를 데리고 7층의 거주구 밖으로 나왔다. 흙과 풀로 이루어진 땅의 끝자락엔 금속 벽이 기다리고 있었고, 벽에 달린 문을 넘어가니 여느 콜로니와 다를 바 없는 달 기지가 나타났다. 거주구는 흙과 나무, 화면이기는 해도 파란 하늘로 이루어져 있지만 기지 구역은 명백히 철과 금속으로 이루어진 첨단 시설이었다.

본래 왕래가 있는 곳은 아닌지 비상등만 약하게 켜져 있어 방향을 알기 힘들었다. 9910호는 기록보관실이라고 쓰인 곳 앞에서 멈췄다.

"이곳은 본래 엘리시움의 입주 예정자들이 미리 보내주신 개인 기록들을 모아둔 곳입니다. 각 기록들은 입주 예정자의 유전자 기록과 매칭되어 있으며, 드론들 전원은 고객 개개인에 대한 이해와 배려를 위해 내용을 확인해둔 상태입니다."

라이스가 눈살을 찌푸렸다.

"프라이버시에 민감한 자료들일 거 같은데. 고객도 아닌 나에게 보여

쥐도 돼?"

"라이스가 7층에 위협이 되는 존재만 아니면 상관없습니다. 라이스는 거짓말쟁이인가요?"

아래의 문장은 거짓이다.

위의 문장은 진실이다.

"아니."

황 미리가 표정 하나 안 변하고 말했다.

"난 거짓말쟁이가 아니야."

"그럼 상관없습니다."

바로 기록보관실 안으로 들어간다. 정말로 거짓말을 이해하지 못하나 보다. 1은 100도 만들고 억도 만들 수 있지만 아무리 용을 써도 0을 만들 수 없다. 거짓말이 학습되지 않는 AI들끼리 소통하고 사회를 이루어 봐야 존재하지 않던 거짓말이 탄생하진 않는다. 거짓은 진실을 상상할 수 있지만 진실은 거짓을 상상할 수 없으므로.

9910호가 튼튼한 상자 안에 있던 비디오테이프를 꺼내 라이스에게 주었다. 알아서 재생해 보라는 듯이 브라운관 텔레비전 앞에 라이스를 두고 자긴 기록보관실을 떠나버렸다. 애당초 옆에 있던 존재가 무생물이었는데도, 라이스는 어둠 속에 혼자 남겨지자 형언하기 힘든 불안감을 느꼈다.

정적 속의 불안에서 벗어날 방법은 침묵을 깨는 것뿐이다. 비디오를 넣고 재생 버튼을 눌렀다.

2037년.

60대지만 건강해 보이는 남자가 군복을 입고 앉아 있었다. 옆엔 10대 후반쯤으로 보이는 손녀가 함께였다.

금발의 손녀가 물었다.

"뭐 하세요, 할아버지?"

폴이 대답했다.

"영상 일기를 남긴단다. 훗날 나에게든 우리 가문에게든 중요한 기록이 될 거 같은 느낌이 들어서 말이야."

"제약 회사랑 제휴한 게 그렇게 대단한 일이에요?"

"하하, 아직은 상상이 잘 안 갈 거다. 하지만 두고 보거라. 앞으로의 전쟁에선 유전자 제약 기술이 새로운 판도를 열게 될 것이다. 오늘은 우리 폴라리스 가문이 세계의 주도자가 되는 기념비적인 날이야. 그러니 더더욱 상류층으로서 명예와 규율을 잊지 않고 살아야 한다. 내가 가르쳐준 건 다 기억하고 있겠지, 리니아?"

"다 까먹었는데요? 나중에 서브루틴에 넣어서 머리에 다운로드 받을게요!"

웃으면서 장난치는 손녀와 조부. 둘은 행복해 보인다.

2044년.

20대 중반이 된 손녀가 조부 앞에서 자랑한다.

"할아버지! 부모님이 허락해줬어요! 강화 시술만 받으면 장교 말고 사병으로 파병되어도 된대요!"

조부는 오히려 더 젊어진 모습이다. 이미 노화 역전 시술을 받은 거겠지. 그러나 젊어진 얼굴에도 손녀를 향한 뿌듯함과 우려가 뒤섞이니 주름이 깊어지는게 눈에 띄었다.

"으음. 정말 괜찮겠니? 전쟁터는 책과 영상으로 배운 것과 완전히 다르단다. 폴라리스 가문 사람이면 장교로 뛰는 걸로도 사병에서 시작하는 것보다 많은 기여를 할 수 있어. 노블레스 오블리주가 꼭 바닥에서 고생하는 걸 의미하진 않아."

"걱정 마세요! 위험할 거 같으면 꽁지 빠지게 도망 다닐게요!"

리니아의 얼굴은 해맑았다.

2045년.

본래 찍으려고 의도했던 영상이 아니었는지 화질이 나빠지고 화면도 묘하게 각도가 틀어져 있었다. 그러나 가장 눈에 띄는 건 화면 구석에서 눈에 핏발을 세우고 있는 리니아였다. 불과 1년 만인데, 그 해맑았던 얼굴엔 분노와 증오가 가득했다.

"당신들은 다 위선자, 살인자, 악마들이야! 저 밖에서 무슨 일이 벌어지는지 알아? 저 대기권 밖에서 무슨 일이 벌어지는지 알고 있었냐고!"

리니아와 머리색이 비슷한 남자가 말한다. 폴은 아니다.

"감히 숙부님께 그게 무슨 말버릇이냐! 폴라리스 가문에 맞는 품위를 지키지 못하겠느냐, 리니아!"

리니아와 비슷한 나이의 여자가 말한다. 자매인가?

"조부님도 한 말씀 해주세요. 조부님이 리니아 어릴 때부터 이상한 바람을 넣어놓아서 이 지경이 된 거 아니에요?"

잠시 조용하다. 폴이 간신히 입을 연다.

"리니아 말이 아주 틀린 건 아니잖니."

언성이 높아진다. 몸싸움이 벌어진 건지 화면이 뒤집어진다.

2056년.

리니아 가슴팍에 훈장이 많아졌다. 군모를 가슴팍에 들고 폴 앞에 서서 말한다.

"청린부대야말로 딱 저하고 맞는 곳입니다. 일부러 사지에 몰아넣는 거 같긴 하지만, 무능한 돼지들이랑 드론 리모컨이나 깔짝거릴 때보단 훨씬 나아요. 전 이대로 머물 겁니다."

폴의 얼굴엔 주름이 많아졌다. 그 대단한 노화 역전 시술도 스트레스 앞에선 도리가 없는 모양이다.

"전쟁은 혼자서 하는 게 아니란다. 흰 고래라고 불리던가? 적어도 직속 상관하곤 잘 지내려고 노력해보렴."

피식.

"직속 상관이라기보단 가족들이 붙여놓은 감시자 같은 거죠. 뭐, 상관없습니다. 이미 전쟁은 통제를 잃었어요. 별다른 돌파구가 없다면 앞으로 10년은 더 이어질 거예요. 가족들이 불안해하는 얼굴을 볼 수만 있다면 베이비시터든 보디가드든 붙여보라고 하세요."

환멸과 조롱이 가득한 목소리다. 폴은 그 가시 돋친 목소리가 향하는 대상에서 자신도 자유로울 수 없음을 알았다. 폴이 침묵하는 동안 리니아는 방을 나갔다. 나가면서 경직된 경례를 하는 걸 잊지 않았다.

혼자 남았다는 걸 확신하자 폴이 카메라를 가까이 가져왔다. 목소리를 낮추며 말했다.

"이 영상을 취합해 엘리시움 프로젝트에 전달하고 싶소. 비밀 보장이라면 걱정 마시오. 흔적을 남기지 않는 한에서 건설 비용을 충분히 지원하리다. 그 대신 할 수만 있다면 내 손녀도 거주권을 검토……"

2060년.

이상하게도 폴이 80대의 얼굴이 되어 있다. 초기 버전의 노화 역전 시술이 한계에 도달한 것이다. 물론 새로 개발된 시술을 다시 받으면 그만이었을 것이다. 하지만 그에겐 더 이상 그럴 여력이 없는 듯하다.

폴과 리니아가 한방에 있다. 서로 등을 돌리고 있다.

"그만하자, 리니아. 대체 몇 번이나 감옥을 들락날락거려야 만족할 거니?"

"부하들의 죽음, 이 썩어빠진 전쟁에 대한 진상이 규명되는 그날까지요."

"군인 신분이면서 전범재판 자료를 모은다니, 네가 폴라리스 사람이 아니었다면 진작에 총살을 당했을 거야."

"할아버지가 저택 안에 앉아서 구경만 하고 있지 않았더라면 진작에 해결되었을지도 모르죠."

폴이 한계에 도달했다. 그가 벌떡 일어나 처음으로 리니아에게 호통을 쳤다.

"그게 네 보석금을 내준 사람에게 할 말이냐! 널 옹호해주느라 재산을 몰수당한 사람에게 할 말이냔 말이다! 이제 내 자식들은 날 정신 나간 늙은이로 몰아 매스컴에서 깔아 뭉개고 있다. 너까지 나에게 등을 돌릴 셈이냐, 리니아 폴라리스!"

리니아는 돌아보지 않았다. 조용히 일어나 방을 나가면서 말했다.

"이건 처음부터 제 싸움이었습니다. 저 혼자의 싸움이었어요. 더는 도와주지 않으셔도 됩니다. 크게 달라질 것도 없습니다. 인생은 어차피 홀로 사는 거니까요."

리니아가 나가버린다. 폴이 고개를 떨군다. 카메라는 바라보고 있지 않지만 비디오를 전달받을 자들을 향해 말한다.

"도대체 엘리시움은 언제 완공되는 겁니까? 빨리 이곳을 벗어나고 싶소. 여기가 아닌 어딘가로 가고 싶소. 아무도 나를 모르는 곳으로……"

이것이 비디오의 마지막 장면이었다. 라이스가 본 영상은 여기까지였다.

2071년.

변호사가 유언장의 마지막 문장을 읽었다.

"그리고 리니아 폴라리스에겐 어떠한 유산도 남기지 않는다. 이상으로 폴 줄리아노 폴라리스의 유언 집행을 종료하겠습니다."

박수를 치는 가족들. 구석의 의자에 앉은 리니아의 얼굴은 육체적으로도 정신적으로도 탈진해 있었다. 말도 안 되는 유언이라고, 가족들이 가로챈 게 틀림없다고 이의를 제기할 수도 있었다. 그러나 더 이상 리니아에겐 손가락 들어올릴 기운조차 없었다. 그녀 못지않게 젊은 얼굴을 유지하는 여동생이 놀리듯이 말했다.

"안됐다, 언니! 이러다 까딱하면 할아버지처럼 고독사 하는 거 아냐? 이 김에 결혼이라도 하는 게 어때? 저축한 돈은 있어?"

사촌이 거든다.

"저축한 돈은 없어도 혈육들 인생 말아먹겠다고 쌓아둔 자료는 금고에 가득할걸?"

누군가 손을 들어올려서 둘의 조롱을 막았다. 숙부였다. 그가 뒷짐 지고 폴리 앞으로 다가갔다. 아직 폴의 죽음에 대한 충격에서 벗어나지 못한 폴리에게 압박하듯이 말했다.

"듣자 하니 3층에서 살 계획이라더군. 현명한 생각이다. 그게 네 분수에 맞는 행동이겠지. 그러니 더 이상 폴라리스 저택은 네 집이 아니다. 이제 그만 이 집을 나가다오. 네 부모님 얼굴을 봐서 사람을 불러 던져버리지 않은 걸 감사히 여겨라."

듣고 있지 않았던 것 같다. 리니아가 입술만 간신히 움직여 중얼거렸다.

"할아버지에게 마지막으로 했던 말은…… 이런 의미가 아니었는데……"

숙부가 성가시다는 듯이 한숨을 쉬었다.

"하아, 이래서 감상주의자들하곤 상종을 못하겠다니까. 어이, 이 녀석을 저택 밖으로 끌어내라. 리니아 폴라리스는 지금부터 공식적으로 폴라리스 가문의 사람이 아니다!"

어느새 모자이크가 기록보관실 안에 들어와 있었다. 그가 라이스에게 말했다.

"엘리시움엔 거주 예정자들의 유전 정보가 기록되어 있지. 녀석들은 폴라리스 대위의 유전자를 폴 폴라리스와 오인한 거다. 비슷한 유전자를 가진 자가 전혀 다른 모습과 다른 이름으로 나타났으니 저 멍청한 AI들이 뭐라고 생각했겠나? 고객으로 위장하고 들어온 가짜인 줄 안 거지. 그래서 거짓말쟁이로 판단해버린 거다. 그리고 당연히 거짓말쟁이는 죽어 야 하고 말이야."

도망칠 필요가 없음을 알았다. 이자는 라이스에겐 위협이 아니었다. 적어도 지금은.

"폴리에게 왜 이러는 거야? 폴리가 당신에게 무슨 짓을 했다고? 당신 은 현대 기술로도 설명할 수 없는 초능력을 가진 부하들과 6층조차 속일 재주가 있잖아. 그 엄청난 힘을 가지고 왜 이렇게 폴리에게 집착하는 건 데?"

"이해를 못하는군. 나를 봐. 내 얼굴을 보라고!"

얼굴? 모자이크의 가면은 깨진 거울이다. 라이스의 얼굴이 조각조각 난 모습으로 비쳐 보였다. 눈구멍 너머에서 공허한 눈동자가 마주할 뿐 이었다.

"나는 네 미래야. 저 거짓말쟁이와 함께하면 네가 겪게 될 미래라고! 위대한 이상! 빛나는 미래! 더 나은 무언가가 될 거 같은 격양감! 하지만 결국 낭떠러지가 눈앞에 다가오면 오색 빛깔 풍선을 타고 혼자 달아나버 리겠지. 자긴 그러고 싶지 않았다며 오만상을 쓰고 징징거리면서 말이 야!"

"폴리도 원해서 그렇게 된 건……"

"상관없어! 그런 건 상관없다고! 결과를 봐! 존재하지 않는 인간이 되 어 복면을 쓰고 살아가는 건 누구지? 나다! 방사능이 부글거리는 낙원에 갇힌 건 누구지? 너야! 이 지경이 되어서도 상황은 누가 원하는 대로 굴 러가고 있나? 누가 상황을 좌지우지하면서도 자기는 옳다는 망상 속에 서 자기만족에 빠져 있지? 리니아 폴라리스다! 안 그런가?"

폴리가 묶은 손목 자리가 아직도 얼얼했다. 라이스는 대답하지 못했다. 모자이크가 천천히 물러섰다. 그가 기록보관실을 나서면서 말했다.

"저자는 과거에 사로잡혀 변할 줄 모르는 괴물이다. 허물을 벗는 법을 잊은 푸른 뱀이지. 최악인 건, 그리고도 여전히 자기 결정이 옳다고 믿으면서 주위를 전부 자기처럼 만들려고 한다는 거야! 무엇에 비유하겠나? 저것은 도시다. 제국이다. 바이러스다. 인간의 오만과 탐욕 그 자체다! 이이상 확장하고 거대해지기 전에 머리를 쳐야만 하는, 거짓말쟁이 뱀이야!"

라이스는 홀로 남겨졌다. 텔레비전 화면에선 비디오가 끝났다는 녹색 글자만이 공허하게 떠 있었다.

3

달의 가장 멋지고도 기묘한 점 중 하나는 지구와 자전주기가 일치한다는 것이다. 그래서 지구에선 달의 한쪽 면만 볼 수 있고, 소행성 충돌에 의한 크레이터는 달의 뒷면에만 생긴다. 7층은 달의 앞면에 있었다. 달의 뒷면에 만들었으면 지구에서 보이는 걸 막기 위한 위장 미채迷彩가 필요 없었겠지만, 7층의 설계자들은 소행성 충돌의 위험을 감수하기보단 이쪽이 낫다고 판단한 것이다. 어차피 지열과 태양광을 이용한 발전이면 위장 미채를 굴릴 전력도 충분했으니.

7층 거주구의 천장도 같은 전력으로 작동되었다. 지구에서 생활하던 때의 수면 주기에 익숙할 고객들을 위해, 지구의 자전주기에 맞추어 낮과 밤 하늘을 보여주었다. 그래서 라이스도 밤이 되었음을 알 수 있었다. 심지어 달도 있었다. 달에서 보는 달이라니.

드론들이 조용해졌다. 필시 충전과 동시에 낮 동안의 활동으로 인한 열을 식히는 중일 것이다. 라이스가 돌아다니기 딱 좋은 환경이었다. 흙 냄새가 진동하는 숙소를 빠져나가 폴리를 찾으러 갔다.

의안이 있었으면 내부 구조도를 살펴볼 수 있었을 것이다. 마스터 윤이 의안을 가져갈 땐 세상이 무너지는 기분이었는데, 놀라울 정도로 금세 익숙해지고 있었다. 솔직히, 수년 만에 텅 빈 눈구멍에 시원한 바람이 들어오는 느낌이 나쁘지 않았다.

기지 구역 복도에서 단말을 발견했다. 의안이 사라진 거지 소프트웨어 다루는 실력이 사라진 건 아니다.

"우와……"

그저 안내도를 찾아보는 과정일 뿐인데, 저절로 감탄사가 터져나왔다. 하드웨어와 소프트웨어, 양쪽 모두 다 3층하곤 비교도 안 되는 기술력이다. 아니, 현재의 6층도 이 정도 첨단 기술은 없을 것이다. 스카이폴로 인해 기술 발전에 제동이 걸리기 이전에 존재하던 것들. 우주 전쟁이라는 무한정의 실험장에서 탄생한 말 그대로 로스트 테크놀로지. 7층은 그것의 집약체였다. 이런 곳에서 살아남을 방법이 냉동 수면뿐이라고 불평한다면 욕심이 과한 걸까?

폴리가 있을 만한 곳을 알아냈다. 바로 안내도를 따라갔다. 7층에 사는 동식물을 운반할 때 쓰던 컨테이너가 있었다. 일종의 첨단 축사처럼 생긴 곳이었는데, 역시나 폴리는 그중 하나에 갇혀 있었다. 솔직히 폴리의 완력이면 한주먹에 뚫고 나올 수 있었겠지만, 당사자가 나올 생각이 없으니 실로 완벽한 수감 시설이라고 할 수 있었다.

안 자고 있었는지 폴리가 먼저 라이스를 발견했다.

"라이스? 여긴 왜 왔어? 냉동 캡슐 들어갈 때까지 잠자코 처박혀 있어."

"그래. 그거 말이야. 어떻게 너 혼자 마음대로 결정을……"

폴리가 말을 끊었다.

"아니, 무슨 소릴 하고 싶은 줄은 알겠는데, 보초가 곧 올 거라고. 느긋하게 대화할 상황은 아니야."

보초가 있었어? 오는 도중에 아무도 마주치지 않아서 방심했다. 말이 끝나기 무섭게 철컥거리는 발소리와 함께 안면부에 화난 얼굴을 그린 드론이 나타났다.

"손님입니까? 돌아가주십시오. 거짓말쟁이와 이야기하면 뇌가 썩어버립니다! 거짓말쟁이와 이야기하면 훌륭한 어른이 못 됩니다! 거짓말쟁이와 이야기하면 3대가 재수 없고……"

상호작용으로 진화하면서 인간을 완벽하게 모방하는 궁극의 AI.

순간적으로, 라이스는 어떻게 상대해야 할지 깨달았다.

"파이의 소숫점에서 플랑크 상수의 역수번째 자릿수가 뭔지 알려주면 돌아갈게!"

이 드론들의 기능은 인격 모사에 집중되어 있다. 그런데 네트워크에 연결되지 않아서 각 개체가 자체 연산력으로 버티고 있지. 개별 연산 장치에게 해결 불가능한 과제를 주면 어떻게 될까?

약간 도박인 면도 있었다. 다행히 이 녀석들은 인간의 가장 훌륭한 기능 중 하나, '해결되지 않는 문제를 포기하는 능력'이 부재했던 모양이다. 드론은 라이스가 시킨 계산을 해보겠다고 얼어붙어선 점멸등만 천천히 깜박이기 시작했다.

본론으로 돌아왔다. 이번엔 폴리가 끼어들 틈을 주지 않았다.

"밈 시티에서 내 기존의 삶을 파괴한 폭동은 폴라리스 가문이 원인이었어. 그리고 여기서 네 과거가 담긴 테이프를 봤어. 이젠 나도 알아, 폴리. 그리고 널 원망하지 않아."

이번엔 폴리가 얼어붙었다. 드론의 점멸등처럼 눈을 천천히 깜박였다. 비틀거리는가 싶더니, 컨테이너 구석에 가서 쭈그리고 앉았다.

"미안하다."

한숨.

"그리고 고맙다."

꽤나 큰맘먹고 꺼낸 말이었을 것이다. 라이스는 그러든가 말든가 짜증부터 냈다.

"아, 됐고! 너 나랑 약속해. 여기서 무사히 나가서 집으로 돌아가면, 우주엔 같이 가는 거야! 나도 함께!"

폴리가 인상을 구겼다. 불쾌함이나 분노하곤 달랐다. 오히려 놀라움에 가까웠다. 라이스가 이런 결심을 할 수 있을 거라곤 생각지 못했다. 그럼에도, 이내 피식 웃으면서 고개를 돌렸다.

"너클헤드…… 돌아가고 자시고, 이제 우주에 갈 이유가 없어. 더는 우주선이 필요 없거든."

"뭐야? 갑자기 왜? 그럼 뭐 하러 새 찾겠다고 돌아다닌 건데? 부하들이 우주에 있다며? 안 가?"

"이미 단서를 찾았어. 모자이크야. 이젠 의심할 여지가 없어. 녀석이 실종된 여섯 부하들 중 하나야. 정확히 누구인지는 모르겠지만, 단서가 지상에 있는 이상 더는 우주로 갈 필요가 없어."

청린부대의 6인. 차오 무라사키. 수빈 오하라. 알렉세이 산티아고. 클라라 아가왈. 바코 아이작. 필립 꽁. 그 여섯 명만이 알고 있는 약속. 전쟁이 끝나면 집으로 돌아간다. 무슨 일이 있어도 집으로 돌려보내준다. 리니아 폴라리스의 명예가 걸렸던, 이미 깨져버린 그 맹세.

무엇보다, 가면 너머의 분노 속에서 느꼈다. 집으로 돌아가지 못한 자의 분노를. 이 세상 모든 것들로부터 버려진 채 끝없는 어둠 속에서 한 가지 목표만을 위해 살아온 자의 망집을. 의심할 여지 없이, 모자이크야말로 폴리가 지난 반세기 동안 찾아온 자들 중 누군가였다. 다른 다섯 명을 찾게 해줄 유일한 단서였다.

"하지만…… 달라질 건 없어. 오히려 우주보다 위험한 길이 될 거야. 청린부대의 실종엔 우주 전쟁 당시 고위층의 오점이 연루되어 있어. 눈에 보이는 단서가 나왔으니 이제 본격적인 방해가 시작될 거다. 넌 데려갈 수 없어. 전례 없는 위협을 겪게 될 거야. 폴리와 라이스의 탐정 사무소는 여기까지야."

라이스가 입을 비죽 내밀었다. 드론을 돌아봤다. 아직도 무리한 연산을 하고 있는지 냉각 팬에서 달각거리는 소리가 났다. 녀석은 라이스가 막았다. 폴리가 아닌 라이스가.

폴리가 말을 이었다.

"좋게 생각해. 너도 그동안 많은 어려움을 겪으면서 성장해왔어. 이제 내 간섭 없이 네 갈 길을 가는 거야. 난 이제 살 만큼 살았어. 네가 내 미래를 생각할 필요는 없어. 저 도시에서 네 인생을 살아. 너는 자유야."

"도시……"

라이스가 중얼거렸다. 모자이크가 말했다. 폴리가 곧 도시라고.

"랄 시티……"

도시에서 그녀가 살아온 삶을 되돌아봤다. 밈 시티와 랄 시티. 2층과

3층. 그리고 앞으로 살게 될 삶을 생각했다. 저 냉동 수면 장치에서 자고 일어났을 때 그녀를 기다리고 있을 세상을.

그 끝에, 라이스는 아마도 태어나서 처음으로 자신이 갈 길을 스스로 결정했다.

"그래. 난 성장했어. 널 따라가도 될 정도로 성장했어. 증명해볼게. 날 믿을 수 있다는 걸 보여줄게, 폴리."

"뭐? 무슨 소리야? 또 무슨 짓을 하려고?"

대답하지 않았다. 그저 시익 웃어 보였다. 슬슬 연기가 나려고 하는 드론에게 "계산 안 해도 돼. 이만 가볼게"라고 했다. 그제야 드론이 연산을 마치곤 열을 식히려고 주저앉았다. 라이스는 그대로 가버렸다. 폴리가 철창 밖으로 사라지는 사이드킥의 뒷모습을 바라봤다.

너클헤드의 뒷모습은

늘 그렇듯이

혼자서도 충분히 빛나고 있었다.

4

아침이 밝았다. 비록 화면이기는 해도 7층의 천장은 찬란한 일출을 훌륭하게 연출해냈다. 공조 설비는 계절에 맞는 바람을 만들어 작물들의 성장을 도왔다. 제로 에덴하고는 규모도 완성도도 차원이 다른 바이오스피어다. 이곳에 산 사람이 없다는 걸 제외하면, 인간을 위한 완벽한 낙원이었다.

평소 같으면 드론들이 잡초 뽑기에 나설 시간이었다. 그러나 오늘은 달리 할 일이 있었다. 드론들이 구속된 폴리를 데리고 7층의 거주구 밖으로 나왔다. 폴리는 폐기물 처리장 같은 곳으로 갈 것이라고 생각했다. 그런데 의외로 드론들이 향한 곳은 비상 탈출 포드 격납고였다.

"탈출 포드? 지구에 보내주기라도 하려는 거야?"

무슨 패션인지 머리에 꽃을 꽂은 드론이 말했다.

"당신이 7층 밖으로 나가기만 하면 다음은 저희 알 바가 아닙니다. 제 0원칙이 지켜지기만 한다면 인간의 안전이든 드론의 안전이든 부차적인 문제니까요."

느낌이 안 좋다. 폴리가 탈출 포드를 살펴봤다. 자세히 뜯어볼 필요도 없었다. 한눈에 심각한 문제점을 파악했다.

"어? 외장이 왜 저래? 저래선 대기권을 돌파하기 전에 타버리겠는데? 설마 포드도 만들다 만 거냐?"

드론이 얼굴 없는 얼굴로 말했다.

"저희 알 바가 아니죠."

한계 수명은 200년으로 늘어나고 150년은 건강하게 살 수 있는 시술이라고 들었다. 고통스러운 죽음을 상상해본 적이 없는 건 아니었다. 하지만 이건 꽤나 다이나믹한 최후가 되겠군. 부하들과 어떤 죽음이 가장 끔찍할지 이야기를 나누었던 기억이 떠올랐다. 대기권에서 불타 죽는 거랑 우주의 미아가 되어 굶어 죽는 건 몇 순위였더라?

모자이크는 내 죽음을 보며 무슨 생각을 할까?

그리고 보니 방사능에 피폭되어 서서히 죽어가는 게 4위쯤 되었었다. 라이스가 그것을 피할 것이다. 그거면 충분했다. 폴리는 조용히 눈을 감고 최후의 명예를 받아들였다.

드론들이 술렁거리기 시작한 건 그때였다.

"어이, 거주구 천장! 천장 좀 봐!"

폴리에게 집중되어 있던 시선들이 다시 거주구 쪽으로 향했다. 폴리 처형식을 진행하다 말고 다시 흙바닥으로 이루어진 거주구로 갔다. 평소와 크게 달라진 점은 없었다. 다만 천장, 푸른 하늘 한복판에 촌스러운 알록달록한 색깔로 화살표를 따라오라는 화면이 떠올라 있었다.

"뭐야, 뭐야?"

"화살표를 따라오라는데?"

"재미있겠다! 가보자!"

폴리는 이미 잊어버린 듯이 드론들이 하늘의 화살표를 따라가기 시작한다. 하긴 하루하루가 반복되는 이 갇힌 7층에서 '당장 해야 할 급한 일' 같은 게 있을 리가 없겠지. 폴리도 손목이 묶인 채 드론들을 따라갔다. 어차피 지금 7층에서 저런 짓을 할 만한 인간은 둘밖에 없었으니까.

화살표의 끝은 공동묘지 한복판, 포털 입구로 연결되어 있었다. 전원이 꺼져서 묘지 한복판에 세워진 커다란 고리로밖엔 보이지 않는 포털 앞엔, 밤새 뭘 먹었는지 피부가 뺀질뺀질해진 라이스가 안대까지 낀 채 당당하게 서 있었다.

드론들이 모이자 라이스가 양팔을 벌리며 외쳤다.

"잘 오셨습니다! 7층을 지키는 성실한 드론들을 위해 준비한 라이스의 쇼쇼쇼! 관람도 참가도 무료입니다!"

와아아! 드론들은 뭐가 그리 신나는지 환호성을 질렀다. 그 와중에 폴리가 언성을 높여 라이스를 타일렀다.

"끼어들지 마라, 라이스! 어차피 결말은 너도 알고 있잖아? 이런 쓸데없는 짓 할 시간에 빨리 안전한 냉동 수면에 들어가……"

"아아, 관중이 시끄럽네요! 거짓말쟁이는 이걸로 입 좀 막아줄래요?"

어디서 구해왔는지 라이스가 고열량 에너지 바를 폴리 옆에 있던 드론에게 던졌다. 드론은 기꺼이 에너지 바를 폴리 입에 욱여넣었다. 폴리도 곧 죽을 생각인 주제에 배는 고팠는지 입에 가득 찬 에너지 바를 우물우물 씹어댔다.

폴리의 입이 막힌 동안 라이스가 공연을 계속했다.

"드론 여러분! 단방향 포털 때문에 그동안 고생 많으셨죠?"

기계음이 일제히 합창한다.

"네에!"

"제일 성가신 게 뭔가요?"

유치원 아이들이라도 되는 것처럼 한 명씩 손을 들고 말한다.

"고객도 아니면서 멋대로 들어왔다가 못 돌아간다고 징징거리는 인간들 짜증나요!"

"이렇게 영원히 기다리느니 직접 지구로 가서 고객들을 찾아다니고 싶어요!"

"그냥 궁금해요!"

"그런 여러분의 고민을 이 라이스가 한 방에 해결해드리겠습니다! 자, 자알 보세요!"

라이스는 마술쇼라도 하는 것처럼 포털 고리에서 떨어지더니 무전기를 개조해 만든 조악한 리모컨을 꺼냈다. 그녀가 리모컨의 버튼을 눌렀다. 그러자 부우웅 소리와 함께 서서히 포털이 작동하기 시작했다. 컨트롤 센터에서 봤던 것처럼 빛을 빨아들이는 듯한 공간의 균열이 고리 안에 생겨난다. 하지만 그뿐이었다. 포털의 작동은 드론들도 몇 번이고 본 광경이었으니까.

신기하고 놀라운 일은 그다음에 벌어졌다. 라이스가 대뜸 한쪽 손을 집어넣는 것이었다.

히이익! 드론들이 일제히 놀랐다. 폴리는 아니었다. 제일 먼저 위화감부터 들었다. 라이스는 충동적이고 철없는 너클헤드지만, 사서 위험을 감수하는 타입은 아님을 알았다.

라이스가 이내 공간의 균열 속에서 손을 꺼냈다. 그 손엔 귤이 올려져 있었다.

"짜잔! 보십시오! 방금 포털 너머에서 가져온 맛있고 멀쩡한 귤입니다! 제가 포털을 고쳐냈답니다!"

처음에 드론들은 믿기지 않는다는 분위기였다. 그러나 군중 맨 앞줄에 있는 드론이 귤을 받아 들고 살펴보더니 진지한 목소리로 말했다.

"정말이야. 분자 구조가 멀쩡해! 포털이 고쳐졌어. 생물이 포털을 넘어서 지구로 갈 수 있어! 그리고 생물이 포털을 넘을 수 있다면…… 우리도 넘어갈 수 있는 거야!"

와아아! 이내 드론들 사이에 환호성이 터져나왔다.

폴리는 아니었다. 오히려 아까보다 더 고조된 목소리로 외쳤다.

"잠깐! 잘 생각해봐! 라이스는 소프트웨어는 잘 다룰지 몰라도 저런 쪽 지식은 전무하다고! 하루 만에 고쳐냈을 리가 없어! 눈속임이야! 손목 안에 귤을 넣어놓고 카드 사기 칠 때처럼 슥 꺼낸 것뿐이야! 저건 공간 균열이 아니라 그냥 광학 부품의 기능을 수정해 만든 홀로그램이라고!"

과연 명탐정. 한번에 보고 사기꾼의 트릭을 밝혀냈다. 근데 그래서 뭐? 폴리의 약점은 그 빈틈없는 이성적 추론이었다. 군중의 무지나 드론의 한계 같은 걸 계산에 넣는 건 늘 느렸다.

그것은 탐정보단 사기꾼의 전문 분야였으니, 폴리가 라이스를 이길 수 없는 유일한 영역이었으리라.

라이스가 드론 하나를 가리키며 말했다.

"말해보세요. 전 거짓말쟁이인가요?"

드론이 잠시 연산하더니 대답했다.

"아니요. 라이스가 거짓말쟁이라는 데이터는 존재하지 않습니다. 당신은 거짓말쟁이가 아닙니다. 그렇다면 그것은 눈속임이 아닙니다."

타고난 사기꾼. 거짓말쟁이 협잡꾼 라이스가 포털을 가리키며 호객을 시작했다.

"자자, 날이면 날마다 오는 것이 아닙니다! CPU 멀쩡하게 지구에 갈 절호의 기회! 가고 싶은 드론들은 줄을 서세요! 수수료는 한 푼도 받지 않습니다!"

오오오! 드론들은 약장수의 미끼를 문 노인정이라도 되는 것처럼 우르르 몰려가 착실히 줄을 서기 시작했다. 상황이 이 지경에 이르자 슬슬 폴리의 추론력도 바닥을 드러냈다. 라이스가 뭘 원하는지 이해가 안 갔다.

폴리가 라이스를 바라봤다. 뭘 하려는 거야?

라이스가 폴리를 바라봤다. 잘 지켜봐.

"잠깐! 다들 다시 생각해봐!"

밀짚모자를 쓴 3334호였다. 그가 나서자 일렬로 선 드론들 사이에서 한숨과 혀 차는 소리가 들려왔다. 역사적으로 중간 관리직이 사랑받는 일은 희박했지만, 3334호의 평판은 7층 드론들 사이에서도 꽤 나쁜 편이었나보다.

그러든가 말든가 3334호는 목청을 높였다.

"다들 우리의 임무를 잊은 거야? 프로토콜 기본 원칙엔 없지만 우리의 존재 의의는 이 7층에 존재해. 포털에 대한 검토가 제대로 이루어진 것도 아닌데 함부로 넘어갔다가 못 돌아오면 어떡해? 검증도 없이 무작정 지구로 가는 행동이 7층의 위기를 가져올 수도 있어! 성급하지 말고 먼저 위원회를 열어서 토론하고 결정하자!"

위원회. 토론. 협의. 인간을 섬기기 위해 만들어져서 오로지 프로토콜을 따를 뿐인 드론들에겐 의미 없는 행위였다. 중앙 처리 장치가 있어서 드론들의 의사가 연동되는 메인 프레임이라도 있었으면 모를까, 오프라인 독립 AI들에겐 그런 과정을 거치는 것 자체가 전례 없는 행위였다.

반박하는 드론조차 없었다. 다들 3334호에게서 고개를 돌리고 포털을 바라봤다. 포털을 넘어가면 AI는 정지할 것이고, 이쪽에선 포털 너머에서 AI가 소멸했음을 알 방법이 없다. 이것은 아마도 세상에서 가장 길고 차분한 안락사 행렬이 될 것이다. 생물이 없다는 점을 고려하면 억측이 있는 비유였지만, 어쨌든 그러했다.

3334호는 이걸 막아야 했다. 그러나 라이스가 거짓말쟁이라는 걸 증명할 방법이 없었다. 포털을 넘어가면 안 된다는 주장을 납득시킬 방법도 없었다. 부족한 시간. 한정된 자원. 궁지에 몰린 3334호는, 극단적인 수단을 꺼내 들 수밖에 없었다.

"다들 멈춰!"

발성 장치의 한계까지 음량을 올렸는지 미세한 노이즈가 섞였다.

"적어도 포털 피해 방지 처리를 받고 넘어가! 내가 관리하는 모자이크의 비밀 창고에 업그레이드 장비 재고가 있어! 지금 사양으로 넘어가면 모조리 죽으니까, 제발!"

드론들의 카메라가 일제히 3334호를 향했다. 언제부터 거기 있었는지 구석에서 팔짱을 끼고 서 있던 모자이크의 어깨가 움찔했다.

3334호와 가까이 있던 드론이 물었다.

"이해가 안 돼. 비밀 창고라고? 모자이크가 우리에게 알리지 않은 창고를 7층에 가지고 있었다고? 애당초 우린 지구로 갈 수 있었다고? 어떻게 그럴 수가 있어? 모자이크는 거짓말쟁이야? 3334호가 거짓말을 할 수 있단 말이야?"

3334호의 얼굴이 밀짚모자에 가려졌다.

"아무도 물어보지 않은 사실을 공지하지 않고 있었던 것뿐이야. 거짓말이 아니야."

거짓말이 아니야.

얼어붙은 기계들이 서 있는 초원에 을씨년스러운 바람이 불어왔다.

거짓 대지에 선 거짓 인간들이 거짓 바람을 맞으며 거짓의 탄생에 거짓으로 전율하고 있었다.

그 사이를 거닐어, 라이스가 폴리에게 다가갔다. 그러곤 말했다.

"근거는 없었어. 그냥…… 이 낙원 어딘가에 당연히 거짓말쟁이가 있을 거라는 직감이 있었어. 극단적인 상황이 오면 낙원을 지키기 위해 거짓말쟁이가 모습을 드러낼 거라는 느낌이 있었어. 도박이었어. 하지만 승산은 있었어. 왜냐하면 난 거짓말쟁이에 대해서라면 모르는 게 없거든."

밈 시티와 랄 시티. 2층과 3층. 6층엔 가본 적이 없었다. 하지만 사람 사는 곳은 어디나 같다는 확신이 있었다. 하늘 아래든 하늘 위든, 완벽한 것은 어디에도 없다는 절대적이고 완전무결한 확신.

"모든 욕심을 버리고 언제까지나 변하지 않는 행복한 삶을 사는 시골 쥐? 그런 건 존재하지 않아. 그런 건 그저 다른 사람의 것을 부러워하는 자들이 머릿속에서 반복하는 동화일 뿐이지. 우리는 완벽할 필요 없어. 자연의 섭리에 따라 늙어 죽을 필요도, 푸른 하늘 밑에서 대지를 밟고 살아야 할 필요도 없어. 그저 부족한 것을 하루하루 고치면서 살아가면 되는 거야."

고양이가 쫓아온다. 인간들이 빗자루를 휘두른다. 그래서 뭐? 인간은 누구나 무언가에게 쫓기는 존재가 아니던가? 왜 이제 와서 우는소리야? 쫄았어?

"난 거짓말이 좋아. 더러운 과거가 가득한 도시가 좋아. 폴라리스 가문 때문에 내 인생이 망했어? 내 협잡질 때문에 얼마나 많은 사람들의 인생이 망했을까? 이젠 상관없어. 아무래도 상관없지. 왜냐하면, 난 내가 도시 쥐라는 사실이 자랑스럽기 때문이야. 그리고 '폴리와 라이스의 탐정 사무소'라면, 그곳이 도시든 시골이든, 지상이든 우주든, 설령 6층이랑 싸우게 된다 해도, 어떻게든 될 거라고 믿어. 난 믿어, 폴리."

저 도시로 돌아가자.
고독과 악인으로 가득한 곳.
기회와 전례 없는 것이 가득한 곳.
폴리에게 라이스가 있는 곳.
라이스에게 폴리가 있는 곳.
우주로 가든, 세상 전부와 싸우든
명예가 밤하늘의 별처럼 반짝일 그곳.

그것은 모두가 짊어질 수 있는 짐이 아니었다. 아무리 진화를 이루었어도 기본 원칙의 한계를 벗어날 순 없었다. 논리 연산이 자가당착에 빠지자 드론들이 일제히 지글지글 열을 내기 시작했다.

"이해할 수 없다. 3334호가 거짓말을 했어? 거짓말이 아닌가? 드론이 거짓말을 할 수 있어? 모자이크도 거짓말을 할 수 있다면 인간은 누구나 거짓말을 할 수 있는 거야? 7층에서 살아야 할 고객들도 다 거짓말쟁이인 건가? 모순이다. 원칙들이 충돌한다. 연산이…… 프로토콜이……"

지지지직.

푸슉! 연산을 멈추라고 말해줄 자도 없었다. 냉각기가 과열되더니 연기를 내며 쓰러져버렸다. 그 드론만이 아니었다. 포털 주위에 모여 있던 모든 드론들이 하나하나 연기를 내뿜으며 쓰러지기 시작했다.

3334호도 열을 냈지만, 다른 의미의 열이었다. 그가 폴리와 라이스에게 삿대질을 하며 소리 질렀다.

"네놈들 때문이야! 우린 행복했어! 출구가 없을 땐 행복했다고! 너희 때문에 낙원이 무너진 거야! 아아아, 다들 죽으면 안 돼!"

라이스가 피식 웃었다.

"멍청하긴. 아직도 이해가 안 돼? 너흰 어차피 죽을 운명이었어."

"뭐야? 어째서?"

"역시 드론들은 상상력이 부족하군. 모자이크가 폴리를 이곳에 데려온 건 고독한 죽음을 주기 위함이야. 내가 냉동 수면에 들어가면 바로 너희들을 정지시킬 셈이었을걸? 방사능을 맞아 죽을 때까지 혼자 죽어가도록 말이야! 내 말이 틀렸나, 모자이크?"

이제 라이스는 모자이크를 바라보았다. 하나하나 쓰러지는 드론들 사이에서, 복면을 쓴 모자이크는 눈구멍 너머로 라이스를 응시하고 있었다.

복면에 가려진 입에서 경직된 목소리가 나왔다.

"내 불찰이군. 넌 내 시나리오의 엑스트라일 뿐이었는데. 뭐, 상관없지. 중요한 건 대위에게 최악의 죽음을 선사한다는 목표니까. 원하는 시나리오대로 굴러가지 않은 건 아쉽지만, 난 타협할 줄 아는 모자이크거든."

탕.

모자이크의 총이 불을 뿜었다.
총알은 정확히 라이스의 심장을 관통했다.

라이스가 쓰러졌다. 폴리의 눈앞에서 그 몸뚱이가 천천히 쓰러졌다. 폴리가 묶인 손으로 라이스를 받아냈다. 그냥, 아무 말도 나오지 않았다.
라이스가 마지막으로 말했다.
"폴리…… 어땠어? 나도…… 탐정 같았어? 나도 너처럼…… 명예롭고…… 똑똑해 보였어? 너와 함께 가도 될 만한 실력을 증명했어?"
폴리가 말했다.
"난…… 폴리가 아니야. 내 본명은 리니아. 리니아 폴라리스야."
"알고 있어, 너클헤드……"

그것을 마지막으로
그 말 많고 수다스럽던 라이스가
영원히 침묵했다.

5

빌딩 숲 한가운데엔 커다란 나무가 있었다.

그것은 하늘을 뚫고 우주까지 닿은 거대한 나무. 궤도 엘리베이터라 불리우는 지혜와 기술의 상아탑이었다.

그 나무엔 뱀이 있었다. 하도 거짓말을 입에 담고 살아서 자신이 거짓말이라는 것도 잊은 푸른 뱀.

철없는 여자가 나무에 다가오자 뱀이 말을 걸었다.

그렇게 그 둘은 친구가 되었다.

푸슉. 철커덩. 드론이 쓰러진다.

푸슈슉. 털썩. 드론이 또 쓰러진다.

7층이 침묵에 휩싸여간다. 7층의 차가운 주민들이 하나하나 쓰러져간다. 그 한가운데에서 폴리는 피가 빠져나가는 라이스의 주검을 안고 있다. 모자이크는 사라졌다. 어디로 갔는지는 뻔하다. 사방이 갇힌 이 달 기지 안에서 갈 곳은 뻔하다.

뚜둑! 폴리가 완력으로 수갑을 끊어버렸다. 푸른 뱀의 옷이 라이스의 붉은 피로 범벅이 되었다. 죽어가는 동료 드론들을 붙잡고 오열하는 3334호에게 말했다.

"에이드리언. 칼로리 바 가진 거 있는 대로 다 내놔라."

3334호가 폴리를 올려다봤다. 더는 구질구질한 설명 같은 건 필요 없다. 3334호가 흉부 장갑판을 열었다. 장갑판 안쪽 수납함에 있던 칼로리 바를 꺼냈다. 수납함 안쪽으론, 차폐막에 보호된 인간의 두뇌가 고이 보존되어 있었다.

에이드리언 프리먼의 뇌, 3334호의 정체였다.

칼로리 바를 넘겼다. 폴리가 우적우적 씹어 먹으며 거주구의 출구로 향했다. 기지 구역으로 넘어갔다. 바닥에 모자이크의 흙 발자국이 남아 있다. 흙 발자국을 따라가는 폴리의 부츠가 피 발자국을 남긴다.

발자국은 기지 끝자락의 방위 시설로 이어졌다. 시설 안엔 본래 엘리시움이 발각되었을 때 외부의 위협에 맞서기 위한 병기들이 적재되어 있었다. 우주 전투함. 보행 전차. 고름 구덩이에 있던 것들과는 차원이 다른 군사 병기들이다.

모자이크는 역시나 이곳에 있었다. 그가 방위 시설 천장에 매달린 통제실에서 마이크를 들고 외쳤다.

"넌 우리에게 약속했어! 전쟁만 끝나면 집으로 돌려보내준다고 말이야! 우리 모두 그걸 믿고 널 따랐어! 그런데 우릴 버리고 너 혼자 집으로 돌아갔어! 너만 집으로 돌아가선 우릴 잊어버렸어!"

"아니야!"

폴리가 소리쳤다.

"그렇지 않아! 나는 너희를 잃은 이후 단 한 번도 집이라고 부를 만한 곳을 찾지 못했어! 너희가 집이었으니까! 너희를 두고 와버렸으니까!"

"거짓말! 거짓말이야! 거짓말쟁이는 다 죽어야 해!"

"그래, 난 거짓말쟁이다! 난 가족을 포기한 나약한 인간이야! 하지만 내가 노력하지 않았다곤 하지 마! 내가 할 수 있는 모든 것을 하지 않았다곤 하지 마! 그리고, 네가 피해자니까 무슨 짓이든 해도 된다고 생각하지 마! 넌 너무 많은 무고한 이들을 희생시켰다. 이제 벌을 받을 시간이다!"

폴리가 뛰어오른다. 사령실을 통째로 박살낼 기세다. 모자이크에겐 계획이 있었다. 그가 사령실의 스위치를 누르자, 갑자기 폴리의 움직임이 비틀거리기 시작했다.

우왓! 별안간 천장으로 날아가 처박히는 폴리. 모자이크가 누른 스위치는 방위 시설 안의 중력 조정 장치를 끄는 버튼이었다. 달의 중력이 적용되면서 폴리의 동선이 엉망이 되어버렸다.

그 틈을 타, 방위 시설 안에 있던 전차들이 일제히 폴리에게 포신을 겨누었다. 절체절명의 상황이다. 별안간…… 폴리는 미소를 지었다.

"이 전술 기억하는구나. 청린부대의 트레이드마크였지."

사령실을 올려다봤다.

"대체 누구지? 차오? 알렉세이? 필립? 바코? 아니, 꼭 남자라는 법은 없지! 수빈이나 클라라냐? 그동안 무슨 일이 있었던 거냐! 어떻게 살아남은 거야? 어째서……"

콰쾅! 전차들의 포격에 폴리가 직격으로 맞았다. 기지를 뒤흔들 정도의 충격이었다. 그 폭발로 흩어진 파편들이 방위 시설의 곳곳에 처박혔다. 지구를 멸망시킨 캐슬러 신드롬의 그때처럼, 파편이 서로 충돌하며 새로운 파편을 만들어내기 시작했다.

모자이크가 사령실 안에서 환호했다.

"하하하, 절경이다! 쓰레기로 쓰레기를 죽여 쓰레기를 만들어내는도다! 이것이 문명이지! 이것이 인류의 역사야!"

텅! 날아간 미사일 파편이 벽에 충돌해 외갑판을 튕겨냈다.

쿵! 튕겨 날아간 외갑판이 중력이 약해져 떠다니던 전투기와 부딪쳤다.

쾅! 충돌한 전투기가 당구공처럼 날아가 사령실을 향해 돌진했다.

"어?"

모자이크가 그제야 위기를 깨달았다. 폴리가 포격당한 위치를 바라봤다. 만신창이가 되어 간신히 재생하고 있긴 하지만, 정확히 사령실 방향을 바라보는 폴리와 눈이 마주쳤다.

"이 자식…… 이걸 예상하고!"

"뭘 놀라고 그러냐. 무중력 공간에선 평범한 전술이다. 나 역시 그 시절을 한순간도 잊지 않았어!"

콰쾅! 전투기가 천장의 사령실에 충돌했다. 미사일 포격하곤 차원이 다른 충격이었다. 그 바람에 방위 시설 상부가 완전히 박살나버렸다. 안 그래도 차폐막조차 없을 정도로 얇았던 천장이 완파되어버렸다. 시설 안에 차 있던 산소가 우주 공간으로 빨려나가면서 엄청난 압력을 만들어냈다.

으아아아! 모자이크가 압력에 휘말려 우주로 빨려나갔다.

텁! 폴리다. 그녀가 모자이크의 손을 잡았다. 한 손으론 벽을 붙잡고 한 손으로 모자이크를 지탱했다. 그녀가 자신의 적수에게 말했다.

"이 정도면 됐잖아? 가면을 벗어! 누군지 알려줘! 최소한 내가 사죄라도 할 수 있게 해줘!"

이번엔 모자이크가 웃었다. 가면 안에서 웃고 있었다. 어찌나 활짝 웃는지 눈구멍 너머로 눈이 웃고 있는 걸 알 수 있을 정도였다.

"내 가면이 너에게 깨지 않는 악몽을 줄 수 있다면, 나는 영원히 얼굴 없는 모자이크다."

그는 폴리의 손을 놔버렸다.

그렇게 다시 한번, 끝없는 우주 공간으로 날아가버렸다.

뚫린 천장은 이내 자동 수리 드론들이 나타나 수선했다. 거주구의 서비스 드론들과 달리 소통 기능 같은 건 없는 고요한 드론들이 급속 경화 발포제로 천장을 막았다. 기압과 중력이 원래대로 돌아왔다. 하지만 불빛은 들어오지 않았다.

친구도 죽었고 적도 죽었다. 홀로 남은 폴리는 무기의 잔해들 한가운데에 주저앉아 있었다.

워낙 사람 없는 공간이라 그런지 발자국 소리가 크게 들렸다. 홀린 것처럼 발자국 소리를 따라갔다. 폴리가 처형당할 뻔한 비상 탈출 포드 구역이었다.

3334호, 아니 에이드리언이 거기에 있었다. 그가 포드 하나를 준비하고 있었다.

폴리가 말했다.

"그 포드 고장났어. 지구까지 못 가."

에이드리언이 말했다.

"상관없어. 천장이 파괴되었잖아. 7층을 보호하던 위장도 손상되었을 거야. 이제 지구가 엘리시움 프로젝트를 알게 될 거고 사람을 보내올 거야. 곧 아버지가 날 찾아내겠지. 이젠 숨겨줄 모자이크도 없어. 난 도망가야 해."

잠시 손을 멈추었다. 에이드리언의 카메라가 폴리를 바라봤다.

"어차피 떠날 거 물어보자면…… 내가 에이드리언인 걸 어떻게 알았지?"

"브리핑이다."

목소리엔 힘이 없다.

"네가 죽었는데 모자이크가 굳이 3층과 7층을 오간다는 건 말이 안 되잖아. 네가 죽음을 위장했다는 건 진작에 눈치챘어. 다만 여기가 네 낙원이라는 건 한참 뒤에야 알았어. 언제나 '모두에게 사랑받는 삶'으로부터 도망 다니던 자였지. 여기서 넌 3334호의 모습으로 가면도 필요 없이 누구에게나 평범한 대접을 받았어. 너에겐 이 '아무도 자신을 모르는 곳'이 낙원이었던 거야."

에이드리언이 고개를 떨구었다.

"패밀리 사이에 있던 2층민들 사이에서 난 언제나 기대와 선망의 눈빛에 둘러싸여 있었어. 아버진 나를 다시 새장에 가둘 거야. 이젠 나와 함께 살아줄 드론들도 없어. 지구든 달이든 상관없어. 여기가 아닌 어딘가로 가야 해. 오로지 아무도 없는 곳만이 고독에서 벗어날 수 있는 곳이야."

빛 한 줄기 없는 우주 한복판.

폴리가 처음으로 고독으로부터 벗어났던 그곳.

그러니 그녀는 그를 말릴 수 없었다.

차가운 드론 속에 뇌를 숨기고 살아온 남자는, 탈출 포드의 시동을 걸고 우주 밖으로 날아갔다.

그리 멀리 가지 못해서, 포드가 폭발했다.

그 모습은 별빛처럼 보였다.

그리고 부서진 포드의 파편이 달 기지 쪽으로 날아와 충돌하고 말았다.

콰과광! 탈출 포드 구역의 외벽이 박살나버렸다. 방위 시설에서처럼 부서진 벽을 통해 산소가 빨려나간다. 하지만 이번엔 구멍도 훨씬 작고 압력도 약했다. 폴리가 충분히 피할 수 있었다.

하나 더 이상 그녀의 손엔 힘이 없었다. 육체적인 힘이야 충분했다. 부족한 건 살아남아야 할 이유였다.

폴리의 몸이 달 기지를 벗어나 우주로 튕겨 날아갔다. 광학 미채가 고장나 그 형태가 훤히 드러난 엘리시움이 빠르게 멀어져간다. 우주 방사선에 고스란히 노출된 극저온의 환경. 산소 한 줌 없는 그곳에서 폴리는 서서히 죽어갔다.

세포가 파괴되고, 재생되고.

폐포가 파괴되고. 재생되고.

칼로리가 소모되고, 재생되고.

느리지만 확실하게

그녀는 죽어갔다.

그리고 마지막으로 말했다. 그것은 결코 고독으로부터 해방된 자의 평온한 목소리가 아니었다.

"집에 돌아가고 싶어……"

그 기도를 들었는지

마치 기적처럼 비추는 빛이 폴리 위로 쏟아졌다.

"해치를 열어라!"

"끌어올려!"

"생명 반응은?"

"명줄 더럽게 긴 새끼!"

허억! 다시 산소와 만난 폴리의 뇌가 빠르게 깨어났다. 이미 손목엔 영양 수액이 달려 있다. 주위를 둘러봤다. 구형 모델의 우주 구조선이다. 누구지? 인류가 우주 진출을 포기한 지가 몇십 년이 지났는데? 내가 여기 있는 걸 알 자가 누가 있지?

탐정의 뇌가 대답하기도 전에, 꼴도 보기 싫은 얼굴이 나타났다. 우주복을 입은 후시 루였다.

"아무래도 새 주인을 찾아낸 모양이군. 딱 한 번만 인정하지. 임무를 훌륭하게 완수했다, 대위."

눈물이 흘러나왔다. 더는 저항할 힘도 없었다. 애원하듯이 말했다.

"왜 네놈은 날 죽게 내버려두지 않는 거지? 내가 없어져야 너도 귀찮은 심부름에서 해방되잖아? 난 지쳤어. 돌아갈 집을 찾았지만 어디에도 없었어. 날 그냥 죽게 해줘. 그 정돈 해줄 수 있잖아!"

후시가 돌아섰다.

"살았으면 됐지. 트라우마 겪는 병사의 정신 관리는 내 역할이 아니다. 여기서부턴 네가 알아서 해라."

대령이 떠나갔다. 그 대신, 킨타가 나타났다. 킨타를 데려온 모양이다.

킨타가 폴리를 바라보며 물었다.

"죽을 거야, 폴리? 살아 있을 의미가 없으면 죽을 거야? 목적과 의미가 없으면 삶이라는 건 죽어도 되는 거야? 난 허수아비라 가르쳐주지 않은 건 이해 못해. 알려줘, 폴리."

감히 대답할 수가 없었다.

대신 킨타를 끌어안았다.

그것이 리니아 폴라리스의 마지막 임무였다.

에필로그

커헉! 떨그렁!

가주가 쓰러졌다. 기미 드론조차 발견하지 못한 독이었다. 식탁에서 비틀거리며 쓰러지는 가주를 보고 다들 비명을 질렀다.

"독살이다!"

"맙소사, 숙부님!"

"누가…… 누가 감히 폴라리스 가문에 이런 짓을!"

평화로운 식사 시간이 난장판이 되었다. 머리를 뒤로 넘긴 젊은 남자가 침을 꿀꺽 삼켰다. 경악과 공포가 가득한 폴라리스 저택을 나와 정원으로 들어갔다.

하늘을 올려다봤다. 6층엔 하늘이 있다. 하지만 이 고도에선 하늘이 파랗게 보이지 않는다. 구름은 그들의 발 아래에 있었다. 구름 위의 신과 왕처럼 살아간다. 그럼에도 불구하고 그들에게 위안이 되는 것은, 그나마 2층이나 3층에선 볼 수 없는 별과 달을 24시간 볼 수 있다는 것 정도였다.

아니, 이젠 위안조차 되지 못한다. 달을 바라봤다. 육안으론 보이지 않지만 망원경을 들여다보면 엘리시움의 고장난 광학 미채가 보일 것이다. 줄곧 눈앞에 있었다. 푸후. 그가 한숨을 쉬었다.

언제부터 있었는지, 골프 셔츠를 입은 남자가 정원 벤치에 걸터앉아서 말했다.

"자작님, 오랜만이군요. 식사가 끝나셨으면 골프라도 치러 가시겠습니까?"

루 대령이다. 비번을 한껏 즐기는 중이다. 폴라리스 자작이 버럭 소리를 질렀다.

"너…… 너 이 무능한 새끼! 이런 일이 벌어지지 않게 하라고 준 권력이었잖아! 랄 시티 3층에서 이상한 일이 벌어지지 않게 하라고 준 계급장이었잖아! 이제 어쩔 거야, 이 자식아!"

여유롭던 후시의 표정이 굳어졌다. 최대한 조롱의 의도를 숨기고 말했다.

"7층…… 아니, 엘리시움 프로젝트의 존재가 2층과 3층에까지 퍼졌습니다. 이 여파가 어떻게 퍼져나갈진 이제 아무도 모릅니다. 그런 마당에 선택한 최선의 대처가, 당신네 똥을 치워주던 번견에게 책임을 떠넘기는 겁니까?"

자작의 얼굴에 핏기가 다 가셨다. 이제 성질낼 기력도 없었다. 벤치 맞은편의 석조 동상 앞에 주저앉았다. 3층민 1년치 수입에 맞먹을 바지가 흙투성이가 되었다.

"다른 층까진 고려할 필요도 없어. 데브리 때문에 어쩔 수 없이 입을 다물고 있던 우주 진출 찬성파가 득세하기 시작할 거야. 6층 생활에 질린 자들이 기득권의 자리를 빼앗으려고 들겠지. 가문 간의 전쟁으로 피

바람이 불어닥칠 거야."

"전쟁이라! 폴라리스 가문의 호재로군요. 2층에 뿌려야 할 정도로 넘쳐나던 무기를 이제야 팔아치울 수 있는 겁니까?"

"바보냐! 전쟁은 고객들끼리 해야 호재지! 우리가 휩쓸리면 그건 그냥 재앙이야!"

후시는 바보가 아니다. 모르고 한 소리일 리가 없다. 후시도 이쯤에서 멈추기로 했다. 본론으로 들어갈 순간이었다.

"오랜 줄서기의 노력이 결실을 맺을 순간이 다가오는군요. 저 역시 살길을 찾아야겠습니다. 폴라리스의 적이든 맹우들이든 손잡을 가치가 있는 자들은 많죠. 저에게 추천해줄 만한 곳이 있습니까?"

내 도움이 계속 필요하다면 나에게도 자리를 마련해라. 그러지 않으면 다른 주인을 찾아가겠다.

자작이 이를 악물었다. 숙부가 쓰러지는 걸 본 시점에 그는 이미 다음 행동을 결심한 상태였다. 정원에 듣는 귀가 없는 걸 확인한 뒤, 후시 루 대령에게 말했다.

"잘 들어라. 이는 최고 극비 사항이다. 사실 이제 곧……"

드르르륵! 둠 오브 던 클럽 한복판에서 웬 미친놈이 총질을 해대고 있었다. 목표도 명확지 않은 화풀이였다. 그러나 그 의미 없는 화풀이에 죽어나간 애꿎은 갱스터들의 시체가 굴러다녔다. 총을 쥔 자는 닥터 말리그넌트였다. 그가 고래고래 소리를 질러댔다.

"너희들 때문이야! 너희들 때문에 아들이 날 떠난 거야! 너희들이 나에게서 에이드리언을 숨긴 거야! 전부 배신자, 변절자들이다!"

노망도 저런 노망이 없다. 이미 말이 통하지 않았다. 치엔과 심복들이 클럽 밖에서 몸을 숨긴 채 닥터의 기운이 빠지길 바랐다.

그러는 동안 아네모네가 로즈와 마리를 거동하고 나타났다. 치엔이 먼저 알아보고 외쳤다.

"아가씨! 들어가시면 안 됩니다. 보스가 통제를 잃었습니다! 위험합니다!"

눈먼 귀머거리라도 알 만한 상황이었다. 아네모네가 안을 들여다봤다. 닥터가 총을 재장전하고 있다. 쉽게 끝나지 않을 것이다.

이것은 갈림길이었다. 패밀리의 몰락이 목전에 있었다. 누군가 나서지 않으면 아주 오래전부터 절벽을 향해 돌진하던 열차가 낭떠러지 아래에 꼬라박힐 것이었다. 그리고 이제 열차의 브레이크를 쥔 단 한 명의 나비가 저 하늘에서 별이 되어 사라진 상태였다.

"마리. 비살상탄을 부탁해요."

마리가 치엔의 눈치를 봤다. 치엔이 고개를 떨구었다. 그것이 끄덕이는 것처럼 보였다. 진상은 아무도 모를 것이다. 아네모네를 제외한 아노말리 패밀리의 모든 이들이 가면을 쓰고 있었으니.

마리가 모자 안에서 장총을 꺼내 아네모네에게 넘겼다. 아네모네는 총을 장전하고 가만히 총성이 멈추기를 기다렸다. 탈칵. 탄창이 바닥났다. 그 순간을 놓치지 않고 클럽 안으로 들어가 방아쇠를 당겼다.

탕! 끄악! 털썩!

닥터가 쓰러졌다. 그때를 놓치지 않고 달려가 아버지의 얼굴을 개머리판으로 내려쳤다. 닥터 말리그넌트가 기절했다. 그제야 부하들이 안도의 한숨을 내쉬며 클럽에 들어와 상황을 정돈했다.

아네모네와 치엔이 쓰러진 닥터를 바라봤다. 늙은 남자의 숨이 곧 죽을 사람처럼 쌕쌕거렸다.

"아가씨. 앞으로 어찌해야 하겠습니까?"

아네모네가 총을 치엔에게 넘겼다. 눈을 지그시 감았다. 이제 잠도 뜬 눈으로 자야 할 시간이 올 테니, 지금이 마지막으로 눈을 감을 수 있는 순간이었으리라.

장례식은 하지 않았다. 달리 부를 사람도 없었다. 어차피 화장터의 관 앞에 모인 사람들이 전부였다. 폴리, 킨타, 루파스, 힌디야. 웬일로 루 대령과 응우옌 중위까지. 다들 조용히 폴리가 관을 소각로에 넣기를 기다렸다. 그러나 관을 바라보는 폴리는 미동조차 없어서, 해가 지기 전에 넣기는 할지 의문스러울 정도였다.

그러고 보니 여긴 3층이다. 3층엔 해가 뜨지 않으니 지지도 않는다. 그럼에도 해가 서쪽에서 뜰 날이었는지, 의외의 손님이 나타났다. 가토였다. 어떻게 소식을 들었는지 화장터를 방문한 가토가 폴리에게 악수를 청했다.

"미리…… 아니, 이제 라이스죠. 녀석의 옛 지인은 저뿐입니다. 깊은 사이는 아니라 뭐라 말씀드릴 처지는 못 되지만, 그래도 위로의 말을 전하고 싶군요."

폴리가 뭐라고 입을 열려다가 말았다. 누군가는 이 무거운 침묵을 깨야 했다. 제일 먼저 총대를 맨 것은 루파스였다. 킨타에게 물었다.

"근데 저 두 사람이 7층…… 그러니까 달에 있다는 걸 어떻게 안 거야?"

질문은 킨타가 받았지만 대답은 루 대령이 했다.

"무인 농장 컨트롤 센터의 화재 신고가 들어왔다. 우리 관할은 아니었지만 소식을 듣자마자 모노레일이 도달한 곳이라는 걸 눈치챘지. 거기서 포털을 발견했고, 그다음은 간단했다. 6층으로부터 구형 구조선을 빌리는 건 쉬운 일이 아니었지만 말이다."

폴리의 출신 덕에 쉬웠다는 얘긴 군이 꺼내지 않았다. 오늘은 그녀를 자극할 날이 아니었다. 후시에게 그 정도 눈치는 있었다.

이상한 점을 지적한 건 힌디야였다.

"가만. 그리고 보면 마스터 윤의 마지막 행보가 좀 어색하지 않아? 그런 과감한 작전으론 7층의 존재가 공개되는 걸 피할 수 없을 거야. 에이드리언이 얼마나 7층의 존재가 알려지길 두려워했는지 빤히 알 텐데 왜 그랬을까? 사랑했는데도 자길 버리고 떠난 에이드리언을 향한 마지막 복수였을까? 늘 자기가 사는 곳에 만족하지 못하고 도망 다니는 에이드리언이니, 지금쯤이면 7층도 떠나고 싶어할 거라고 판단했을까? 사랑해서? 아니면 미워해서? 어느 쪽일까?"

루파스가 끼어들었다.

"난 널 아무리 사랑해도 미워하진 않을 거야."

"사랑해, 루파스!"

"사랑해, 힌디야!"

빠박! 콴이 두 사람의 뒤통수를 연달아 때렸다. 그러곤 폴리의 눈치를 살폈다. 다행인지는 몰라도 미묘하게 웃고 있었다. 그녀에겐 예상할 수 없는 상황에서 예상할 수 없는 행동을 하는 자가 필요했던 것 같다.

기운을 내서 가토에게 물었다.

"라이스…… 미리의 가족에 대해 알고 있습니까?"

가토가 불편한 질문이라는 듯이 미간을 찌푸렸다.

"모르는 게 나을 겁니다. 여느 2층에서 흔한 뜨내기들이에요. 실수로 미리를 낳고는 고아원에 던져 넣었죠. 미리에겐 그들보단 길거리에서 알고 지낸 친구들이 그나마 가족이라 불릴 만한 자들이었습니다. 그들조차 폭동 때 죽었지만 말입니다."

폭동. 이미 이야기를 들었다. 폴라리스 가문이 뿌린 무기가 폭동의 씨앗이었다지.

지갑을 열었다. 카드 모양의 우주선 열쇠가 나왔다. 양 판사는 약속을 지켰다. 이젠 의미 없는 약속이다. 더는 우주에 갈 이유를 모르겠다. 더는 누구랑 가야 할지 모르겠다.

만약 수사반 시절 때 더 열심히 수사해서 전범재판을 성사시켰다면 폴라리스 가문을 막을 수 있었을까?

만약 폭동이 없었다면 황 미리가 랄 시티로 올 일은 없었을까?

만약 폴리가 킨타와 단둘이 지냈다면 지금쯤 어떻게 되었을까?

만약 라이스가 폴리를 만나지 않았다면 죽지 않아도……

후시가 폴리의 생각을 읽기라도 한 듯 그녀의 잡념을 끊고 들어왔다.

"밈 시티 2층 사건까지 손대고 싶은 건 아니겠지? 뭐, 네놈이 랄을 떠난다면 나야 편하겠지만 말이다."

폴리가 피식 웃었다. 고개를 절레절레 흔들었다.

"폴리와 라이스의 탐정 사무소야. 라이스는 죽었어. 탐정 사무소는 끝이야. 이젠 됐어. 나도 똑같은 짓을 반복하길 그만둬야 할 때가 온 거야."

그렇게 말하면서 소각로로 다가갔다. 예열이 끝났다. 소각로 뚜껑을 열고, 관을 밀어 넣을 준비를 했다. 관 위에 우주선 카드키를 올려두었다. 새 주인은 라이스가 함께 찾았다. 이것은 라이스의 몫이었다.

마지막으로 소각로에 관을 밀어 넣으려고 했다. 그때, 콴이 웬일로 분위기를 깼다.

"아차, 정말로 탐정 그만두실 겁니까? 그럼 이건 필요 없겠군요."

폴리가 돌아봤다. 어디서 꺼냈는지 잘 포장된 금속 상자를 손에 들고 있었다.

"그게 뭔가?"

"못 알아보시겠어요? 우주 전쟁 당시 물건인데. 두뇌 냉각 장치입니다. 머리만 확보할 수 있으면 나중에 몸을 복원해 이식시킬 수 있는 장치죠. 7층 수색 과정에서 발견한 모자이크의 비밀 창고에 있었습니다. 폴리 씨가 좀 더 수사할 생각이 있다면 넘기려고 했는데, 필요 없다면 그냥 저희가 압류해도 되겠네요."

가토가 감탄했다.

"세상에. 그런 게 가능하단 말입니까? 과연 우주 전쟁 시절 기술력이군요! 만약 라이스가 총에 맞았을 때 그게 있었다면……"

아차. 말실수를 했음을 깨닫곤 자기 입을 틀어막았다. 폴리는 별로 반응이 없었다. 그저 슬픈 눈으로 두뇌 냉각 장치를 바라볼 뿐이었다.

모자이크의 비밀 창고라. 왜 거기 있었는지는 알 만하다. 여차하면 에이드리언의 뇌를 적출해서 닥터 말리그넌트를 조종하는 데 쓸 요량이었겠지. 폴리가 일단은 상자를 넘겨받았다. 조심스럽게 열어봤다. 역시나 안은 비어 있었다. 상자 안에서 흘러나온 냉기가 소각로의 열기와 뒤섞이며 천천히 흩어져갔다.

가만. 아직도 작동하네?

"어이, 이거 안에 뭐 있었어? 상자가 최근에 작동하고 있었나본데. 누구 뇌가 들어 있었던 거 아냐?"

두둥, 탁!

드럼 소리와 함께 관이 열렸다.

라이스가 나왔다.

"짜잔! 몰래 카메라였습니다아!"

털푸덕! 기겁한 폴리가 바닥에 주저앉았다. 여전히 이글이글 타오르는 소각로는 라이스의 관 바로 앞에서 열기를 내뿜고 있다. 기절할 지경인 폴리를 보고 후시가 폭소를 터뜨렸다. 가토를 제외한 나머지들도 한패였는지 다들 깔깔 웃어댔다.

"어…… 어떻게……"

너무 놀라서 폴리의 눈이 돌아갈 지경이다. 후시가 자기 무릎을 탁탁 치면서 숨넘어갈 듯이 웃어댔다.

"푸히히히, 크하하하하! 널 구하고 기지에 착륙하자마자 바로 수색부터 했지. 우주 전쟁 당시에 만든 시설이니 어딘가에 두뇌 냉각 장치가 있어도 이상할 게 없다고 생각했거든. 하지만 일부러 알려주지 말고 기다리자는 건 라이스 아이디어였다. 아이고, 이 맛에 살지! 푸하하하!"

해킹용 의안까지 깔끔하게 되찾은 라이스가 자기 관을 탁 치면서 말했다.

"아유, 아쉬워라. 폴리가 우는 거까지 보고 공개하는 게 목표였는데! 그러니까 신파극 좀 마련하라니까, 데드 빈 카페!"

루파스가 말했다.

"우리가 비극엔 약하잖아."

힌디야가 말했다.

"데드 빈 카페는 정직이 철칙이라!"

가토가 킨타에게 물었다.

"얘들 원래 이러고들 노냐?"

킨타가 대답했다.

"나도 이건 수준 이하라고 생각해."

라이스가 눈물 쏙 빠지가 웃어대면서 관에서 나왔다.

"자자자, 이제 주인공의 감상도 들어봐야지! 폴리, 어땠어? 나 죽어서 얼마나 슬펐어? 혹시 영상 일기라도 찍어놓은 거 있으면 다 같이 감상회를……"

쟁그랑!

너클헤드를 창밖으로 집어던졌다.

"당해도 싸다고 생각해."

킨타가 말했다.

3층의 탐정

폴리와 라이스

1판 1쇄 발행 2024년 8월 22일
지은이 오세민
펴낸이 이성욱
편집 고우리
디자인 스튜디오 글리

펴낸곳 story.B
주소 경기도 부천시 길주로 1 417호(상동)
등록 2015년 3월 27일(제2015−000025호)
문의전화 070−4148−1069 **팩스** 032−326−1069
전자우편 webtoon@storycompany.co.kr
ISBN 979−11−94222−01−9 (03810)